Das Geheimnis des Kameliengartens

EVELYN KÜHNE

Verlag:
Zeilenfluss
Implerstraße 24
81371 München
Deutschland

ISBN 978-3-96714-151-1

Text: Evelyn Kühne
Bildmaterialien: www.buerosued.de
Cover: bürosüd
Korrektorat: Dr. Andreas Fischer
Satz: André Piotrowski

Das Geheimnis des Kameliengartens

Evelyn Kühne

ZEILENFLUSS

1

Tief tauchte Simone ihr Gesicht in die würzig duftenden Tannenzweige. Gerade noch rechtzeitig, bevor ein heftiger Schneeschauer niedergegangen war, hatte sie das Grün aus dem Garten geholt. Ganz hinten, als Schutz vor den rauen Winden, die immer vom Feld wehten, hatten sie vor einigen Jahren die Tannenhecke gepflanzt. Nun waren die Bäume groß geworden und mussten regelmäßig verschnitten werden. Simone hatte einige besonders schöne Zweige ausgesucht und diese in ihrer Bodenvase drapiert. Eine kleinere Vase wurde für den Esstisch zurechtgemacht. Zusammen mit den leuchtend roten Blüten der Amaryllis ergab sich ein tolles Farbspiel. Die meisten Menschen verbanden Tannenzweige allein mit der Weihnachtszeit, aber Simone sah das anders.

Gedankenverloren strich sie einige Falten in der schneeweißen Tischdecke glatt und musterte noch einmal das Arrangement im Speisezimmer. Das Silberbesteck glänzte, die Gläser waren frisch poliert, die Kerzenleuchter standen in Reih und Glied – Tim wäre stolz auf sie gewesen. Er hatte edel gedeckte Tische immer gemocht, und oftmals hatte Simone die sonntägliche Tafel hergerichtet, als wohnten sie in einem Schloss und vornehme Gäste kämen zu Besuch. Lachend hatte Tim sie dann immer angesehen und ihr mit dem gefüllten Weinglas zugeprostet. ›Fein hast du das gemacht, meine Mone.‹

Beim Gedanken an ihren verstorbenen Mann Tim bildete sich ein Knoten in ihrem Magen. Es verging kein Tag, an dem Simone ihn nicht unendlich vermisste. Manchmal schien es ihr, als würde die Trauer nie enden.

Doch gerade rechtzeitig, ehe sie weitere düstere Gedanken heimsuchen konnten, klingelte es. Voller Freude eilte sie durch den Flur, öffnete die Haustür und prallte zurück. Erstaunt musterte Simone die junge Frau im langen modischen Mantel, die auf der Eingangstreppe stand. Die fiel ihr freudestrahlend um den Hals und drückte die kalte Wange an ihr Gesicht.

»Mama, schön, dich zu sehen. Ich freue mich riesig, dass es endlich geklappt hat.«

Der Geruch eines teuren Parfüms stieg in Simones Nase. Unverkennbar war das Sarah, ihre Tochter. Verwirrt musterte sie deren Kopf. »Sarah, was ist denn mit deinen Haaren passiert?«

Sarah wuschelte sich durch die Frisur. »Cool, oder? Schnipp, schnapp, Haare ab.« Mit den Fingern machte sie die typische Handbewegung der Friseure. »Na, was sagst du? Kurz vor Silvester hatte ich doch diesen Job in Paris, und ein befreundeter Friseur meinte, ich bräuchte dringend mal eine Typveränderung. Und das ist das Resultat. Was sagst du? Also ich finde, es steht mir, und praktisch ist es außerdem. Am Morgen bin ich ruckzuck fertig.«

»Ja ja, das kann ja sein. Aber deine schönen blonden Haare, deine Locken«, rang Simone sich ab. Die Locken ihrer Tochter waren schon immer ihr größter Stolz gewesen. Bereits im Kindergarten hatte sie die neidischen Blicke der anderen Mütter sehr wohl wahrgenommen. Sarah hatte stets wie ein Engel gewirkt. Dazu passten die großen blauen Augen von Tim und der sinnliche Mund, den sie von ihr geerbt hatte. Voller Liebe hatte sie früher die Haare ihres Kindes gebürstet und wunderschöne Frisuren gezaubert. Sogar von einem Kinderfotografen waren sie eines Tages angesprochen worden, wegen Werbefotos.

Und nun das. Die Locken waren einer Kurzhaarfrisur gewichen. Selbst die Farbe hatte sich verändert, rötlich mit pinken Strähnen darin. Sarah wirkte nun noch schmaler und blasser, trug dafür aber umso mehr Make-up.

»Es ist halt ein wenig ungewohnt«, stammelte Simone unsicher und musterte ihre Tochter immer noch entgeistert.

»Ach Mama, nun komm.« Noch einmal wurde sie heftig gedrückt. »He, es ist nur eine Frisur, und ich gefalle mir. Ab und zu ist es Zeit für eine Veränderung. Immerhin hab ich die blonde Mähne fast fünfundzwanzig Jahre geschleppt. Vielleicht lasse ich sie mir irgendwann mal wieder wachsen, wer weiß das schon.« Sarah drehte sich um und winkte einem jungen Mann zu, der ein wenig abseits im Schneegestöber wartete. »Und Sören gefällt es auch. Das ist er übrigens.« Dann senkte sie ihre Stimme und flüsterte: »Er ist schrecklich aufgeregt wegen unseres Besuchs. Und weil er nicht so gut Deutsch spricht.«

Sören kam näher und hinterließ im Schnee riesige Fußabdrücke. Er war groß, bestimmt an die zwei Meter, trug eine rote Pudelmütze auf dem Kopf und hatte einen dazu passenden Schal mehrmals um seinen Hals geschlungen. Mit einer kleinen Verbeugung übergab er Simone einen dick eingewickelten Blumentopf.

»Danke für die Einladung«, sagte er in hartem Deutsch und lächelte verschmitzt. Seine Augen zwinkerten, und einen Moment erinnerte er sie an Tim.

Simone nahm das Geschenk entgegen, während Sarah sich bereits an ihnen vorbei ins Haus quetschte.

»Ich hab dir einen Blumentopf mitgebracht, so eine Pflanze mit roten Blüten.« Ihre Tochter legte die Stirn in Falten. »Ähm, ach ja, eine Azalee glaube ich. Aber irgendwie hab ich vergessen sie zu gießen. Na ja, du kennst mich ja.«

»Danke«, sagte Simone zum Freund ihrer Tochter, unsicher, ob der sie überhaupt verstand. »Ich freue mich, dass wir uns endlich kennenlernen. Na, da kommen Sie mal rein. Ihre Jacke können Sie dort an die Garderobe hängen.« Der blonde Hüne nickte knapp und wickelte den Schal von seinem Hals.

Aus der Küche ertönten bereits klappernde Geräusche. »Oh, ich glaub es nicht. Du hast wirklich Rouladen gemacht und auch noch deine berühmten Klöße dazu.« Die Stimme ihrer Tochter klang undeutlich. »Mama, du bist einfach die Beste. Ich fühle mich regelrecht ausgehungert«, nuschelte Sarah mit vollem Mund. »Bei den letzten Jobs war das Essen wirklich grottenschlecht. Teilweise denken die Leute vermutlich, ich wollte auch nur Salat zu mir nehmen, wie die Models, die ich schminke.« Sarah hatte sich einen Löffel aus dem Schieber genommen, spitzte die Lippen und ließ eine Portion Rotkraut in ihrem Mund verschwinden. Nicht ohne dieses vorher in die Sauce zu tauchen. »Oh mein Gott.« Sie stöhnte und verdrehte genüsslich die Augen. »Es geht doch nichts über ein Essen bei Mama.«

Während Simone den Blumentopf vom Papier befreite, betrat Sören die Küche und ließ sich auf einem der Hocker am Küchentresen nieder. Mit einem Lächeln beobachtete er seine Freundin.

Beim Entfernen des Papiers kam tatsächlich eine Azalee zum Vorschein. Simone musste schmunzeln. Sarah hatte noch nie einen grünen Daumen gehabt. Entsprechend dürftig sah die Pflanze aus. Die vermutlich vorher prächtigen Blüten welkten bräunlich vor sich hin. Dieser Pflanze fehlte schlicht und ergreifend Wasser und vermutlich auch Licht. Augenblicklich meldete sich Simones Gärtnerherz. Sie verschwand in ihrem Wintergarten, suchte den passenden Platz zwischen einigen Pflanzen auf einer Holzbank. Dort wo es kühl, aber nicht zu kalt war, ganz wie Azaleen es liebten. Dann gab sie behutsam Dünger in eine kleine Kanne und goss die Pflanze. Mit viel guter Pflege und entsprechendem Zureden würde sie Sarahs Geschenk wieder zum Leben erwecken. Denn inzwischen hatte sich ihr grüner Daumen herumgesprochen, und immer mehr Menschen brachten ihr mehr oder minder angeschlagene Pflanzen vorbei. In der Hoffnung, Simone könnte diese aufpäppeln. Und meist gelang ihr dies auch.

Sarah war mittlerweile bei den Rouladen angekommen und pulte ein wenig Fleisch aus dem Topf. Spielerisch klopfte Simone ihr mit dem Rührlöffel auf die Finger. »Wenn du so weiterfutterst, bist du vor dem Essen schon satt.« Dann schielte sie zu dem blonden Mann am Tresen. »Das ist also Sören.«

Ihre Tochter folgte ihren Blicken. »Ja, das ist er, ich hab dir ja schon von ihm erzählt«, flüsterte sie. »Er ist Schwede, Fotograf, und wir haben uns bei einem meiner Jobs kennengelernt. Sören spricht leider nur wenig Deutsch und hat immer Angst, nix zu verstehen.«

Aufgeregt – davon nahm Simone nichts wahr. Aus ihrer Sicht ruhte der Mann in sich selbst und checkte gerade die Nachrichten auf seinem Handy. Von Zeit zu Zeit warf er Sarah einen verliebten Blick zu.

In ihrem Bekanntenkreis hatte es früher ein Paar aus Schweden gegeben. Schon damals hatte Simone die beiden um ihre entspannte Art beneidet. Die deutsche Hektik war ihnen fremd gewesen. Sie erinnerte sich an wunderbare Sommertage, die sie mit Tim während eines Urlaubes in Schweden verbracht hatten. Die Tage schienen damals endlos lang und entschleunigt gewesen zu sein. Und bei Sören verspürte Simone die gleiche nordisch gelassene Haltung.

Eine Haltung, die einen guten Gegenpol zu Sarahs manchmal überdrehter Art bildete. Zum ersten Mal beschlich Simone das Gefühl, dass aus dieser Beziehung etwas Ernstes werden könnte. Schon einige Male hatte Sarah ihre Partner zu Hause präsentiert. Es waren Strohfeuer gewesen, die hell gelodert hatten, aber auch schnell wieder erloschen waren. Nicht zuletzt war der Job ihrer Tochter schuld daran gewesen. Sie reiste als Stylistin rund um die Welt, war permanent unterwegs und lebte aus dem Koffer. Das war eine Belastungsprobe für jede Beziehung. In letzter Zeit schien Sarah die Partnersuche aufgegeben zu haben. Zumindest hatte sie bei den wenigen Telefonaten mit Simone nichts von einem Mann an ihrer Seite erwähnt.

Vorige Woche, als sie überraschend aus New York angerufen und ihren Besuch für den heutigen Sonntag angekündigt hatte, war die Rede zum ersten Mal auf Sören gekommen. Sarah hatte von dem Typen geschwärmt, mit Worten, die sie nie vorher gebraucht hatte. Sogar von einer gemeinsamen Wohnung, irgendwo auf dieser Welt, träumte sie schon. Simone beschlich das unbestimmte Gefühl, als ob ihr kleines Mädchen endlich erwachsen wurde, auch wenn sie im Job schon lange ihren Mann stand.

In diesem Augenblick ertönte ein lautes Stöhnen. Sarah betrachtete deprimiert ihren Busen. Dort prangte unübersehbar ein Klecks der heutigen Vorsuppe auf der hellen Bluse. Sören begann schallend zu lachen. Er warf seinen Kopf zurück und entblößte eine Reihe strahlendweißer Zähne. Dann sprang er auf, eilte um den Herd und nahm Sarah in seine Arme. Immer noch lachend wiegte er sie hin und her und sagte einige Worte auf Schwedisch.

Fragend sah Simone die beiden an. »Er meint, ich wäre sein kleines Schweinchen. Na ja, was das Kleckern betrifft, hat er damit ganz sicher recht«, übersetzte Sarah kleinlaut. »Ich schaffe es noch immer, jedes Outfit zu versauen.«

Minuten später saßen alle im Esszimmer und ließen sich Simones Vorsuppe schmecken. Es gab ein Pilzrahmsüppchen mit einem Türmchen saurer Sahne darauf, ein Gericht, das Sarah schon als Kind gerne gegessen hatte. Sören schien es ebenfalls zu schmecken, denn Löffel um Löffel verschwand in seinem Mund, und er bat zweimal um Nachschlag.

»Es gibt noch ein Hauptgericht«, versuchte Simone, ihm begreiflich zu machen, doch er nickte nur lachend.

»Mach dir keine Sorgen, Sören hat einen guten Appetit, und er liebt die deutsche Küche. Du wirst erstaunt sein, was der alles vertilgen kann.«

»Wenn das so ist, sollte ich dir vielleicht so langsam mal das Kochen beibringen«, sagte Simone grinsend zu ihrer Tochter.

Sarah sah sie geschockt an. »Oh Gott, mir? Lieber nicht. Glaub mir, ich lasse sogar Wasser anbrennen. Ich hab vielleicht einiges von dir geerbt, aber das Talent zum Kochen ganz sicher nicht.«

Lachen erfüllte den Raum. Es wurde ein wundervoller Sonntag. Nach dem Essen saßen alle mit dicken Bäuchen im Wintergarten und schauten in die prasselnden Flammen des Kamins, den Sören mit geschickter Hand entzündet hatte.

Sarah schlenderte umher und bewunderte die zahlreichen üppigen Pflanzen ihrer Mutter. »Mama, du hast wirklich einen grünen Daumen. Wahnsinn, bei dir sieht es aus wie im botanischen Garten. Eigentlich müsstest du daraus was machen.«

»Es bereitet mir eben Freude«, sagte Simone. »Aber es ist nur ein Hobby. Was soll man daraus schon machen?«

»Na, du könntest zum Beispiel als Pflanzenretterin arbeiten? Immerhin schleppen ja schon alle möglichen Leute ihre Krücken bei dir an. Ich finde, meine Pflanze sieht jetzt schon besser aus als vorhin.« Sarah bückte sich und musterte ihre Azalee genau.

Simone winkte ab. »Ach, das mache ich doch gerne. Und letzten Endes hätte das jeder hinbekommen. Die Pflanze brauchte einfach nur ein wenig Wasser.«

»Findest du? Ich denke, es ist ein Talent.« Sarah strich

über einen Palmenwedel. »Wie läuft es eigentlich in der Firma?«

Simone seufzte still. Genau auf diese Frage hatte sie gewartet. Tim hatte vor einigen Jahren eine Firma zusammen mit seinem besten Freund Alexander gegründet. Nach Tims Tod waren die Anteile ihres Mannes an Simone übergegangen. Seitdem führte Alexander das Unternehmen allein und machte dies auch sehr gut. Simone hielt sich zurück, bekam finanzielle Ausschüttungen, die ihr ein ganz angenehmes Leben ermöglichten.

Als Tim noch gelebt hatte, war sie aktiver Teil der Firma gewesen. Hatte Schriftkram erledigt und Zuarbeiten gemacht. Aber nun befiel sie eine bleierne Schwere, wenn sie nur in die Nähe des Gebäudes kam, in dem sich einst Tims Büro befunden hatte.

»Ach, es läuft.«

»Wollte Alexander nicht mit dir sprechen, wegen der Anteile?«

Simone, die wusste, dass Alexander schon immer einen guten Draht zu ihren Kindern gehabt hatte, schaute Sarah forschend an. »Hat er mit dir geredet?«

Ihre Tochter zuckte die Schultern und setzte sich wieder in den Korbsessel. »Er hat mich vor einigen Tagen mal angerufen. Mama, er braucht irgendwann eine Entscheidung. Entweder du steigst wieder mit ein, so wie früher, oder du verkaufst ihm deine Anteile.«

Simone nippte an ihrem Rotwein.

»Ja, ich weiß aber …« Ihre Augen füllten sich mit Tränen. »Es ist so schwer«, sagte sie mit erstickter Stimme.

Sarah legte ihre Finger auf Simones Hand. »Das weiß ich doch, und niemand will dich drängen.«

Sie warf einen kurzen Blick zu Sören, der sie ernst ansah. Vermutlich spürten beide, wie dünn das Eis bei diesem Thema war.

Ihre Tochter erzählte dann lieber von ihren zahlreichen Jobs auf der ganzen Welt. Allmählich entspannte Simone sich wieder, auch wenn sie wusste, dass irgendwann eine Entscheidung anstand. Sarah schilderte ihre Reisen so gut, dass sie oft das Gefühl hatte, direkt mit dabei zu sein. An manchen Stellen überkam sie regelrechtes Fernweh. Da ging es um traumhafte Strände, pulsierende Städte und Fotoshootings an einmaligen Orten. Fast unbemerkt sank die Dämmerung herab.

Irgendwann erhob Sarah sich.

»Mama, es wird Zeit.« Noch einmal schaute sie Sören an und tauschte mit ihm einen langen Blick. Unauffällig nickte er ihr zu. Dann holte Sarah tief Luft und setzte sich erneut auf ihren Platz. »Aber vorher müssen wir noch etwas mit dir besprechen, Mama. Es geht um deinen Geburtstag«, druckste sie herum.

Simone drehte ein Glas Rotwein in ihrer Hand und lächelte. Es war ihr drittes, und sie fühlte sich ungewohnt entspannt und leicht.

»Stimmt, mein Geburtstag.« Sie kicherte leise. »Ich hätte beinahe vergessen, dich zu fragen, wann du kommst. David kann ja leider nicht, er hat dringende Geschäfte, die ihn in London festhalten.« Simone seufzte.

»Ja stimmt, ich hab vorige Woche mit ihm telefoniert, da sagte er mir das auch«, meinte Sarah gedehnt, wieder flatterte ihr Blick zu Sören.

»Na, immerhin kommt ihr. Gut, dass du genau zu der Zeit einen Job in Deutschland hast.« Simone deutete auf den Schweden. »Sören ist natürlich auch herzlich willkommen, ich würde mich so sehr freuen. Wenn mich mein ältester Sohn schon versetzt, wäre wenigstens ein bisschen Leben am Tisch und nicht so eine Trauerstimmung wie am Heiligen Abend.«

Sarah nahm sich noch etwas Tee aus der Kanne, trank

und schluckte heftig. Langsam bemerkte sogar Simone, dass sich die Stimmung im Raum verändert hatte. Automatisch setzte sie sich gerade hin. Das eben noch so leichte Gefühl begann zu verfliegen.

»Es ist so, Mama, ich werde dieses Jahr leider auch nicht kommen können.« Sarah rang die Hände und verkrampfte sie im Schoß. »Ich habe einen anderen Job in New York reinbekommen, direkt an deinem Geburtstag. Es ist ein megatoller Auftrag für ein großes Modehaus. Wenn alles gut läuft, hab ich die Chance auf weitere Jobs.« Sie machte eine Pause und flüsterte dann: »Mama, es tut mir ehrlich leid.«

Simone starrte aus dem Fenster. Im Schein einer Gartenlampe sah sie, dass es erneut zu schneien angefangen hatte. Dicke Flocken segelten langsam zu Boden und hüllten die Landschaft in ein weißes Kleid.

Weihnachten allein, wie sehr hatte ihr davor gegraut, aber sie hatte sich abgefunden und nur mit ihrer Mutter am Tisch gesessen. Zu ihrem Geburtstag im Februar würden sie alle bei ihr sein. Immer wieder hatte sie sich das mantramäßig gesagt.

Und nun? Dabei hatte sie gewusst, dass dieser Moment eines Tages kommen würde. Tim war über drei Jahre tot, Simone konnte nicht ewig erwarten, dass ihre erwachsenen Kinder bei ihr daheim hockten und Händchen hielten. Trotzdem traf die Enttäuschung sie schwer. Wie ein fetter Klumpen bildete sie sich in ihrem Magen und wurde immer größer.

Da verspürte Simone eine Hand auf ihrer Schulter. Sarah hockte sich auf die Sessellehne und schmiegte den Kopf an ihren Körper. »Ach Mama, es tut mir so leid. Aber es passt einfach nicht. Und es ist auch so, Papa kommt nie mehr wieder. Vielleicht …« Sie stockte und schluckte heftig. »Vielleicht solltest du langsam beginnen, wieder ins Leben zu finden. Irgendwie muss das doch gehen. Du warst in den letzten Monaten so tapfer und traurig, hast so gelitten. Aber … Ist es nicht Zeit, einfach wieder zu leben, glücklich zu sein? Immerhin bist du erst fünfundvierzig.«

Sören erhob sich und ging nach draußen. Es war eine hilflose, aber auch eine rücksichtsvolle Geste. Simone war sich sicher, der Schwede hatte jedes Wort verstanden.

Immer noch starrte sie aus dem Fenster. Was sollte sie erzählen? Dass sie ihren Mann unsäglich vermisste? Dass sie fast jeden Tag zu seinem Grab ging und mit ihm sprach? Dass sie die Kartoffeln immer noch für ihn mitschälte und dann die Hälfte wegwarf? Dass sein Shirt noch auf dem Kissen neben ihr lag, obwohl es schon lange nicht mehr nach ihm roch?

Nein, darüber zu sprechen brachte nichts. Sie wischte sich über ihr Gesicht und lächelte gezwungen.

»Ich werde schon klarkommen. Mach dir keine Gedanken«, brachte Simone mit rauer Stimme heraus. Mit aller Macht versuchte sie die Tränen nach unten zu schlucken.

Ihre Tochter verdrehte die Augen. »Ach Mama, ich mach mir aber Gedanken, und David macht sich auch welche. Er kann das bloß nicht so zeigen«, sagte Sarah eindringlich und ergriff ihre Hände. Tief schaute sie ihrer Mutter in die Augen. »Mama, wir wollen nicht, dass du an deinem Geburtstag hier ganz allein sitzt. Wir wollen nicht, dass du jeden Tag nur rumhängst und zu Papas Grab gehst. Und wir wollen auch nicht, dass Oma kommt und dich mit ihren traurigen Geschichten noch weiter deprimiert.«

Simone musste innerlich schmunzeln. Sarah hatte recht. Ihre Mutter Antje hatte wirklich ein Händchen dafür, einen jeden schönen Moment binnen Sekunden zu verderben. Dabei hatte sie in der letzten Zeit auf ein stärkendes Wort von Antje gehofft, auf ein wenig Mut und Unterstützung, aber dies war nie gekommen. Wenn Simone nun an ihren

Ehrentag dachte, sank ihre Vorfreude schlagartig in den tiefsten Keller. Nur sie und ihre Mutter, hier am Kaffeetisch, das konnte heiter werden. Das gleiche Szenario wie an Weihnachten würde sich wiederholen. Endlose Klagen und wehmütige Erinnerungen, die nicht dankbar, sondern schmerzhaft waren.

»Und deswegen hatten David und ich eine Idee.« Aufmunternd schaute Sarah sie an. »Vielleicht könntest du der ganzen Sache aus dem Weg gehen und irgendwohin verreisen?«, schlug sie vor.

»Verreisen, im Februar?« Simone starrte ihre Tochter verwirrt an. »Ich soll ganz allein irgendwohin fahren?«

»Warum denn nicht, viele machen das. Es gibt sogar Reiseunternehmen, die sich nur auf Alleinreisende spezialisiert haben. Ich hab da mal ein bisschen im Internet recherchiert und war erstaunt, was man alles machen kann. Schau es dir doch einfach mal an. Mach irgendwas, Mama.« Sarahs Stimme wurde eindringlicher. »Du warst früher immer so viel unterwegs, hattest deinen Job in Papas Firma, und nun bist du nur noch hier. Das kann doch nicht das Leben sein?«

›Doch‹, wollte Simone sagen, das *war* jetzt ihr Leben. Aber sie wusste, das stimmte nicht. Das wahre Leben wartete dort draußen, hinter dem Gartenzaun, jenseits des kleinen Reiches, das sie sich künstlich geschaffen hatte und in dem sie die Erinnerung an Tim krampfhaft aufrechterhielt. Hier war sie ihm nah, hier glaubte sie, ihn zu spüren, zu hören, zu riechen. Doch Tim war nicht mehr hier.

»Und weißt du was, Mama, ich bin mir sicher, Papa hätte das nicht gewollt. Er hätte dir Mut gemacht, wieder nach draußen zu gehen.« Dieser Satz saß, er erreichte einen Punkt in Simone, an den sanfte Worte nicht gelangen würden.

Sarahs Ansage klang immer noch in ihr nach, als Sarah und Sören schon längst gegangen waren. Sie hatte ihnen hinterhergewunken, und dabei waren dicke Tränen über Simones Wangen gelaufen.

›Papa hätte das nicht gewollt‹ – immer und immer wieder hörte sie Sarahs Stimme.

Später, im Bett, konnte sie nicht schlafen. Simone fand einfach keine Ruhe, wälzte sich hin und her und stand schließlich gegen fünf Uhr auf. Mit einer Tasse Kaffee in der Hand hockte sie sich in den alten Lehnsessel im Wintergarten, schlang ihre Arme um die Beine und starrte aus dem Fenster. Wieder schneite es. Dicke Flocken segelten herab. Zum Glück wehte kein Wind, sonst konnte es schon mal passieren, dass die Hauptstraße zur nächsten Stadt blockiert war und kein Räumdienst durchkam. Hier draußen auf dem Lande tickten die Uhren anders. Bewusst hatten sie sich damals für Einsamkeit und Stille entschieden, da in der Firma genug Trubel geherrscht hatte.

Simone fand die Stille immer noch tröstlich, sie gab ihr Zeit zum Nachdenken und Grübeln. Im Grunde grübelte sie den ganzen Tag. Doch konnte es sein, dass sie bei allem Nachdenken vergessen hatte zu leben?

Eine Stunde später setzte sie ihre dicke Mütze auf, zog eine Strickjacke an und begann Schnee zu schippen. Sie schippte wie eine Wilde, und obwohl ihr der Schweiß ausbrach, machte Simone keine Pause. Ihre Lungen brannten vor Anstrengung, die Arme schmerzten, doch sie schippte weiter an der dichten Hecke entlang. Schaufel um Schaufel wanderte auf die Schneehaufen am Wegesrand, bis sie schließlich an der letzten Grundstücksecke angelangt war. Schwer atmend lehnte Simone sich einen Moment gegen einen Baum und blickte Richtung Feld. Ihr Herz hämmerte, und dennoch fühlte sie sich seltsam wach. Sie spürte ihren Körper, jede einzelne Faser – sie war am Leben.

In der Ferne sah sie das graue Band der Autobahn, wie ein Lindwurm wand es sich durch die Landschaft. Einzelne

Lichter flackerten bis zu ihr und lockten sie in die Ferne, genau wie Sarahs Erzählungen über ihre Reisen. Langsam schlich sie zurück zum Haus und zog sich um.

Dann öffnete Simone das Garagentor und holte Tims schweren Geländewagen heraus. Für gewöhnlich fuhr sie nie mit seinem Auto, es war ihr einfach zu groß und sperrig. Aber heute, bei dem Schneefall, schien er ihr die bessere Wahl als ihr leichter Flitzer zu sein. Eine halbe Stunde später gelangte sie am Friedhof an. Niemand war zu sehen, kein Wunder, um diese Zeit und bei dem Wetter. Der von Bäumen umrandete Parkplatz lag verlassen. Auf den Stufen der kleinen Kapelle hatte sich eine riesige Schneewehe aufgetürmt.

Simone öffnete das quietschende Tor und setzte die ersten Fußspuren in die unberührte Schneedecke. Automatisch liefen ihre Beine. Erst geradeaus, dann an der dritten Reihe rechts, an der nächsten Gabelung links und dort, unter der alten Buche, lag Tims Grab. Unzählige Male war sie diesen Weg in den letzten Monaten gegangen. Manchmal drei- oder viermal an einem Tag.

Auf Tims Grabstein hatte sich eine hohe Haube aus Schnee gebildet. Erst wollte Simone sie fortwischen, besann sich dann aber und sank in die Knie. Die Tannenzweige, die sie Anfang November akkurat in den Boden gesteckt hatte, und das selbstgefertigte Gesteck lagen unter einer weißen Decke verborgen. Stumm musterte sie den Grabstein.

Anfangs war es ihr oft vorgekommen, als würde Tim direkt neben ihr stehen, so intensiv war seine Nähe gewesen. Manchmal hatte sie fast geglaubt, eine Berührung an ihrer Schulter zu spüren. Doch in den letzten Tagen veränderte sich etwas. Tim war nicht mehr präsent. Er war fort, an einem unbekannten Ort. Dort war er schon lange, diese vertraulichen Empfindungen gaukelte ihr nur ihre Fantasie vor.

Simone schaute in den grauen Himmel. Eine herabfallende Schneeflocke landete auf ihrer Unterlippe, und sie leckte sie mit der Zunge weg.

Tim hätte der Schnee gefallen, er war für sein Leben gerne Ski gefahren. Er hatte es geliebt, wenn der Wind ums Haus heulte und das Auto beinahe in Schneewehen steckenblieb. Dann hatte er immer gelacht. ›Ach Mone, ist es nicht herrlich, so über den Schnee zu rutschen?‹ Und sie hatte sich am Sitz festgehalten und die Augen vor Angst fest zusammengepresst.

Simone holte ein Taschentuch hervor und schnäuzte sich energisch.

»Sarah war gestern da, mit ihrem neuen Freund, Sören, einem Schweden. Sie passen gut zusammen, ich glaube, ihr beide hättet euch prima verstanden«, begann sie zu erzählen. »Ich hab Zweige von den Tannen abgeschnitten, sie sind so groß geworden. Und ich hab Sarahs Lieblingsessen gekocht, Roulade mit Klößen. Sören hat reingehauen, dass es mir angst und bange wurde. Das hättest du sehen sollen. Und heute Morgen hab ich schon Schnee geschippt, bis zum alten Meier. Der kommt kaum noch aus dem Haus, die Beine bereiten ihm arge Sorgen.« Dann machte Simone eine Pause und seufzte. »Sarah kommt an meinem Geburtstag nicht, David auch nicht – ich bin also mal wieder allein. Na ja, Mutter will kommen. Ich weiß gar nicht, ob ich mich darauf freuen soll. Am Geburtstag allein, schon der Gedanke ist, ist … Ach Scheiße ist das.« Simone schluckte hart. »Sarah sagt, ich soll verreisen, was für ein Quatsch. Da fühl ich mich ja noch einsamer.«

Trotzig wischte sie sich über das Gesicht.

Auf Tims Grabstein landete eine dicke Amsel. Mit energischen Bewegungen fegte sie den Schnee beiseite, reckte ihren Schnabel nach oben und sah sich um. Dann blickte sie genau in Simones Richtung. Ihre kleinen schwarzen

Knopfaugen schauten sie intensiv an. Die Amsel legte den Kopf ein wenig schief und putzte sich. Dann plusterte sie ihr Federkleid auf und zwitscherte fröhlich.

Es war eine unwirkliche Situation. Simone hockte im Schnee und starrte das Tier an. Der Vogel war zum Greifen nahe, schien sie sehr wohl wahrzunehmen, aber keinerlei Angst zu verspüren. Sie fühlte eine eigenartige Verbundenheit mit dem Tier. Dann legte die Amsel ihren Kopf schief, sah sie ein letztes Mal an, breitete ihre Flügel weit aus und flog davon.

Solange sie konnte, fixierte Simone den schwarzen Punkt, der am bleigrauen Himmel immer kleiner wurde. Mit einem eigenartigen Gefühl kam sie nach oben.

Unsicher musterte sie den Grabstein, berührte ihn sanft und machte sich dann auf den Heimweg. Vorher hielt sie am Supermarkt des Nachbarortes und legte wahllos irgendwelche Dinge in ihren Wagen. Simone irrte durch die Gänge, während über ihr diskrete Musik aus den Lautsprechern dudelte und die Kunden in Kauflaune versetzen sollte. Beim Bäcker holte Simone noch ein paar Brötchen für ihren alten Nachbarn Herrn Meier und tuckerte dann vorsichtig nach Hause. Der schwere Wagen fuhr sich ungewohnt für sie, und ein paarmal schaltete sie krachend in den nächsten Gang. Doch sie bewältigte alle Schneewehen sicher und gelangte heil daheim an.

Gerhard Meier öffnete nach dem ersten Klingeln die Eingangstür seines kleinen Häuschens, das immer ein wenig windschief wirkte. Er wohnte schon sein ganzes Leben hier draußen und hatte damals die neuen Nachbarn mit offenen Armen empfangen. »Ach Simone, ich hab dich schon kommen sehen. Was für ein Wetter.«

»Ja, es hat ganz schön geschneit, ich hab Ihnen ein paar Brötchen mitgebracht.« Sie schnaufte und trampelte sich den Schnee von den Stiefeln.

Lächelnd sah der alte Mann sie an. Dicke Runzeln zogen sich über sein Gesicht. Vorne links fehlte ein Zahn. Da kaue er eben mehr rechts, sagte er immer lachend zu ihr.

»Willste einen Kaffee trinken?«

Erst wollte Simone ablehnen, besann sich dann aber und nickte zustimmend.

»Warst wohl wieder auf dem Friedhof?«, fragte Herr Meier, während er in der kleinen Küche herumwuselte.

»Ja, ich besuch Tim eben gern.« Simone strich über die Wachstuchdecke mit dem Rosenmuster.

»Versteh schon, da bist du ihm nahe. Denkst du zumindest. Ist aber Quatsch. Da liegt nur der Körper, Tims Seele ist dadrin.« Er deutete auf ihre Brust. »Simone, er kommt nicht wieder, und du bist noch so jung.«

Hatten sich momentan denn alle verschworen, das gleiche Thema anzusprechen?

Simone nickte vage. »Weiß ich ja.«

»Na, dann mach was. Geh raus, such dir irgendeinen Job, was weiß ich, irgendeine Aufgabe. Es ist nicht gut, nur mit uns Alten im Dorf zu tun zu haben. Die Kinder sind weit weg, die haben ihr eigenes Leben.«

Sie drehte den heißen Kaffeepott in ihren Händen und schwieg.

»Musst nix sagen, aber glaub einem alten Mann. Jeder kann noch einmal eine neue Liebe finden. Und manchmal, wenn man gar nicht danach sucht. Das Leben ist nicht dafür da, allein zu bleiben. Tim hätte das nicht gewollt.«

Jetzt war es genug, sie wollte das nicht hören. Diese Ratschläge, immer und immer wieder. Niemand wusste, wie es ihr ging. Keiner konnte sich in ihre Gefühlswelt hineinversetzen.

Simone wollte den Kaffeepott auf den Tisch knallen, besann sich aber in letzter Sekunde. Versöhnlich schob sie die Tasse Richtung Tischmitte und schaute ihrem Nachbarn in die Augen. Sie wusste, er meinte es nur gut. Alle meinten es nur gut, und das regte sie am meisten auf. »Ich muss dann mal, Herr Meier«, murmelte sie leise. »Hab die Einkäufe noch im Auto.«

Lächelnd sah er sie an. »Willst es nicht mehr hören, ich weiß schon.«

Simone stürzte nach draußen und sog die eiskalte Luft tief in ihre Lungen. Zurück ins Leben kehren, verreisen – leichter gesagt als getan. Doch die immer gleichen Worte ließen sie nicht mehr los.

Selbst als sie sich am Abend eine heiße Wanne einfüllte und ihren Kopf unter Wasser tauchte, waren sie in ihrem Schädel und wollten einfach nicht verstummen. Hoch türmte sich der Schaum vor Simones Gesicht, und sie pustete ihn mit spitzen Lippen nach hinten. Weiche Flöckchen flogen davon und landeten auf ihren herausschauenden Zehen.

Sarah hatte sicher recht, Tim hätte das nicht gewollt, und Simone wusste das. Er würde sie schütteln und rütteln, sie vielleicht sogar anschreien und auf ihre unglaubliche Sturheit verweisen. Und doch war da diese lähmende Schwere. Die Angst, es ohne ihn nicht zu schaffen. Immer hatten sie alles zusammen gemacht. Ohne ihn? Da fehlte doch ein Teil, wie sollte das gehen?

Vielleicht musste sie es einfach nur wollen, sich zwingen. Hatte ihre Ärztin vor Kurzem nicht auch so etwas zu ihr gesagt? Dass sie in einer neuen Trauerphase angekommen sei oder so?

Simone stierte die Wand an, genauer die Fliesen, die sie von einem Urlaub aus Italien mitgebracht hatten. Tim hatte sie in einem kleinen Laden in der Toskana entdeckt, und sie hatten sich augenblicklich verliebt. Alles hier erinnerte sie an ihn, jeder Quadratzentimeter. Aber trug sie ihn nicht sowieso in ihrem Herzen? War er nicht automatisch bei allem, was sie tat, mit dabei? Was wäre, wenn sie ihn einfach mitnahm auf eine Reise? Der Gedanke gefiel Simone von Minute zu Minute mehr. Mittlerweile war das Badewasser kalt geworden. Mit einem Ruck trank sie das Glas Rotwein aus, stieg aus der Wanne, trocknete sich ab und hüllte sich in ihren weichen Bademantel. Mit nackten Füßen tappte Simone in das kleine Büro und schaltete den Rechner ein.

Dann fixierte sie den Bildschirm. Im Februar verreisen, was für eine Schnapsidee, darauf konnte auch wirklich nur Sarah kommen. Simones Finger schwebte über der Ausschalttaste. Doch irgendetwas in ihr ließ sie eine Suchmaschine aufrufen.

Simone starrte den Bildschirm an und dachte nach. Wonach sollte sie suchen? *Reisen für Alleinstehende* tippte sie schließlich ein und registrierte erstaunt, wie viele Angebote es gab.

Wahllos klickte sie auf verschiedene Homepages und schaute sich die Angebote an. Da gab es Kreuzfahrten für Singles. Simone vergrößerte eines der Bilder und musterte die Reisenden. Erstaunlich viele Männer und Frauen aller Altersklassen lachten in die Kamera. Doch eine Kreuzfahrt – sie hatte in ihrem Leben eine einzige gemacht, und dabei war ihr furchtbar schlecht geworden. Tim hatte sie endlos damit aufgezogen, denn ihm war es gutgegangen. Also fiel eine Kreuzfahrt schon mal aus.

Die zahlreichen Busreisen wählte sie ebenfalls augenblicklich ab, denn das Alter der Teilnehmer schien zum großen Teil jenseits der siebzig zu liegen. Da waren haufenweise Rentner mit Rollatoren und Krücken. Das war vermutlich eher was für ihre Mutter. Mit einem Haufen Rentner durch die Welt zu reisen kam nicht infrage.

Dann gab es noch ganz spezielle Singlereisen. Aber irgendwie zielten die aus ihrer Sicht alle darauf ab, einen neuen Partner zu finden. Zumindest deutete sie die Texte so. Da gab es Tanzabende, intime Abendessen und sonst was. Diese Ambitionen hatte Simone nicht im Geringsten und spürte sogleich eine starke Abwehr.

Als sie die Suche schon fast aufgeben wollte, stieß sie auf eine letzte Seite, die den Namen *Utas Reiseblog* trug. Der fettgedruckte Text zog ihre Blicke geradezu magisch an.

> ***Wir, drei reiselustige Damen, suchen eine Mitreisende, damit unser Kleeblatt endlich wieder vierblättrig ist. Wenn Du Lust hast, Anfang des Jahres mit uns auf Reisen zu gehen, melde Dich.***

Ein großes Foto prangte darunter. Vier Frauen saßen auf einer flachen Steinmauer mit dem Meer im Rücken. Alle lachten glücklich in die Kamera und hielten sich im Arm. ›Griechenland zweitausendsechzehn‹, stand unter dem Foto.

Neugierig klickte Simone sich durch alle Menüpunkte. Eins musste man den Damen lassen, sie kamen ganz schön in der Welt herum – Thailand, USA, Dubai, Frankreich und so weiter. Die Berichte über die einzelnen Reisen waren total witzig verfasst und weckten die Sehnsucht, all diese Orte eines Tages mal selbst aufzusuchen.

Simone nagte an ihrer Unterlippe und sprang auf der Homepage hin und her. Wenn sie ehrlich war, gefiel ihr der Gedanke, so zu reisen. Die Frauen wirkten sympathisch, das Konzept irgendwie entspannt.

›Warum allein die Welt entdecken, wenn man es gemeinsam tun kann?‹, stand da. ›Gemeinsam macht alles mehr Spaß.‹ Da war definitiv irgendwas dran.

Doch auf dem Bild waren vier Frauen zu sehen. Hatte eine von ihnen die Gruppe verlassen? Was war mit ihr geschehen? Vielleicht war der Aufruf schon vollkommen veraltet? Simone scrollte die Seite hoch und runter, immer und immer wieder. Dabei fiel ihr Blick auf die unten angegebenen Kontaktdaten. Erstaunlicherweise wohnte diese Uta nicht weit von ihr entfernt, in der nächsten größeren Stadt.

Simone überlegte, sollte sie oder sollte sie nicht? Anfang des Jahres, das war ein dehnbarer Begriff. Vielleicht waren die reiselustigen Damen jetzt schon unterwegs. Der Drang, den Laptop zu schließen, wurde stärker. Dann fiel ihr Blick auf Tims Foto, das auf ihrem Schreibtisch stand. Lachend schaute er in die Kamera. Sie selbst hatte dieses Bild geschossen, während eines ihrer letzten Urlaube an der Ostsee. Sie waren damals in ein kleines Hotel nach Ahrenshoop gefahren, im November, bei schrecklichem Wetter. Fast die ganzen Tage hatte es wie aus Kannen geschüttet und gestürmt, dass ihnen fast die Luft weggeblieben war. Und doch war es einer ihrer schönsten Urlaube gewesen. Halbe Tage hatten sie im Bett verbracht und dem Heulen des Sturmes gelauscht. Oder sie hatten lange Strandwanderungen gemacht und anschließend heißen Grog in einem winzigen Café getrunken. An einem Nachmittag hatte sich dann doch für einen kleinen Moment die Sonne gezeigt, und Simone hatte spontan auf den Auslöser gedrückt. Tim lachte, während hinter ihm das Meer tobte. Verliebt sah er sie an, und ihr Herz schmerzte wieder. Es war nur ein Foto, nur ein Stück Papier. Und doch glaubte sie, seine Stimme zu hören, die fast ein wenig spöttisch klang.

N*un komm schon, Mone, schreib diese verdammte Mail und hör endlich auf mir hinterherzutrauern.*

Simone straffte sich und begann zu schreiben. Wenn sie es jetzt nicht tat, würde sie es nie machen. Außerdem war es nur ein Versuch, vermutlich würde sich sowieso niemand melden.

Hallo, mein Name ist Simone. Suchen Sie noch eine Ergänzung für Ihr Reisequartett? Wenn ja, ich hätte Interesse. Dann drückte sie auf die Absende-Taste und lehnte sich zurück. Obwohl noch gar nichts passiert war, klopfte ihr Herz bis zum Hals. Soeben hatte sie einen wichtigen Schritt gemacht, raus aus diesen vier Wänden. Beschwingt lief Simone Richtung Küche und goss sich den letzten Rest Rotwein von gestern Nachmittag in ihr Glas. Sie fühlte sich gut, ihre Tochter Sarah hatte recht gehabt.

Ein leises ›Kling‹ aus dem Arbeitszimmer ertönte. Unmöglich, sollte sie etwa schon eine Antwort haben? Hektisch stürzte Simone zum Laptop und fiel dabei fast über die Teppichkante. Der Nachrichtenbutton ihres Postfaches blinkte. Gespannt klickte sie ihn an.

Hallo Simone! Ja, wir sind immer noch auf der Suche. Wie alt bist du denn?

Ihr Herz klopfte und schlug schneller.

Ich bin fünfundvierzig, schrieb sie zurück.

Kurze Zeit später kam die Antwort: *Das passt hervorragend, wir sind alle zwischen vierzig und fünfzig. Nun würde ich gern wissen, Simone, bist du eine spontane Frau?*

Augenblicklich rutschte ihr Herz in die Hose. Was für eine Frage. Oh Gott, was meinte die andere denn? Sie überlegte kurz und schrieb dann: *Ganz ehrlich, keine Ahnung. In den letzten Monaten war ich zumindest nicht sehr spontan.*

Ein Lachsmiley kam zurück und folgende Zeilen. *Da würde ich sagen, auch das passt. Wer ist schon immer spontan? Wir sehen uns Mittwochabend, neunzehn Uhr, im* Goldenen Wagen. *Entweder du kommst oder du kommst nicht. Und dann schauen wir mal, ob wir alle zueinanderpassen. Liebe Grüße Uta*

Simones Finger schwebte über der Tastatur. Noch einmal schaute sie Tims Bild an.

Ich komme, bis nächste Woche, liebe Grüße zurück. Mit festen Fingern hämmerte sie die wenigen Worte und spürte augenblicklich eine unglaubliche Befreiung.

Im Bett kuschelte sie sich auf Tims Shirt, so wie sie es jeden Abend tat. Simone vergrub ihr Gesicht in dem weichen Stoff. Dann hielt sie inne. Und aus einer inneren Eingebung heraus schob sie das Shirt zur Seite und heulte, bis sie der Schlaf in sein Reich holte.

2

Mittwochabend irrte Simone mit ihrem Auto auf der Suche nach einem Parkplatz durch die Straßen. Schon lange war sie nicht mehr in der Altstadt gewesen. Vielleicht wäre es doch besser gewesen, einen Bus zu nehmen. Der Platz, den sie für heute Abend anvisiert hatte, war blockiert mit den Buden eines Marktes – ›Wintergaudi‹ stand da.

Hektisch sah Simone sich um, während hinter ihr ein Autofahrer hupte. Ungeduldig hob sie den Arm und gestikulierte nach hinten.

»Nun hör doch endlich auf, du Arsch«, murmelte Simone vor sich hin.

Schließlich tuckerte sie im Schritttempo die Hauptstraße entlang und betete, dass im nahegelegenen Parkhaus des Einkaufszentrums noch ein Plätzchen für sie frei war und auf dem Weg dahin kein Fußgänger vor ihr Auto rannte. Menschen walzten über die Gehwege, viele mit Einkaufstüten in ihren Händen. Erstaunt sah Simone die Massen und stellte fest, dass sie das wahre Leben in letzter Zeit tatsächlich vergessen hatte.

Der Gott des Parkens schien dann doch ein Einsehen mit ihr zu haben. Mit viel Glück fand Simone eine reichlich schmale Lücke in der hintersten Ecke des Parkhauses. Sie kurvte unzählige Male vor und zurück, nur um am Ende genau wie vorher dazustehen. Kritisch musterte sie die anderen Autos. »Was soll's, so muss es einfach gehen«, murmelte sie sich zu. »Der Typ neben mir kommt auf jeden Fall raus, das ist das Wichtigste.«

Ihre Uhr zeigte bereits sieben.

»Auch das noch!« Simone stöhnte. Sie war zu spät, und das, wo sie sonst nie zu spät kam. Ausgerechnet heute, was würde das für einen Eindruck auf die anderen Frauen machen. Sie kam sich vor, als wäre sie auf dem Weg zu einem Vorstellungsgespräch, und so abwegig war der Vergleich nicht mal.

So schnell sie konnte, hastete Simone über die Treppen des Parkhauses. Draußen musste sie sich einen Moment orientieren. Dann erkannte sie die kleine Buchhandlung, in der sie früher ein paarmal gewesen war. Mit knappen Schritten tippelte sie den vereisten Gehweg entlang und wäre beinahe gestürzt. Es war kalt geworden. Der am Wochenende gefallene Schnee war angetaut, in der abendlichen Kälte erneut gefroren und bedeckte nun als Eisschicht die Gehwege.

Mit einer Viertelstunde Verspätung erreichte Simone die Gaststätte *Zum goldenen Wagen* und riss die Tür auf. Heiße Luft schlug ihr entgegen und raubte ihr für einen Moment den knappen Atem. Der soeben absolvierte Sprint ließ sie keuchend nach Luft ringen. Lautes Stimmengewirr erfüllte die Gaststätte, die brechend voll war. Es war eines dieser typisch gutbürgerlichen Restaurants, in denen es solide Hausmannskost gab und die Teller reichlich gefüllt waren. Unsicher sah sie sich um. Wie sollte sie denn hier ihre heutige Verabredung finden?

Doch da erhob sich eine blonde Frau von einem Ecktisch und winkte wie wild in ihre Richtung?

»Bist du Simone?«, schrie sie ihr entgegen.

Simone winkte zurück und durchquerte den Gastraum. Am Ecktisch saß noch eine zweite Frau. Sie trug die grauen Haare kurzgeschnitten, eine randlose Brille saß auf ihrer Nase. Bekleidet war sie mit einem schlichten Shirt und einer dunklen Hose. Ernst, fast schon abweisend schaute sie Simone entgegen.

Die blonde Frau, die sich als Uta vorstellte, war das komplette Gegenteil ihrer Tischnachbarin. Ihre Haare waren zu einer wilden Hochsteckfrisur aufgetürmt, aus der sich einzelne Strähnen gelöst hatten. »Simone, wie schön, dass du gekommen bist. Setz dich doch. Das ist Julia, und die Dritte im Bunde, unsere liebe Inga, ist mal wieder zu spät, wie fast immer. Wir sind schon so gespannt auf dich, das glaubst du gar nicht.«

Simone setzte sich auf die Eckbank und reichte den Frauen ihre Hand. Während Uta sie fast in ihre Arme riss, gab sich Julia zurückhaltend und murmelte etwas Unverständliches.

»Ich bin leider auch zu spät. Irgendwie fand ich nirgends einen Parkplatz«, meinte Simone schweratmend. »Dieser Wintermarkt, den hatte ich gar nicht auf dem Schirm. Die letzten Meter bin ich etwas schneller gelaufen, und jetzt fehlt mir die Puste.«

»Tja, das ist das Alter«, sagte Uta grinsend. »Da lässt die Kondition langsam nach. Wir sehen das nicht ganz so eng mit der Pünktlichkeit, mach dir keine Gedanken. Wir freuen uns einfach riesig, dass endlich jemand auf unsere Zeilen reagiert hat, stimmts, Julia?« Die stumme Tischgenossin bekam einen Rempler verpasst und nickte schließlich. »Was willst du trinken, Simone?«

Simone musterte die anderen Gläser. »Ich nehme eine Apfelschorle.«

Uta erhob sich halb von ihrem Sitz und winkte dem Kellner zu.

»Freddy, bring mal eine Apfelschorle«, schrie sie gegen den Lärm an. Kurze Zeit später stand ein Glas vor Simone.

In diesem Augenblick öffnete sich erneut die Tür, und eine vollschlanke Frau mit roten langen Haaren rauschte heran. Sie war in einen wallenden Fummel gehüllt, trug eine riesige Brille, und eine Kette mit großen bunten Kugeln hing vor ihrem üppigen Busen. Schweratmend sank sie auf den einzig freien Stuhl, ergriff die Speisekarte und fächelte sich Luft zu. »Guter Gott, diese Menschenmassen machen mich fertig. Keine Parkplätze, verstopfte Gehwege und das im Januar. Dann noch diese beschissenen Schuhe – hätt ich mir die nur nicht gekauft, fünfhundert Euro.« Sie hob ihr Bein ein paar Zentimeter über die Tischkante und zeigte ihre hohen Haxen. »Der Verkäufer war echt süß, aber leider schwul. Früher hab ich Mordsabsätze getragen und heute ... Ich glaube, in einem Jahr kreuze ich hier mit Birkenstockschlappen auf. Nix für ungut, Julia, zu dir passen die Latschen ja auch, aber zu mir? Und dann diese Hitzewellen. Keines dieser blöden Hormonmittel bewirkt auch nur das Geringste, im Gegenteil. Oben Hitze, unten Trockenheit. Es ist echt zum Verzweifeln.«

Erst jetzt schien sie Simone zu bemerken, die den Monolog mit einer Mischung aus Sprachlosigkeit und Belustigung verfolgt hatte.

»Ach, und das ist wohl unsere neue Kandidatin. Freut mich, ich bin Inga, und du bist bestimmt Simone. Wir sind alle schon so gespannt auf dich.«

»Gespannt, das sind wir wirklich, falls wir jemals in diesem Leben nochmal zu Wort kommen werden«, meinte Uta sarkastisch und nahm einen Schluck Bier.

»Ja, Herrgott, ich bin ja schon still. Aber manchmal muss es eben raus. Mein Tag war echt fürchterlich. Nur irgendwelche orientierungslosen Kunden, die Geschenke suchen und nicht wissen, was sie wollen. Als ob *ich* das wüsste. Und dann empfiehlt man was, und es ist auch nicht richtig. Ich hab einen Schmuckladen«, fügte sie erklärend an. Inga fing einen knappen Blick von Uta auf und hob kapitulierend die Hände. »Schon gut, ich schweige ab sofort. Also, Simone, du bist dran. Erzähl doch mal ein bisschen was über dich.

Warum würdest du gerne in unsere kleine Reisegesellschaft kommen?«

Drei Augenpaare schauten Simone gespannt an, und sie bemerkte, wie ihr Herz schneller klopfte. Mein Gott, was sollte sie sagen, was wollten die anderen denn wissen?

»Na ja, eigentlich war das die Idee meiner Tochter. Die meinte, ich müsste mal raus.« Dann sprudelten die Worte wie von allein. Simone erzählte von ihrem Leben. Wie sie ihren Mann vor über drei Jahren bei einem Motorradunfall verloren hatte, wie sie vollkommen in Trauer versunken war und dass sie nun glaubte, diese Zeit beenden zu wollen. Sie sprach von ihrem Zuhause, ihrem Garten, der Liebe zu Blumen, ihren beiden Kindern und was sie sonst so machte. Und natürlich von dem bevorstehenden Geburtstag, den sie auf keinen Fall mit ihrer Mutter verbringen wollte. Besonders für die letzte Aussage erntete Simone verständnisvolles Nicken.

Dann herrschte Stille, die Inga nach einer Weile mit den Worten »Also, wenn ihr mich fragt, ich hab jetzt Hunger« unterbrach. Eifrig blätterte sie in der Speisekarte und sah Simone fragend an. »Du auch?«

Die rang sich ein »Ich hab schon was ausgesucht, danke« ab. Unsicher blickte sie die Frauen an. Hatte sie zu viel erzählt, das Falsche oder gar zu wenig? Wie war dieses Schweigen zu deuten? Vielleicht war es doch ein Fehler gewesen, hierherzukommen, und sie war noch nicht so weit.

Doch in diesem Moment fuhr Inga fort: »Also, wenn ihr mich fragt, ich glaube, Simone passt hervorragend zu uns. Vier sind immer besser als drei.« Gelassen wedelte sie sich mit der Speisekarte Luft zu. »Außerdem bin ich überzeugt, dass dir ein wenig Abwechslung sehr guttut, liebe Simone. Ich hab zwar auch schon Männer verloren, aber nicht durch Tod, sondern nur durch Scheidung. Und ja, ich weiß, das kann man nicht vergleichen«, fügte sie an, als die ruhige Julia aufbegehren wollte. »Ich bin trotzdem sicher, ahnen zu können, wie es dir geht. Du wirkst todtraurig und zwanzig Jahre älter, als du eigentlich bist. Nicht böse sein, ich will nur ehrlich sein.«

Uta verdrehte die Augen. »Das ist genau das, was Simone jetzt hören will. Zwanzig Jahre älter, also wirklich. Wie auch immer, ich könnte mir ebenfalls gut vorstellen, mit dir auf Reisen zu gehen. Ich hab meinen Mann vor sechs Jahren verloren. Bleibt nur noch unsere Julia.«

Uta blickte lächelnd die stille Frau an, die bis jetzt noch kein einziges Wort gesagt hatte.

Julia drehte das Glas Wasser zwischen ihren Händen und starrte auf den Tisch.

»Keine Ahnung, ich weiß nicht«, meinte sie nach einer Weile gedehnt und zuckte mit den Schultern.

»Julia, Grit kommt nicht wieder.« Uta legte ihr die Hand auf den Arm und schaute sie eindringlich an. »Sie hat eine neue Liebe gefunden. Und das müssen wir akzeptieren, ob dir dieser Typ an ihrer Seite nun gefällt oder nicht. Alles ist ihre Entscheidung.« An Simone gewandt meinte sie: »Grit war deine Vorgängerin, sie hat einen neuen Partner gefunden und ist deswegen nicht mehr mit uns unterwegs. Sie und Julia haben sich sehr gut verstanden und waren eng befreundet.«

Bei diesen Worten zuckte die stumme Frau heftig zusammen und schaute Uta finster an. Zum Glück unterbrach der Kellner das Gespräch in diesem Moment und nahm ihre Bestellungen entgegen.

»Ich weiß ja, dass Grit nicht wiederkommt. Aber ich finde, es geht alles so schnell. Vielleicht sollten wir Simone erst einmal etwas über unsere Art zu reisen erzählen«, sagte Julia nach einer Weile. »Immerhin muss sie entscheiden, ob sie mit uns unterwegs sein möchte.«

»Die spontanen Entscheidungen im Leben sind meist die allerbesten. Aber dann mach doch, erzähl ihr etwas«, meinte Uta.

Julia schaute sie ernst an. Ihre Augen waren groß und dunkel. »Also gut, wir drei, also eigentlich vier, kennen uns seit fünf Jahren. Wir haben uns auf einem Schiff kennengelernt, während einer Kreuzfahrt für Alleinreisende.«

»Die schrecklich war, nur alte Leute auf diesem Kahn«, unterbrach Inga.

»Aber wir vier verstanden uns sofort und hatten eine gute Zeit. Wir fanden es schade, einfach so auseinanderzugehen.

Deshalb beschlossen wir, probehalber zusammen eine Reise zu unternehmen. Das funktionierte so gut, dass wir unseren kleinen Reiseclub gründeten. Wir wählen also seitdem gemeinsam unsere Ziele aus, jemand macht einen Vorschlag, und dann wird abgestimmt. Das Votum muss einstimmig sein, sonst suchen wir uns ein anderes Ziel. So vermeiden wir, dass hinterher jemand rummeckert. Meist sind wir zweimal im Jahr unterwegs, je nachdem. Wir sind alle selbstständig und können uns unsere Zeit frei einteilen. Flug und Essen bezahlt jeder allein. Wir schlafen meist getrennt und teilen uns nur die Kosten für Mietwagen oder ein eventuelles Ferienhaus. Ausflüge, Wanderungen und so weiter machen wir zusammen, man kann aber auch durchaus mal allein was unternehmen.«

»Zum Beispiel, um abends tanzen zu gehen«, warf Inga grinsend dazwischen und wackelte mit den Hüften.

Julia seufzte und verdrehte die Augen. »Ja, genau. Wir machen keine wilden Shoppingtouren, sondern möchten etwas von Land und Leuten sehen. Und wenn wir zu viert unterwegs sind, gibt es keine Männergeschichten. Das bedeutet: Sollte eine von uns jemanden kennenlernen, darf sie gerne mit ihm einen Ausflug machen, sie bringt ihn aber nicht zu unseren gemeinsamen Aktivitäten mit.

Uta führt den Blog im Internet, das hat damit zu tun, dass ihr ein Reisebüro gehört. Deswegen bucht sie für uns immer Flüge und Hotels, was einiges erleichtert. Der Blog ist ihre ganz private Geschichte.

Solltest du für dich entscheiden, dass diese Art des Reisens nicht mehr zu deinem Leben passt, darfst du uns selbstverständlich jederzeit verlassen, wie Grit es getan hat. Es gibt keine Verträge oder so. Das Wichtigste kommt zum Schluss.« Julia machte eine kurze Pause. »Wir legen großen Wert auf Ehrlichkeit und ein faires Miteinander. Wer ein Problem mit einer anderen Frau hat, sollte das mit dieser Frau klären und nicht anders. Wir dulden keine Lästereien, obwohl Frauen nun mal gerne lästern – doch nicht bei uns.

Und nun musst du entscheiden, ob du dich mit unserer Art zu reisen anfreunden kannst und ob du spontan bist, denn unsere nächste Reise steht ja unmittelbar bevor.«

»Stimmt.« Uta nickte. »Eigentlich machen wir uns in zehn Tagen auf den Weg. Diesmal geht es auf die Azoren, genauer nach São Miguel.«

Simone durchforstete ihren Geist, Azoren, das hatte sie schon einmal gehört, aber eher in Verbindung mit dem Wetterbericht. War da nicht immer von einem Azorenhoch die Rede?

»Falls du dich fragst, wo um Gottes willen dieses Eiland liegt, wir können dir helfen. Denn außer Julia, die uns dieses Reiseziel vorgeschlagen hat, wusste keine von uns, wo sich die Azoren befinden.« Inga warf ihre feuerroten Haare zurück und holte Luft. »Also, stell dir die Strecke zwischen hier und Amerika vor. Und nach etwa einem Drittel des Weges lässt du einen Fliegenschiss auf die Landkarte plumpsen. Da in etwa liegen die Azoren.«

Uta, die gerade etwas getrunken hatte, prustete beinahe über den kompletten Tisch. »Treffend beschrieben. Man könnte sagen, außer schöner Landschaft ist dort nichts los.

Aber wir alle brauchen dringend ein bisschen Ruhe und Erholung. Und wir wollen dem tristen Wetter in der Heimat entfliehen. Deswegen sind wir Julias Vorschlag gefolgt.«

In Simones Kopf drehte sich alles. Die Frauen waren ihr sympathisch, zwar sehr unterschiedlich, aber sie war sicher, sie würde sich mit ihnen verstehen. Genau das hatte sie gewollt – ihren Geburtstag nicht allein feiern und dem grauen Wetter entfliehen.

Tim kam ihr in den Sinn. Was würde der wohl sagen? Vermutlich wäre er erst mal verblüfft, doch dann würde er ihr zuraten und sie auf die Reise schicken.

Der Kellner brachte das Essen und verschaffte ihr noch eine Sekunde zum Nachdenken.

»Du kannst es dir ja durch den Kopf gehen lassen, vielleicht bis morgen«, nuschelte Inga und schaufelte bereits Spaghetti in ihren Mund. »Nicht dass wir dich überreden, und du überlegst es dir am Ende nochmal anders.«

Nochmal überlegen, noch eine Nacht drüber schlafen? Auf keinen Fall. »Nein«, sagte sie laut und haute mit der Hand auf den Tisch, dass die anderen zusammenzuckten. Plötzlich wusste Simone genau, was sie wollte. »Nein, wisst ihr was. Ich komme mit, ich sage Ja! Denn, wenn ich jetzt nicht zusage, überlege ich es mir vielleicht noch einmal anders, so bin ich nämlich. Ich will auf keinen Fall an meinem Geburtstag allein zu Hause sein und einsam mit meiner Mutter an der Kaffeetafel hocken. Und ich will auf keinen Fall mit irgendwelchen stockfremden Leuten oder mutterseelenallein durch die Weltgeschichte reisen – das schaffe ich nicht.«

»Ehrlich?« Uta legte das Besteck auf ihren Teller und griff zum Glas. »Ich finde das total Klasse. Du hast eine spontane Entscheidung getroffen, und ich bin sicher, du wirst es nicht bereuen. Es werden drei wundervolle Wochen auf den Azoren. Also sind alle einverstanden, wollen wir Simone in unsere Reihen aufnehmen?« Drei Köpfe nickten. »Okay, dann sag ich mal: Auf unser neues Teammitglied Simone und auf Grit. Möge sie mit ihrem neuen Partner glücklich werden, und möge Simone sich bei uns wohlfühlen.«

Drei Gläser erhoben sich. Als Letztes nahm Julia das ihre, lächelte verhalten, ließ es dann aber doch mit den anderen zusammenstoßen.

3

Die wenigen Tage bis zur Abreise vergingen wie im Flug. Es war so vieles zu organisieren, und Simone kam gar nicht richtig dazu, über alles nachzudenken.

Spät in der Nacht war sie an diesem denkwürdigen Abend in ihr Bett gesunken. Fast als Letztes hatten die Frauen die Gaststätte verlassen und vorher stundenlang Pläne für ihren Aufenthalt geschmiedet. Selbst die ruhige Julia war am Ende aufgetaut und hatte munter mitgeplaudert. Simone fühlte sich in diesem Quartett jetzt schon wohl und willkommen. Auf dem Heimweg war sie beim Friedhof vorbeigefahren und zu Tims Grab geschlichen. Normalerweise war das Betreten des Friedhofs nach Einbruch der Dunkelheit verboten, doch Simone war sicher, niemand würde sie sehen. Atemlos hatte sie ihrem Mann in stockdunkler Nacht von den Neuigkeiten berichtet. Dann hatte sie geschwiegen und spontan den Schnee vom Grabstein gewischt.

»Mach's gut, Tim, in den nächsten Tagen werde ich nicht so häufig kommen. Es ist viel zu tun. Aber ich verspreche dir, ich nehme dich mit auf diese Reise.«

Ohne sich umzudrehen, war sie gegangen, und es fühlte sich gut an. Später im Bett hatte Simone vor lauter Aufregung kein Auge zugetan. Doch es war eine positive Vorfreude gewesen, und zum ersten Mal seit vielen Monaten glaubte sie, endlich wieder bei sich angekommen zu sein. Es gab ein Ziel, und es gab einen Plan, dem sie folgen konnte.

Gleich am nächsten Morgen fuhr sie erneut in die Stadt.

Sie war mit Uta in deren Reisebüro verabredet. Diese hämmerte wie wild auf ihrer Tastatur herum. »So, da schauen wir mal, eigentlich ist der Flieger schon ausgebucht. Aber es ist immer gut, wenn man jemanden an den richtigen Stellen kennt.«

Uta schaffte es tatsächlich, ihr wie durch Zauberhand noch einen Platz im Flieger zu organisieren. Beim Hotel war das schon einfacher. Sie starrte auf den Bildschirm und klatschte dann in die Hände. »Perfekt, ich hab dir ein Doppelzimmer mit Meerblick gebucht, na ja, eigentlich gibt's dort nur Meerblick. Schau mal.«

Die Reisebüroinhaberin drehte den Bildschirm in ihre Richtung.

Simone erblickte ein Hotel, das fast mit den dunklen Felsen verschmolz, vor denen es erbaut worden war. Direkt an den Klippen gelegen, konnte man von jedem Zimmer auf den Atlantik schauen. Simone sah das Blau des Meeres und fühlte, wie ihre Vorfreude auf diese Reise wuchs. »Wunderschön, einfach traumhaft.«

»Finde ich auch. Na hoffen wir mal, dass das Wetter mitspielt. Ganz so grün wie auf dem Bild wird es nicht sein, immerhin herrscht auf den Azoren auch Winter. Aber Temperaturen zwischen fünfzehn und achtzehn Grad sind schon mal wesentlich besser als unser Schmuddelwetter. Ach, das wäre übrigens unsere nächste Regel – über das Wetter wird nicht gemeckert. Wir packen alle regenfeste Wandersachen ein. Das solltest du auch tun. Da bist du für alle Fälle gerüstet.«

Simone legte ihre Stirn in Falten. »Wandersachen, okay, da muss ich nochmal los. Die hab ich nicht, nur reichlich Skisachen.«

»Na, mit Skisachen dürfte es dann doch ziemlich warm werden.« Uta lachte und schaute auf die Uhr. »Wenn du noch ein wenig Zeit hast, meine Mitarbeiterin kommt in einer halben Stunde. Dann könnte ich mit dir zusammen gehen. Ich brauch auch noch ein paar Dinge.«

»Ehrlich? Das wäre klasse.«

Zehn Minuten später trudelte Utas Mitarbeiterin ein, eine kleine rundliche Frau mit Hasenzähnen und üppigen Locken auf dem Kopf. Sie redete unablässig und ließ ihre eigene Chefin kaum zu Wort kommen.

»Meine Frau Lehmann, spricht ein wenig viel, verkauft aber die teuersten Reisen mit Leichtigkeit. Ich bin echt froh, dass ich sie habe. Man sollte sich nie von Äußerlichkeiten ablenken lassen«, meinte Uta schmunzelnd, während sie wenig später über den Gehsteig hasteten.

Ein paar Straßen weiter lag ein Sportgeschäft. Ein hochgewachsener Verkäufer mit schütterem Haar und leichten Froschaugen kam auf der Stelle herbeigestürzt. »Was kann ich für Sie tun?«

Hilfsbereit sah er sie an.

»Wir brauchen eine Wanderausrüstung für meine Freundin, wir fahren ein paar Tage auf die Azoren. Was können Sie uns denn empfehlen?«, fragte Uta forsch.

Amüsiert beobachteten die beiden Frauen, wie der Typ sich ins Zeug legte. Er raste durch den Laden, als hinge von dieser Beratung sein Leben ab. Aus allen Ecken des Geschäftes schleppte er Schuhe, Hosen, Jacken, Shirts und Rucksäcke herbei und breitete diese auf der Ladentafel aus.

»Ich glaub, der steht auf dich«, raunte Uta ihr zu, während Simone sich wenig später in einer Wanderhose vor dem Spiegel hin und her drehte und der Verkäufer begeistert ihr Hinterteil musterte.

Augenblicklich schoss ihr die Röte in die Wangen. »So ein Quatsch«, flüsterte Simone zurück und schielte verlegen in Richtung des Mannes. »Der kriegt bestimmt nur eine ordentliche Provision.«

»Das glaubst auch nur du. Sieh doch, wie der dich anstarrt, vor allem deinen Hintern. Würde mich nicht wundern, wenn der dich noch nach deiner Telefonnummer fragt«, sagte Uta lachend.

»Bitte nicht, das würde mir gerade noch fehlen.« Zu Simones Erleichterung tat der Mann dies nicht, suchte aber immer wieder Blickkontakt zu ihr. Eine Stunde später verließ sie um fast tausend Euro ärmer und zwei vollgepackte Tüten reicher den Laden. »Danke für deine Unterstützung, ich wäre vollkommen aufgeschmissen gewesen.«

»Freut mich, wenn ich helfen konnte. Aber jetzt muss ich zurück ins Reisebüro. Ich bin schon froh, dass meine Mitarbeiterin mich für die Zeit meiner Reise vertritt. Da will ich ihren guten Willen nicht überstrapazieren.« Die beiden Frauen umarmten sich herzlich, und beschwingt machte Simone sich auf den Heimweg.

Ein Gefühl von Freundschaft stellte sich bei ihr ein, obwohl man das nach so kurzer Zeit sicherlich noch nicht sagen konnte. Aber es tat gut, wieder mit einer Frau unbeschwert zu reden und zu lachen, einkaufen zu gehen. Viele ihrer Freundschaften waren zerbrochen. Die Menschen hatten mit ihrer Trauer nicht umgehen können. Dass Simone selbst daran nicht ganz unschuldig war, wusste sie durchaus. Wie sollte man einen Menschen erreichen, der sich vollkommen zurückzog und alle Besuche oder Gespräche abblockte? Der am Telefon einfach losheulte und kein anderes Thema als den Tod kannte? Sie hatte es ihrem Umfeld nicht leicht gemacht.

Zu Hause inspizierte sie noch einmal ihre Einkaufstüten und zog die derben Wanderschuhe an, um sie bereits ein wenig einzulaufen. Locker spazierte sie im Ankleidezimmer auf und ab. Dabei segelte ein kleiner Zettel zu Boden. Simone ergriff ihn und las:

Vielleicht haben Sie mal Lust auf ein Telefonat, ich bin Jochen, der Verkäufer aus dem Sportladen.

Darunter stand eine Telefonnummer.

Augenblicklich glühten ihre Wangen. Uta hatte also doch recht gehabt. Automatisch wanderte Simones Blick zum Spiegel. Sie sah immer noch gut aus. In ihren dunklen Haaren gab es einzelne silberne Strähnen, die aber wie hineingezaubert wirkten. Um ihre braunen Augen lagen kleine Lachfältchen, der Mund war voll und sinnlich. Die Figur war fraulicher geworden. Kleidergröße achtunddreißig war gestorben, aber sie fühlte sich wohl mit ihrem neuen Ich. Auch weil Tim diese Rundungen immer geliebt hatte.

Simone streckte ihrem Spiegelbild die Zunge heraus, ergriff ein Stück Tesa und klebte den Zettel neben ihren Spiegel. »Wer hätte gedacht, dass dir nochmal jemand kleine Zettelchen zusteckt, mit fast sechsundvierzig.«

Am Abend setzte Simone sich hin und schrieb eine lange Liste mit den Dingen, die noch zu erledigen waren. Sarah und David informierte sie per Mail, da sie beide telefonisch kaum erreichte.

Seltsamerweise antworteten sie fast augenblicklich und mit dem gleichen Wortlaut. Ihre Kinder machten ihr Mut und wünschten eine gute Reise. Sarah mit vielen Herzchensmileys, David etwas sachlicher. Sie schienen erleichtert zu sein, dass sie etwas tat.

Sinnierend schaute Simone nach draußen, eben hatte es wieder zu schneien begonnen. Und schon bald würde sie eine angenehme Brise vom Meer spüren. Was hatte Uta gesagt, irgendwas blühte immer auf den Azoren. Bei dem Gedanken schlug Simones Herz schneller. Blumen, Pflanzen, das war das, was sie liebte. Doch was sollte aus ihrem eigenen grünen Reich werden?

Am nächsten Tag rief sie eine ihrer wenigen Bekannten an. Petra und sie hatten sich vor einigen Monaten in einer Selbsthilfegruppe für Trauernde kennengelernt und hielten seitdem Kontakt. Sie waren ein paarmal zusammen im Kino oder bummeln gewesen, da sie nur wenige Minuten voneinander entfernt wohnten. Doch Simone hatte gespürt, dass Petra in ihrer Trauer noch sehr viel mehr gefangen war als sie selbst und sie dadurch mit nach unten zerrte. Deswegen war der Kontakt immer sporadischer geworden.

Nun brauchte sie Petras Hilfe. Auch, weil ihr schlicht und ergreifend niemand anders einfiel.

Nach einer kurzen Einleitung kam Simone direkt zum Punkt. »Petra, könntest du dir vorstellen, dich in den nächsten Wochen um meine Pflanzen zu kümmern? Du weißt schon, im Wintergarten und dem Rest des Hauses. Vielleicht könntest du dir sogar vorstellen, vorübergehend bei mir einzuziehen. Sarahs kleine Wohnung im Anbau wäre perfekt, und du hättest dein eigenes Reich.«

Sie wusste, dass Petra in einfachen Verhältnissen lebte und sich immer bewundernd bei ihr umgesehen hatte.

Am anderen Ende herrschte überraschte Stille. »Wow, du fährst fort. Das finde ich großartig, ich wünschte, ich wäre auch schon so weit. Und bei dir einziehen, mich um die Pflanzen kümmern, das klingt super. Da hätte ich ja so etwas wie eine Aufgabe. Ich bin dabei.« Petras Stimme brach. »Das ist ... Ich weiß gar nicht, was ich sagen soll.«

»Sag einfach Ja.« Erleichterung machte sich in Simone breit. Auch dafür war eine Lösung gefunden.

Beide vereinbarten einen Termin, bei dem Simone ihr alles zu Erledigende genau erklären würde. Nun blieb nur noch ein Telefonat, sie musste ihre Mutter anrufen. Zwar wäre es besser gewesen, sie zu besuchen, doch dazu konnte Simone sich nicht aufraffen.

Das Telefon klingelte und klingelte, und endlich hob ihre Mutter ab und schnäuzte sich laut und deutlich. »Mädel, bist du es? Ich hab nämlich gerade an Papa denken müssen.«

Simone zählte innerlich bis zehn. Erstens sah ihre Mutter ihre Nummer auf dem Display, und zweitens deprimierte sie deren weinerlicher Tonfall augenblicklich zutiefst.

Simones Vater war vor über zehn Jahren gestorben, nach langer Krankheit. Ihre Mutter hatte ihn aufopferungsvoll bis zu seinem Tode gepflegt, und dafür hatte sie Simones ganze Bewunderung. Doch Antje vermittelte ihr immer noch das Gefühl, als wäre der Sterbefall erst gestern geschehen. Sie hing so tief in ihrer Trauer fest, dass es kaum zum Aushalten war.

Nach Tims Tod hatte ihre Mutter gehofft, mit ihr gemeinsam trauern zu können. Sie wollte mit ihr weinen und wehklagen, doch Simone trauerte anders. Das verstand ihre Mutter nicht, und fast jedes Gespräch zwischen ihnen endete in einem handfesten Streit. Obwohl sie nur eine halbe Autostunde voneinander entfernt wohnten, sahen sie sich kaum. Simone tat dies manchmal leid, und dennoch konnte sie ihre Mutter einfach oft nicht verstehen.

»Ach Mama«, sagte sie daher nur. Diese Bemerkung setzte eine ellenlange Litanei von Klagen in Gang.

»Ich wollte heute einkaufen, aber der Schneefall ist furchtbar. Papa wäre mit dem Auto gefahren, aber ich ...«

»Gib doch Bescheid, Mama, ich kann dir doch auch ein paar Sachen besorgen.«

»Du, ach nein, du hast mit Tims Tod genug zu tun«, stammelte Antje und brach in Tränen aus. »Dass dein Mann so jung gehen musste, ist nicht zu begreifen. Aber immerhin können wir uns mit unserem Schicksal unterstützen. Auf den Friedhof müsste ich auch mal wieder. Papas Grab sieht bestimmt schrecklich aus.«

»Bestimmt nicht, alles ist doch zugeschneit.«

»Trotzdem ... Man sollte regelmäßig nach dem Grab schauen, schon wegen der Leute. Was werden die wohl sagen.«

Simone dachte kurz nach, es stand ihr nicht zu, ihre Mutter zu verurteilen. Immerhin war sie selbst jeden Tag auf dem Friedhof gewesen und hatte im Herbst per Hand die Blätter von Tims Grab gelesen. »Ich glaube, Mama, den Leuten ist das egal. Aber eigentlich rufe ich wegen etwas ganz anderem an.«

Antje ignorierte ihren Einwand und plauderte weiter. »Stell dir vor, ich versuche seit einigen Wochen, Sarah zu erreichen, aber sie geht nie ans Telefon, und zurückrufen tut sie gleich gar nicht. Dabei will ich nur wissen, was sie sich zu Weihnachten wünschte. Weil sie doch nicht da war und ihr Geschenk an deinem Geburtstag bekommen soll. Das Auslandsporto ist ja so unglaublich teuer.«

»Mama, genau wegen meines Geburtstags rufe ich ja an.« Nun galt es, schnell zu sein und die Tatsachen auf den Tisch zu legen. »Ich fahre dieses Jahr an meinem Geburtstag weg. Weder David noch Sarah können kommen, sie haben beruflich zu tun«, platzte Simone heraus. Am anderen Ende herrschte Schweigen. »Mama, ist alles in Ordnung? Bist du noch dran?«

Stille erfüllte die Leitung, sie hörte ihre Mutter leise atmen. »Natürlich bin ich noch dran. Und wo fährst du hin?«

»Auf die Azoren«, antwortete Simone mit fester Stimme, obwohl es ihr gerade innerlich das Herz zerriss.

»Du guter Gott, wo liegen die denn?«

»Mitten im Atlantik. Mama, und wenn ich wieder da bin, komme ich dich gleich besuchen, und wir feiern zusammen nach«, sagte Simone versöhnlich.

»Musst du nicht, ich komm schon klar. Und jetzt muss ich Schluss machen, Tante Liesel will gleich vorbeischauen, und wir wollen Karten spielen.« Antjes Stimme zitterte verdächtig.

Simone war unsicher, ob das der Wahrheit entsprach. »Mama, ist wirklich alles in Ordnung?«

»Ja klar, du hast eben dein eigenes Leben und bist noch jünger.« Ihre Mutter schwieg kurz. »Mone, ich glaube, du machst es richtig.« Durch den Hörer vernahm sie ein Klingeln. »Nun ist Liesel da, ich muss auflegen.«

Und ehe Simone noch etwas sagen konnte, hatte ihre Mutter das Gespräch beendet.

Sie ging in ihre Küche und kochte sich eine Tasse Tee. Dann setzte Simone sich auf ihren Lieblingsplatz am Fenster und sah vor sich hin. Seltsam, es kam ihr vor, als hätte Sarah mit ihr vor einigen Tagen genau das gleiche Gespräch geführt wie sie soeben mit ihrer Mutter.

Vielleicht war doch etwas dran, dass man seinen Eltern immer ähnlicher wurde, auch wenn man sich mit Händen und Füßen dagegen wehrte?

4

Und dann war er endlich da, der Tag der Abreise. In der vergangenen Nacht hatte Simone kein Auge zugetan und immer wieder ihren Koffer gecheckt. Hatte sie auch wirklich nichts vergessen und alles eingepackt?

Uta beruhigte sie bei einem letzten Telefonat. »Mach dir keine Gedanken, wir fliegen auf die Azoren und nicht nach Sibirien. Und selbst dort gibt es inzwischen alles zu kaufen, was man so braucht.«

»Ja, ich weiß, du hast recht. Ich bin trotzdem schrecklich aufgeregt«, erwiderte Simone mit fliegendem Atem.

»Das kannst du auch sein. Ganz ehrlich, ich bin jedes Mal aufgeregt, obwohl ich schon unzählige Male geflogen bin und wirklich alles erlebt habe, was man sich vorstellen kann.« Uta machte eine kleine Pause. »Sieh es einfach als einen Neuanfang an, klopf dir selber auf die Schulter. Wir fliegen heute in den Urlaub, und er wird wunderschön.«

Zwei Stunden später klingelte der Taxifahrer und brachte Simone zum Frankfurter Flughafen. Es war ein älterer, sehr netter Mann, und die einstündige Fahrt verging wie im Flug.

Staunend schaute Simone aus dem Fenster des Taxis. Zum letzten Mal war sie vor fünf Jahren von hier aus geflogen, und sie bemerkte, was sich seitdem alles verändert hatte. Neue Gebäude waren entstanden, und sie entdeckte das kleine Hotel kaum, in dem sie früher mit Tim vor manchen Reisen übernachtet hatte.

Dann erreichten sie das Terminal. Simone schnappte sich einen herumstehenden Kofferwagen, belud ihn und betrat das Flughafengebäude. Nervös schaute sie sich um. Was hatte Uta vorhin noch einmal gesagt? Sie wollten sich direkt unter der Abflugtafel treffen. Doch dort stand keine ihrer Freundinnen. Ein Blick zur Uhr zeigte, dass die verabredete Zeit bereits erreicht war. Das konnte ja heiter werden.

Simone suchte sich ein ruhiges Plätzchen an der Seite und zog ihr Handy aus der Tasche. Da war keine Mitteilung, niemand hatte ihr geschrieben. Also wählte sie Utas Nummer, doch die hob nicht ab. Bei Julia und Inga passierte das Gleiche. Augenblicklich spürte sie, wie eine Hitzewelle ihren Körper überflutete. Das ging ja gut los. Panisch schaute sie sich um.

Simone sah nur Menschenmassen. Da gingen Treppen nach oben und Treppen nach unten. Durchsagen in verschiedenen Sprachen dröhnten durch die Hallen. Es herrschte ein unglaubliches Gewimmel. Reisende aus aller Welt schoben sich an ihr vorbei. Manche mit großen Koffern, manche mit sportlichen Rucksäcken. Eine kleine Frau putzte versunken den Boden und schien das Gewusel um sich herum kaum wahrzunehmen. Polizisten patrouillierten durch die Hallen, und jeder schien genau seinen Weg zu kennen, nur sie nicht.

Die Panik in ihrem Inneren nahm ihr fast die Luft. Dann schalt Simone sich selbst, früher war sie allein geflogen, ohne Tim, und immer ans Ziel gekommen. Selbst als wegen eines Hurrikans sämtliche Flüge nach Europa storniert werden sollten, hatte sie mit viel Charme einen der letzten Plätze ergattert. *Reiß dich zusammen*, sagte sie zu sich und zählte innerlich bis zehn. Das hatte früher schon immer geholfen. Dann zog Simone ihren Flugschein aus der Tasche und studierte die Abflugtafel. Na bitte, dort stand es doch – Ponta Delgada. Nun musste sie nur noch den entsprechenden Abflugschalter finden, und die Sache war geritzt.

»Wir dachten schon, du hast dich anders entschieden?«

Erschrocken fuhr Simone herum. Hinter ihr standen ihre drei Begleiterinnen. Alle mit mehr oder minder üppig beladenen Kofferwagen.

»Ich hab euch gesucht, und ans Telefon seid ihr auch nicht gegangen.« Okay, nun klang sie wirklich wie ihre Mutter. Deswegen begann Simone augenblicklich zu grinsen und biss sich auf die Zunge. »Ach, was solls. Nun haben wir uns ja gefunden.«

Neugierig musterte sie die anderen. Ihre kleine Reisegruppe zeigte sich nicht nur in ihren Charakteren ziemlich unterschiedlich, sondern auch in ihrem Aussehen. Uta war heute in einen knallroten, bequemen Hosenanzug gehüllt, Julia trug eine schlichte Jeans mit T-Shirt und wirkte irgendwie so wie immer. Es hätte auch sein können, dass sie jeden Moment ins Büro ging. Ingas Bekleidung bestand dagegen aus einem wallenden Kaftan in verschiedenen Khakitönen mit dazu passenden Leggins. Ihr Gesicht war weiß, mit einer Tendenz ins Grüne. Besorgt schaute Simone sie an.

»Geht's dir nicht gut, Inga? Du siehst aus, wie eine ... Wie eine Kalkwand?«

Die sonst so lebenslustige Frau stöhnte nur verhalten und stützte sich auf ihrem reichlich beladenen Kofferwagen ab. Leichte Schweißperlen schimmerten auf ihrer Stirn.

»Flugangst«, meinte Julia knapp. »Nicht weiter drauf eingehen. Zum Glück sitzen wir nebeneinander. So kann ich beruhigend auf sie einwirken.«

»Du sitzt leider allein, am Gang war sonst nichts mehr frei, tut mir leid«, meinte die Reisebürobesitzerin. »Warum eigentlich unbedingt am Gang?«

»Das kommt von früher, ich hab am Anfang ziemlichen Schiss beim Fliegen gehabt. Dann hat mir mal ein Steward geraten, einen Gangplatz zu nehmen. Wenn was passiert, kann ich als eine der Ersten die Maschine verlassen«, erwiderte Simone lachend. »Seitdem flattern meine Nerven nicht mehr ganz so schlimm. Vielleicht solltest du das auch mal versuchen?« Mitfühlend schaute sie die blasse Inga an.

Doch die winkte ab. »Keine Chance, ich hab alles probiert. Bei mir hilft nur ein Schlückchen Prosecco, danach gehts mir besser.«

Julia verdrehte die Augen. »Du kriegst deinen Prosecco, später, erst mal wird eingecheckt. Der Schalter müsste jeden Moment öffnen.«

Energisch stürmte sie davon, und den anderen blieb nichts weiter übrig, als ihr zu folgen.

»Immer diese Hektik, wir haben doch unsere Plätze«, maulte Inga, schluckte aber weitere Widerworte hinunter.

Schließlich gelangten sie am entsprechenden Schalter an und reihten sich in die lange Schlange der Wartenden ein.

Uta, die direkt hinter Simone stand, beugte sich zu ihr und flüsterte: »Unsere Inga denkt tatsächlich, dass gegen ihre Flugangst ein Gläschen hilft. Mittlerweile braucht sie aber zwei oder drei, womit ich nicht sagen will, dass sie eine Alkoholikerin ist, aber na ja …«

Die üppige Rothaarige schien sich mittlerweile gefangen zu haben und unterhielt sich angeregt mit einem jungen Reisenden, der einen riesigen Rucksack vor sich herschob.

In diesem Moment entstand hinter Simone ein kleiner Tumult. Eine mehrköpfige Familie schob sich lautstark durch die Warteschlange. Kinder kreischten, eine laute Männerstimme ertönte. Utas beladener Kofferwagen knallte in ihre Hacken. Simone spürte einen Schlag und wurde nach vorn geworfen. Hilflos suchte sie nach einem Halt, stützte sich auf ihren Koffern hab und schob wiederum ihr Gefährt in die Beine des vor ihr wartenden Reisenden. Ungehalten drehte dieser sich um.

»Verdammt, können Sie nicht aufpassen?«, zischte er ihr

zu. Seine Augen funkelten verärgert, während er sich seine Kniekehle rieb.

Der Mann war hochgewachsen, trug legere Wanderkleidung und einen in den Nacken geschobenen abgewetzten Cowboyhut. Ein gepflegter Dreitagebart schmückte sein Kinn, die grauen Haare waren kurz geschnitten. In der Hand hielt er ein zerfleddertes Buch, das aussah, als wäre es schon hunderte Male gelesen worden.

»Entschuldigung«, murmelte Simone und zerrte ihren Wagen ein Stück zurück. »Es war sozusagen eine Kettenreaktion.«

»Auch dann kann man aufpassen.« Sein Blick streifte kurz ihren Körper, wanderte weiter zu ihrem Gesicht und wandte sich gleich darauf desinteressiert ab.

Innerlich schnappte Simone nach Luft. Was für ein Idiot.

Kopfschüttelnd nahm der Typ seinen dicken Roman zur Hand und las weiter. Simones Puls stieg, wie konnte man nur so unfreundlich sein. Immerhin hatte sie sich entschuldigt. Ihre Augen bohrten sich pfeilgleich in seinen Rücken, doch ihn schien dies nicht zu tangieren.

Seltsamerweise war dennoch ihre Neugier geweckt. Simone beugte sich über ihren Koffer und tat so, als würde sie einen der Reißverschlüsse kontrollieren. Sie verrenkte sich fast den Hals und erkannte schließlich den Buchtitel. *Der Herr der Ringe*, stand da. Komisch, irgendwie hatte sie dem Mann eine andere Lektüre zugetraut.

Uta zupfte sie am Ärmel ihrer Jacke. »Was für ein Rindvieh«, raunte sie genau in der richtigen Lautstärke. »Manche halten sich für extrem wichtig.«

Simone war sicher, der Mann hatte es gehört. Dennoch zeigte er keinerlei Reaktion und las weiter in seinem Buch.

Zum Glück tauchten in diesem Augenblick zwei Angestellte auf und öffneten die Abfertigungsschalter. Langsam rückte die Schlange nach vorn. Simone war krampfhaft darum bemüht, den nötigen Abstand zu ihrem Vordermann einzuhalten und weiteren Karambolagen aus dem Weg zu gehen.

Der Check-in ging problemlos über die Bühne, und gemeinsam passierten die vier Frauen wenig später die Sicherheitskontrollen. Bis zum Abflug blieb ihnen noch genügend Zeit.

Augenblicklich steuerte Inga, die sich hier sehr gut auszukennen schien, ein Restaurant an. Alle vier quetschten sich an einen Ecktisch. »Also, Mädels, wer will was trinken? Ich geb einen aus.«

Simone, die mittlerweile eine gewisse Unruhe in ihrem Magen verspürte, lehnte ab, genau wie Julia, die vermutlich niemals Alkohol trank. Einzig Uta ließ sich zu einem Gläschen breitschlagen.

»Wisst ihr noch, Mädels, als wir damals nach Dubai geflogen sind?«, fragte Inga nach einer Weile lachend und nippte an ihrem Glas.

Julia schlug die Hände vors Gesicht. »Erinnere mich bloß nicht daran.«

»Na los, Inga, nun musst du Simone die Story erzählen«, forderte Uta sie auf.

»Also gut. Mir fiel auf dem Flugplatz ein Mann auf, der Richard Gere verblüffend ähnlichsah«, legte Inga los. »Er saß dort an diesem Tisch und trank ein Glas Wasser. Im Flieger hatte er dann einen Platz drei Reihen vor uns. Also haben wir diskutiert, ob er es ist oder nicht. Gerade als ich mit Uta in einem heftigen Disput bin, ob ja oder nein, steht der Typ auf und zeigt uns seinen Pass. Was soll ich dir sagen, es war tatsächlich Richard Gere, und er hatte unsere ganze Diskussion mitbekommen. Unsere Gesichter hättest du sehen sollen. Wer erwartet denn, dass der in der Holzklasse fliegt.«

»Und auf dem Rückweg konnten wir Inga nur mit

Müh und Not aus den gierigen Fängen eines waschechten Scheichs befreien. Die Gute hatte ihm anscheinend mit ihren roten Haaren den Kopf verdreht, und er wollte sie auf der Stelle in seinen Harem eingliedern«, ergänzte Julia, und die anderen lachten schallend. »Er hatte schon begonnen, Kamele zu bieten.«

»Stimmt, auf dem Flughafen musste ich mich auf die Toilette flüchten und hab dort fast eine Stunde zugebracht, bis der Typ endlich aufgab.« Inga wischte sich die Tränen von den Wangen. Ihre Flugangst hatte sich auf wundersame Art und Weise verflüchtigt.

»Du siehst also, bei uns ist immer was los.« Uta nippte grinsend an ihrem Glas Prosecco.

»Und dann wäre da noch unser bisher einziger und vermutlich auch letzter Trip mit einem Wohnmobil durch Frankreich. Dort haben wir Uta an einer Raststätte mitten in der Bretagne vergessen. Sie hatte es mit der Verdauung, und wir sind einfach weitergefahren, weil wir dachten, sie hätte sich hinten hingelegt. Stattdessen hockte sie auf einer Kloschüssel«, erzählte Inga grinsend.

»Stimmt, wir haben erst mitgekriegt, dass sie nicht mehr an Bord ist, als Grit sich einen Kaffee machen wollte und die Maschine nicht anbekam«, ergänzte Julia. »Doch sosehr wir auch riefen, da war keine Uta. Also bin ich die ganze Strecke zurückgerast, zum Glück gab es keine Geschwindigkeitskontrollen. Na jedenfalls … Wir kommen bei der Raststätte an, und Uta sitzt mit irgendeinem Franzosen am Tisch und trinkt Wein.«

»Nicht mit *irgendeinem* Franzosen«, unterbrach Uta Julias Bericht. »Mit Jacques, und wir schreiben uns heute noch Weihnachtskarten. Aber ich glaube, wir hören langsam auf, nicht dass Simone noch Angst bekommt.«

Kurz darauf wurde ihr Flug zum Boarding aufgerufen. Inga, die inzwischen doch wieder reichlich kleinlaut war, schlich an Julias Hand dahin. Ihre Stirn glänzte schweißnass, die Lippen bebten.

Im letzten Wartebereich traf Simone noch einmal auf den unfreundlichen Mann aus der Warteschlange. Er war in ein Gespräch mit einer Frau in Wanderkleidung vertieft und schaute ähnlich griesgrämig drein wie vorhin. Die Frau gestikulierte hektisch mit ihren Händen herum, worauf der Mann auf die Startbahn verwies und die Augen verdrehte. Und als hätte er gespürt, dass ihn jemand beobachtete, sah er genau in diesem Moment in ihre Richtung. Hastig schaute Simone zu Boden.

Mit einem Bus tuckerten sie anschließend endlos über das riesige Rollfeld des Frankfurter Flughafens, bis sie nach einer kleinen Ewigkeit das Flugzeug erreichten, welches weit außerhalb geparkt war.

Simone hörte, wie Inga hinter ihr entsetzt aufschrie. »Soll das unser Flieger sein? Gott, was ist das denn? Ich bin noch nie mit so einem winzigen Flugzeug geflogen? Haben die dort auch alles an Bord wie sonst?«

Neugierig spähten alle aus dem Fenster. Aus Simones Sicht wirkte das Flugzeug ganz normal. Die anderen schienen das ähnlich zu sehen.

»Ich bin sicher, es gibt einen Piloten und mindestens eine Toilette«, erwiderte Julia trocken. »Und Kotztüten haben alle an Bord, glaub mir.«

»Du hast mir nicht gesagt, dass die Maschine so winzig ist«, erwiderte Inga kläglich.

»Verdammt, das ist doch vollkommen egal. Das Flugzeug auf den Malediven war viel kleiner.«

»Aber damit sind wir nur eine halbe Stunde geflogen und nicht mitten über den Atlantik. Außerdem gab es für alle Passagiere Sekt zu trinken.«

Langsam stellte sich auch bei Simone ein mulmiges Gefühl ein, und sie versuchte Inga, so gut es ging, zu ignorieren.

Sie war heilfroh, einen Platz am Gang ergattert zu haben. Dennoch würde alles ungewohnt werden. Denn am beruhigendsten war bei ihren letzten Reisen Tims Hand gewesen, der die ihre stets fest umschlossen gehalten hatte.

Diesmal musste sie den Flug allein durchstehen. Simone erklomm die vordere Treppe und schob sich mit den anderen Reisenden langsam durch das Innere der Maschine. Suchend wanderten ihre Augen über die Platzschilder, und endlich war ihres erreicht – Platz 8C.

Erstaunt musterte sie ihren Sitz, der bereits besetzt war. Dann bemerkte sie den Cowboyhut. Noch einmal musterte Simone prüfend die Beschilderung und checkte ihr Ticket – sie war richtig.

»Entschuldigen Sie, ich glaube, Sie sitzen auf meinem Platz«, sagte sie mit entsprechender Schärfe in ihrer Stimme.

Der Mann schrak nach oben, schob den Hut in den Nacken und sah sie an. Kein Zweifel, das war der Typ aus der Warteschlange. Und auch in seinem Blick war ein erkennendes Flackern. Gleich darauf huschte ein Lächeln über sein Gesicht.

»Entschuldigen Sie, ich weiß. Ich habe den Fensterplatz gebucht, aber meine langen Beine …« Hilfesuchend deutete er nach unten. »Na jedenfalls wollte ich Sie fragen oder Sie bitten, ob wir eventuell die Plätze tauschen könnten? Ich lasse gerne meine Beine ein wenig in den Gang ragen, da ist der Flug leichter zu ertragen. Leider war kein anderer Platz im Flieger mehr frei. Obwohl Februar ist. Alle Welt scheint nach São Miguel reisen zu wollen.« Fragend sah er sie an.

Empörung stieg in ihr auf. Was bildete der Typ sich ein. »Auf keinen Fall«, stieß Simone hervor. »Ich kann am Fenster nicht sitzen, weil, weil …« Sie suchte nach Argumenten, bis ihr einfiel, dem Mann gar keine Erklärung schuldig zu sein. »Ich habe extra Gang gebucht und möchte auch dort sitzen.«

Augenblicklich erhob sich der Typ und rutschte, ohne ein weiteres Wort, zum Fenster durch. Der hinter ihr entstandene Stau löste sich auf. Simone packte ihren Rucksack ins oberhalb liegende Fach, holte ihr Nackenkissen hervor und sank dann erleichtert in ihren Sitz. Aus dem Augenwinkel schielte sie zu dem Mann am Fenster, der versuchte seine tatsächlich ziemlich lang geratenen Beine irgendwie unter dem Vordersitz zu verstauen. Und wenn schon, was ging sie das an, sagte Simone sich und atmete tief durch.

Gleich darauf wurde sie erneut aufgeschreckt. Als letzter Sitznachbar trudelte ein kleiner drahtiger Typ mit einem riesigen Rucksack ein und deutete schweigend auf den mittleren Sitz. Genauso schweigend nahm er Platz, packte einen Laptop, einen Schreibblock sowie Kopfhörer aus und begann neben ihr zu arbeiten.

Erneut war der Platz in der Reihe weniger geworden. Simone schielte Richtung Fenster. Der Typ mit dem Cowboyhut rutschte verzweifelt hin und her. Innerlich stöhnend starrte sie auf die Lüftungsdüsen über sich. Die ganze Sache war nicht ihr Problem. Hatte er sie nicht vorhin noch angefahren? Und dennoch regte sich Mitleid in ihr. Fast fünf Stunden Flug waren eine lange Zeit, vor allem, wenn man so lange Beine hatte.

Kurz entschlossen stupste sie den jungen Mann neben sich an. Erstaunt nahm dieser seine Kopfhörer ab. »Entschuldigen Sie, würde es Ihnen was ausmachen, sich ans Fenster zu setzen? Dann könnte ich auf Ihren Platz und unser Banknachbar an den Gang. Er weiß mit seinen Beinen nicht, wohin, und ich kann auf keinen Fall am Fenster sitzen.«

»Meinetwegen, ich kann überall sitzen«, nuschelte der junge Mann und stemmte sich nach oben.

Ein erstaunter Blick traf Simone, und ein kurzes Umsortieren begann. Neugierig musterten sie die anderen Mitreisenden, doch dann saßen endlich alle auf ihren Plätzen, und Ruhe kehrte ein.

Der Typ mit Cowboyhut beugte sich vor und sah Simone an. Seine Augen schimmerten grau. Erste kleinere Falten durchzogen sein sonnengebräuntes Gesicht. »Danke, ich weiß es wirklich zu schätzen, hier sitzen zu dürfen. Diese Sitze sind die Hölle und anscheinend nur für sehr kleine Menschen gemacht. Und sorry noch einmal für meine Reaktion vorhin in der Abflughalle – heute ist so einer dieser Tage, den man am liebsten von der Festplatte löschen würde.«

Ein verschmitztes Lächeln trat auf sein Gesicht, und Simone lächelte zurück.

»Schon gut, kein Problem«, erwiderte sie zurückhaltend.

Dann begann die Maschine langsam zu rollen. Uta, die zwei Reihen vor ihr saß, drehte sich zu Simone um und hob fragend den Daumen. Sie lachte krampfhaft zurück. Alles okay, wollte sie damit ausdrücken, obwohl ihr Puls schneller und schneller wurde. Nichts war okay, die Panik in ihr wurde stärker. Tim und seine beruhigende Hand fehlten. Gleich würde sich die Maschine in die Luft erheben, und der Drang, hier rauszumüssen, wurde immer stärker. In aller Eile zerrte Simone ein Taschentuch heraus und knetete es krampfhaft. Sie schloss kurz die Augen und beugte sich nach vorn. Da tauchte wie von Zauberhand ein gelbes Bonbon vor ihrer Nase auf.

»Lutschen Sie das, stellen Sie die Beine fest auf den Boden und richten Sie den Blick nach vorn. Nicht nach unten schauen. Sie müssen gerade sitzen, gut Luft bekommen und dürfen sich auf keinen Fall verkrampfen.« Der Typ klemmte den Cowboyhut zwischen seine Beine und sah sie beruhigend an. »Und dann immer schön atmen, ein und aus und ein und aus«, raunte er ihr zu.

Simone versuchte seinen Anweisungen zu folgen, und atmete mit ihm mit. Noch einmal kam die Maschine mit einem Ruck zum Stehen und kurvte dann Richtung Startbahn. Nach einem weiteren kurzen Stopp gab der Pilot Gas. Die Triebwerke heulten auf, der Boden unter der Maschine vibrierte. Simone bemerkte aus dem Augenwinkel, wie die Landschaft an ihr vorbeiraste, schneller und schneller, bis sie schließlich verschwamm. Panisch schaute sie nach vorn. Alles klapperte und schepperte, und dann erhob sich das Flugzeug in die Luft. Steil stieß es in den Frankfurter Himmel und legte sich in eine erste Linkskurve.

Ruhig atmen, Bonbon lutschen, starr nach vorn schauen, sagte sie sich wie ein inneres Mantra. Weitere Flugmanöver folgten, die Maschine stieg höher und höher und durchbrach schließlich die Wolkendecke. Heller Sonnenschein flutete durch das kleine Bullauge herein. Dann stabilisierte sich der Flieger und glitt allmählich Richtung Westen. Langsam beruhigte sich Simones pochender Herzschlag. Erstaunt bemerkte sie, dass eine warme Hand die ihre umfasst hielt. Ihr Sitznachbar sah ihren Blick und ließ sie sogleich los.

»Entschuldigung, ich wollte Sie nicht belästigen. Sie sahen nur so angsterfüllt aus und haben nach meiner Hand gegriffen, und da dachte ich, es wäre vielleicht hilfreich, Sie festzuhalten.«

Auch das noch. Fahrig strich Simone sich über das Gesicht. »Das tut mir leid, alte Gewohnheit, danke für Ihre Hilfe«, stotterte sie. »Start und Landung sind immer ein wenig problematisch für mich«, fügte sie mit einem schwachen Lächeln an. »Nun sind wir quitt, ich habe Ihnen einen Gangplatz verschafft und Sie mir einen besseren Pulsschlag.«

Er warf seinen Kopf zurück und lachte. »Na, die Landung haben wir noch vor uns, aber keine Angst. Wenn Sie möchten, halte ich wieder Ihre Hand. Ich hab ja noch etwas gutzumachen, wegen vorhin.« Er schwieg kurz. »Ich glaube, es wäre an der Zeit, mich vorzustellen. Immerhin werden wir die nächsten fünf Stunden zusammen verbringen. Mein Name ist Christoph Bergner.«

»Simone Voshagen.« Sie lächelte und ergriff erneut seine Hand. Sie war warm und rau und fühlte sich angenehm an.

»Na dann, liebe Simone, hoffen wir, dass wir einen guten Flug haben. Manchmal kann es über dem Atlantik zu Turbulenzen kommen.« Er bemerkte, wie ihre Augen sich erschrocken vergrößerten. »Keine Angst, ich bin sicher, heute geht alles gut. Und nun werde ich ein wenig schlafen, damit geht die Zeit immer am allerschnellsten herum.« Christoph Bergner brachte seine Rückenlehne in eine bequemere Position und bedeckte mit dem Cowboyhut sein Gesicht.

Simone betrachtete das Muster der Kopfstütze vor sich. Eine bunte Blume war darauf abgebildet. Ihre Blüte war sehr markant, doch der Name wollte und wollte ihr partout nicht einfallen.

Sie war verwirrt. In ihrem Kopf kreiselten die Gedanken wild umher. Nie mehr seit Tims Tod war sie einem Mann so nah gewesen, hatte gar die Hand eines anderen gehalten. Wie auch, hatte doch ihr Leben meist in den eigenen vier Wänden stattgefunden. Wenn sie jetzt ganz ehrlich war, konnte sie nicht verhehlen, dass ihr das kurze Gespräch gefallen hatte.

Simone lehnte sich zurück und schloss die Augen. Tim saß dort, auf dieser kleinen Mauer an der Ostsee. Und wieder einmal wurde ihr bewusst, dass sein Bild langsam verblasste. Er war immer noch da, doch sie sah ihn nur noch in Fotos. Sie konnte ihn nicht mehr einfach so in ihren Alltag hineinzaubern.

Eine andere Frau in der Selbsthilfegruppe hatte dieses Phänomen vor einiger Zeit ebenfalls beschrieben. Simone hatte sofort Widerstand gespürt. Tim durfte nicht verschwinden, er sollte bei ihr bleiben. Und nun verblassten die Erinnerungen mehr und mehr. Sie saß neben einem stockfremden Mann im Flugzeug und musste sich eingestehen, dass sie seine Berührung mehr als genossen hatte.

Nach einer Weile brachte das Kabinenpersonal den Essenswagen. Sie kamen immer näher, doch ihr Sitznachbar schien nichts zu bemerken. Vorsichtig berührte ihn Simone am Arm – keine Reaktion. Sie musterte seine Brust, die sich gleichmäßig hob und senkte. Kein Zweifel, Christoph Bergner schlief den Schlaf der Gerechten.

Auch die Ansprache der Stewardess zeigte keinerlei Wirkung, und so ließen es sich nur Simone und der stumme Mann am Fenster schmecken.

Nach dem Essen tauchte Uta auf und beugte sich in ihre Richtung.

»Wieso sitzt du nicht am Gang?«, fragte sie flüsternd.

Simone deutete auf ihren Nachbarn. »Wir haben getauscht, wegen seiner langen Beine.«

»Hui, sehr entgegenkommend von dir. Aber sag mal, ist das nicht der Typ vom Flughafen, der dich so angeschissen hat?«

Simone nickte. »Er ist es.«

»Ausgerechnet der, du hast vielleicht ein Glück. Pennt er?« Simone nickte erneut. »Mein Gott, wie kann man nur so tief schlafen. Ich muss mich im Flugzeug immer bewegen, sonst krieg ich es mit den Beinen – Thrombose.« Uta beugte sich ein Stück nach vorn und schielte unter den Cowboyhut. »Leckeres Kerlchen, wenn du mich fragst. Sieht aus wie ein richtiger Naturbursche. Na egal, ich bin ja nicht auf Männersuche, aber wenn, dann könnte der mir gefallen.« Uta musterte die hinteren Sitzreihen. »Inga sieht inzwischen auch ganz munter aus. Ich vermute, sie hat sich ein Glas vom guten portugiesischen Rotwein zum Essen gegönnt.

Ihre Flugangst ist echt schlimm. Sie hat mal einen USA-Flug mitgemacht, bei dem die Maschine beinahe abgestürzt ist. Also ich wäre danach vermutlich in kein Flugzeug mehr gestiegen. Aber sie versucht es, und das muss man anerkennen. Na, wie auch immer, ich gehe jetzt mal aufs Klo.« Langsam schlenderte Uta den Gang entlang.

»Wie ein richtiger Naturbursche, ich muss schon sagen, die Beschreibung gefällt mir direkt.« Erschrocken musterte Simone Christoph Bergner. Dessen Schultern zuckten vor unterdrücktem Lachen, während er den Cowboyhut vom Gesicht nahm.

»Sagen Sie bloß, Sie waren die ganze Zeit wach und haben unser Gespräch mit angehört.« Simone spürte, wie Röte über ihre Wangen flammte.

Christoph nickte. »Ja, tut mir leid. Ihre Freundin hat mich geweckt. Aber Sie haben ja nichts Schlechtes gesagt, also alles gut.« Er brachte den Sitz in eine aufrechte Position und sah sie neugierig an. »Fliegen Sie das erste Mal auf die Azoren? So als kleiner Frauenausflug mit Ihren Freundinnen?«

»So könnte man es sagen. Wir fliegen für insgesamt drei Wochen.«

»Eine ungewöhnliche Zeit für eine Reise. Jetzt ist auf der Insel nicht so viel los, wobei eigentlich nie so richtig viel los ist«, plauderte Christoph Bergner ungezwungen weiter. »Sie verpassen die Hortensienblüte, und einige Geschäfte und Restaurants haben vielleicht auch geschlossen. Aber es lässt sich hervorragend wandern.«

»Sie fliegen ja auch hin«, erwiderte Simone.

»Stimmt.« Wieder warf er seinen Kopf in dieser ganz bestimmten Art zurück und lachte. »Sie haben recht, aber ich bin dienstlich unterwegs.«

»Und ich möchte meiner Geburtstagsfeier in der Heimat entfliehen.«

»Das ist ein guter Grund, und ich kann ihn verstehen, ich bin auch zum Geburtstagsfeiermuffel geworden. Wenn ich da an meine Kindheit denke … Schon Tage vorher konnte man nicht mehr schlafen und hat die Stunden gezählt, bis es endlich Geschenke gab. Und heute wandere ich zu einem Aussichtspunkt auf São Miguel mit einer Flasche Rotwein und schaue in die Ferne. Zumindest, wenn die Wolken nicht wieder zu tief hängen. Dann bin ich ganz allein mit mir und dem lieben Gott ein Stück näher. Was gibt es Schöneres.«

Da war etwas in seinen Worten, was Simone berührte. »Das klingt wunderbar, ich glaube, das würde ich auch gern tun.«

»Dann tun Sie es doch einfach. Und wer weiß, vielleicht sitzen wir an Ihrem Geburtstag zusammen auf genau diesem Gipfel. São Miguel ist klein, da läuft man sich immer wieder über den Weg.«

Simones Herz klopfte. Sie hatte das Gefühl, als ob ihre Wangen knallrot waren.

»Und Sie, leben Sie auf der Insel?«, fragte sie hastig, um von ihrer Verlegenheit abzulenken.

»Teilweise oder sagen wir mal zu neunzig Prozent. Die restliche Zeit verbringe ich in Deutschland. Wobei … Wenn ich ehrlich bin, entfliehe ich jedes Jahr ein paar Tage mehr auf meine Trauminsel.« Er lachte und hängte seine Beine in den Gang. »Ich bin Wanderführer, habe eine eigene Firma, vermiete Ferienhäuser und so weiter. Auf São Miguel muss man breit aufgestellt sein.«

Simone beugte sich interessiert in seine Richtung. »Ach, da sind Sie also ein Auswanderer? Das finde ich spannend.«

»Tatsächlich?« Erstaunt sah er sie an und winkte ab. »Na ja, ich finde es nichts Besonderes, viele Leute wandern aus. Ich bin vor einigen Jahren mit einem guten Freund auf einem Segelboot unterwegs gewesen. Eigentlich wollten wir wie Kolumbus den Atlantik überqueren. Auf São Miguel sind wir am Ende hängen geblieben. Also, zumindest ich, mein Freund ist vor ein paar Jahren nach Deutschland zurückgekehrt. Er hielt es auf São Miguel nicht mehr aus. Ihm war es zu klein, zu erdrückend. Aber ich hatte mich schon verliebt, in die Insel und die Menschen, die dort leben.« Christoph Bergner schluckte heftig und suchte nach Worten. »Es kann das Paradies sein, wenn man sich mit voller Kraft darauf einlässt, wenn man ohne Wenn und Aber eine Entscheidung trifft. Ansonsten setzt man sich irgendwann in eine Maschine und fliegt wieder heim. Aber nun bin ich neugierig, warum kommen Sie wirklich her?«

»Wirklich her?« Fragend sah Simone ihn an.

»Was ist der Grund, dass Sie Ihren Geburtstag nicht daheim feiern, im Kreise Ihrer Lieben?«

Simone starrte die Rückenlehne vor sich an. Er war neugierig. Niemand konnte sie zwingen, zu antworten. Andererseits ... Sie saßen in einem Flugzeug und würden sich vermutlich nie mehr wiedersehen, egal wie klein São Miguel war. Warum ihm also nicht die Wahrheit sagen?

»Ich fliehe vor dem an meinem Geburtstag stattfindenden Programm. Das würde nämlich aus einem Kaffeetrinken mit meiner Mutter bestehen. Ich meine, ich mag meine Mutter aber ...« Herrgott nochmal, sein Blick war so intensiv. Irgendwie verwirrte sie das und machte ihr gleichzeitig Mut, weiterzusprechen. »Meine Kinder sind groß, leben im Ausland und machen ihr eigenes Ding.« Jetzt, sie musste es aussprechen. Simone holte tief Luft. »Und mein Mann ist vor über drei Jahren verstorben, bei einem Motorradunfall. Ich kämpfe mich sozusagen langsam aus der Trauer heraus.« Sie lachte nervös, doch ihr Sitznachbar schaute sie voller Ernst an.

»Das ist ein mutiger Schritt, und ich finde es sehr tapfer, dass Sie ihn gehen. Gut, dass Ihre Freundinnen Sie begleiten, das macht es sicher ein Stück weit einfacher.«

»Oh, das sind nicht meine Freundinnen, na ja, vielleicht schon. Wir kennen uns erst sehr kurze Zeit. Sie haben zusammen einen Reiseclub gegründet, und ich bin als vierter Mann eingesprungen. Alles war sehr kurzfristig und total spontan. Das war auch gut so, denn dadurch ich bin gar nicht so recht zum Nachdenken gekommen. Und jetzt sitze ich in diesem Flieger, was ich immer noch kaum glauben kann.«

Christoph Bergners Blick ruhte weiterhin auf ihr. »Ich denke, liebe Simone, das war die beste Entscheidung, die Sie treffen konnten. Sie müssen wissen, São Miguel ist eine Zauberinsel, besonders in dieser stillen Jahreszeit. Lauschen Sie dem Flüstern der Wellen, dem Tosen des Meeres und dem Wind, wenn er über die Berge streift. Gehen Sie mal allein wandern, passieren tut Ihnen dort nichts, keine Angst. Tauchen Sie ab in die Natur, in die Stille und Unberührtheit, und Sie werden Antworten auf Fragen finden. Vor allem aber wird nach diesem Aufenthalt nichts mehr so sein, wie es vorher war. Glauben Sie mir, ich weiß, wovon ich spreche.«

5

Langsam setzte die Maschine zur Landung an. Der Rest des Fluges war erstaunlich schnell vorübergegangen. Simone hatte sich fast die ganze Zeit mit Christoph unterhalten. Er hatte viel von São Miguel erzählt, und sie fühlte sich ihm irgendwie nahe, so als wäre er ein Seelenverwandter.

Immer tiefer sank das Flugzeug und sorgte erneut für ein gewisses Grummeln in ihrem Magen. Wieder lutschte Simone ein Bonbon ihres Nachbarn, doch diesmal hielt sie nicht seine Hand. Sie starrte auch nicht stur geradeaus, sondern blickte das erste Mal bei einer Landung aus dem Fenster. Sie wollte die Insel sehen, auf der sie die nächsten Wochen verbringen würde. Schroffe Berghänge, manche bewachsen, manche kahl, tauchten zu ihrer Rechten auf. Unter dem Flieger sah sie immer wieder das Meer blitzen. Kleine weiße Schaumkronen kräuselten sich auf seiner Oberfläche, während das Flugzeug sich in mehreren engen Kurven dem Zielort näherte. Winzige Boote waren unterwegs, Segel schimmerten im Sonnenlicht. Vereinzelt erkannte Simone Ortschaften und Häuser, die sich an die Berge schmiegten.

Ein letztes Mal sackte das Flugzeug ab. Dächer und Spitzen von Kirchtürmen huschten unter ihnen vorbei, und Simone erschien es fast, als würden sie diese jeden Moment streifen. Sie glaubte sogar, einzelne Menschen erkennen zu können, die über die Straßen flanierten. Ängstlich hielt sie den Atem an. Laut heulten die Triebwerke auf. Dann war die Landebahn erreicht, polternd setzte die Maschine auf.

Der Pilot bremste heftig, und Simone wurde gegen den Vordersitz gepresst. Sie war am Boden, sie hatte es geschafft. Ihr erster Flug ohne Tim. Tatsächlich verspürte sie einen Hauch von Stolz, obwohl das irgendwie lächerlich war, denn sie hatte die Maschine ja nicht selbst geflogen.

Allmählich rollte das Flugzeug aus und steuerte ein winziges Empfangsgebäude an. Im Vergleich zum riesigen Frankfurter Flughafen wirkte es wie ein Puppenhaus.

Die beiden Gangways wurden angedockt, und die Passagiere erhoben sich nach und nach von ihren Sitzen.

Christoph drehte sich in ihre Richtung und ergriff Simones Hand.

»Ich wünsche Ihnen ganz viel Freude auf São Miguel, genießen Sie jeden einzelnen Tag, die Stille und die Natur. Ich bin sicher, wir sehen uns wieder.« Er drückte etwas in ihre Hand und schob seinen Mund ganz nah an ihr Ohr. »Oder Sie rufen mich einfach an. Nummer steht drauf, ich würde mich freuen«, flüsterte er.

Ruckartig erhob er sich, zerrte den Rucksack aus der Gepäckablage und schob sich Richtung Ausgang. Fast als einer der ersten Passagiere verließ er das Flugzeug. Simone saß immer noch wie erstarrt auf ihrem Platz und musterte die Visitenkarte, die Christoph Bergner ihr gegeben hatte. Erst ein Räuspern ihres Sitznachbarn brachte sie zur Besinnung. Mit weichen Knien verließ sie das Flugzeug und stopfte das Stück Papier in die Hosentasche ihrer Jeans.

Vor dem Flugzeug erwartete sie eine grinsende Uta. »Na sag mal, ihr habt euch aber viel zu erzählen gehabt. Immer wenn ich mich umgedreht habe, sah ich dich in einem intensiven Gespräch mit dem Typen.« Uta schaute dem Mann neugierig hinterher. »War wohl doch nicht so ein Rindvieh, wie wir anfangs dachten.«

»Ja, das war er wirklich nicht«, meinte Simone leichthin. »Er war sogar sehr nett und wusste viel über São Miguel zu berichten.« Irgendwie fühlte sie sich unwohl in ihrer Haut. Sie spürte Utas fragende Blicke und hatte dennoch keine Lust, mit ihr darüber zu reden.

Zum Glück schlichen in diesem Moment Julia und Inga die Gangway hinunter. Die rothaarige Frau wirkte ziemlich angeschlagen. »Gott, diese Landung, ich dachte, meine letzte Stunde hat geschlagen«, meinte sie heiser krächzend und fächelte sich mit irgendeinem Prospekt Luft ins Gesicht. »Wie kann man nur so bremsen, und dann diese Dächer, ich dachte ehrlich, wir rammen jeden Augenblick den Kirchturm. Wenn das so weitergeht, können wir bald nur noch mit dem Bus verreisen. Ich glaube, ich werde alt.«

Schweißnass klebten Ingas rote Haare am Nacken.

»So ein Quatsch, du wirst nicht alt, du kommst nur in die Wechseljahre. Schwitzen, Frieren, Zustände und was weiß ich noch alles«, meinte Uta grinsend. »Ich kann ein Lied davon singen.«

Julia grinste. »Ach was, Wechseljahre.« Sie winkte ab. »Ich finde, du hast dich hervorragend geschlagen. Nur die Landung war etwas hart. Aber Mädels, wir sind da. Und was sagt ihr, wie gefällt euch die Insel?«

Inga schaute sich um. »Na ja, nicht viel los hier, aber das wollten wir ja alle mehr oder weniger.«

Ihr Gesicht sprach Bände, doch niemand ging darauf ein.

»Wie auch immer, nun heißt es schnell unser Gepäck holen und dann den Fahrer ausfindig machen, der uns zu unserem Hotel bringt.« Auf Simone wirkte die ruhige Julia plötzlich wie ausgewechselt. Mit federnden Schritten lief sie voraus Richtung Empfangsgebäude.

Simone folgte etwas langsamer und schaute sich in aller Ruhe um. Die Luft roch nach Meer und Süden, nach Blumen, Fisch und Salzwasser. Allmählich ging die Sonne unter und warf goldene Strahlen auf die umliegenden Berghänge und das Meer hinter ihnen. Zeitgleich ballten sich dunkle

Wolken über den Gipfeln und zogen an einigen Stellen bedrohlich tief ins Tal. Überall am Rand des Flughafens grünte es. Was für ein Gegensatz zum kalten, dunklen Deutschland. Hier schien es, als würde ein sehr warmer Herbsttag zu Ende gehen. Eine Minute schloss Simone ihre Augen und hielt das Gesicht in den Sonnenschein. Irgendwie kam es ihr vor, als würde bereits jetzt frische Kraft in ihre Adern strömen. Was hatte ihr Nachbar noch einmal gesagt – São Miguel sei eine Zauberinsel, und sie stimmte ihm schon nach wenigen Minuten zu.

Dann eilte sie den anderen hinterher. Zahlreiche Passagiere hatten sich bereits im Inneren des kleinen Gebäudes um das Kofferband versammelt und warteten auf ihr Gepäck.

Neben Christoph standen erneut die Frau aus Frankfurt sowie drei weitere Männer, die alle Wanderkleidung trugen. Mit verschränkten Armen musterten sie ernst das Kofferband. Ihr Sitznachbar starrte stattdessen auf sein Handy. Seine ganze Körperhaltung drückte eine gewisse Verärgerung aus.

Endlich setzte sich das Band in Bewegung, und gleich darauf konnten sich alle vier Frauen ihr Gepäck schnappen. Hoffnungsvoll betraten sie die Flughafenhalle und schauten sich suchend um. Dort wartete bereits eine beträchtliche Anzahl an Menschen, doch alle schienen Verwandte abholen zu wollen. Zumindest schloss Simone das aus den Begeisterungsrufen und herzlichen Umarmungen.

»Ihr bleibt hier, ich mach mich mal auf die Suche nach unserem Fahrer. Irgendwo muss der Typ ja sein.« Julia durchquerte die Halle und verließ diese am Ende sogar.

Uta schaute sich in der Zwischenzeit mehrmals um. Endlich schien sie gefunden zu haben, was sie suchte. »Ich geh mal aufs Klo. Fahrt bitte nicht ohne mich.«

»Falls wir überhaupt jemals fahren«, meinte Inga sarkastisch und sank auf ihren Koffer. »Vielleicht verbringen wir unseren Urlaub gleich hier auf dem Flugplatz.«

Simone sah sie vorwurfsvoll an, irgendwie nervte sie Ingas negative Art. »Julia wird den Fahrer schon finden.«

»Meinst du, ich glaube eher nicht. Sie scheint da draußen mit jemandem zu telefonieren, und ihre Haltung sieht alles andere als entspannt aus.« Tatsächlich marschierte ihre Reiseleiterin erregt auf und ab und gestikulierte wild mit den Armen. »Aber du hast recht, es ist auf jeden Fall besser, sich in positivem Denken zu üben. Das ist das Einzige, was wir machen können.«

Nach ein paar Minuten kreuzte Uta wieder auf. »Immer noch nix? Was macht sie denn dort draußen?«

Mittlerweile hatte sich die Halle geleert. Die gegenüberliegenden Mietwagenschalter begannen Feierabend zu machen und löschten allmählich die Lichter.

»Keine Ahnung, aber es scheint Probleme zu geben«, meinte Inga trocken. »So wie eigentlich immer, wenn wir verreisen.«

In diesem Moment kam Julia zurück und sah sie deprimiert an. »Ich kann es mir nicht erklären. Ich hatte einen Hoteltransfer gebucht, doch niemand ist zu erreichen. Na ja, irgendein Typ geht ans Telefon, aber ich spreche nun mal kein Portugiesisch und der kein Deutsch oder Englisch.«

»Und was machen wir nun?« Inga plusterte ihre Wangen auf. »Ewig können wir ja nicht hier sitzen bleiben.«

»Ich hab uns erst mal ein Taxi organisiert, welches uns zum Hotel bringt. Zum Glück ist die Strecke nicht allzu weit.« Julia sah aus wie ein Häufchen Unglück.

Augenblicklich verspürte Simone den Drang, sie zu trösten, und legte den Arm um ihre Schultern. »Mach dir keine Gedanken. Ich bin sicher, es gibt eine ganz logische Erklärung. Vielleicht sollten wir schon mal nach draußen gehen, ich meine wegen des Taxis.«

Vor dem Flughafen herrschte bereits vorabendliche Kühle. Die Sonne war hinter dichten Wolken verschwunden. Heftiger Wind wehte vom Meer und ließ die Frauen frösteln. Alle kramten Jacken aus ihrem Handgepäck. Minuten später näherte sich ein dunkler Kleinbus und hielt vor ihnen an.

Ein älterer Fahrer stieg aus, humpelte auf sie zu und nannte fragend einen Namen. Julia nickte und zeigte dann einen Zettel, auf dem anscheinend die Anschrift des Hotels stand. Der Mann murmelte einige Worte und kratzte sich am Kopf. Doch dann öffnete er die Heckklappe und lud schweigend ihr Gepäck ein.

»Hoffentlich geht nicht noch mehr schief«, raunte Inga von der hinteren Sitzbank, während sie mit langsamem Tempo das Flughafengelände verließen. Julia, die neben Simone vorn saß, zuckte heftig zusammen.

Beruhigend legte Simone ihr die Hand auf den Arm. »Bestimmt klappt alles andere. Denken wir einfach positiv.«

Sie schaute aus dem Fenster und beobachtete die vorbeirasende Landschaft. Nach kurzer Zeit wechselten sie auf eine Schnellstraße.

Julia, die sich mittlerweile ein wenig gefangen hatte, deutete nach rechts. »Das ist Ponta Delgada, die Hauptstadt der Insel, na eigentlich überhaupt die größte Stadt. Aber immerhin gibt es Einkaufsmöglichkeiten und einige ganz gute Restaurants, wie ich gelesen habe.«

Simone erblickte mehrere Hochhäuser und die Kräne eines Hafens. Doch dazwischen leuchteten immer wieder grüne Wiesen, auf denen entspannt Kühe gleich neben der Autobahn grasten.

Weitere kleine Ortschaften folgten, im Hintergrund war stets das Meer zu sehen, welches in den verschiedensten Farbtönen schimmerte. Riesige Schiffe zogen weit draußen ihre Bahn. Dann bog der schweigsame Fahrer von der

Schnellstraße ab, durchfuhr einen kleinen verschlafenen Ort mit bunten Häusern und passierte eine schmale Straße, die steil nach unten zum Meer führte. An einem breiten Tor, das von üppigen Rabatten flankiert wurde, erreichten sie schließlich die spärlich beleuchtete Einfahrt des Hotels.

Erstaunt sahen sich alle um, und selbst Simone konnte nicht verhehlen, dass nun auch sie ein seltsames Gefühl beschlich. Der Parkplatz des Hotels war leer, kein anderes Auto stand hier, nur eine einsame Palme wedelte im Wind.

Genauso schweigsam wie die restliche Zeit lud der Fahrer ihr Gepäck aus und überreichte Julia einen Zettel. Sie drückte ihm verblüfft ein paar Geldscheine in die Hand. Der Mann startete den Motor und entschwand in der Dämmerung.

Mit verschränkten Armen stand Inga neben ihren Koffern und betrachtete das Hotelgebäude. »Also, ich will ja nichts sagen, aber ich finde, alles wirkt ein wenig verlassen, oder was meint ihr?«

Das Hotel sah haargenau wie auf den Fotos aus. Etwas versetzt zueinander, schmiegten sich die Gebäude in die Landschaft und schienen mit ihr zu verschmelzen. Wer immer der Architekt gewesen war, man spürte seine Liebe zu dieser Insel auf den ersten Blick. Er hatte nicht irgendein Haus entworfen, sondern etwas ganz Besonderes. Umgeben war das Hotel von einem großzügigen, sehr gepflegten Garten. Doch nirgends brannte ein Licht, alle Fenster waren dunkel und verschlossen.

Julia durchwühlte fahrig ihre Tasche. »Nein, nein, das wirkt bestimmt bloß so. Das kann nicht sein, wir haben doch alles richtig gebucht, oder? Uta, wir haben doch zusammen das Hotel rausgesucht?«

Die Reisebüroinhaberin nagte an ihrer Unterlippe.

»Ein wenig komisch ist es schon. Ich geh mal zur Tür. Vielleicht täuscht der Eindruck.« Sie näherte sich, doch die Automatiktür blieb verschlossen. Uta spähte durch die

Scheiben nach drinnen. »Alles leer, hier ist keiner, und die Tür geht nicht auf«, rief sie von der Ferne.

»Na prima.« Inga stöhnte und sank erneut auf ihren Koffer. »Das hat uns gerade noch gefehlt. Gestrandet auf einer Insel mitten im Atlantik, oder besser noch mitten in der Pampa. Und nicht mal ein Bett zum Schlafen.«

Wütend fuhr Julia herum. »Nun hör doch mal auf zu motzen. Wir haben uns einhellig für dieses Reiseziel und gegen deinen Vorschlag entschieden. Einstimmig, das bedeutet, auch du hast zugestimmt. Keine Ahnung, was hier los ist, aber deine …« Julia suchte nach den richtigen Worten. »Deine bescheuerte Art geht mir so richtig auf den Wecker.«

»Haben wir nicht einen Ansprechpartner, den wir anrufen können?«, schlug Simone einlenkend vor.

»Schau doch mal in den Verträgen«, sagte Uta, die bereits ihr Handy in der Hand hielt und dessen Lampe anschaltete. »Und dann rufe ich den Veranstalter an. Sicher gibt es irgendeine simple Erklärung.«

»Schon dabei.« Julia war endlich fündig geworden und begann einen dicken Packen Papier auf ihrem Koffer auszubreiten.

Uta half ihr dabei. Beide traten einige Schritte zur Seite und telefonierten dann. Von der Ferne verfolgten Inga und Simone deren Bemühungen.

»Ich bin nicht pessimistisch«, meinte Inga nach einer Weile nachdenklich. »Oder vielleicht doch, ich weiß es nicht. Dabei war ich immer so unendlich positiv und hab damit alle fertiggemacht. Und nun …« Sie raffte ihre Haare im Nacken zusammen und band sich einen Pferdeschwanz. »Nun bin ich nur noch negativ. Keine Ahnung, warum. Ich bewundere dich so sehr, ich hab nur Scheidungen hinter mir, und meistens war ich froh, wenn ich die Typen loshatte. Aber du, du hast einen Menschen verloren, den du sehr geliebt hast, und trotzdem bist du positiv, auch wenn du allen Grund hättest, mit dem Leben zu hadern.«

»Positiv?« Simone lachte auf. »Du hättest mich mal in den letzten Monaten erleben sollen. Vor allem bei meinen täglichen Besuchen auf dem Friedhof. Ich hab nur geheult und gehadert. Nun bemühe ich mich, zumindest wieder mehr die schönen Dinge zu sehen und nach vorn zu schauen. Vielleicht solltest du das auch einmal probieren«, schlug Simone vor.

»Ja vielleicht, ich versuche es immer, aber …« Inga scharrte mit ihren Schuhspitzen auf dem Boden. »Manchmal sehe ich einfach nur noch schwarz, ich will positiv sein und kann doch nur das Schlechte erkennen. Ich gehe Julia an, obwohl sie mir vorhin im Flieger so viel geholfen hat. Dann tut es mir leid, aber ich kann es nicht zeigen.«

»Und wenn du ihr das mal genauso sagst, wie du es gerade mir erzählst?« Fragend schaute Simone die Frau auf dem Koffer an. Inga wirkte plötzlich wie ein Häufchen Unglück.

»Na ja, und dann ist da auch noch …« Sie brach ab und blickte zu den beiden Frauen, die zurückkamen. Ihre Mienen verhießen nichts Gutes.

Uta seufzte. »Es gibt schlechte, aber auch gute Nachrichten. Die schlechten zuerst: Bei unserer Buchung ist etwas falsch gelaufen, das Hotel hat seit Anfang Januar Winterruhe, bis Ende März. Alle anderen Buchungen wurden storniert oder umgebucht, unsere anscheinend nicht.«

»Waaaas, aber das kann doch gar nicht sein?« Ingas Stimme schraubte sich nach oben.

Beruhigend hob Uta ihre Hände. »Es kann nicht, aber es ist passiert. Und nun kommt die gute Nachricht: Unser Reiseveranstalter hat für uns zwei Alternativen organisiert, heute im Laufe des Tages. Da fiel ihnen nämlich auf, dass wir zu einem Hotel reisen, das nicht geöffnet hat.

Folgendes steht zur Auswahl: Ein kleines familiäres Hotel hier im Ort, nicht unsere gebuchte Reisekategorie, und deswegen würden wir auch einiges an Geld zurückbekommen. Und ein Hotel in der Hauptstadt Ponta Delgada direkt am Hafen, das wäre dann in unserer Preisklasse.«

Julia hatte bereits ihr Handy gezückt. »Sie haben uns auch schon Bilder geschickt. Hier wäre erst mal das kleine Hotel.«

Simone ergriff das Smartphone. Sie erblickte ein älteres Haus, welches dicht mit Wein bewachsen war. Auf dem nächsten Bild sah man eine Terrasse, hinter der das Meer zu erkennen war. Kleine Tischchen waren darauf angeordnet. Die Zimmer schienen etwas altmodisch zu sein, mit dunklen Holzmöbeln und winzigen Fensterchen. Aber das Haus hatte Charme, und der Garten drum herum war einzigartig schön. Augenblicklich schlug Simones Gärtnerherz schneller.

Das nächste Hotel war modern und großstädtisch, sicherlich sehr schick, aber irgendwie hatte sie sich etwas Gemütlicheres erträumt. Vorsichtig schielte sie zu den anderen.

»Na, wenn ich mir die Bilder anschaue, steht meine Entscheidung bereits fest«, platzte Inga heraus. »Wir nehmen auf jeden Fall das Hotel am Hafen.« Simones Herz stolperte.

Einen Augenblick herrschte Stille. Forschend schaute Uta in die Runde. »Und ihr, was ist eure Meinung?«

Simone nahm all ihren Mut zusammen. »Also ganz ehrlich, und ihr könnt mich jetzt echt für verrückt halten, aber ich würde das kleinere Haus vorziehen. Es sieht irgendwie romantisch aus.«

Julia schmunzelte. »Genau das dachte ich auch gerade.«

»Das ist nicht euer Ernst. Ihr wollt in dieser Bude absteigen?« Inga schlug die Hände über dem Kopf zusammen. »Hallo Leute, wir haben einen Urlaub in einem Hotel gebucht, und ihr wollt in so ein Häuschen ziehen? Also, unter einem entspannten Urlaub stelle ich mir schon was anderes vor. Uta, was sagst du denn dazu?« Inga musterte die neben ihr stehende Frau. Ächzend stieß sie die Luft aus. »Na Klasse, du fällst mir also auch noch in den Rücken.«

»Inga, nun komm mal wieder runter«, erwiderte diese. »Niemand fällt dir in den Rücken, darum geht es doch gar nicht. Das kleinere Hotel ist gleich hier um die Ecke. Wir haben alle einen langen Tag hinter uns. Wir schauen es uns einfach heute Abend an und bleiben eine Nacht. Und wenn es uns überhaupt nicht gefallen sollte, dann versuchen wir morgen eine Einigung zu finden. Also, was sagst du dazu?«

Inga rang mit sich, stimmte aber schließlich zu.

»Okay, ich rufe also jetzt beim Reiseveranstalter an, dass er das Hotel informiert, und dann sollten wir uns auf den Weg machen!« Julia begab sich erneut ans Telefon. Wenig später nickte sie zufrieden. »Es geht alles in Ordnung. Wir können also los.« Energisch ließ sie das Handy in ihre Tasche gleiten, ergriff ihre beiden Koffer und marschierte die Zufahrt nach oben. Nach ein paar Metern schaute sie sich um. »Kommt ihr? Man erwartet uns.«

»Zu Fuß, du willst zu Fuß dorthin? Könnten wir uns nicht wenigstens ein Taxi rufen?« Entgeistert starrte Inga ihr hinterher.

»Inga, und mit diesem Taxi willst du dann fünf Minuten fahren. Ehe das Auto aus der Hauptstadt hier ist, sind wir dreimal am Hotel angelangt. Wir wollten uns alle ein bisschen mehr bewegen. Und heute Abend bietet sich die erste Gelegenheit dafür«, sagte Julia lachend. »Also, auf gehts, Mädels.«

Zu viert marschierten sie die schwach beleuchtete Hoteleinfahrt nach oben und wandten sich an der Zufahrtsstraße nach rechts. In der Ferne tauchten die ersten Häuser des Ortes auf und kamen immer näher. Rhythmisch schepperten die Rollkoffer über die unebenen Straßen. Simone hatte das Gefühl, als ob das halbe Dorf den Lärm hören würde, doch niemand zeigte sich.

Inga schnaufte hinter ihr deutlich, sparte sich aber weitere Klagelaute. Anscheinend hatte sie sich erst mal mit der Situation abgefunden.

An der nächsten Kreuzung bog Julia nach rechts ab und verließ damit den Weg, den sie vorhin vom Flughafen gekommen waren. Langsam wand sich die Straße abwärts. Auf beiden Seiten lagen Grundstücke hinter hohen Mauern verborgen. Kein Mensch war zu sehen, kein Auto kam ihnen entgegen. Unterdrückt bellte in der Ferne ein Hund, verstummte aber wieder.

Da blieb Julia plötzlich stehen. Suchend schaute sie sich um. »Hier müsste es eigentlich sein. Laut Handy sind wir hier am *Hotel Hortensia.*«

»Aha, also, ich sehe schon mal nichts.« Inga stöhnte und musterte die dunklen Mauern. »Und langsam tun mir meine Füße weh.«

»Du hast recht, es muss hier sein.« Uta leuchtete mit ihrer Handylampe umher und stieß plötzlich einen Laut aus. »Da unten, ich wette, das ist es. Da steht ein kleines Schild am Straßenrand.«

»Also los, auf geht's, die letzten Meter schaffen wir auch noch.«

Tatsächlich lag zwischen zwei hohen Mauern der Eingang zum Grundstück. Dahinter schlängelte sich eine sandbedeckte Auffahrt abwärts. Hohe Hecken wuchsen zu beiden Seiten und ließen keinen Blick auf das weiter unten liegende Haus zu. Am Wegrand brannten kleine Lampen, die die Umgebung nur spärlich erhellten.

Inga stieß einen tiefen Seufzer aus, folgte ihnen aber schließlich.

Kurve um Kurve ging es abwärts, und Simone merkte langsam, wie ihre Arme schlaffer wurden. Doch Aufgeben galt nicht, und verbissen zerrte sie an den Griffen ihrer beiden Koffer.

»Da ist es, wir sind endlich da«, rief Uta plötzlich aus und blieb ruckartig stehen.

Das Haus war vor ihnen und sah im Original fast noch verwunschener als auf den Bildern aus. Es lag im Schatten mehrerer großer Bäume. In den Räumen des Erdgeschosses brannte Licht und verbreitete einen heimeligen Schein. Groß war das Hotel nicht, zumindest das, was Simone von hier aus sah. Es gab zwei Etagen und an der Seite einen kleinen, etwas flacheren Anbau. Unter einem Holzdach parkten mehrere Fahrzeuge. Ringsumher hingen Laternen in den Bäumen, unter denen vereinzelt Sitzgruppen standen. Kleine Lichtergirlanden zogen sich von Ast zu Ast. Wasser plätscherte, wohin, war in der Dämmerung nicht zu erkennen.

Dann begann wütend ein Hund zu bellen. Beinahe zeitgleich flammte eine Lampe über der Eingangstür auf. Heraus trat eine kleine, etwas rundliche Person und beschirmte ihre Augen. Suchend schaute sie in die Dunkelheit.

»Hallo?«, rief sie in ihre Richtung.

Uta trat aus dem Schatten und winkte zurück. »Hallo, hier sind wir.«

»Ah, meine Gäste, kommen Sie ruhig näher, bitte.« Ein strahlendes Lächeln zog über das Gesicht der Frau. Weit breitete sie ihre Arme aus. »Haben Sie gut zu uns gefunden? Vorhin habe ich einen Anruf erhalten. Deswegen hab ich so schnell wie möglich alles vorbereitet. Die Zimmer sind fast fertig. Und eben schien es mir, als hätte ich ein Geräusch gehört. Oder nein, sagen wir eher, Bruno hat Sie gehört und gebellt. Er ist der beste Wachhund der Welt und kündigt alle Gäste an.«

Unsicher blickte Uta sich um. »Sie haben einen Hund, einen *großen* Hund etwa?«

Die Frau deutete die Größe eines Schäferhundes an. »Aber Sie brauchen keine Angst zu haben. Bruno ist lammfromm, er zeigt die Einbrecher an, lässt sie dann aber für ein Stück Wurst ins Haus. Und jetzt ist er in seinem Gehege, Sie können also ruhig kommen.«

Alle näherten sich dem Haus und erklommen einige Stufen, die zu einer Terrasse vor dem Eingang führten. Mit in die Hüfte gestemmten Händen erwartete sie die Frau vor dem Eingang. Neugierige Blicke wurden auf beiden Seiten ausgetauscht.

Ihre Gastgeberin war etwa fünfzig und hatte graues, gelocktes Haar, das an den Schläfen bereits weiß schimmerte. Sie trug ein schlichtes dunkles Kleid, vor das sie eine Schürze gebunden hatte. »Herzlich willkommen in der *Pension Hortensia.* Bitte, treten Sie ein. Vorsicht, gleich nach dem Eingang gibt es eine Stufe, die ein wenig tückisch ist. Oh, und Ihre Koffer lassen Sie bitte einfach draußen stehen, mein Mann wird sich gleich darum kümmern.«

Die Empfangshalle, wenn man sie überhaupt so nennen konnte, war ein mittelgroßer Raum. Abgewetzte Dielen knarrten unter ihren Füßen. Die Wände waren in einem sonnengelben Ton gestrichen. An der linken Seite befand sich ein kleiner Empfangstresen, hinter dem einige Schlüssel an einem Bord hingen. Simone zählte insgesamt zehn Haken. Ein üppiges Blumengesteck schmückte den Tresen, weitere Sträuße und Pflanzen standen zusammen mit rustikalen Keramiken an den Fenstern.

Mehrere Türen gingen zu allen Seiten ab, und eine dunkle Holztreppe führte in den ersten Stock.

Ihre Gastgeberin sah sie erwartungsvoll an. »Ich freue mich, dass Sie sich für unsere Pension entschieden haben.«

Simone bemerkte aus dem Augenwinkel, dass Inga tief Luft holte, um etwas zu erwidern, doch ein scharfer Blick von Uta brachte sie sogleich zum Schweigen.

»Es tut mir so leid, dass Sie solche Unannehmlichkeiten hatten. Ich verstehe auch nicht, warum das andere Hotel dieses Jahr einfach einige Monate schließt. Aber nun sind Sie ja da, und das freut uns alle sehr. Wir werden alles tun, um die anfänglichen Schwierigkeiten vergessen zu machen. Mein Name ist übrigens Marta, die Pension gehört mir, zusammen mit meinem Mann Carlos. Dann gibt es noch mehr Personal, aber ich denke, den Rest lernen Sie nach und nach kennen.«

»Und warum sprechen Sie so gut Deutsch?«, fragte Julia neugierig.

Marta lachte auf. »Zum einen bin ich in Deutschland geboren. Mein Vater ist damals als Gastarbeiter von hier weggegangen. Ein Jahr später reiste meine Mutter Maria ihm nach. Wir sind als Familie erst zurückgekommen, als es meiner Großmutter Ana, die die Pension damals führte, gesundheitlich schlechter ging. Aber bis zu meinem fünfzehnten Lebensjahr habe ich in Deutschland gelebt. Und mittlerweile haben wir immer mehr deutsche Gäste, mit denen ich meine Sprachkenntnisse trainieren kann, was mich sehr freut.« Dann huschte sie hinter ihren Tresen. »Ich denke mal, Sie werden alle von der Reise ziemlich erschöpft sein und sich bestimmt ausruhen wollen. Sollten Sie Hunger haben, ich hätte noch eine gute Gemüsesuppe auf dem Herd. Dazu gibt es frisches Brot, nichts Besonderes, aber es macht satt und wärmt die Seele. Wer möchte, geht einfach nach nebenan, der Speiseraum ist da drüben. Dort gibt es morgen früh ab sieben Uhr auch das Frühstück, bis um zehn. Und jetzt würde ich Ihnen gern Ihre Zimmerschlüssel geben. Die Räume sind gleich fertig.«

Die Formalitäten waren schnell erledigt. In der Zwischenzeit kam ein kleiner, grauhaariger Mann hereingehuscht und nickte ihnen ernst zu. »Mein Mann Carlos, er bringt jetzt Ihre Koffer nach oben. Ich habe Ihnen alle Zimmer im hinteren Teil des Hauses gegeben, mit Meerblick. Sollten Sie noch irgendetwas benötigen, geben Sie bitte Bescheid. Wir haben momentan nicht so viele Gäste, jetzt ist nicht unbedingt die Saison zum Reisen.«

Simone fasste sich an den Magen. »Also, ich würde gern auf Ihr Angebot mit der Suppe zurückkommen. Ich hab ehrlich gesagt ziemlich Hunger. Und eine Gemüsesuppe, das klingt einfach zu verführerisch.«

»Ich auch«, stimmte Uta augenblicklich zu. »Ich bin total ausgehungert.«

»Also nehmen wir Ihr Angebot sehr gerne an.«

»Das freut mich, suchen Sie sich drüben einen Platz, ich komme gleich.« Marta wechselte noch kurz mit ihrem Mann einige Worte, bevor dieser mit den ersten Koffern nach oben entschwand.

Der Speiseraum lag im flachen Anbau, den die Frauen vorhin schon entdeckt hatten. Große Fenster gingen Richtung Garten und zeigten verschlungene Wege, die von einigen Lampen beleuchtet wurden. Dahinter herrschte undurchdringliche Dunkelheit.

Im Inneren gab es insgesamt acht Tische, die locker angeordnet waren. Alles machte einen ausgesprochen gemütlichen Eindruck. Da waren Pflanzen, Fundstücke aus dem Meer und überall die typisch blaue azorianische Keramik.

Minuten später stellte Marta eine dampfende Terrine in die Mitte des Tisches und brachte gleich darauf eine große Schale Brot. Verführerische Düfte durchzogen den ganzen Raum.

»Wenn Sie noch etwas trinken möchten. Ich hätte Wasser aus unserer Quelle oder eine Flasche unseres guten Hausweins, den wir von meinem Schwager beziehen, der Weinberge auf Madeira besitzt.«

»Wasser«, »Wein«, hallten unterschiedliche Zurufe über den Tisch.

Marta zwinkerte verschmitzt. »Ich bringe von jedem etwas.«

Die Suppe schmeckte köstlich, sie wärmte und vertrieb die Aufregung der letzten Stunden. Simone spürte, wie ihr Körper sich entspannte. Schön war es hier, schon jetzt fühlte sie sich wohl, obwohl sie ihr Zimmer noch gar nicht gesehen hatte. Den anderen Frauen schien es ähnlich zu gehen, einzig Inga hielt sich mit ihrer Meinung zurück.

Gegen zehn beendeten alle die Mahlzeit und lehnten sogar den von Marta angebotenen frischen Zitronenkuchen ab. »Ganz ehrlich, irgendwie wollen wir alle, glaub ich, nur noch ins Bett.« Julia reckte sich gähnend. »Aber dennoch vielen Dank für das gute Essen.«

»Das verstehe ich. Zu Ihren Zimmern gehts die Treppe rauf und dann links oder rechts entlang, je nachdem. Ich wünsche Ihnen eine gute Nacht.«

Simone erblickte auf ihrem Schlüssel die Nummer hundertsechs. Sie stieg die knarrende Treppe empor und wandte sich auf dem kleinen Flur nach rechts. An der letzten Tür entdeckte sie ihre Zahl. Sie schloss auf und wartete einen Moment. Dahinter würde ihr Zuhause für die nächsten Wochen liegen. Denn Simone hatte sich jetzt schon entschieden, egal was morgen geschah, sie würde hierbleiben – notfalls auch allein. In diesem Haus fühlte sie sich daheim, so als wäre sie irgendwann schon einmal hier gewesen.

Ihre Mitreisenden waren längst in ihren Zimmern verschwunden, als sie endlich die Tür öffnete. Gleich vorn rechts ging es ins Bad. Es war klein, mit dunklen, etwas altmodischen Kacheln gefliest, enthielt aber alles, was man so brauchte. Dahinter stand ein riesiger Schrank. Gefolgt von einem einfachen Schreibtisch mit Stuhl, über dem ein moderner Fernseher an der Wand hing.

Gegenüber befand sich das breite Bett mit zwei Nachtschränkchen. Flauschige Badetücher und ein kuscheliger

Bademantel lagen auf der Zudecke. Vor dem Fenster thronte ein altmodischer Lesesessel, genau so einer, wie ihre Oma früher einen gehabt hatte. Dann öffnete Simone die zweiflügelige Tür und trat hinaus auf den Balkon. Milchiges Mondlicht umfing sie und warf seinen Schein auf den Atlantik, der direkt hinter dem Haus begann. Als ihre Augen sich an die Dunkelheit gewöhnt hatten, erkannte Simone Klippen, die den Garten vom Meer trennten.

Sie sank auf den bequemen Balkonstuhl und schloss die Lider. Simone lauschte dem gleichmäßigen Rauschen vor sich, diesem steten Auf und Ab. Draußen auf dem Meer blinkten die Positionslichter vorbeifahrender Schiffe. Über ihr waren die Sterne, viel heller und näher als in Deutschland. Die Stille war überwältigend, da waren nur sie und das Meer.

Simone liebte das Meer. Schon als kleines Mädchen war sie mit ihren Eltern zu Badeurlauben an die Ostsee oder Nordsee gefahren. Endlos hatte sie im Sand gebuddelt, die schönsten Muscheln gesammelt oder war mit ihrem Vater in den Wellen herumgesprungen. Dann später, mit Tim, waren die Reiseziele exotischer geworden. Es war nach Thailand oder Südafrika gegangen, aber nach Möglichkeit immer ans Meer. Simone brauchte die Weite, diese Unendlichkeit, die niemals zu enden schien. Am Meer wurde sie immer ganz demütig, auch jetzt. Und sie spürte, wie schnell man hier seinen Alltag vergaß und die Sorgen kleiner wurden.

Wie viel Zeit vergangen war, hätte sie gar nicht mehr sagen können. Doch allmählich machte sich die abendliche Kühle bemerkbar.

Mit viel Schwung hievte Simone ihren Koffer auf den Ständer und zerrte den Reißverschluss auf. Tim hatte dies früher immer amüsiert. ›Komm doch erst mal an und genieße das Hotel. Auspacken kannst du auch morgen noch.‹ Doch Simone wirbelte eifrig durchs Zimmer, bis endlich alles an Ort und Stelle war. Erst dann fand sie Ruhe, erst dann konnte der Urlaub beginnen. Tim hatte sie immer vom Bett aus beobachtet, und Simone hatte seine liebevollen Blicke gespürt, die sie durch den Raum verfolgt hatten.

Heute ließ sie sich Zeit. Ihre Sachen waren innerhalb kurzer Zeit ausgepackt, das Zimmer bot genug Stauraum, war es doch für zwei Personen ausgerichtet. Ganz zum Schluss, sorgfältig in zwei Shirts eingepackt, kam Tims Bild zum Vorschein. Sie drapierte es liebevoll auf dem rechten Nachtschränkchen, genau so, dass ihr verstorbener Mann alles gut im Blick hatte.

Noch einmal betrat Simone den Balkon und äugte neugierig zu ihren Nachbarinnen. In Utas Zimmer, die direkt nebenan wohnte, herrschte Dunkelheit. Kein Wunder, war es doch nach deutscher Zeit bereits weit nach Mitternacht. Wenn sie morgen nicht völlig übermüdet sein wollte, war es an der Zeit, ebenfalls schlafen zu gehen.

Minuten später sank Simone in die weichen, angenehm duftenden Kissen. Sie warf dem neben ihr stehenden Bild einen kleinen Kuss zu. Und schneller als sie erwartet hatte, wiegte sie das stete Wellenrauschen, welches durch die weit geöffnete Tür drang, in den Schlaf.

6

Leichte Vorhänge bauschten sich in einer morgendlichen Brise vom Meer. Zwei zänkische Möwen stritten sich vor dem Fenster und gaben einfach keine Ruhe. Draußen herrschte noch Dämmerlicht.

Einen Moment wusste Simone nicht, ob sie noch träumte oder schon in der Realität angekommen war. Mühevoll öffnete sie die Augen und warf einen Blick auf ihr Handy. Es war kurz vor sechs, in Deutschland immerhin gleich um acht. Sie hatte gut geschlafen, tief und traumlos, und erst jetzt wurde ihr bewusst, dass sie ihre Schlaftabletten gestern Abend vergessen hatte. Unberührt lag die Schachtel auf dem Schränkchen neben ihr.

Voller Schwung hüpfte Simone aus dem Bett, reckte sich und trat dann nach draußen auf den Balkon. Dunst lag über dem Wasser, der von den Berghängen herabgezogen kam. Der Atlantik zeigte sich heute Morgen spiegelglatt und sah aus, als wäre statt Wasser Blei in ihm. Tropfen schimmerten auf den Gartenmöbeln, in den letzten Stunden schien es geregnet zu haben.

Endlich konnte Simone das komplette Panorama vor ihrem Fenster bewundern. Direkt hinter dem Haus lag der Garten des Hotels. Verschlungene Wege, die von lauschigen Sitzecken unterbrochen wurden, waren liebevoll angelegt worden. Dazwischen lagen Beete und Rabatten. Leider blühten die meisten Blumen nicht, und dennoch war es eine grüne Oase. Am unteren Ende entdeckte sie ein kleines Türchen, das wohl zu den vorgelagerten Klippen führte.

Augenblicklich war Simones Entdeckungslust geweckt. Sie sprang unter die Dusche und drehte an den Reglern. Leider ließ das warme Wasser endlos lange auf sich warten, wie das in älteren Häusern manchmal der Fall war. In der Leitung gurgelte es, und schließlich stürzte sie sich todesmutig unter den kalten Strahl. Auf der Stelle prickelte ihre Haut, und ihre Sinne erwachten. Nach dem Abtrocknen schlüpfte Simone in Jeans, Shirt und Turnschuhe und griff die Kamera aus dem Safe. Das Licht war so besonders, vielleicht konnte sie am Meer ein paar Aufnahmen für ihre Fotoecke daheim machen, die dringend mal wieder ein wenig Auffrischung benötigte.

Simone öffnete behutsam ihre Zimmertür, zog diese hinter sich zu und schlich leise die Treppe hinab. Aus einer geschlossenen Tür im Erdgeschoss dudelte Musik. Sie vermutete die Küche dahinter, zumindest war Marta mit der Suppenterrine aus diesem Raum gekommen. Suchend schaute sie sich um und entdeckte einen schmalen Gang, der in den hinteren Bereich des Hauses führte. Simone kam an eine weitere Tür und stand dann auf einer Terrasse. Holzspaliere, die im Sommer mit Wein bewachsen waren, schwebten über ihr und noch ein Stück darüber ihr kleiner Balkon.

Mit schnellen Schritten überquerte sie das Gras, welches feucht von der Nacht war. Winzige Tautropfen schimmerten und sahen wie Diamanten aus. Die alte Holztür, die sie von oben erspäht hatte, war schnell erreicht. Simone betätigte die Klinke, doch das Türchen war verschlossen. Der dahinterliegende Weg machte eine scharfe Kurve und verschwand inmitten eines Gebüschs, doch sie war sicher, er musste zum Atlantik führen. Enttäuscht schaute Simone sich um. Vielleicht gab es noch eine andere Möglichkeit, um zum Meer zu gelangen. Aber hier im Garten war kein weiterer Weg zu erkennen. Da fiel ihr ein, dass sie gestern Abend an einem schmalen Pfad vorbeigekommen waren, der direkt vor dem Grundstück nach unten geführt hatte.

Simone sah auf ihre Uhr. Es war noch nicht mal halb sieben, also genug Zeit für eine kleine Erkundung. Sie umrundete das Haus und lief die langgezogene Auffahrt Richtung Straße. Jetzt, bei Tageslicht, stellte sie fest, wie groß der Garten, und vor allem, wie wunderschön er angelegt war. Da wuchsen exotische Pflanzen, von denen sie einige noch nie gesehen hatte. Doch tapfer widerstand Simone der Versuchung, den Hauptweg zu verlassen und durch die Anlage zu streichen. Dafür würde in den nächsten Tagen noch genug Zeit bleiben.

Windung um Windung zog die Zufahrt sich empor. Seltsam, in der Dunkelheit, war ihr der Weg nicht so lang erschienen. Und als Simone sich schon fragte, ob sie wirklich gestern hier entlanggelaufen waren, tauchte endlich ein schmiedeeisernes Tor auf.

Ihr Blick ging nach oben, zu den Bergen, deren Ausläufer gleich auf der anderen Straßenseite begannen. Alle Gipfel waren in Nebel gehüllt und sahen aus, als hätten sie weiße Pudelmützen aus Dunst auf dem Kopf. Malerisch schmiegten sich die bunten Häuser des Dorfes an die steilen Hänge.

Simone hielt sich links. Schon nach kurzer Zeit endete das Hotelgrundstück, und zwischen zwei hohen Bruchsteinmauern führte tatsächlich ein schmaler Pfad nach unten. Er schien viel begangen zu sein, sie erkannte einige Fußspuren. Der Weg war dunkel, fast schon düster, denn auf dem anderen Grundstück wuchsen zahlreiche große Bäume, die mächtige Schatten warfen. Neugierig stieg sie auf einen Vorsprung, um einen Blick hineinzuwerfen, doch die Mauer war einfach zu hoch.

Nach etwa fünf Minuten endete der Weg auf einer kleinen Freifläche, die bereits von ersten Strahlen der Morgensonne beschienen wurde. Gleich danach begannen schwarze Klippen, durch die ein Trampelpfad zum Meer führte.

Simone war in ihrem Element. Sicher setzte sie ihre Tritte auf dem brüchigen Gestein und balancierte immer weiter auf den schwarzen Felsen vorwärts. Es ging abwärts und aufwärts, sie musste über schmale Grate klettern oder Steine umrunden. Aber schließlich endete der Pfad an einer kleinen natürlichen Bucht, in der klares Wasser leicht hin und her schwappte. Wie zufällig lag an deren Rand ein großer flacher Stein, der wie geschaffen für ihren Hintern und zum Hinsetzen war.

Salzige Luft stieg in ihre Nase. Gischt spritzte von der anderen Seite der Felsen bis zu ihr und benetzte ihre Haut, wenn sich eine besonders große Welle an den Klippen brach. Simone leckte sich behutsam die Lippen und schloss die Augen – da war es, dieses salzige Gefühl, das sie so liebte. Die Luft roch nach Fisch, nach Seetang und nach den unergründlichen Geheimnissen in der Tiefe des Meeres.

Der Fotoapparat lag vergessen zu ihren Füßen. Dieses Bild würde sie vielleicht in den nächsten Tagen aufnehmen, jetzt speicherte sie es tief in sich, um es später hervorholen zu können. Dann, wenn sie wieder in Deutschland war.

»Siehst du es, Tim? Siehst du, wie schön es hier ist?«, flüsterte sie leise und wischte sich eine Träne vom Kinn.

Lange saß sie hier, und fast schon wehmütig riss Simone sich irgendwann los. Über eine Stunde war inzwischen vergangen. Wenn sie nicht gleich am ersten Morgen zu spät zum Frühstück kommen wollte, war es an der Zeit, sich auf den Rückweg zu machen. Sie war sich sicher, an diesen Platz noch einige Male zurückzukehren, und hatte sich jetzt schon verliebt.

Vorsichtig balancierte sie über die Klippen an Land. Rechts oberhalb lag das Hotel, hinter Bäumen verborgen.

Simone betrachtete voller Bewunderung das herrliche Stückchen Land. Wie würde es erst sein, wenn in wenigen Monaten überall die Hortensien blühten? Seufzend kletterte sie weiter.

Da war plötzlich eine Bewegung, Simone bemerkte eine Gestalt hinter der Mauer des anderen Gartens. Augenblicklich blieb sie stehen und fixierte den Punkt. Doch nun war niemand mehr zu sehen. Hatte sie sich getäuscht? Behutsam schlich Simone weiter und schaute gleich darauf wieder ruckartig nach oben. Kein Zweifel, erneut war da ein Gesicht. Doch aufgrund ihres prüfenden Blickes tauchte es ab. Nur noch wenige Schritte, dann hatte Simone die Freifläche erreicht.

Unsicher blieb sie stehen und musterte die Stelle, an der sie den heimlichen Beobachter bemerkt zu haben glaubte. Alles lag verlassen, Blätter bewegten sich in einer leichten Brise vom Meer.

Was würde es wohl auf der anderen Seite der Mauer zu entdecken geben? Simones Neugier war geweckt. So lautlos wie möglich pirschte sie bis zur Mauer, die hier etwa so groß war wie sie selbst. Aufmerksam betrachtete sie die alten Bruchsteine, die vom Wetter und der permanent salzigen Luft ausgewaschen waren. Da entdeckte sie einen kleinen Vorsprung. Wenn sie ihren Fuß daraufstellte und sich hochzog, musste es möglich sein, einen Blick auf die andere Seite zu werfen.

Prüfend blickte sie sich um, niemand war zu sehen. Simone holte tief Luft, schwang sich hoch und spähte mit angehaltenem Atem über die Mauer. Jeden Moment erwartete sie in das Antlitz irgendeiner Person zu starren. Aber außer üppigen Kamelienbüschen und Pflanzen war nichts zu entdecken. Kein Mensch, keine Fußspuren und auch sonst nichts. Der Garten machte einen ziemlich verwilderten Eindruck. Überall lagen herabgestürzte Äste und Laub herum, sowie Steine, die sich aus der Mauer gelöst hatten. Unter einigen der Kamelien bedeckten deren verwelkte Blüten zentimeterhoch den Boden.

Kopfschüttelnd ließ Simone sich wieder hinabgleiten. »Und wenn schon, die Bewohner des Gartens haben alle Rechte, über die Mauer zu spähen«, sagte sie zu sich selbst. »Du dagegen solltest dich wirklich auf den Rückweg machen.«

Fünfzehn Minuten später gelangte Simone schweratmend im Frühstücksraum an. Heller Sonnenschein durchflutete diesen, es musste ein ausgesprochen schöner Tag vor ihnen liegen. Außer ihren Reisebegleiterinnen saß nur noch ein einzelner Herr am anderen Ende des Zimmers und vergrub sein Gesicht hinter einer Zeitung. Der große Esstisch war mit diversen Leckereien wie frischen Brötchen, verschiedenen Marmeladen und einem kleinen Wurst- und Käseangebot gedeckt. Seufzend ließ Simone sich auf den Stuhl fallen, ihre Beine zitterten, ihr Puls raste.

So schnell sie konnte, war sie den schmalen Pfad zwischen den Mauern nach oben gespurtet. Auf halber Strecke hatten ihre Lungen gebrannt und die Waden empfindlich geschmerzt, doch sie hatte ihr Tempo kein bisschen gedrosselt. An der Hoteleinfahrt angekommen, blieb die Erkenntnis, dass ihre Fitness im Eimer war.

Simone, die früher jeden Morgen Yoga gemacht hatte, war eingerostet. Die letzten Monate voller Trauer und Erschöpfung hatten ihren Körper ausgezehrt. Und sie hatte sich gehen lassen. Es wurde Zeit, etwas dagegen zu unternehmen. Gleich morgen früh würde sie eine erste leichte Yogaeinheit einlegen, nahm Simone sich fest vor.

Drei erstaunte Augenpaare musterten sie indes von oben bis unten. Julias Blicke blieben an einem Fleck hängen, der unübersehbar auf ihrem Shirt prangte und vermutlich von ihrem Kontakt mit der Mauer stammte.

»Du lieber Gott, hast du etwa schon einen Morgenlauf unternommen?«, fragte Uta mit großen Augen. »Oder warum sieht dein Kopf hochrot wie eine Tomate aus?«

»So ähnlich, ich war unten am Meer. Es zog mich einfach magisch dahin, und der Blick vom Balkon reichte irgendwie nicht aus«, erwiderte Simone immer noch schweratmend.

In diesem Moment betrat Marta den Raum und eilte mit einer riesigen Kanne auf den Tisch zu. Lachend schaute sie Simone an. »Ah, guten Morgen, ist die fehlende Urlauberin doch noch eingetroffen. Ihre Freundinnen haben sich bereits Sorgen um Sie gemacht.«

»Vollkommen unnötig«, nuschelte Inga und ließ eine weitere Scheibe Ananas in ihrem Mund verschwinden. »Die Vermisste hat bereits eine morgendliche Strandwanderung hinter sich.«

»Ich war nur unten an den Klippen«, versuchte Simone sich zu verteidigen.

Erschrocken schaute Marta sie an. »Sie waren an den Klippen? Hat mein Mann das kleine Tor nicht verschlossen? Welche Nachlässigkeit von ihm.«

»Nein, nein, alles in Ordnung, das Tor war zu«, beruhigte Simone sie. »Ich bin den schmalen Weg gegangen, der neben dem Garten nach unten führt.«

Augenblicklich atmete Marta erleichtert auf. »Gott sei Dank, die Pforte ist nämlich absichtlich verschlossen. Vor einigen Monaten hatten wir einen ziemlich starken Sturm. Größere Abschnitte der Küste wurden weggerissen. Der Weg ist zwar noch begehbar, aber es ist sehr gefährlich, und man muss wissen, wo man hintritt. Ganze Bereiche sind instabil, künstliche Hohlräume sind entstanden.«

Simone, die immer noch im Mittelpunkt des Interesses stand, fühlte sich inzwischen sichtlich unwohl. Immerhin war ja nicht das Geringste passiert.

»Nun bin ich ja da«, erwiderte sie daher leise.

»Zum Glück, na wie auch immer«, sagte Marta voller Energie. »Darf ich Ihnen ein Rührei oder ein Spiegelei machen? Wünschen Sie einen Tee oder womit kann ich sonst dienen?«

Simone musterte unentschlossen den Tisch, auf dem alles stand, was ihr Herz so begehrte. »Danke, ich nehme Kaffee und das gekochte Ei.« Sie deutete neben ihre Tasse. »Nur keine Umstände.« Dann versuchte sie, das Thema zu wechseln. »Wie lautet denn unsere Reiseplanung für heute?«

Erwartungsvoll schaute sie Julia an, die einen dicken Reiseführer neben sich liegen hatte. »Na erst mal müssen wir auf unseren Mietwagen warten«, erwiderte diese. »Ich habe heute Morgen schon alles in die Wege geleitet, dass das Fahrzeug hierhergeliefert wird.«

»Und dann müssen wir noch eine Entscheidung treffen«, platzte Inga dazwischen und schaute vielsagend in die Runde.

»Was denn für eine Entscheidung?« Uta sah ähnlich ratlos aus wie Simone.

»Na wegen des Hotels«, flüsterte Inga und blickte sich verstohlen nach Marta um. »Wir wollten erst mal nur eine Nacht hier schlafen und uns dann entscheiden.«

»Eigentlich dachte ich, das Thema wäre vom Tisch, denn ich hab hervorragend geschlafen«, zischte Julia quer über den Tisch. »Und die anderen, soweit ich weiß, auch. Warum also sollten wir das Hotel wechseln?«

»Warum?« Die rothaarige Frau ließ entgeistert ihre Kaffeetasse sinken. »Das kann ich euch sagen. Weil das hier kein Hotel, sondern eine Pension ist. Die Zimmer sind mehr als einfach, die Betten sind hart, ehe warmes Wasser aus der Dusche kam, wäre ich beinahe im Meer baden gegangen.« Laut tönte ihre Stimme durch den Raum und rief Marta auf den Plan.

Unsicher schaute sie in ihre Richtung. »Alles in Ordnung? Kann ich helfen?«

Simone warf der Pensionswirtin ein strahlendes Lächeln zu. »Alles in Ordnung.« Dann wandte sie sich etwas leiser an die anderen. »Ich finde, wir sollten diese Unterhaltung draußen weiterführen und nicht unbedingt hier vor Marta. Das ist wirklich nicht fair, denn sie hat uns so liebevoll und spontan empfangen.«

Der Rest des Frühstücks verlief schweigend. Julia erhob sich schließlich abrupt. »Also los, wenn alle fertig sind, lasst uns in den Garten gehen und reden.«

Zusammen marschierten sie ein Stück die Zufahrt nach oben und bogen dann in Richtung einer kleinen Sitzgruppe ab. Doch niemand setzte sich.

»Wenn ich es also richtig verstehe, bist du dafür, das Hotel zu wechseln?« Fragend schaute Uta Inga an, und diese nickte. »Okay, und wer ist noch dieser Meinung?«

Keiner rührte sich. Inga stieß scharf die Luft aus und verschränkte die Arme vor dem Körper. »Na Klasse, prima. Das ist echt nicht euer Ernst. Erst bucht ihr ein Hotel, welches geschlossen hat. Dann bietet man uns eine entsprechende Alternative, und ihr wollt ausgerechnet hier in dieser, dieser …« Sie suchte nach Worten und stieß dann aus: »… in dieser *Bude* wohnen. Ich fasse es nicht.«

»Also, mein Zimmer ist wunderschön«, warf Uta mit ruhiger Stimme ein. »Gefällt dir denn deines kein bisschen?«

»Darum geht es doch gar nicht, kapiert ihr das nicht? Natürlich ist das Zimmer nicht schlecht. Aber dieses winzige Badezimmer, was kleiner als mein heimisches Klo ist, dieses altertümliche Bett, dieser Frühstücksraum, einfach alles – ich hab mir was anderes vorgestellt. Wir alle zusammen haben was anderes gebucht. Diesmal sollte es ein Hotel sein.« Inzwischen schrie Inga, rote Flecken tauchten auf ihren Wangen auf. Ratlos sahen sich die anderen an.

Obwohl Simone Inga erst kurze Zeit kannte, fand sie ihre Reaktion vollkommen überzogen.

Julia hob beschwörend die Hände. »Du lieber Himmel, Inga, nun beruhige dich doch bitte.«

»Ich will mich aber nicht beruhigen.« Fahrig strich Inga sich über ihr Gesicht. »Ich hab das Gefühl, dass alles, was ich sage, falsch ist. Und nicht erst hier, sondern auch schon, als wir noch daheim waren. Ihr müsst es nur sagen, und schwupps löse ich mich in Luft auf oder ich verlasse unsere Truppe, so wie Grit. Da könnt ihr gleich eine neue Suchanfrage stellen. Übung habt ihr ja inzwischen.« Sie warf die Hände in die Höhe. »Vielleicht ist das die beste Idee. Ich rufe mir ein Taxi, ihr könnt in dieser Absteige bleiben, und ich mache mein eigenes Ding. Meine Koffer hab ich eh noch nicht ausgepackt. Da habt ihr Ruhe vor mir und meinen Ansprüchen und könnt tun und lassen, was ihr wollt. Dann war es das jetzt eben mit unserer Reisegesellschaft. Vielleicht geht in den nächsten Tagen ein Flug, egal wohin, nur weg von dieser blöden Insel.«

Inga drehte sich herum und stürmte davon. Sogar der Sand spritzte nach oben, so sehr bohrte sie ihre Schritte in den Boden.

Uta fasste sich als Erste. »Was war das denn? So kenne ich Inga gar nicht. Ich meine, sie hat Pfeffer im Arsch, aber das? Das hat sie doch jetzt nicht ernst gemeint?«

Julia zuckte die Schultern. »Ganz ehrlich, ich glaube schon. Sie war bereits zu Hause so komisch. Ist dir das nicht aufgefallen? Einen Moment hatte sie schlechte Laune, und dann kriegte sie sich vor lauter Grinsen kaum noch ein.«

»Hat sie wieder irgendeinen Kerl am Start?«, fragte Uta.

»Nicht dass ich wüsste. Aber ich bin ja nicht ihre Betschwester. Sie erzählt mir auch nicht alles.«

»Und was machen wir jetzt?«, fragte Simone sachlich.

»Abwarten, ich glaube nicht, dass sie ihre Drohung wahr macht«, erwiderte Uta. »Ihr werdet sehen, sie wird bestimmt jetzt schon auf ihrem Zimmer sitzen und überlegen, wie sie wieder die Kurve in unsere Richtung bekommt.«

Simone war sich da nicht so sicher. Denn Inga hatte ziemlich bestimmt geklungen. Dennoch wollte sie den anderen ihre Hoffnung nicht nehmen. Gemeinsam beobachteten sie Fische, die in einem kleinen Steinbecken umherschwammen. Ihre rotgoldenen Leiber schimmerten in der Sonne.

Plötzlich vernahmen sie das Geräusch eines Motors. Kurz darauf rollte ein Taxi die Einfahrt herunter. Türen klappten, leise Stimmen erklangen. Wenig später fuhr das Taxi wieder an ihnen vorbei. Inga saß auf der Rückbank und schaute demonstrativ in die andere Richtung.

Uta sank auf eine der Steinbänke. »Okay, ich nehme alles zurück. Sie sitzt nicht mehr in ihrem Zimmer.«

Irgendwie fühlte Simone sich schuldig. Es war Unsinn, auch die anderen zwei hatten hierbleiben wollen, und dennoch war da ein komisches Gefühl in ihrem Bauch. Ihre Euphorie, das gemeinsame Reisen betreffend, war mit einem Schlag verflogen.

»Sollen wir ihr nachfahren?« Simone hatte die Frage einfach stellen müssen.

Uta schüttelte den Kopf. »Ich glaube nicht. Vielleicht sollten wir ihr einfach ein paar Stunden Zeit lassen und morgen nochmal nachhaken.«

Julia nickte. »Und womit sollen wir ihr überhaupt nachfahren. Unser Mietwagen ist ja noch nicht da.«

In diesem Augenblick ertönte erneut das Dröhnen eines Motors.

»Wusst ich es doch, sie kommt zurück.« Voller Hoffnung sprang Uta auf. Drei Augenpaare schauten auf den Zufahrtsweg. Doch statt des Taxis rollte ein dunkler Geländewagen zum Hotel.

Julia seufzte. »Das wird unser Mietwagen sein, ich lauf mal und erledige die Formalitäten.«

Uta und Simone blieben zurück. Um sie herum hüpften Vögel durch die Zweige und zwitscherten im Sonnenschein. Simone beobachtete mehrere kleine Eidechsen, die es sich auf einer flachen Mauer gemütlich gemacht hatten.

Was hatte ihr Nachbar aus dem Flugzeug gesagt, São Miguel war eine Zauberinsel. Heute Morgen hatte Simone diesen Zauber gespürt. Doch nun war er verschwunden, von einem Streit weggewischt. Wie sollte es jetzt weitergehen?

Einige Minuten später tauchte Julia wieder auf. Sie trug den Reiseführer unter ihrem Arm. Schweigend musterte sie die anderen und räusperte sich dann. »Wisst ihr was? Wir sind alle erwachsene Menschen. Inga hat ihre Entscheidung getroffen. Warum und weshalb – keine Ahnung. Aber ich glaube, es wäre falsch, uns die Freude nehmen zu lassen. Wir alle haben uns auf diesen Urlaub gefreut, und deswegen würde ich sagen, wir nutzen das schöne Wetter und machen einen ersten Ausflug.«

Julia schlug den Reiseführer auf und blätterte darin herum. »Was haltet ihr von einer kleinen Inselrundfahrt in den Westen? Wir besuchen zwei wunderschöne Seen, lassen São Miguel auf uns wirken und kommen erst mal richtig an.«

Uta und Simone nickten zögernd, und gemeinsam schlenderten sie zur Pension zurück, um ihre Sachen zu holen. In der Diele kam ihnen Marta entgegen. Mit großen Augen musterte sie die drei Frauen. »Möchten Sie etwa auch abreisen?«

Ihre Unsicherheit war deutlich zu spüren, und niemand konnte ihr die verdenken.

»Nein, wir bleiben hier«, antwortete Simone mit einem kleinen Lächeln. Dann schielte sie auf ihre Begleiterinnen. Die nickten zustimmend.

Marta registrierte ihre Reaktion mit hochgezogenen Augenbrauen. »Würden Sie mir dennoch rechtzeitig Bescheid geben, falls Sie alle abreisen? Ich habe mit vier Personen geplant und heute in aller Frühe entsprechende Vorräte besorgt.«

»Natürlich«, versicherte Julia. Leise schlichen sie die Treppe zu ihren Zimmern empor, blieben aber noch einen Moment im kleinen dunklen Flur stehen. »Das war eine Rüge.«

»Ganz ehrlich, ich wäre an ihrer Stelle auch sauer, und zwar ziemlich«, stellte Uta fest. »Ich glaube, wir sollten heute Abend noch einmal mit Marta sprechen.«

Etwas lustlos suchte Simone ihre Sachen zusammen und packte ihren Wanderrucksack. In ihrem Bauch war ein seltsames Gefühl, aber noch konnte sie es nicht greifen. Sie wusste nur eins, es hing mit ihren Begleiterinnen zusammen.

Eine halbe Stunde später ging es los. Uta nahm neben Julia Platz, und Simone hatte die Rückbank ganz allein für sich. Eine seltsam gedrückte Stimmung herrschte im Wagen.

Zunächst fuhr Julia durch die schmalen Gassen des Ortes. Viel gab es nicht zu sehen. Da waren ein Supermarkt, eine Tankstelle und ein Café, vor dem alte Männer auf Stühlen saßen. Jedes vorbeifahrende Auto wurde kommentiert und genau beobachtet. Zu beiden Seiten der Straße ragten bunt gestrichene Häuser auf. Hinter dem Ortsausgang nahmen sie die Autobahn Richtung Ponta Delgada und ließen die Hauptstadt mit den vielen weißen Häusern links liegen. Ihr Weg führte sie immer weiter an der Küste entlang, mit dem Meer als ständigem Begleiter. Bis schließlich ein Wegweiser sie ins Innere der Insel leitete.

Die Straße wurde ab jetzt schmaler und wand sich in vielen engen Kehren allmählich den Berg empor. Je höher sie kamen, umso üppiger zeigte sich die Natur. Hatte es in der Nähe der Küste noch teilweise wie in Schottland ausgesehen, mit weidenden Kühen, grünen Wiesen und flachen Steinmauern, so zeigte sich die Landschaft hier oben fast schon dschungelartig. Überall wuchsen riesige Baumfarne und ließen ihre Wedel weit über die Fahrbahn hängen, dass es darunter beinahe düster war. Üppige Hortensienbüsche schmückten die Straßenränder, und kleine Bäche plätscherten Richtung Meer. Immer wieder gab es Aussichtspunkte, die einen Blick Richtung Atlantik ermöglichten, bis dieser schließlich gänzlich hinter hohen Bäumen verschwand. Und immer noch wand sich die Straße höher und höher. Kaum ein Auto kam ihnen entgegen, und Simone fragte sich, ob sie immer noch auf dem richtigen Weg waren.

Da tauchte plötzlich ein gigantischer Betonklotz am Straßenrand auf. Direkt im Nichts hatte jemand einen riesigen Rohbau errichtet, zugegeben vor längerer Zeit. Denn inzwischen starrten sie leere Fensterhöhlen an, in denen stellenweise sogar Bäume und Büsche wuchsen. Genau gegenüber lag ein kleiner Parkplatz, den Julia ansteuerte. Und auf diesem standen tatsächlich Fahrzeuge. Also waren sie doch nicht die einzigen Menschen an diesem Ort.

Julia stieg aus und deutete wie eine Reiseführerin auf die Ruine hinter ihnen. »Darf ich den Damen vorstellen, das berühmte Hotel in den Wolken. Na ja, heute scheint ausnahmsweise mal die Sonne, kein Wunder, wenn Engel reisen. Doch an vielen Tagen im Jahr sieht man hier schlicht und ergreifend nicht viel und schon gar nicht die Sonne. Darauf hatten die meisten Hotelgäste so gar keine Lust, und das Haus musste wieder schließen.«

Simone musterte das Gebäude, welches einen wahrhaft grotesken Anblick bot. Ein leichter Schauer lief über ihren Rücken. Die unteren Eingänge hatte man vermutlich zum Schutz vor ungebetenen Besuchern zugemauert. Dies schien nicht zu funktionieren, denn überall führten Trampelpfade in die Ruine.

Trotz aller Verbote verspürte Simone ein gewisses Prickeln und den Drang, das Gebäude zu betreten. Solch morbide Bauwerke hatten es ihr schon immer angetan. Besonders, wenn deren Betreten verboten war. Und genau in diesem Augenblick verließ ein Pärchen lachend die Ruine und kletterte über die Mauer. Simones Herz schlug schneller.

»Sag bloß, wegen dieser verfallenen Bude sind wir hier hochgefahren?« Entsetzt schaute Uta sich um, und Simone schluckte auf der Stelle ihren Besichtigungswunsch nach unten. Vielleicht ergab sich später noch einmal die Chance für einen erneuten Abstecher in diese Gegend.

Julia grinste. »Das dachtest du wohl? Nee, keine Angst. Das Beste kommt jetzt. Folgt mir, Mädels.«

Nach kurzer Zeit erreichten sie einen Aussichtspunkt, der direkt neben der Straße lag. Hier hielten sich erstaunlich viele Menschen auf, und bei einem ersten Blick ins Tal wurde Simone bewusst, warum.

In diesem Moment verschwand der letzte Dunstschleier, und die Landschaft erstrahlte im schönsten Sonnenschein. Tief in einem ehemaligen, riesigen Vulkankrater, dessen Hänge grün bewachsen waren, lagen zwei Seen. Der eine schimmerte blau und der andere grün. Sie schienen wie zwei Geschwister, die zusammengehörten und dennoch vollkommen verschieden waren.

»Cete Cidades«, flüsterte Julia andächtig. »Ist das nicht traumhaft schön, Mädels? Genau dieses Bild habe ich in einem Reisebüro gesehen, und da stand fest: Hier müssen wir unbedingt mal hin.«

Traumhaft schön, das war es wirklich. Simone stand einen Moment ganz still und ließ den Anblick auf sich wirken. Ein Wehgefühl stieg in ihr auf. In diesem Moment vermisste sie Tim unendlich. Wie gern würde sie jetzt hier zusammen mit ihm stehen und die Aussicht genießen. Er würde seinen Arm um ihre Schulter legen und sich an sie schmiegen. Tim hatte die Natur immer geliebt, genau wie sie. Und vielleicht hätte Tim ihr eine Träne von ihrem Kinn wischen müssen, weil Simone in solchen Momenten immer ganz rührselig wurde.

»Siehst du es, Tim? Wie schön das ist?«, flüsterte sie ganz leise und versuchte, den dicken Kloß aus Tränen und Traurigkeit hinunterzuschlucken, bis es nicht mehr ging. Dann ließ Simone die Tränen laufen, und sie schämte sich nicht dafür. Menschen kamen und gingen, doch sie stand, hielt sich am Geländer fest und beobachtete fasziniert, wie die Farben der Seen sich minütlich zu verändern schienen.

Dann zog Simone die Kamera aus ihrem Rucksack und begann Aufnahmen für ihre heimische Fotoecke zu machen.

Auch Uta und Julia fotografierten mit ihren Handys. »Soll ich Inga ein Foto schicken. Oder was meint ihr? Bestimmt hätte ihr das auch gefallen.« Unsicher sah Uta sie an. »Irgendwie muss ich immerzu an Inga denken und was sie jetzt wohl macht.«

Julia verschränkte die Arme vor ihrem Körper. »Sag bloß, du hast ein schlechtes Gewissen? Warum denn, Inga hat sich gegen uns entschieden oder besser gegen die Pension«, erwiderte sie energisch. »Sie kann nicht erwarten, dass sich immer alles nach ihr richtet. Wenn du ehrlich bist, haben wir früher schon viel zu viel nachgegeben. Ich sage nur Dubai, sie war die Einzige, die dort hinwollte, und wir haben uns ...« Julia verstummte, dann winkte sie ab. »Ist ja auch egal. Ich will mir jedenfalls die Freude nicht nehmen lassen, verstehst du?«

Uta nickte beschwichtigend. »Ja, ich weiß ja, du hast recht und dennoch. Inga hat es in letzter Zeit nicht leicht.«

»Ach, hat sie das? Fang jetzt ja nicht wieder mit diesen Wechseljahresgeschichten an. Die machen wir alle durch, aber keine benimmt sich wie sie.«

Schweigend verfolgte Simone den Dialog. Sie standen an einem der schönsten Orte der Welt und stritten.

»Hattet ihr nicht gesagt, dass ihr alles gemeinsam entscheidet und nicht hinter dem Rücken einer Abwesenden sprecht?«, brach es plötzlich aus ihr heraus. »Wir sind noch nicht mal vierundzwanzig Stunden auf der Insel, und ich frage mich, ob es ein Fehler war, dass ich mich euch angeschlossen habe. Weil eine Auseinandersetzung die nächste jagt.«

Simone hielt kurz inne. Hatte sie das tatsächlich gerade gesagt? Waren derart deutliche Worte über ihre Lippen gekommen? Anscheinend, denn Julia und Uta guckten sie perplex an.

Simone drehte sich wieder um und schaute ins Tal. In ihrem Inneren fuhren die Gefühle Achterbahn. Normalerweise war sie nie so direkt, behielt ihre Meinung lieber für sich und mochte die Harmonie. Doch dieser kleine Ausbruch fühlte sich erstaunlich gut an. Sie wollte sich nicht mehr verbiegen. Sie wollte ihr Leben leben, denn sie wusste aus eigener Erfahrung, wie schnell es vorbei sein konnte.

»Du hast recht«, sagte Uta leise und berührte ihren Arm. »Sorry, wir benehmen uns echt kindisch.« Immer noch sah sie ziemlich betreten aus.

Simone musste grinsen. »Na immerhin erkenne ich eine gewisse Einsicht bei euch. Ein guter Anfang. Also lasst uns den Tag genießen und uns später um Inga kümmern.«

»Guter Vorschlag«, meinte Julia. »Übrigens gibt es zu den beiden Seen noch eine Geschichte. Aber ich muss euch vorwarnen, sie geht ans Herz und drückt auf die Tränendrüse. Wer will sie hören?«

Zwei Hände gingen nach oben.

»Unbedingt«, meinte Simone. »Ich liebe rührselige Geschichten.«

»Also dann«, begann Julia mit melodischer Stimme zu erzählen. »Vor langer, langer Zeit gab es eine Prinzessin, die war wunderschön, und alle Menschen liebten sie. Sie streifte oft durch die Wälder rund um das Königsschloss und lernte dabei eines Tages einen Hirten kennen, der Ziegen hütete. Er begann, ihr Geschichten zu erzählen, und der Prinzessin gefielen diese so gut, dass sie ihn immer wieder heimlich besuchte. Es kam, wie es kommen musste, beide verliebten sich ineinander.

Doch der König bemerkte, dass seine Tochter heimlich verschwand, und beauftragte eine Dienerin, ihr zu folgen. Die sollte herausfinden, was die Prinzessin im Walde so trieb. Die Dienerin schlich ihr nach, entdeckte die Verliebten und erzählte dem König davon. Der war außer sich, tobte und schrie. Wütend verbot er der Prinzessin, das Schloss zu verlassen, und entschied, sie schnellstmöglich standesgemäß zu verheiraten. Schon in wenigen Tagen sollte ein großes Fest stattfinden, an dem sie vermählt werden würde.

Die Prinzessin verging vor Kummer, und es gelang ihr nur mit einer List, noch ein letztes Mal das Schloss zu verlassen und ihren Hirten aufzusuchen. Als sie ihrem Geliebten erzählte, welch Schicksal auf sie wartete, vergossen beide bittere Tränen – die Prinzessin blaue und der Hirte grüne, so wie die Farbe ihrer Augen war. Es waren so viele Tränen, dass diese beiden Seen entstanden und für immer an ihre große Liebe erinnern sollten, die sich nicht erfüllen durfte.«

Simone seufzte. »Was für eine schöne Geschichte, für immer vereint. Ich liebe Liebesgeschichten.«

»Vereint schon, aber nur als See«, meinte Uta. »Ob das die Erfüllung ist?«

»Du bist eine Banausin«, sagte Julia lachend. »Natürlich gibt es noch eine andere Erklärung, also eine biologische …«

»Bitte nicht«, rief Simone aus. »Ich will sie gar nicht hören. Deine Geschichte war einfach zu schön.« Simone schaute noch einmal zu den tränengefüllten Seen.

Doch es wurde Zeit, weiterzuziehen und andere schöne Orte zu entdecken.

Danach fuhren sie noch ein Stück Richtung Berge und überquerten einen im Dunst liegenden Kamm. Die Vegetation wurde spärlicher, und ein zarter Nebelschleier legte sich auf die Windschutzscheibe. Starker Wind zerrte an den wenigen Büschen und trieb abgerissene Äste über die Straße. Es war eine trostlose Gegend, die dennoch ihren Reiz hatte. Niemand von ihnen verspürte den Wunsch, auszusteigen, obwohl es hier weitere schöne Aussichtspunkte geben sollte, wie Julia verriet.

»Lass uns weiterfahren. Irgendwie erinnert mich das Wetter hier oben an einen nasskalten Novembertag in Deutschland«, meinte Uta sachlich. »Und dem wollten wir ja schließlich entfliehen.«

Je tiefer sie auf der anderen Seite des Berges kamen, umso freundlicher wurde die Gegend. Der Nebel verschwand, die Sicht wurde klar, und erste Kühe weideten genüsslich auf den Wiesen. Nach einer scharfen Kurve bot sich ihnen ein beeindruckendes Bild. Es war so schön, dass Julia abrupt auf die Bremse trat.

Tief unter ihnen lag die Nordküste mit ihren schmalen Stränden und schroffen Klippen. Wild und unbändig donnerten die mächtigen Wellen des Atlantiks an Land und zeichneten weiße Linien auf die dunkelblaue Oberfläche. Instinktiv hielt Simone sich an Utas Sitz fest und zog sich nach vorn. Nur um noch besser sehen zu können.

»Beeindruckend«, flüsterte Julia. »Wollen wir hinfahren?«

Simone nickte. »Unbedingt.«

Die Straße führte allmählich ins Tal. Immer wieder passierten sie kleine Dörfer, die verschlafen in der Sonne lagen. Wäsche wehte im Wind, Frauen hielten einen Schwatz und sahen ihnen neugierig nach. Das Leben schien hier einem ganz eigenen Tempo zu folgen und nicht halb so hektisch wie in Deutschland zu sein.

Schließlich erreichten sie eine Kleinstadt mit etlichen Geschäften und Kirchen. Ribeira Grande las Simone auf einem Schild. Auf den Straßen und Plätzen herrschte reges Treiben. Die schmalen Gassen waren voller Menschen, die ihre Mittagspause genossen oder Besorgungen machten. Umsichtig lenkte Julia den großen Wagen durch die Gassen, immer auf der Suche nach dem Weg zum Meer. Zum Glück war Uta eine gute Reisebegleitung und achtete auf die entsprechenden Schilder.

An einem Platz, der gleichzeitig als Parkplatz diente, endete die Straße. Der Atlantik, nur getrennt durch eine Brandungsmauer, lag direkt vor ihnen.

In diesem Augenblick verfinsterte sich der Himmel. Die Sonne verschwand fast schon schlagartig. Dunkle Wolken jagten dahin, und Wind kam auf. Bäume, die am Straßenrand wuchsen, bogen sich wild hin und her. Das Meer auf der anderen Seite der Straße begann zu brüllen und zu toben. Bis ins Innere des Autos waren die Urgewalten zu hören, und eine Mischung aus ersten Regentropfen und Meeresgischt klatschte auf die Windschutzscheibe.

»Was für ein Wetter«, meinte Uta. »Schien nicht eben gerade noch die Sonne?«

»Typisch Azoren, hier gibt es alle vier Jahreszeiten an einem einzigen Tag«, erwiderte Julia mit Begeisterung.

Simone wühlte in ihrem Rucksack, zog die Wetterjacke hervor und öffnete die Tür.

»Sag bloß, du willst jetzt aussteigen?« Fassungslos sahen Uta und Julia sie an. »Draußen ist Sturm, warte doch noch ein paar Minuten.«

»Ich muss unbedingt das Meer sehen«, rief Simone begeistert, und schon war sie draußen.

Bereits nach wenigen Schritten war sie vollkommen durchnässt, denn der Sturm zerrte ihr die Kapuze vom Kopf. Regen klatschte gegen ihr Gesicht, doch sie lief immer weiter, bis sie direkt an der Brüstung stand. Der Blick von der Kaimauer war einfach gigantisch. Ein Stück unter ihr donnerten die Wellen an Land. Hoch spritzte die Gischt, das Wasser gurgelte und tobte, wenn sich das Meer ächzend zurückzog und wieder Richtung Atlantik strömte. Dazu brüllte der Wind und zerrte an ihrem Haar. Simones Körper wurde hin und her geschüttelt. Sie stemmte ihre Beine fest in den Boden, hielt sich mit beiden Händen an der Brüstung fest und schaute nach unten.

Seitlich lagen die künstlichen Becken eines Schwimmbades. Ein feiner Sprühnebel aus Gischt hing über ihnen, während die Wellen inzwischen so hoch waren, dass das Wasser schon über die ersten Mauern schwappte. Der daneben liegende Strand war längst überspült, immer höher stieg das Wasser, eroberte sich Land und riss Sand mit nach draußen. Schmutziggelb verfärbte sich der Atlantik.

Simone hielt ihr Gesicht in den Wind, und plötzlich war da der Drang, zu schreien. Es schien, als würde sich ein Ventil in ihrem Inneren öffnen. Hier in diesem Sturm schrie sie sich ihren Kummer aus dem Leib, während ihre Reisekameradinnen im sicheren Auto warteten. Simone schrie und schrie Richtung Himmel, bis es ihr allmählich leichter ums Herz wurde. Es war, als wäre eine Last verschwunden. Die Last, die so viele Monate wie ein Wackerstein auf ihrer Brust gelegen hatte.

Tim war tot, er würde nie mehr wiederkommen, aber sie lebte noch. Simone spürte endlich wieder ihren Körper, jede einzelne Faser. Sie musste weitermachen, nein, sie *wollte* weitermachen, sie wollte *leben.* Nicht mehr durch den Tag vegetieren, die Stunden irgendwie rumkriegen, nein, richtig leben und jede Minute genießen.

Da waren nur sie und das Meer, und dieses Einssein mit den Elementen gab ihr Kraft. Und plötzlich wusste sie, was sie tun wollte, hier auf dieser Insel. Simone musste es nur noch ihren Reisegefährtinnen verkünden.

Der Regen wurde immer stärker, die Umgebung verschwand hinter einem Vorhang aus Wasser. Simone blinzelte und entdeckte plötzlich ein paar Meter entfernt einen Mann, der auf der Hafenmauer saß. Er schaute ebenfalls versonnen aufs Meer und schien sie nicht zu bemerken. Seltsam, gerade eben war dort noch niemand gewesen. Irgendwie kam ihr der Mann seltsam bekannt vor. In diesem Moment drehte er ihr langsam sein Gesicht zu und lächelte sie an. Simone taumelte zurück, wie als hätte sie eine Böe getroffen. Nur mit Mühe hielt sie sich auf den Beinen. Dieser Mann war Tim. Er schaute sie so liebevoll an wie damals auf ihrem letzten Bild in Ahrenshoop. Aber das konnte nicht sein, es war nicht real, unmöglich.

Simone wischte sich stöhnend über das nasse Gesicht und blinzelte heftig. Als sie wieder hinsah, war die Mauer leer und der Mann verschwunden.

Stattdessen berührte sie jemand am Arm. Eine Sekunde setzte ihr Herz aus, erschrocken fuhr sie herum und sah Julia. Sie stand direkt hinter ihr und hielt ihre Kapuze mit einer Hand fest. »Simone, bitte komm, der Sturm wird immer stärker«, schrie sie ihr entgegen. »Dort drüben ist ein Restaurant, bitte, lass uns reingehen.«

Noch einmal starrte Simone zu der Stelle, an der sie gerade ihren Mann gesehen zu haben glaubte. Da krachte eine mächtige Welle an die Kaimauer unter ihr und ließ das ganze Bauwerk erbeben. Hastig sprangen sie ein paar Schritte zurück und hielten sich aneinander fest.

»Bitte, Simone.«

Julia hatte recht. Wenn sie sich nicht den Tod holen oder ins Meer geweht werden wollte, war es Zeit für einen Rückzug. Schweratmend erreichten sie schließlich den schützenden Eingang zur Gaststätte.

Dort wartete bereits Uta unter dem Vordach. Forschend schaute sie Simone ins Gesicht. »Ist alles in Ordnung mit dir?«

Vermutlich dachten beide, sie hätte vollkommen den Verstand verloren. Kein Wunder, bei dem Auftritt gerade eben. Simone spürte, wie das Wasser ihren Rücken hinablief. Ihre Unterwäsche war so klatschnass, als wäre sie gerade in den Atlantik gesprungen. Ihre Haare klebten förmlich an ihrem Kopf. Doch sie fühlte sich so gut wie seit Monaten nicht mehr.

Über das ganze Gesicht strahlend, erwiderte sie deswegen: »Mir gehts super, einfach nur super.«

Julia und Uta warfen sich einen kurzen Blick zu. »Und da bist du sicher?«

»Absolut sicher.«

7

Angesichts Simones durchnässten Zustandes brachte ihr die Kellnerin als Erstes ein Handtuch und deutete dann Richtung Toilette. Erst dort fiel Simone auf, dass sie tatsächlich ziemlich mitgenommen aussah. Tränen hatten sich mit Salzwasser vermischt, und ihre Wimperntusche war über die Wangen gelaufen. Notdürftig brachte sie sich wieder in einen einigermaßen vorzeigbaren Zustand und hielt sogar ihre Haare unter den Händetrockner. Zum Schluss schaute sie noch einmal in den Spiegel. Ihre Augen leuchteten, von innen heraus, unglaublich schön und befreit.

Als Simone sich wieder an den Tisch setzte, spürte sie die fragenden Blicke ihrer Reisebegleiterinnen. Vielleicht warteten sie auf eine Erklärung. Aber sie wollte nicht über das eben Geschehene sprechen, *noch* nicht. Kommentarlos griff Simone sich die Speisekarte und studierte das Angebot.

»Habt ihr schon bestellt?«, fragte sie nach einer Weile.

Julia schüttelte den Kopf. »Nein, wir wollten auf dich warten.«

»Gut, ich nehme die Fischsuppe.«

»Super, die wollen wir beide auch probieren. Da kann die Kellnerin gleich einen großen Topf bringen«, meinte Uta und gab sich so, als wäre nichts gewesen.

Während sie auf das Essen warteten, hatte Simone Zeit, sich umzuschauen. Das Restaurant lag direkt an der Hafenmauer. Wenige Meter von ihnen entfernt, wälzte sich der Atlantik immer noch tosend Richtung Land und ließ die

Gischt bis an die Fenster vor ihnen spritzen. Regen prasselte an die Scheiben, doch hier im Inneren des Restaurants war es warm und gemütlich. Die meisten der anderen Tische waren besetzt, alle mit Einheimischen. Es herrschte eine entspannte Atmosphäre, da ertönten Lachen und laute Unterhaltungen.

Nur über ihrem Tisch lag Stille, die einzig vom Rauschen des Regens gebrochen wurde. Die Kellnerin näherte sich und servierte frisches Brot mit verschiedenen Dips. Simone langte herzhaft zu und verkostete alles. Sie liebte es, mit ihrem Gaumen die natürlichen Aromen der Gerichte zu erschmecken. Diese Küche war gut und bodenständig, ohne viel Schnickschnack. Man schien mit dem zu kochen, was man hatte.

Als Höhepunkt kam die Fischsuppe. Ein riesiger Topf wurde in die Mitte des Tisches gestellt, und jeder durfte sich selbst bedienen. Es dampfte mächtig und roch so würzig, wie man es nur direkt am Meer, mit frischen Zutaten hinbekam.

Dazu servierte die Kellnerin einen Teller mit kleinen Limetten.

»Die sind aus eigenem Anbau, bitte kosten Sie, aber Vorsicht, sehr sauer«, sagte sie in perfektem Englisch und verzog gespielt das Gesicht. Simone roch an der Frucht. *Was für ein Duft*, dachte sie. Dann zerteilte sie die Limette, lutschte behutsam daran und träufelte einige Spritzer auf ihren Teller. Die Frucht war tatsächlich sehr sauer, verlieh der Suppe aber auf eine wunderbare Art und Weise das perfekte Aroma.

Schweigend löffelten die Frauen vor sich hin, bis Uta es nicht mehr aushielt.

»Ist wirklich alles in Ordnung mit dir? Wenn ich ehrlich bin, hatten wir ein wenig Angst um dich.« Forschend schaute sie Simone an.

Diese griff sich eine Scheibe des frischen Brotes und bröckelte es locker in ihre Suppe. »Es geht mir gut. Eigentlich geht es mir so super wie seit vielen Monaten nicht mehr.« Simone ließ den Löffel sinken und schaute ihre Tischgenossinnen an. »Ihr könnt mich für vollkommen verrückt halten, aber ich hab gerade Tim gesehen.«

Uta verschluckte sich an ihrem Bissen und musste husten.

»Du meinst deinen verstorbenen Mann?«, rang sie sich mit heiserer Stimme ab.

Simone nickte. »Ich weiß, es klingt verrückt, und ich weiß, er war nicht da, also nicht körperlich, aber seelisch.«

Auf Julias Stirn stand eine tiefe Falte. »Seelisch? Wie meinst du das? Er war ein Geist?«

»So ähnlich, ach, ist ja auch egal.« Simone starrte auf ihren Teller und suchte nach den richtigen Worten. Vorhin hatte sie eine Entscheidung getroffen, und nun ging es darum, diese auszusprechen. »Und genau deswegen muss ich euch etwas sagen, etwas, was mir gerade bewusst geworden ist.«

»Du meinst gerade im Sturm?«, hakte Julia nach, und Simone nickte.

Uta ließ den Löffel sinken und blickte sie ernst an. »Oh oh, das klingt nicht gut.«

Simone holte tief Luft. »Ihr dürft mir nicht böse sein, ich bin euch dankbar, dass ihr mich mit auf diese Reise genommen habt. Aber ich glaube, ich würde mir gerne einen eigenen Mietwagen für die Zeit auf São Miguel nehmen.«

Nun war es heraus, und es war leichter gewesen als gedacht.

Ihre Reisebegleiterinnen schauten sich erschrocken an. Simone hob ihre Hände. »Es tut mir leid, und es hat nichts mit euch zu tun, im Gegenteil. Ich mag eure Gesellschaft sehr. Aber ich brauche Zeit für mich allein, Abstand, Stille, und ich möchte diesen ersten Urlaub ohne Tim so gestalten, wie ich es will.«

»Und das weißt du schon nach dem allerersten Ausflug?«, fragte Uta trocken. »Na, das ging ja fix.« Mit einem leisen Klirren stellte sie ihr Glas auf den Tisch.

Simone spürte Unverständnis auf der anderen Seite des Tisches. Und einen Moment war da das Gefühl, wieder zurückrudern zu müssen. Aber genau das würde sie nicht tun.

»Ich weiß, es ist schwer zu verstehen, aber ich will einfach nur ehrlich mit euch sein. Zum ersten Mal seit langer Zeit bin ich allein unterwegs. Und ich wäre vorhin am liebsten durch diese Ruine gekrochen, aber ich hab nichts gesagt«, sprudelte es aus Simone heraus. »Ich wäre gerne noch länger im Sturm stehen geblieben, auch wenn ihr denkt, ich bin bescheuert. Ich will endlich die Dinge tun, die ich immer schon tun wollte. Das ist mir klar geworden.« Sie suchte die Blicke der anderen, doch Julia und Uta wichen aus.

»Wisst ihr, ich weiß nicht, wie eure letzten Urlaube gelaufen sind. Aber die Reaktion von Inga hat mir eins gezeigt: Es ist sehr schwer, die Wünsche von vier verschiedenen Menschen unter einen Hut zu bekommen. Es ist praktisch unmöglich, weil einer immer zurückstecken muss – im Stillen oder offen. Und obwohl ich Inga bezüglich der Pension nicht verstehe, weil ich dieses kleine Haus einfach liebe, hat sie doch meine tiefe Bewunderung. Denn sie hat keinen Bock auf diese Pension, und sie hat das offen gesagt. Sie hat keine Lust, zurückzustecken, und ich auch nicht, nicht mehr. Ich hab zu lange zurückgesteckt.«

»Also endet es hier?«, fragte Uta.

Simone zuckte die Schultern. »Nicht unbedingt. Vielleicht gibt es Ausflüge, die ich mit euch zusammen machen möchte, vielleicht habe ich mich in einer Woche wieder eingekriegt. Aber jetzt will ich mein Ding machen und weiß endlich, was ich will. Und das ist schon mal was, denn monatelang wusste ich gar nichts.«

Julia schwieg noch immer. Gedankenverloren griff sie sich ein Stück Brot und kaute darauf herum. Dann blickte sie versonnen aus dem Fenster. »Wisst ihr was, an den Worten von Simone ist was dran. Wir wollen selbstbestimmt unser Leben leben, fahren aber gemeinsam in den Urlaub und machen Kompromisse über Kompromisse. Die sind manchmal okay, aber manchmal auch ziemlich faul.«

»Ach, nun fängst du auch noch damit an«, platzte Uta heraus. »Mit anderen Worten hänge ich jetzt als Einzige mit einer anderen Meinung auf diesem Eiland herum und muss sehen, wie ich klarkomme, während ihr freudestrahlend euer eigenes Ding durchzieht. Na Klasse, ich bin begeistert.« Sie winkte die Kellnerin zu ihrem Tisch und griff sich die Speisekarte. Wahllos deutete sie auf irgendeinen Unterpunkt in der Spirituosenabteilung. »Ich brauch jetzt erst mal einen Schnaps, bevor ich nicht mehr trinken darf, weil ich selbst Auto fahren muss. Ganz ehrlich, ich hasse euch blöde Weiber.« Ihr Gesicht wurde hochrot, also ergriff Uta die Speisekarte und fächelte sich Luft zu. »Und nun kriege ich auch noch Hitzewellen – na prima.«

Lächelnd schaute Julia sie an und schwieg, während Simone sich inzwischen wie ein Spielverderber fühlte, der anderen die Weihnachtsüberraschung schon vorher verraten hatte.

Die Kellnerin brachte ein Glas mit einer durchsichtigen Flüssigkeit und stellte es vor Uta hin. Fragend schaute sie Julia und Simone an, doch die winkten ab. Uta setzte an und leerte das Glas mit einem Ruck. Heftig schnappte sie nach Luft und begann zu blinzeln. Tränen traten in ihre Augen. Dann schnippte sie nach der Kellnerin und deutete auf das leere Glas. »Nochmal dasselbe bitte.« Mit einem Glas

Wasser spülte sie nach. »Wir sind noch keinen ganzen Tag hier und haben uns schon so richtig in den Arsch geschaut. Prima.«

Julia grinste. »Immerhin. Wo wir in Südafrika waren, hatten wir uns schon auf dem Flugplatz verkracht, wenn ich mich richtig erinnere. Wir werden also langsam besser.«

Auch der zweite Schnaps verschwand in Uta. Während sich ihr ganzer Körper schüttelte, verzog sie gequält das Gesicht. »Es stimmt, ja. Wir haben uns in jedem Urlaub gefetzt. Aber jetzt ...« Uta schluckte heftig. »Ich will nicht alleine über diese Insel fahren, weil, weil ... Weil ich daheim auch schon so schrecklich allein bin. Deswegen haben wir doch unsere Truppe gegründet, weil wir nicht mehr allein sein wollen.« Sie putzte geräuschvoll ihre Nase. »Und jetzt würde ich mir am liebsten noch einen Schnaps bestellen, aber dann rede ich vermutlich nur noch Unsinn oder kippe gleich vom Stuhl.«

»Dann lass es bleiben.« Simone legte ihr die Hand auf den Arm. »Uta, ich will euch doch nicht vollkommen im Stich lassen. Gegenvorschlag: Wie wäre es denn, wenn ich nur ab und zu mein eigenes Ding mache. Dafür brauche ich zwar auch ein Auto. Aber ich klinke mich nicht vollkommen aus, krauche durch Ruinen, setze mich in den Sturm und bin ab und zu auch mit euch unterwegs. Was sagt ihr denn dazu?«

»Klingt nach einem vernünftigen Plan«, fand Julia. »Und was denkst du, Uta?«

Diese löffelte ihre inzwischen erkaltete Suppe weiter und zuckte mit den Schultern. »Ja, es klingt besser, auch wenn ich von irgendwelchen Begeisterungsstürmen weit entfernt bin.«

»Bliebe für uns nur noch eines zu tun«, meinte Julia.

»Und was?«, fragte Uta.

»Ganz einfach, wir fahren jetzt nach Ponta Delgada zu

Inga und verkünden ihr die Neuigkeiten. Mal schauen, was sie dazu sagt.«

Simone deutete Richtung Atlantik. »Seht doch, der Sturm hat nachgelassen, dort hinten bricht sogar die Sonne durch die Wolken.«

»Und wenn mich nicht alles täuscht, steigt über dem Meer gerade ein Regenbogen auf. Wenn das kein gutes Zeichen ist, weiß ich auch nicht.« Julia lächelte glücklich, und schließlich huschte auch ein kleines Lächeln über Utas Gesicht.

Ponta Delgada war größer, als Simone gedacht hatte. Der Hafen war riesig und schmiegte sich an eine langgezogene Bucht, im Schatten der Stadt. Neben zahlreichen Segelbooten, die auf dem Wasser schaukelten, gab es auch Anleger für Kreuzfahrt- oder Containerschiffe. Nach einer alten Festung begann die Hafenpromenade, auf der überall Bänke zum Platznehmen einluden. Wo im Sommer vermutlich das pralle Leben herrschte, zeigte sich jetzt gähnende Leere. Nur wenige Spaziergänger waren unterwegs, und die meisten der Kioske und Verkaufsbuden waren geschlossen. Links reihten sich prächtige Häuser, im südlichen Stil erbaut, aneinander. In Geschäften und Restaurants leuchteten Lichter.

Ganz am Ende der Häuserzeile lag Ingas Hotel, und zum Glück war schnell ein Parkplatz in einer unter der Straße errichteten Tiefgarage gefunden.

Uta stürmte mit ihrem Handy in der Hand voraus und die Treppen empor. Der Aufgang endete direkt vor einem Restaurant, zu Ingas Hotel waren es nur noch wenige Schritte. »Hoffentlich geht es Inga gut. Nicht dass sie sich von uns vollkommen im Stich gelassen fühlt.«

Hektisch schaute sie sich um und wollte gerade loslaufen, als sie gegen die plötzlich stehen gebliebene Julia prallte.

»Ich glaube, wir brauchen uns nicht die geringsten Sorgen zu machen«, meinte diese und deutete in das Innere eines Restaurants. Eine Frau mit roten Haaren saß am Tisch und war in ein ziemlich intensives Gespräch mit einem Mann vertieft – Inga. »Da ist sie nämlich, und wenn ihr mich fragt, gehts ihr mehr als gut.« In diesem Moment ergriff der Mann Ingas Hand und schaute ihr tief in die Augen.

Julia lachte schallend. »Hab ich es doch geahnt, und du wolltest Trübsal blasen. Dabei hat unsere Reisekameradin einen schnellen Ersatz für unsere Gesellschaft gefunden.«

Julia konnte sich kaum beruhigen und lachte immer weiter.

»Typisch Inga ...« Uta seufzte und verdrehte die Augen. »Und ich mach mir Sorgen.«

Das Gelächter auf dem Gehsteig erreichte schließlich auch die beiden Menschen im Restaurant, und Inga warf einen forschenden Blick nach draußen. Entgeistert musterte sie ihre Freundinnen und wechselte mit dem Mann einige Worte.

Sekunden später stand sie mit in die Hüfte gestemmten Händen vor ihnen. »Was zum Teufel macht ihr hier?« Inga warf ihre feuerroten Haare zurück und strich sie dann hinter die Ohren. Eine wohl einstudierte Geste, die in der Regel die Herren der Schöpfung um den Verstand brachte. Und auch bei ihrem Begleiter hinter der Scheibe verfehlte sie nicht ihre Wirkung, denn dessen Blicke hingen wie gebannt an Inga. »Sagt bloß, ihr wollt euch entschuldigen für euer unmögliches Verhalten heute Morgen. Das wurde aber auch Zeit. Es ging mir nämlich total schlecht.«

»Das sehen wir, du bist geradezu am Boden zerstört.« Uta deutete ins Innere des Restaurants. »Ich hab mir Sorgen gemacht und musste die ganze Zeit ununterbrochen nur an dich denken. Und was machst du? Hast schon wieder irgendeinen Typen am Start.«

»Höre ich da eine Spur von Neid heraus? Ich bin nun mal kein Kind von Traurigkeit, dafür ist das Leben viel zu kurz.«

Julia stöhnte leise. »Im Grunde wollen wir uns nämlich gar nicht entschuldigen, sondern dir eine Entscheidung mitteilen.«

»Ha, wusste ich es doch.« Inga tippte triumphierend mit ihrem knallroten Fingernagel auf Julias Brust. »Ihr wollt auch in meinem Hotel absteigen. Sehr gute Entscheidung, die Zimmer sind ein Traum und der Ausblick auf den Hafen ist –«

»Inga, wir wollen nicht in deinem Hotel absteigen«, unterbrach Julia mit verdrehten Augen die Ausführungen ihrer Freundin. »Nein, wir haben etwas anderes beschlossen.«

»Etwas anderes? Ja was denn? Etwas Ernstes? Ihr wirkt irgendwie so bedröppelt.«

»Nichts Ernstes«, meinte Uta. »Also nicht direkt.«

»Ja was denn nun, redet doch mal.«

»Du lässt uns ja nicht zu Wort kommen«, mischte sich nun auch Simone ein.

»Um dir unsere Entscheidung mitzuteilen, bräuchten wir eine halbe Stunde.« Julia deutete mit ihrem Kopf auf den Mann hinter der Scheibe. »Ohne ihn.«

Stirnrunzelnd folgte Inga ihren Blicken. »Okay, da werde ich wohl mal eine kleine Entschuldigung vorbringen.« Mit schwingenden Hüften verschwand sie im Restaurant, sprach mit dem Mann und stand fünf Minuten später wieder vor ihnen. »So, das wäre geklärt. Unten am Kai gibt es eine kleine Bar, die hab ich heute Vormittag entdeckt. Also kommt, Mädels, ich sterbe vor Neugier.«

Die stylische Bar mit Blick aufs Wasser und die zahlreichen vertäuten Segelboote war gut besucht. Überall hielten

Einheimische ihr Gesicht in die Sonne. Davon, dass es auf der anderen Seite der Insel vor Kurzem noch geregnet und gestürmt hatte, war hier nichts zu spüren.

Die vier Freundinnen ergatterten einen der letzten freien Tische unter einem der bunten Schirme. Simone spürte die Sonne auf ihrer Haut und streifte die leichte Jacke ab. Herrlich war es hier, und dabei schrieb der Kalender den Monat Februar. So ließ das Leben sich genießen, mit dem sanften Plätschern des Meeres im Ohr, schaukelnden Segelbooten und einer salzigen Brise in der Luft.

Erwartungsvoll beugte Inga sich nach vorn und stützte ihre Ellenbogen auf den Tisch. »Aber nun schießt los, ich bin riesig gespannt.«

Julia schaute in die Runde. »Also, ich würde sagen, liebe Simone, du hast das Wort.«

Also erzählte Simone, und jetzt, als sie ihre Entscheidung zum zweiten Mal aussprach, fühlte sie sich noch besser und stimmiger an als vorhin. Das musste einfach ein gutes Zeichen sein.

Ingas Augen wurden kugelrund, und schließlich schlug sie mit der flachen Hand auf den Tisch und lachte. »Das gefällt mir, wir sind zusammen und doch irgendwie nicht. Dann ist es ja auch gar kein Problem, wenn ich in meinem Hotel wohnen bleibe. Noch dazu, wo ich diesen sehr netten Mann kennengelernt habe, der im Nachbarzimmer wohnt«, sprudelte sie los. »Er ist irgendwas mit Reisen, keine Ahnung was. Wir haben uns jedenfalls hervorragend unterhalten.«

»Ich begreife gar nicht, wie ich mir auch nur eine Minute Sorgen um dich machen konnte.« Uta seufzte leise.

»Du hast dir Sorgen gemacht? Ach, weil ich nicht auf das Bild geantwortet habe, das du mir geschickt hast. Die beiden Seen sahen wirklich toll aus. Aber ...« Inga schloss die Augen und schaute aufs Wasser. »Ich glaube, ich brauche auch ein wenig Zeit für mich. Mir gehts wie Simone«, sagte sie theatralisch.

Julia prustete los. »Zeit für dich, du brauchst Zeit zum Flirten. Tu doch nicht so.«

Inga zuckte die Schultern. »Stimmt, du hast recht, na und? Ich mag es eben, zu flirten. Und was euren Plan anbelangt ...« Mit spitzen Lippen zog sie an dem Strohhalm ihres inzwischen gelieferten Drinks. »Der gefällt mir. Lasst uns einfach jeden Tag telefonieren und dann entscheiden, ob wir zusammen etwas unternehmen oder nicht.« Dann musterte sie Uta. »Und warum siehst du aus, als hättest du gerade zehn Reisestornierungen am Stück bekommen?«

»Uta ist die Einzige, die unsere neue Variante nicht ganz so prickelnd findet«, erwiderte Julia.

»Macht euch nur lustig über mich.«

»Niemand macht sich lustig. Und du brauchst keine Angst zu haben, ich fahre gerne mit dir über die Insel«, meinte Julia einlenkend. »Mir steht der Sinn nämlich auch nicht nach Einsamkeit. Außerdem hätte ich sonst die ganzen Tourenvorschläge für mich allein ausgearbeitet.«

»Wirklich?«. Augenblicklich war Utas Lachen wieder da. »Na wenn das so ist, dann lasst uns trinken. Auf einen schönen Urlaub voller Selbstbestimmung und auf unsere Simone, die uns ein kleines Stück weit die Augen geöffnet hat.«

Ihre Gläser klirrten aneinander, und Simone spürte in sich die tiefe Gewissheit, alles richtig gemacht zu haben.

8

In den späten Nachmittagsstunden setzten Julia und Uta Simone vor dem Flughafen ab.

»Und du wirst auch wirklich klarkommen mit der Anmietung?«, fragte Julia zum gefühlt hundertsten Mal durch das geöffnete Fenster und schaute sie besorgt an.

Die legte ihr die Hand auf den Arm. »Mach dir keine Sorgen. Ich hab alles dabei, Führerschein, Kreditkarte und in irgendeiner Gehirnwindung verstecken sich auch noch ein paar Englischkenntnisse.«

Langsam fuhr der Wagen davon, und sie winkte ihm hinterher, bis er das Gelände des Flughafens verlassen hatte.

Simone straffte ihre Schultern und marschierte dann zum Terminal. In der Abfertigungshalle betrachtete sie von der Ferne die verschiedenen Mietwagenfirmen und studierte die bunten Schilder und flackernden Monitore. Alle sahen mehr oder weniger identisch aus. Im Endeffekt war Auto gleich Auto. Sie würde einfach die Augen schließen und auf irgendeinen zulaufen.

»Ich würde den zweiten Schalter von rechts nehmen, also zumindest, wenn Sie mich fragen.« Eine leise Stimme ertönte direkt neben ihrem Ohr. Simone fuhr erschrocken herum und schaute in das Gesicht von Christoph Bergner.

»Gott, haben Sie mich erschreckt. Was machen Sie denn hier?«, fragte sie mit knallroten Wangen. Schon in der Schule war das ihr größtes Problem gewesen. Jeder Gang zur Tafel, jedes unerwartete Ansprechen hatte für reichlich

Farbe in ihrem Gesicht gesorgt. Leider hatte sich dieser Makel im Alter nicht verloren.

Grinsend schaute ihr Flugzeugnachbar sie an. »Ich? Ganz einfach. Ich hole Gäste ab, die gleich mit dem Flieger aus Lissabon landen. Wie ich Ihnen erzählte, vermiete ich auch Ferienhäuser, und eine individuelle Betreuung ist da selbstverständlich.«

Simones Herz schlug schneller. Christoph Bergner sah gut aus. Nicht so erschöpft wie bei ihrem Flug, sondern erholt und entspannt. Seine grauen Augen funkelten, und wie bei ihrer ersten Begegnung thronte der Cowboyhut lässig auf seinem Haar. Er trug eine khakifarbene Hose und ein dazu passendes Hemd, welches an der Knopfleiste ein wenig offen stand. Dunkle Haare kräuselten sich auf seiner Brust. Hastig suchte Simone sich einen anderen Punkt, den sie fixieren konnte. Einen Punkt, der möglichst wenig mit Christoph Bergner zu tun hatte. Sie entschied sich für einen Souvenirstand, an dem ein riesiger Walfisch aus Plüsch baumelte.

»Ach tatsächlich? Das klingt ja spannend.« Du lieber Gott, was sagte sie denn gerade. Die Röte auf Simones Wangen wurde noch eine Nuance intensiver.

»Und Sie, was machen Sie hier? Ich dachte, Sie haben mit Ihren drei Freundinnen ein Auto gemietet? Gab es etwa schon den ersten Streit unter den Damen?« Schmunzelnd schaute er sie an.

»Streit würde ich es nicht nennen. Es gab verschiedene Ansätze, wie man den perfekten Urlaub verleben will.« Simone lachte kurz auf. »Nun sind alle Karten auf dem Tisch.«

»Und wie wollen Sie den perfekten Urlaub verleben?«

Du lieber Himmel, diese Augen. Am besten wäre, der Flieger aus Lissabon würde endlich landen. Doch die Türen zur Ankunftshalle blieben geschlossen.

»Ich will mir alles in Ruhe anschauen, egal ob Ausblicke aufs Meer oder alte Ruinen. Und wenn es mir gefällt, will ich an diesem Ort bleiben, egal wie lange. Ohne ungeduldige Blicke von anderen.«

Christoph Bergner lächelte. »Das klingt gut, so würde ich auch Urlaub machen wollen. Und wie ist Ihr Hotel? Sind Sie zufrieden?«

»Jetzt schon. Wir mussten umziehen, unser eigentlich gebuchtes Hotel hat Winterpause.« In aller Eile erzählte Simone ihm die kleine Geschichte.

»Sie wohnen bei Marta? Zufälle gibts. Etwas Besseres konnte Ihnen gar nicht passieren.«

Überrascht schaute Simone ihn an. »Sie kennen Marta?«

»Oh ja, Marta und ich kennen uns schon lange, sie ist eine patente, sehr herzliche Frau. Und ihre Pension ist wunderschön, so verwunschen und traditionell. Ich habe schon ein paarmal Gäste dort untergebracht, die alle begeistert waren. Grüßen Sie Marta bitte unbedingt von mir, wir sehen uns leider viel zu selten.«

»Natürlich grüße ich sie. Und Sie haben recht, ich habe mich auch vom ersten Moment an in die Pension verliebt. Der Ausblick ist herrlich und das Essen sehr lecker.«

Christoph musterte die Anzeigetafel. »Hm, der Flug hat fünfzehn Minuten Verspätung. Meist werden dann dreißig Minuten daraus.« Unschlüssig schaute er sich um. »Am liebsten würde ich Sie jetzt auf einen Kaffee einladen, aber ich glaube, Sie haben andere Pläne.«

»Pläne, na ja, ich will ein Auto mieten«, meinte Simone lächelnd. »Denn in den nächsten Tagen will ich unbedingt nochmal zu dieser Hotelruine oben in den Bergen. Obwohl ich natürlich weiß, dass es verboten ist, dort herumzukrauchen.« Simone lachte und warf ihren Kopf zurück.

»Ach wirklich?« Fast schon ungläubig sah er sie an. »Das ist einer meiner Lieblingsorte. Stellen Sie sich vor, an einem

Abend da oben zu sitzen und den Sonnenuntergang zu beobachten. Das ist magisch und abstoßend zugleich. Aber der Ausblick ist einmalig. Und sind die verbotenen Dinge nicht manchmal die allerbesten?«

In Simones Bauch kribbelte es. Dieser Mann verwirrte sie, mehr als ihr lieb war. Fast schon verzweifelt versuchte sie Tims Antlitz auf ihren inneren Bildschirm zu holen, doch der hüllte sich in Nebel und blieb ungreifbar.

Schweigend standen sie voreinander. Simone riss sich schließlich los. »Na, dann will ich mal. Sonst bekomme ich vielleicht wirklich kein Auto mehr.«

»Ja, tun Sie das. Und ich wünsche Ihnen immer eine gute Fahrt.« Christoph drückte zum Abschied kräftig ihre Hand und hielt sie ein wenig länger, als man es eigentlich musste.

Simone drehte sich um und lief zum von ihm empfohlenen Schalter der Autovermietung.

Die Anmietung ging erstaunlich schnell. Die Dame war sehr nett, und nach kurzer Zeit hatte Simone den passenden Kleinwagen für die nächsten Wochen gefunden. Mit einem Mix aus Händen und Füßen und ein paar Brocken Englisch kamen sie bestens zurecht.

Ehe sie nach draußen verschwand, sah Simone sich noch einmal in der Flughafenhalle um. Doch Christoph war nicht mehr zu finden. Mit einer Mappe und dem Autoschlüssel unter dem Arm suchte sie den angegebenen Parkplatz neben dem Flughafengebäude nach ihrem Kleinwagen ab. Keine leichte Angelegenheit, denn Simone sah Autos über Autos. Was hatte die Dame noch einmal gesagt? Konzentriert versuchte sie sich an deren englische Erklärungen zu erinnern.

Da vernahm sie schnelle Schritte hinter sich.

»Simone, Simone«, rief eine Stimme. Langsam drehte sie sich um.

Christoph rannte auf sie zu. Schweratmend blieb er vor ihr stehen. »Ich wollte Sie etwas fragen. Aber gerade denke ich, dass das vermutlich eine dumme Idee ist. Vor allem, weil Sie mir eben erzählt haben, dass Sie ein wenig Ruhe haben wollen. Es ist nur …« Unsicher drehte er seinen Cowboyhut zwischen seinen Fingern. »Du lieber Himmel, was stottere ich denn hier.« Er lachte auf. »Also gut, wir machen es so. Ich frage einfach, und Sie sagen Nein, wenn es nicht passt, einverstanden?«

Simone nickte lächelnd. »Einverstanden.«

»Es ist so, ich habe übermorgen einen freien Tag, und da wollte ich Sie fragen, ob Sie nicht Lust auf einen kleinen Ausflug haben? Ich würde Ihnen ein paar meiner Lieblingsplätze auf der Insel zeigen.«

Simone schwieg. Konnte sie das wirklich tun, einen ganzen Tag mit einem anderen Mann verbringen? Wie würde es sein? Andererseits … Wenn sie es nicht tat, würde sie es nie erfahren.

Simone, sagte sie sich, *es ist nur ein Tag. Was soll da schon passieren.* Tief in sich spürte sie, ihr Herz hatte sich längst entschieden.

Deswegen nickte sie und lächelte. »Gerne, ja, das klingt nach einer wunderbaren Idee.«

Ihre Stimme klang heiser, und sie widerstand dem Wunsch, sich zu räuspern.

»Wirklich, Sie wollen wirklich mitkommen? Das ist, das ist … Ach, ich freue mich einfach.« Christoph strahlte über das ganze Gesicht. »Ich hole Sie gegen zehn ab, und packen Sie bitte Kleidung für alle Wetterlagen ein. Hier weiß man nie.«

In seinem Rücken bemerkte Simone ein Ehepaar, welches neugierig zu ihnen herüberschaute. Ein vollgepackter Kofferwagen stand vor ihnen.

»Ich freue mich auch, und nun sollten Sie zu Ihren Gästen gehen. Ich glaube nämlich, die werden langsam etwas ungeduldig«, sagte sie schmunzelnd.

Hastig blickte er sich um. »Ja, Sie haben natürlich recht. Also dann, bis übermorgen.«

Noch einmal sah Christoph ihr in die Augen. Dann stürmte er davon und stürzte dabei fast über eine Bordsteinkante. Simone schaute ihm nach und stellte fest, dass sie sich freute, und zwar so sehr, dass es ihr fast schon ein wenig unangenehm war.

Dann studierte sie die Hinweisschilder und fand den ausgewiesenen Parkplatz. Simone drückte auf den Autoschlüssel. Unweit von ihr flackerten die Lampen eines mintgrünen Fiat 500 auf – eines ihrer Lieblingsautos. Bei seinem Anblick konnte sie einen kleinen Jubelschrei nicht unterdrücken.

»Wie genial ist das denn.«

Begeistert umrundete Simone die grüne Knutschkugel. Sie war klein, knuddelig und passte irgendwie perfekt zu ihr.

Voller Schwung nahm Simone die Flughafenausfahrt und düste dann über die Autobahn in Richtung *Pension Hortensia.* Aus dem Radio erklang eine südliche Melodie. Simone drehte den Lautsprecher auf und öffnete die seitlichen Fenster. Fahrtwind zerrte an ihren Haaren, die Sonne schien und ließ die grünen Wiesen noch grüner erscheinen. Dahinter glitzerte das Meer, wie als hätte jemand viele Diamanten daraufgestreut. Simone war einfach nur glücklich, und irgendwie war da das unbestimmte Gefühl, dass dies nicht nur an ihrem schnuckeligen Auto, sondern auch an ihrer Verabredung lag.

Als Simone am nächsten Morgen erwachte, zeigte ihre Uhr bereits kurz vor halb acht. Erste Sonnenstrahlen blitzten durch die Vorhänge und zauberten Lichtspiele auf die alten ausgetretenen Dielen.

Sie hatte tief und traumlos geschlafen, ohne an die Schlaftabletten, die im Bad standen, auch nur einen Gedanken verschwendet zu haben.

Simone drehte sich noch einmal auf die Seite und musterte Tims Bild auf ihrem Nachttisch. Lachend sah er sie an, und sie warf ihm einen Kussmund zu. »Guten Morgen, Liebling.« Dann zögerte sie. »Ich muss dir was erzählen, ich hab eine Verabredung. Wie findest du ihn?« Da musste Simone selbst lachen. »Was für eine dumme Frage. Ich weiß, was du sagen würdest, nämlich, dass er *mir* gefallen muss und nicht dir. Und er gefällt mir, irgendwie. Ich finde ihn nett. Er ist anders als du.« Simone stützte ihr Kinn auf die Hände. »Aber jetzt werd ich mal frühstücken gehen.«

Doch der Frühstücksraum war leer. Also setzte Simone sich allein an den Esstisch, und zerteilte ein Brötchen. Immer wieder fiel ihr Blick auf den sonnenbeschienenen Garten vor dem Fenster. Die Insel lockte und zog sie nach draußen. Da öffnete sich die Tür, und Marta kam mit einer großen Kanne Kaffee herein.

»Guten Morgen, na, haben Sie gut geschlafen?« Freundlich sah sie sie an.

»Wunderbar, wie eine Tote. So sagt man bei uns.« Simone legte ihr Brötchen auf den Teller zurück. »Das Rauschen des Meeres hat mich förmlich in den Schlaf gewiegt.«

Marta deutete fragend auf einen der Stühle, und Simone nickte. »Setzen Sie sich doch, da muss ich nicht so allein frühstücken.«

»Da nehme ich mir eine Tasse und trinke einen Kaffee mit.« Mit einem leichten Stöhnen ließ die Hotelbesitzerin sich fallen und rieb ihren Rücken. Schmachtend schaute Marta aus dem Fenster. »Ja, das Meer, ich liebe es. Damals in Deutschland war es fast das Einzige, was ich vermisst habe. Und heute bin ich einfach dankbar, hier leben zu dürfen. Wissen Sie, jedes Mal wenn ich in den oberen Zimmern sauber mache, bleibe ich zwischendurch stehen und schaue aus dem Fenster. Das Meer ist immer gleich, sagen manche. Was für Ignoranten. Das Meer ist immer wieder anders und wunderbar.«

»Da haben Sie recht. Manchmal ist es glatt wie ein Spiegel, dann blau wie der Himmel, und manchmal tost es wild. Das Meer hat so viele Facetten, wenn man sie sehen will.« Simone griff zum Ei und schlug es auf. »Beinahe hätte ich es vergessen. Ich soll Sie grüßen, von Christoph Bergner.«

Überrascht sah Marta sie an. »Von Christoph? Woher kennen Sie ihn denn?«

»Er saß im Flugzeug neben mir. Zugegeben hatten wir einen etwas holprigen Start. Aber dann stellte sich heraus, dass er doch ein ganz netter Mensch ist.«

»Das ist er wirklich.« Marta schob den leeren Teller vor sich hin und her. »Er hat sehr viel mitgemacht, aber das erzählt er Ihnen eines Tages vielleicht mal selbst. Christoph ist ein sehr guter Freund, einer, auf den man sich immer verlassen kann. Und ich bewundere, was er sich auf São Miguel aufgebaut hat. Seine Vermietung von Bungalows, die Wandertouren, dieser ganze Service drum herum. Er achtet auf jedes Detail und steckt ganz viel Liebe in jeden einzelnen Schritt. Genau das spüren seine Gäste, und deswegen kommen sie immer wieder.«

Schritte ertönten auf der Treppe, dann öffnete sich die Schwingtür, und Uta betrat den Frühstücksraum. Sie trug einen legeren Hausanzug mit flauschigen Schlappen an den Füßen. Sichtlich angeschlagen setzte sie sich an den Tisch und stützte den Kopf in die Hände.

»Guten Morgen«, hauchte sie leise, zog eine Tasse zu sich heran und goss sich einen Kaffee ein.

»Alles in Ordnung?«, fragte Simone, drosselte aber in Anbetracht von Utas schmerzverzerrtem Gesicht ihre Lautstärke. »Gehts dir nicht so?«, fragte sie flüsternd.

Statt einer Antwort wandte Uta sich an Marta. »Danke

für den Restauranttipp. Das Essen war sehr lecker und der Wein noch viel mehr. Ich glaube, das letzte Glas war zu viel.«

»Oh, ich hätte euch vorwarnen sollen«, trällerte Marta, was für ein erneutes Zusammenzucken bei Uta sorgte. »Ja, bei Miguel gibt es sehr gute Weine, und einige haben es in sich.« Simone schaute verwirrt hin und her. »Ihre beiden Freundinnen wollten einen Restauranttipp, und ich hab sie zu einem Bekannten geschickt, der ein Stück die Straße hinunter eine kleine Bar hat«, erklärte Marta.

»Und Julia?«, erkundigte Simone sich vorsichtig.

»Keine Ahnung, der gehts bestimmt gut. Die vertrug schon immer mehr, als so mancher glaubte. Dennoch war es ein schöner Abend. Ich bin halt nichts mehr gewöhnt.« Uta lächelte gequält und führte ihre Tasse Kaffee langsam zum Mund. »Ich habe jedenfalls beschlossen, am heutigen Tag auf meinem Zimmer zu bleiben. Tagesplanung: Lesen, an meinem Reiseblog schreiben und schlafen. Und du, was hast du geplant mit deinem kleinen grünen Auto? Der Flitzer gehört dir doch, oder?«

»Ja, ist der nicht herzerfrischend knuddelig?«

»Ich steh eher auf größere Wagen, besonders, wenn ich sie nicht selbst fahren muss.«

Simone blickte aus dem Fenster. Möwen kreisten über dem Meer, stießen schrille Schreie aus und vollführten waghalsige Flugmanöver. »Ach, ich glaube, ich werde erst mal runter zu den Klippen gehen, und dann entscheide ich.« Sie zögerte kurz und holte tief Luft. »Für morgen bin ich übrigens bereits verplant, ich habe eine Verabredung.«

Uta ließ die Tasse sinken und stellte sie scheppernd auf den Teller. »Eine Verabredung? Ich nehme mal an, mit einem Mann.« Simone nickte leicht, was Uta zu einem Stöhnen veranlasste. »Na prima, erst Inga und nun du auch noch. Wo kommen die ganzen Kerle denn so plötzlich her?«

»Aus dem Flugzeug, es ist Christoph Bergner, mein Sitznachbar. Wir haben uns gestern zufällig am Flughafen getroffen«, erzählte Simone und konnte ein Grinsen nicht unterdrücken.

Mit offenem Mund starrte Uta sie an. »Du meinst, du hast eine Verabredung mit dem Arsch, der dich in Frankfurt so angeschissen hat?«

»Genau mit dem. Und er ist wirklich ganz nett. Na wie auch immer, ich hab die Verabredung angenommen.« Uta rollte bedeutsam die Augen und schmunzelte. »Findest du das doof?«, hakte Simone nach.

»Warum denn? Immerhin bist du hier, um dich zu amüsieren. Inga genießt ja auch das pralle Leben. Nur ich werde wohl endgültig als alte Jungfer enden.« Uta griff nach einer Scheibe Käse und schob sie sich deprimiert in den Mund.

»Ich mache nur einen Ausflug mit ihm. Nicht mehr, also kein Grund, verzweifelt zu sein.«

Die nächste Scheibe Käse wanderte in Utas Mund. »Wer weiß, wer weiß, wer will schon wissen, was aus einem kleinen Ausflug alles so entstehen kann.«

Eine halbe Stunde später schlenderte Simone auf dem schmalen Pfad zwischen den beiden Mauern zu den Klippen. Von der Ferne hörte sie bereits leise das Meer rauschen.

Plötzlich blieb Simone stehen. Aus dem verwilderten Garten zu ihrer Rechten wehten erregte Stimmen über die hohe Mauer, es klang fast schon wie ein Streit. Dann herrschte wieder Stille. Simone lauschte noch einen Augenblick, doch es war nichts mehr zu hören. Achselzuckend ging sie weiter.

Wieder kletterte Simone über die schroffen Klippen, passierte den Stein, auf dem sie beim letzten Mal gesessen hatte, stieg diesmal aber bis ganz nach vorn. Sie suchte sich einen sicheren Standplatz und kniff die Augen zusammen, bis ihr nur noch ein schmaler Sehschlitz blieb. Vor Simone lag nichts als die scheinbar unendliche Weite des Atlantiks, Himmel und Meer verschmolzen und bildeten in der Ferne eine Einheit. Glücklich breitete sie ihre Arme aus und atmete ruhig.

Doch empörte Möwen über ihrem Kopf ließen sie die Traumwelt verlassen. Zu ihren Füßen lagen zahlreiche Krabbenskelette. Anscheinend hatte Simone die Vögel von ihrem angestammten Futterplatz vertrieben.

Also machte sie sich wieder auf den Rückweg und erreichte ihren flachen Stein. Simone stellte den Rucksack daneben und ließ sich fallen. Entspannt zog sie ihre Schuhe aus und reckte die Füße in die Sonne.

Wie friedlich es hier war, so als wäre sie vollkommen allein auf dieser Welt. Und wie immer bei solchen Zauberorten fragte Simone sich, wie viele Menschen wohl vor ihr schon auf diesem Stein gesessen hatten.

Da beschlich Simone das unbestimmte Gefühl, dass etwas nicht stimmte. Doch was war es, das die Harmonie dieses Augenblicks störte? Simone definierte das diffuse Gefühl schließlich – sie wurde beobachtet. Unauffällig sah sie sich um. Ihr erster Blick ging zur Mauer des Kameliengartens – doch dort war niemand. Dafür entdeckte sie ein Stück entfernt einen Mann mit einem ziemlich großen Hund. Er stand im Schatten eines Baumes, hielt ein Handy in seiner Hand und telefonierte. Und er schaute eindeutig zu ihr, nein, er starrte förmlich.

Seine Figur war untersetzt, er trug dunkle Kleidung sowie ein Basecap, während der Hund zu seinen Füßen vor sich hindöste.

Simone wandte ihren Blick ab und musterte die Klippen vor sich. Dann schaute sie erneut zurück. Immer noch schaute der Mann in ihre Richtung.

Verdammt, dieser Ort war einsam. In diesem Moment für

ihren Geschmack fast ein bisschen *zu* einsam. Wenn der Typ sich auf sie stürzte, würde ihren Hilfeschrei kein Mensch hören, da das Rauschen des Meeres alles übertönte. Das Schlimmste aber war, dass der einzig von hier wegführende Weg direkt an dem Mann vorbeilief.

In Gedanken ging Simone den Inhalt ihres Rucksacks auf der Suche nach Gegenständen zur Verteidigung durch. Da war die Flasche Wasser – na ja, eher nicht. Ihre Kamera war zwar schwer, aber auch sauteuer. Das auf dem Flughafen gekaufte Taschenbuch nicht dick genug. Ansonsten waren da noch Taschentücher, Sonnencreme und ihr Handy.

Simone musterte den Horizont und musste plötzlich lachen. Ihr fielen die Spaziergänge ein, die sie regelmäßig daheim rund um ihr Haus drehte. Da waren Routen dabei, die mitten durch einen dunklen Wald führten. Oftmals waren ihr dort Männer entgegengekommen – joggend, mit und ohne Hund. Doch nie wäre es ihr in den Sinn gekommen, panisch zu werden.

»Reiß dich zusammen, Simone. Der Typ geht einfach nur Gassi, und das war's.«

Als sie sich erneut umschaute, war der Mann verschwunden, der Strand lag einsam und verlassen. Du lieber Himmel, sie musste dringend an ihrem Nervenkostüm arbeiten, sonst fielen einsame Ausflüge auf São Miguel flach.

Dennoch war der Zauber des Augenblicks verflogen. Vielleicht war es das Beste, sich wieder auf den Heimweg zu machen.

Simone kletterte über die Klippen zurück und betrat den kleinen Sandstrand. Vorsichtig spähte sie den dunklen Pfad zwischen den Mauern entlang, der war leer.

Doch Simone hatte nur wenige Schritte zurückgelegt, als sie ein Geräusch vernahm. Es kam aus dem verwilderten Garten und klang wie das Wehklagen einer Frau. Sie lauschte, kein Zweifel, jetzt war es ganz deutlich. Hinter der Mauer ertönte ein leises Stöhnen. Angsterfüllt lehnte Simone sich an die rauen Bruchsteine. Vielleicht war es das Beste, Gas zu geben und einen kleinen Spurt einzulegen. In zehn Minuten wäre die rettende Pension erreicht, und sie würde diese Gegend ab sofort meiden.

Doch irgendetwas lähmte sie. Was, wenn ein Mensch in Not war und sie nicht half? Entschlossen schaute Simone die Mauer an. Sie musste einen Zugang zum Garten finden. Eine Stelle, an der sie die Mauer überwinden konnte.

In aller Eile stürzte sie zurück zu den Klippen und suchte die Steine ab. Da entdeckte Simone ein Tor, es lag hinter einem Gebüsch und war auf den ersten Blick nicht zu erkennen. Eine verrostete Kette und ein Vorhängeschloss sicherten es. Schmiedeeiserne Rosen wanden sich um kunstvoll verzierte Stäbe. Wer immer dieses Tor vor langer Zeit geschaffen hatte, schien ein wahrer Meister gewesen zu sein. Simone rüttelte daran, doch die Kette war im Laufe der Jahre eine feste Verbindung mit dem Tor eingegangen. Hier hatte sie keine Chance, in den Garten zu gelangen.

Also rannte sie zurück zu der Stelle, an der sie bereits einen Blick auf das Grundstück riskiert hatte. Simone stellte sich auf den schmalen Vorsprung, umfasste die Mauerkrone und hievte sich vorsichtig hoch. Hilflos hing ihr Oberkörper auf den Steinen. Konzentriert schaute sie nach vorn, sammelte all ihre Kräfte, zog ein Bein hoch und ließ sich schließlich auf die andere Seite fallen.

Simone landete auf weichem, mit Blüten und Blättern bedecktem Boden. Abgesehen vom Zwitschern der Vögel herrschte Stille. Selbst das Rauschen des Meeres war auf der anderen Seite der Mauer geblieben.

»Hallo, hallo, ist da jemand? Brauchen Sie Hilfe?«, flüsterte sie mehr, als dass sie rief. Selbst wenn wirklich jemand Hilfe brauchte, würde er sie nicht hören. Es war das Beste, sich einfach ein wenig umzuschauen.

Zwischen zwei dunkelrot blühenden Kamelienbüschen führte ein Weg nach oben. Er war mehr zu erahnen, schien aber regelmäßig begangen zu werden, denn einzelne Fußabdrücke waren auf dem feuchten Boden erkennbar.

Die hier wachsenden Kamelien waren Prachtexemplare, mit leuchtenden großen Blüten. Einen winzigen Moment dachte Simone an ihre kleinen Blumentöpfe, die im heimischen Wintergarten standen. Jedes Jahr, wenn sie wieder eine der Pflanzen zum Erblühen brachte, freute sie sich unbändig darüber. Doch mit dieser Blütenfülle hier waren sie nicht zu vergleichen. Begeistert sah sie sich um und musste sich immer wieder ermahnen, warum sie eigentlich hier war.

Langsam, Stück für Stück schlich Simone voran. Überall lagen herabgestürzte Äste, oder die Wedel riesiger Farne streiften ihr Gesicht. Unkraut wucherte wild vor sich hin und ließ den Pfad vor ihren Füßen manchmal beinahe verschwinden. Plötzlich aber veränderte sich der Weg. Wo eben noch bloße Erde gewesen war, gab es nun Trittsteine. Alt und abgewetzt zwar, doch zweifellos von Menschen verlegt. Auch der Garten wirkte anders, gepflegter und aufgeräumter. Jemand hatte Unkraut entfernt und die herabgefallenen Kamelienblüten unter den Büschen aufgelesen.

Mit einem Ruck blieb Simone stehen, denn zwischen den Bäumen tauchte der Umriss eines Wohnhauses auf. Behutsam näherte sie sich und spähte durch die Zweige. Das Haus wirkte uralt und unbewohnt. Mehrere Dachziegel waren zu Boden gestürzt, an großen Stellen war der Putz von der Fassade gebröckelt. Üppige Pflanzen wuchsen in der Dachrinne. Die Fensterläden, die noch vorhanden waren, hatte man verschlossen oder sie hingen herab. Die anderen Fenster waren mit groben Brettern vernagelt. Das Haus hatte zwei Etagen und ähnelte auf den ersten Blick der *Pension Hortensia.*

Denn beinahe die gleiche breite Treppe führte zum zweiflügeligen Eingangsportal empor. Simone sah sich um, huschte dann Richtung Haus und betätigte die Klinke. Die Tür war wie erwartet verschlossen, genau wie die beiden anderen, die sie bei einer Umrundung noch entdeckte.

Wer immer hier gewohnt hatte, schien das Haus schon vor längerer Zeit verlassen zu haben. Und er schien nicht unvermögend gewesen zu sein, denn die äußerliche Ausstattung des Gebäudes zeigte einen gewissen Wohlstand.

Unsicher setzte Simone sich einen Moment auf die Eingangstreppe. Vielleicht hatten ihr die Sinne doch einen Streich gespielt. Denn seit einer halben Stunde war sie in diesem Garten unterwegs, hatte niemanden gesehen und keinen Ton gehört, der auf einen Menschen hindeutete. Es war besser, das Grundstück zu verlassen. Immerhin befand sie sich auf Privateigentum und sprach kein Wort Portugiesisch, schlechte Voraussetzungen, um sich irgendwie verständlich zu machen.

Oben auf der Straße näherte sich ein Auto, es wurde langsamer, dann erstarb der Motor. Eine Tür klappte.

Hinter der seitlich gelegenen Mauer näherten sich Schritte. Simone huschte in den Schatten der Kamelienbüsche und erklomm vorsichtig einen Haufen Steine. Zentimeter um Zentimeter schob sie ihren Kopf in die Höhe und spähte auf den schmalen Pfad.

Der untersetzte Mann von vorhin lief erneut Richtung Klippen. Sein großer Hund folgte ihm auf den Fersen und schnüffelte am Rande des Weges herum. Ärgerlich zerrte der Mann das Tier hinter sich her. Er sprach erregt in sein Telefon und schien nicht allerbester Laune zu sein. Dann blieb er stehen und gestikulierte wild herum.

Simone sank zu Boden. Der Mann wartete offenbar auf jemanden, und dieser Jemand konnte nur über den Pfad kommen. Der Rückweg war ihr also versperrt, es sei denn, sie fand eine andere Stelle, die Mauer zu überwinden. Doch die war im oberen Teil des Gartens noch viel höher. Unmöglich zu überklettern, für sie als alles andere als sportliche Person.

Da hatte sie sich ja wieder in eine tolle Situation gebracht. Einen winzigen Augenblick spielte Simone mit dem Gedanken, Uta anzurufen, entschied sich dann aber dagegen. Was sollte ihre Freundin schon machen?

Instinktiv wandte sie sich dem rechten Teil des Gartens zu. Irgendwo musste es noch einen zweiten Weg nach draußen geben, und diesen galt es zu finden.

Nach wenigen Schritten stieß Simone erneut auf einen Weg. Auch dieser war gepflastert und schlängelte sich in engen Kurven durch den Garten. Ein Meister hatte ihn angelegt, denn hinter jeder Biegung schien eine neue Überraschung auf eventuelle Besucher zu warten.

Da war zunächst ein kleiner Springbrunnen, an dessen Rand eine Frau mit einer Amphore stand. Einst hatte sich hier sprudelndes Wasser in das untere Becken ergossen. Nun war die Einfassung zerbrochen, und das Becken lag voller Laub. Dann war da eine lauschige Sitzecke mit zierlichen Möbeln, die unter einem schmiedeeisernen Pavillon stand. Dessen blumenverzierte Rankstäbe erinnerten Simone an das untere Tor. Korrekt heruntergeschnittene Rosenbüsche schmückten seine Seiten. Die Steinfläche war sorgfältig gefegt. Hier, in diesem Teil des Gartens musste jemand regelmäßig für Ordnung sorgen.

Erneut schimmerten die Umrisse eines Gebäudes durch das Unterholz. Es war ein Gewächshaus. Von der Ferne wirkte es ähnlich marode wie das Hauptgebäude, doch dann bemerkte Simone, dass die Scheiben intakt und nur mit grauer Farbe bestrichen waren. Davor gab es einen steinernen Trog, in den Wasser plätscherte. Gleich daneben lag ein Haufen Erde, eine Handschaufel steckte darin. Blumentöpfe waren aufgestapelt und schienen nur darauf zu warten, mit Pflanzen gefüllt zu werden.

Simone schaute sich vorsichtig um. Niemand war zu sehen, die Versuchung einfach zu groß für sie. Behutsam, Stück für Stück öffnete sie die Tür des Gewächshauses und trat ein. Gleich vorn stand ein hölzerner Tisch, wie man ihn zum Umtopfen verwendete. Dann folgte eine zweite Tür, die ins eigentliche Reich der Pflanzen führte.

Auf mehreren Etagen aufgereiht, fanden sich Kamelien in allen Größen und Farben. Es gab ganz kleine Pflanzen und größere, deren Töpfe auf dem Boden standen. Da waren besonders prächtige, aber auch eher dürftige Exemplare, die anscheinend gerade aufgepäppelt wurden.

Gedankenverloren tauchte Simone ihre Nase in die Blütenpracht. Noch nie hatte sie Kamelien gesehen, die so wunderbar dufteten und eine solche Farbvielfalt aufwiesen. Ihr Gärtnerherz schlug höher, das musste das Paradies sein.

Doch irgendwann wurde ihr bewusst, dass der Gärtner vermutlich nur einmal kurz verschwunden war. Was würde er denken, wenn er sie hier, in seinem kleinen Reich vorfand?

Wehmütig riss Simone sich los und verschloss sorgfältig die äußere Tür des Gewächshauses. Alles sollte genauso sein, wie sie es vorgefunden hatte.

Da war auf einmal ein Luftzug in ihrem Nacken. Er war hauchzart, und ehe sie begriff, was hinter ihr vor sich ging, spürte Simone auch schon einen Schlag auf ihrem Kopf. Alles um sie herum versank in grauem Nebel. Den Aufprall auf dem harten Boden bemerkte sie schon nicht mehr.

9

Vögel zwitscherten, Zweige eines Farnes bewegten sich in einer leichten Brise vor dem blauen Himmel hin und her. Krampfhaft versuchte Simone ihre Lider offen zu halten. Doch sie wirkten, als hätte jemand Bleigewichte daran befestigt. In ihrem Kopf dröhnte ein Presslufthammer. Und so schloss sie einen weiteren Moment gequält die Augen.

Langsam kehrte die Erinnerung zurück. Da waren dieser verwunschene Garten und das Gewächshaus und der Mann mit dem Telefon. Angsterfüllt riss Simone die Augen auf.

Doch zu ihrem Erstaunen erblickte sie keinen muskelbepackten Typen, sondern eine alte Frau, die nicht weit von ihr auf einem umgestürzten Eimer hockte. Besorgt schaute die Alte sie an und hielt eine Schale in ihren Händen.

Unsicher deutete die Frau auf Simones Kopf und hob ein feuchtes Tuch in die Höhe. Sie nickte leicht, und die Frau kam näher. Angenehme Kühle legte sich auf ihre Stirn und linderte augenblicklich den ärgsten Schmerz.

Mühsam versuchte sie sich aufzurichten. »Gott, mein Kopf, ich glaube, mir hat jemand beinahe den Schädel eingeschlagen.«

Simone stöhnte. Der kleine Bauarbeiter mit Presslufthammer ackerte weiter munter vor sich hin.

Fragend sah die Frau sie an. Sie war mindestens achtzig und hatte schneeweißes Haar, das sie mit einem groben Tuch zurückgebunden hatte. Ihre Hände waren rau, fleckig und abgearbeitet, wie bei jemandem, der tagtäglich in der Erde grub. Der zierliche Körper steckte in einem dunklen Kleid, vor das eine grobe Schürze geschnürt war. Silberne Ohrringe mit winzigen Blüten baumelten an ihren Ohren.

Behutsam ergriff sie Simones Hände, deutete auf deren Kopf und murmelte etwas auf Portugiesisch. Ihre Miene war besorgt, fast schon schuldbewusst.

Ratlos zuckte Simone die Schultern. »Tut mir leid, ich spreche kein Portugiesisch. Aber alles ist gut. Zum Glück haben Sie mich gefunden.«

Während sie das sagte, gestikulierte Simone mit ihren Händen und lächelte.

Die Frau beobachtete sie aufmerksam, nickte dann zufrieden und setzte sich wieder hin. Anscheinend hatte sie verstanden.

Mittlerweile hatte Simone sich in einen Schneidersitz gebracht und lehnte ihren Rücken an ein Tischbein. Mit den Fingerspitzen tastete sie ihren Hinterkopf ab und zuckte heftig zusammen. Da, wo der Schlag sie getroffen hatte, würde es heute Abend eine mächtige Beule geben.

Augenblicklich erhob sich die Frau, berührte vorsichtig Simones Kopf und bedeutete ihr, zu warten. Flink verschwand sie zwischen den Büschen und tauchte gleich darauf wieder auf.

In ihren Händen trug sie ein rundes Tongefäß. Sie beugte sich über Simone und begann deren Beule am Hinterkopf behutsam mit einem Stückchen Mull zu betupfen. Ein scharfer Geruch stieg in ihre Nase. Doch sofort verspürte Simone Linderung. Was immer die Alte ihr aufgetragen hatte, es kühlte und vertrieb den ärgsten Schmerz.

Befriedigt setzte die Frau sich wieder auf ihren Eimer, faltete die Hände und lächelte sie an. Das Puckern in Simones Kopf wurde weniger. Sie stemmte sich langsam hoch und hielt sich einen Augenblick schwankend am Tisch fest.

Sofort erhob sich die Frau, stützte sie am Arm und wies

auf eine kleine Steinbank, vor der ein hölzerner Tisch stand. Erleichtert sank Simone nieder, während die Frau fragend auf eine Karaffe zeigte, in der Früchte und Blüten schwammen. Sie goss Simone ein Glas ein und bedeutete ihr eifrig, zu trinken. Das Wasser schmeckte frisch, fruchtig und rann angenehm kühl ihre Kehle hinab.

»Danke, das schmeckt gut.« Simone hob das Glas und rieb sich lächelnd den Bauch.

Die Alte nickte verstehend. Erneut sagte sie etwas auf Portugiesisch und wies auf Simones Kopf.

Später hätte sie nicht mehr sagen können, warum sie die Frau auf Englisch ansprach.

»Tut mir leid, ich verstehe leider nicht. I'm sorry«, entfuhr es Simone. Augenblicklich huschte ein freudiges Lachen über das runzlige Gesicht ihres Gegenübers.

»You are from England?« Gespannt beugte die Alte sich über den Tisch und sah sie an.

Simone schüttelte den Kopf. »No, from Germany.«

»Oh, okay.« Enttäuscht schaute die Alte zur Seite. »Germany«, murmelte sie leise vor sich hin.

Simone kramte in ihren Erinnerungen. Jahrelang hatte sie perfekt Englisch gesprochen und für Tim so manches dienstliche Telefonat mit Auftraggebern geführt. Mühevoll suchte sie die passenden Worte zusammen. »Ich spreche nicht so gut Englisch, also nicht mehr. Vielleicht habe ich es verlernt«, meinte sie stotternd. »Es ist schon eine Weile her. Und Sie, können Sie gut Englisch?«

»Das will ich meinen«, antwortete die Frau leise. »Es ist meine Heimatsprache.« Sie redete stockend, unsicher. Als hätte sie sich seit vielen Jahren mit niemandem mehr unterhalten.

»Sie sind aus England? Ich dachte, Sie stammen von hier.« Überrascht sah Simone die Frau an.

»Ich lebe schon viele, viele Jahre hier. Seit ich ein junges

Mädchen war.« Dann deutete sie auf Simones Kopf. »Tut mir leid, ich wollte das nicht.«

Verwirrt schaute Simone sie an. »Das waren Sie, der Schlag auf den Kopf?«

»Ja, aber nicht mit Absicht. In meinem Garten schleichen manchmal Fremde herum. Sie zertrampeln die Pflanzen, sind neugierig. Irgendwie muss ich mich ja wehren. Sonst wird alles hier zerstört«, sprudelte es aus ihr heraus.

»Stopp.« Simone hob die Hand. »Mein Englisch ist ein wenig eingerostet. Können Sie ein bisschen langsamer sprechen?«

»Natürlich. Ich hoffe, ich habe nicht zu fest zugeschlagen. Dann hab ich die Kamera entdeckt und Sie erkannt. Sie haben vorgestern unten auf den Klippen gesessen.« Die Frau deutete mit ihrem Kopf Richtung Meer. »Das ist einer meiner Lieblingsplätze, dort spürt man die Gewalten des Ozeans am besten.«

»Es ist wirklich ein wunderbarer Platz. Und Sie leben hier ganz allein?«

Misstrauisch verengten sich die Augen der Frau. »Warum fragen Sie das?«

Simone hob die Hand. »Entschuldigung, ich wollte Ihnen nicht –«

Doch die Frau unterbrach sie. »Schon gut, Sie müssen sich nicht entschuldigen. Wenn man so lange allein lebt, wird man wunderlich. Ich bin die Letzte hier. Alle anderen sind längst gestorben oder haben mich verlassen.«

Gedankenverloren ließ sie ein Farnblatt durch ihre Finger gleiten.

»Und das Gewächshaus mit den Pflanzen, gehören die alle Ihnen?« Simone nahm einen weiteren Schluck.

Erneut nickte die Frau und lächelte.

»Ich habe zu Hause einen Wintergarten und da auch ein paar Kamelien stehen«, sagte Simone. »Aber gegenüber

Ihren sind sie ziemlich dürftig.« Plötzlich plauderte es sich fast wie von allein.

Die Frau lachte plötzlich und begann sich zu entspannen. Sie legte ihre Beine übereinander und lehnte sich zurück. »Das Klima hier ist ideal für Kamelien und viele andere Pflanzen. Jemand sagte mal: ›Legen Sie irgendwo ein Samenkorn auf São Miguel in den Boden, vergessen Sie es, und es wird wachsen.‹ Aber ich habe mich nur den Kamelien verschrieben. Ich weiß alles über sie, denn ich hatte eine wunderbare Lehrerin. Man muss diese zerbrechlichen Pflanzen verstehen, ihre Seele erfassen. Dann blühen sie und zeigen sich in ihrer schönsten Pracht.«

»Ich glaube, bei Ihnen würde ich gerne mal in die Schule gehen oder ein bisschen mithelfen. Das wäre wunderbar ...«

Plötzlich legte die Frau einen Finger an ihre Lippen und bedeutete ihr zu schweigen. Aufmerksam schaute sie in den unteren Bereich des Gartens. Simone drehte sich um, folgte ihren Blicken und lauschte ebenfalls. Ganz weit in der Ferne glaubte sie, eine männliche Stimme zu hören.

Die Frau ergriff ihren Arm und zog sie nach oben. »Kommen Sie mit, möglichst schnell und leise.«

Simone blieb kaum Zeit, ihren Rucksack zu greifen. Flink und mit einer Geschmeidigkeit, die man ihr aufgrund des Alters nicht zugetraut hätte, bewegte die Frau sich durch den Garten. Sie passierten das Gewächshaus und schlugen einen nur schwer erkennbaren Weg ein. Schließlich befanden sie sich inmitten dichter Sträucher, und der Pfad schien schlagartig zu enden. Ihre Begleiterin ergriff mehrere Äste, bog sie beiseite, schlüpfte hindurch und wies Simone an, ihr zu folgen.

Dann standen sie vor der Bruchsteinmauer und einer verwitterten hölzernen Pforte. Die Alte schob einen Riegel beiseite und entfernte Schlingpflanzen, die das Tor von außen wie ein grüner Vorhang bedeckten. »Gehen Sie, bitte, man sollte Sie hier lieber nicht sehen, es ist gefährlich. Halten Sie sich immer rechts, gehen Sie dort an den Farnen vorbei bis zu einem Weg. Dieser bringt Sie zur Straße, ein Stück hinunter liegt der Eingang zu Ihrer Pension.«

Simone wollte sich bei der Frau bedanken, doch sie fühlte sich energisch durch das Tor gedrängt. Als sie sich noch einmal umdrehte, war die Pforte bereits wieder verschlossen. Die Schlingpflanzen legten sich wie ein natürlicher Schutz vor den Eingang. Jemand, der nicht wusste, dass es dieses Tor gab, hätte es nie gefunden.

Mit einem eigenartigen Gefühl stolperte Simone voran. Tatsächlich erreichte sie nach wenigen Schritten den schmalen Pfad, folgte ihm und landete ein Stück oberhalb der Pension an der Straße.

In Gedanken versunken lief sie die Einfahrt abwärts. Das soeben Geschehene kam ihr fast schon unwirklich vor, als wäre alles nur ein Traum gewesen. Einzig die große Beule an ihrem Hinterkopf bewies, dass sie nicht geschlafen hatte.

Simone erspähte eine Bewegung hinter den Büschen und entdeckte Marta, die mit kraftvollem Schwung in einem Beet harkte. Bei ihren auf dem Kies knirschenden Schritten blickte sie auf und kam näher. »Na, es war bestimmt herrlich am Meer?« Marta wischte sich die schmutzigen Hände ab und schaute an den Himmel. »Heute ist wieder so ein wunderbarer Tag. Sie haben wirklich Glück. Aber bald schon soll das Wetter kippen. Na ja, wir haben Februar.« Dann musterte sie Simone forschend. »Ist alles in Ordnung? Sie sehen ein wenig blass aus. Haben Sie Lust auf einen Schluck Limonade? Ich hätte mir eine Pause nämlich redlich verdient.«

»Alles gut, danke«, sagte Simone leise. »Aber ein Schluck Limonade, das klingt verführerisch.«

»Na, dann kommen Sie.« Gemeinsam schlenderten sie nach unten zur Pension.

Marta steuerte einen Tisch auf der Terrasse an und setzte sich. Mit lauter Stimme rief sie etwas Richtung Haus. Gleich darauf kam ein junges Mädchen, das vielleicht fünfzehn war, nach draußen geflitzt und trug einen Krug und zwei Becher in ihren Händen.

»Darf ich vorstellen, meine Enkelin Stella. Sie hilft mir manchmal ein wenig nach der Schule.« Die Ähnlichkeit war unverkennbar. Da waren die gleichen Augen, der gleiche prüfende Blick.

»Wow, schon so eine große Enkelin? Das traut man Ihnen gar nicht zu.«

»Oh, danke.« Während Stella verschwand, goss Marta die Becher voll. »Aber mit einundfünfzig ist es nicht so ungewöhnlich, schon eine große Enkelin zu haben. Haben Sie auch Kinder?«

Simone nahm ihren Becher entgegen und nippte daran. Der Geschmack der Limonade erinnerte sie an das Getränk der Alten. »Ich habe zwei Kinder, David und Sarah. Sie sind siebenundzwanzig und vierundzwanzig, aber daran, mir Enkelkinder zu schenken, denken sie beide noch nicht. Sie haben viel zu tun und arbeiten auf der ganzen Welt.«

»In unserer Familie bekommen wir alle früh Kinder, das ist hier so. Aber ich sage immer, jeder soll so leben, wie er mag.« Marta lachte, schloss die Augen und hielt ihr Gesicht in die Sonne. »Ich bin einfach glücklich und dankbar darüber, wie alles ist. So zu leben ist ein Geschenk.«

Simone schwieg und stellte in der Zwischenzeit innerlich Vergleiche an. Das verfallene Haus und die *Pension Hortensia* sahen sich tatsächlich verblüffend ähnlich. Da waren dieselben Fenster, die kleinen Balkone im Obergeschoss und der Eingangsbereich. Sogar Größe und Baustil waren identisch, wenn man mal von den hier erfolgten Modernisierungen absah.

Simones Neugier war geweckt. Doch sich offen nach dem

Haus zu erkundigen würde verraten, dass sie unrechtmäßig den Garten betreten hatte. Also musste eine andere Strategie her.

»Auf dem Weg zu den Klippen kommt man doch an diesem Garten vorbei, dem hinter der Mauer?«, fragte sie eher lapidar.

Marta hielt immer noch ihre Augen geschlossen und nickte knapp. »Sie meinen den alten Kameliengarten?«

»Ja, man sieht zumindest einige Kamelien über die Mauer ragen. Wird er noch bewirtschaftet?«

»Nicht mehr direkt, er verfällt zunehmend. Niemand kümmert sich darum, die Besitzer sind längst tot, nur ...« Marta verstummte und nahm einen Schluck Limonade. Sie winkte ab. »Ach, keine Ahnung.«

»Ach so, ich dachte nur, ich hätte heute Stimmen im Garten gehört«, meinte Simone gedehnt.

Marta drehte ihren Kopf langsam und schaute ihr prüfend in die Augen. Täuschte Simone sich oder sah sie plötzlich ausgesprochen wachsam aus. »Stimmen? Ich glaube, da müssen Sie sich täuschen.«

»Ja vielleicht, es schien mir eben nur so«, erwiderte Simone vorsichtig. »Ich muss gestehen, ich habe versucht, einen Blick über die Mauer zu werfen, einfach weil ich Kamelien über alles liebe. Aber die Mauer ist schon sehr hoch.«

Marta stellte ihren Becher mit einem Ruck ab und schob den Stuhl nach hinten. Schrill kreischte das Metall über die Bodenfliesen. »Lassen Sie das lieber. Der Garten ist vom letzten Sturm schwer getroffen worden«, sagte sie mit scharfer Stimme. »Nicht dass Ihnen noch ein herabstürzender Ast auf den Kopf fällt.« Anscheinend bemerkte Marta ihre Verwirrung und zwang ein Lächeln auf ihr Gesicht. »Sie mögen also Kamelien? Ich auch, es sind wunderbare Pflanzen. Na ja, eigentlich liebe ich Hortensien mehr. Aber wenn Sie Kamelien sehen wollen, gibt es genug andere Möglichkeiten hier auf São Miguel. Zwar haben die meisten Parks im Winter geschlossen, aber einige sind auch im Februar zu besichtigen. Ich kann Ihnen da gerne einige Tipps geben.«

Simone nickte leicht. »Das wäre sehr nett. Und entschuldigen Sie bitte, ich wollte nicht neugierig erscheinen. Es war nur, weil der Garten so verwunschen aussieht.«

»Verwunschen.« Einen Moment blickte Marta versonnen vor sich hin. »Ja, da haben Sie recht. Vielleicht weil alles so verfallen ist. Aber nun muss ich leider weiter. Das Unkraut jätet sich nicht von selbst. Ihre Freundin Julia sitzt übrigens hinten im Garten und liest. Und Uta hat sich hingelegt, unser portugiesischer Wein war wohl doch zu stark für sie.« Winkend entfernte sich die Hotelbesitzerin und verschwand zwischen den Büschen.

Simone konnte sich des Gefühls nicht erwehren, dass das Thema rund um den Kameliengarten Marta sichtlich unangenehm gewesen war.

Erst am späten Nachmittag traf Simone auf ihre Freundinnen. Gemeinsam hatten sie beschlossen, nach Ponta Delgada zu fahren, sich mit Inga zu treffen und einen abendlichen Bummel durch die schmalen Gassen der Hauptstadt zu unternehmen.

Marta hatte ihnen noch ein paar Tipps gegeben. Dabei hatte ihr Blick immer wieder misstrauisch Simone gestreift, was am Ende sogar Uta aufgefallen war.

»Was hast du denn verbrochen? Marta sah dich vorhin so seltsam an«, stellte sie vom Vordersitz fest.

Simone rang mit sich, sollte sie alles erzählen? Vorhin auf ihrem Zimmer hatte sie die ganze Zeit über ihren Besuch bei der alten Frau nachgedacht. Und über Martas seltsame Reaktion. Doch vermutlich würde sie damit nur schlafende Hunde wecken. Es war besser, zu schweigen. Deswegen zuckte sie nur beiläufig mit den Schultern. »Keine Ahnung.«

Am vereinbarten Treffpunkt in Ponta Delgada warteten sie dann auf Inga. Wie immer ließ diese sich Zeit. Die Sonne war längst versunken, und eine unangenehme Kühle machte sich breit. Zum Glück hatte Simone eine dicke Strickjacke dabei und wickelte sie enger um ihren Körper.

Julia schaute genervt auf ihre Uhr. »Schon gleich sieben. Mein Gott, ist es denn zu viel verlangt, wenn sie nur einmal pünktlich ist? Wir warten hier fast schon eine halbe Stunde.«

Uta meinte gelassen: »Du kennst sie doch. Pünktlichkeit war noch nie ihre Stärke.«

»Aber langsam kotzt es mich an. Und kalt wird mir außerdem.« Julia trippelte hin und her, um sich warm zu halten.

Simone musterte in der Zwischenzeit die Segelboote, die im Hafenbecken lagen. In einer leichten Brise schaukelten sie auf dem Wasser sanft hin und her. In einigen davon brannte sogar Licht. Und wieder einmal wünschte sie sich, nicht seekrank zu sein. Zu gern würde sie über das Meer segeln und sich den Wind um die Nase wehen lassen. Das Gefühl von Freiheit musste unglaublich sein. Man ließ sich einfach treiben, wohin der Wind einen auch immer wehte.

Lautes Absatzgeklapper ertönte auf dem Gehweg und riss Simone aus ihren Träumen. Inga kam herangestürmt. Sie trug heute ein giftgrünes Kleid mit passenden Schuhen, das ihre üppigen Kurven perfekt in Szene setzte. Die roten Haare waren hochgesteckt und der Mund blutrot betont. Wie immer wirkte sie durchgestylt, als wäre sie gerade einem Katalog für Übergrößenmodels entstiegen.

»Wo willst du denn hin?«, fragte Uta sarkastisch. »Wir wollen eigentlich einen kleinen Bummel machen. Meinst du, die Hochhackigen sind dafür geeignet, bei dem Pflaster?«

»Ich freue mich auch, euch zu sehen.« Inga ignorierte die kleine Spitze und umarmte die Frauen nacheinander.

»Gut, dass du endlich da bist.« Julia schaute demonstrativ auf ihre Uhr.

Inga blies ihre Wangen auf. »Was denn? Ich bin doch fast pünktlich, die fünf Minuten könnt ihr vergessen.«

»Fünf Minuten? Wir wollten uns halb sieben treffen, nicht um.« Julia verdrehte die Augen. Dann winkte sie ab. »Ach ist ja jetzt egal, lasst uns endlich gehen, bevor ich vollends erfriere.«

Inga schürzte ihre Lippen und warf den Kopf nach hinten. Ihr Selbstbewusstsein schien wieder einmal grenzenlos zu sein.

Alle vier tauchten in das Gewusel der Gassen ein. Sie ließen sich einfach treiben, stöberten hier und da und betraten einige der kleinen Geschäfte. Simone schoss viele Fotos, immer wieder fielen ihr Details an den alten Häusern ins Auge. Da war dort ein besonderes Licht in einem Fenster und da eine alte Haustür, die ganz speziell von einer Laterne angeleuchtet wurde. Endlos hätte sie hier bummeln können und am liebsten jede der zahlreichen Gassen erkundet.

Immer wieder kamen ihnen Familien entgegen, die mit mehreren Generationen unterwegs waren. Da schoben alte Leute ihre Enkel durch die Gegend oder ältere Menschen wurden im Rollstuhl über das unebene Pflaster gekarrt. Es schien, als sollte niemand allein daheimbleiben.

Simone dachte an Antje. Würde es ihrer Mutter auf São Miguel gefallen? Würde sie auch hier die ganze Zeit nur von ihrem verstorbenen Mann reden oder sich endlich wieder mehr dem Leben zuwenden? Seit Simone angekommen war, hatte sie nur ein einziges Mal mit Antje telefoniert. Es war ein kurzes Gespräch gewesen, in dem sie mitgeteilt hatte, gut gelandet zu sein. Seltsamerweise war ihre Mutter ziemlich kurz angebunden gewesen. Und das, wo sie sonst am liebsten immer endlos lang mit ihr telefonierte.

Plötzlich, an diesem beschaulichen Ort, inmitten der ganzen Familien, vermisste Simone ihre Mutter unsäglich und wünschte sich, auch einmal mit ihr so unterwegs sein zu können. Warum verstanden sie sich nicht mehr? Dabei war ihr Verhältnis früher sehr vertraut gewesen. Lag es einfach nur am Alter oder am Tod ihrer beider Männer? Oder lag es am Ende gar an ihr selbst? Hatte Simone sich verändert und es ihrer Mutter schwergemacht?

An einer Straßenecke blieb Inga schließlich stehen. »Wie lange wollen wir eigentlich noch durch die Stadt rennen? Mir tun die Füße weh, und Hunger hab ich auch.«

Julia schaute demonstrativ auf deren hochhackige Schuhe, enthielt sich aber jeglichen Kommentars. Dann studierte sie den Stadtplan und deutete in eine der schmalen Gassen. »Da müsste es zu einem der empfohlenen Restaurants gehen.«

Haus reihte sich an Haus, und der Platz dazwischen war dermaßen schmal, dass er beinahe schon erdrückend wirkte. Nach wenigen Schritten standen sie vor einer Art Bar. Durch die mannshohen Fenster erspähte Simone deckenhohe Regale, die mit Keramik, Weinflaschen und anderen Produkten gefüllt waren. Diese ließen das Etablissement eher wie einen alten Kolonialwarenladen als ein Restaurant wirken. Winzige Tische quetschten sich dicht an dicht hinter den Verkaufstresen. Die Luft war erfüllt vom Geruch nach Tee und frisch zubereiteter Schokolade. Stimmengewirr klang durch die geöffnete Tür bis zu ihnen nach draußen. Auf der schmalen Gasse hatte man weitere Tische und Stühle aufgestellt, die ebenfalls gut besetzt waren. Kerzen flackerten auf ihnen und tauchten die Gesichter der Gäste in schimmerndes Licht.

Zum Glück erhob sich im Inneren gerade eine Gruppe Touristen, und eine Kellnerin winkte sie heran. Alle quetschten sich an den schmalen Ecktisch.

Seufzend studierte Uta die Karte und blickte unschlüssig auf die Teller ihrer Nachbarn. »Was soll man denn hier essen? Das sieht alles schrecklich lecker aus.«

Am Ende fand Julia eine Empfehlung im Reiseführer, und alle entschieden sich für Salat, frisches Brot und Käse.

Schon kurze Zeit später stand das Essen auf dem Tisch. Der Käse entpuppte sich als eine weiße Masse, die auf den ersten Blick wie Schafskäse wirkte, tatsächlich aber eher ein Frischkäse war. Darüber hatte man etwas Rotes geträufelt – Piri-Piri-Soße, die laut Reiseführer aus Chili bestand und ziemlich scharf sein sollte. Der Käse schmeckte ungewöhnlich, aber sehr interessant, besonders die Kombination mit der roten Soße fand Simone spannend.

Alle langten herzhaft zu, nur Inga starrte aller fünf Minuten auf ihr Handy und aß außer einigen Brocken Brot fast gar nichts.

»Wäre es wohl möglich, dass du dein Telefon mal für eine halbe Stunde aus der Hand legst?«, fragte Uta nach einer Weile und rollte mit den Augen. »Der Typ wird ja wohl mal ein paar Minuten ohne dich auskommen.« Dass ausgerechnet sie Kritik an Inga äußerte, sollte schon etwas heißen.

Inga spitzte ihre Lippen und ließ das Handy demonstrativ in die Tasche plumpsen. »Ich schaue gar nicht ständig auf mein Telefon, nur ab und zu.«

Fünf Minuten später holte sie es allerdings schon wieder hervor, was Julia mit einem lauten Lachen quittierte. Triumphierend deutete sie mit ihrem Finger auf Inga. »Siehst du? Das nennt man Suchtverhalten. Das Schlimmste daran ist, dass man es selbst nicht merkt.«

Grinsend zwinkerte Julia den anderen zu. Der Humor in ihren Worten war nicht zu überhören gewesen.

Doch Inga lehnte sich zurück, verschränkte die Arme und starrte wütend über den Tisch. »Kann es sein, dass ich unter eurer Beobachtung stehe? Wollt ihr jetzt jede meiner Handlungen kommentieren?«

Mit ausgestreckten Fingern trommelte sie eine Melodie auf den Tisch. Ihre knallroten Nägel durchschlugen fast die Tischplatte.

Simone, die endlich einmal auf einen harmonischen Abend gehofft hatte, sah sich enttäuscht. Anscheinend würde es auch diesmal wieder in einem Streit enden.

»Ach Inga, das wollen wir natürlich nicht.« Julia legte Inga einen Arm um die Schulter und versuchte sie an sich zu ziehen. Doch diese versteifte sich und wehrte die Annäherung ab. »Inga, das war doch lustig gemeint. Außerdem machen wir uns nur Sorgen, immerhin wolltest du doch hier endlich mal abschalten? Du hast Urlaub, eine sehr patente Vertretung in deinem Laden, also alles ist gut.« Julia zögerte kurz. »Oder hast du etwa noch eine Verabredung und musst fort?«, forschte sie nach.

Dies hätte sie lieber nicht sagen sollen, war Simones erster Gedanke. Doch nun war es zu spät.

»Und wenn schon, was ginge euch das an.« Inga schürzte die Lippen. »Ich lebe eben mein Leben. Ich treffe mich mit Männern, ich habe Sex, na und. Ist das verboten?«, fauchte sie zurück.

»Inga, du lieber Gott, schrei doch nicht so, dich muss ja nicht jeder hören.« Uta sah sich um und musterte die anderen Tische, von denen schon einige Gäste zu ihnen schauten.

»Simone hat morgen übrigens auch ein Rendezvous«, warf Julia locker dazwischen und unternahm einen verzweifelten Versuch, das Thema in eine andere Richtung zu treiben. »Sie trifft ihren Sitznachbarn aus dem Flugzeug, du weißt schon, den mit dem Cowboyhut.«

Inga trank ihren Wein mit einem Schluck aus. »Respekt,

na wenigstens eine, die nicht gleich nächste Woche ins Altersheim einziehen will.«

»Ins Altersheim, was soll das denn heißen?« Nun schraubte sich auch noch Utas Stimme nach oben. Immer mehr Gäste schauten zu ihnen, was bei dem Lärmpegel eine ziemliche Leistung war. »Nur weil ich nicht krampfhaft jeden Abend mit einem stockfremden Kerl ins Bett hüpfe, muss ich doch nicht gleich ins Altersheim ziehen. Das ist echt unfair von dir.«

»Ach und ihr seid fairer.« Inga schlug mit der Handfläche auf die Tischplatte, die heftig wackelte. »Ständig macht ihr mir mein Leben zum Vorwurf. Tu dies nicht, lass das, wie als wäre ich ein minderjähriges Kind.«

Unsicher warfen sich die anderen Frauen verstohlene Blicke zu. Und obwohl Simone Inga erst kurze Zeit kannte, hatte sie das Gefühl, als ob es ihr nicht gutgehen würde. Ingas Unterlippe bebte, und ihre Hände zitterten verdächtig. Da langte sie erneut in ihre Tasche und schaute auf ihr Telefon. Mit einem Ruck sah sie wieder nach oben und bemerkte natürlich die Blicke der anderen. Inga krachte das Handy auf den Tisch, dass ein Stück absplitterte, und begann zu heulen.

»Inga, was ist denn los?« Simone griff über den Tisch und nahm Ingas Finger in ihre. Sie waren schweißnass und eiskalt.

»Können wir bitte gehen?«, stammelte diese unter Tränen und erhob sich unsicher. Aus ihrer Tasche nestelte sie das Portemonnaie und versuchte mit zitternden Händen einen Geldschein herauszuholen. Doch verschiedene Münzen fielen zu Boden, was Inga erneut in Tränen ausbrechen ließ.

»Warte, ich mach das schon.« Julia legte einen großen Schein in die Mitte des Tisches, und fast schon fluchtartig verließen alle die Bar. Erstaunte Gesichter sahen sie an, verwirrte Blicke folgten ihnen – doch all das registrierten sie nur am Rande.

Denn Inga rannte zielstrebig vornweg, und sie hatten Mühe, ihr zu folgen. Simone, die angenommen hatte, dass Inga zu ihrem Hotel wollte, sah sich getäuscht. Die stürmte mit klappernden Absätzen immer weiter, die Treppen zum Hafenbecken hinunter und an der Kaimauer entlang. Durch einen Tunnel erreichten sie die andere Seite des Anlegers. Laut klackten Ingas hohe Schuhe auf den Steinen, und die Betonwände verstärkten den Hall noch zusätzlich. Seitlich von ihnen lag die Badeanstalt von Ponta Delgada. Jetzt waren die Anlagen verwaist, die Tore geschlossen. Auch am leicht geschwungenen Kai herrschte in den meisten der Geschäfte und Bars vollkommene Dunkelheit. Das Leben spielte sich anscheinend im alten Teil der Inselhauptstadt ab. Inga hetzte weiter. Am Ende rannte sie sogar.

Julia versuchte mehrfach, Inga am Arm festzuhalten, doch die riss sich immer wieder los. Schweratmend keuchte Uta an Simones Seite: »Wo will sie denn um Himmels willen hin? Hier ist doch nix mehr.«

Schließlich stoppte Inga. Kein Wunder, sie war am Ende des Kais angelangt, ein Gitter versperrte den weiteren Weg. Dahinter kam nur noch Atlantik und sonst nichts. Auf der anderen Seite des Beckens warf das erleuchtete Hotel, in dem Inga untergebracht war, einen sanften Lichtschein bis zu ihnen. Ansonsten war es stockdunkel und eine sternenklare Nacht.

Inga umklammerte das Geländer und starrte ins Wasser. Simone, die sich neben sie gestellt hatte, riskierte ebenfalls einen Blick. Unheimlich wirkte die dunkle Fläche, deren Tiefe sich nicht erahnen ließ. Leicht gluckten sanfte Wellen an die Betonpfeiler, die man in den Boden des Atlantiks getrieben hatte. Weit draußen auf dem Meer zogen riesige Schiffe ihre Bahn. Simone hatte gelesen, dass eine der

Hauptseefahrtsrouten Richtung Amerika an São Miguel vorbeiführte.

Inga keuchte leise und wischte sich dann über ihre Stirn. Mit einem Ruck drehte sie sich zu ihren Begleiterinnen um.

»Es geht mir beschissen, nur dass ihr es wisst. Ich sollte nämlich gar nicht hier sein. Denn ich bin ein Feigling, ein gottverdammter Feigling«, stieß sie mit tonloser Stimme aus.

»Ein Feigling, aber warum denn?«, fragte Julia verwirrt.

»Wegen meines Vaters?«

»Deines Vaters?«, wiederholte Uta unsicher. »Ich wusste nicht mal mehr, dass du noch einen Vater hast.«

»Hab ich, aber es gab viele Jahre keinen Kontakt. Vor einiger Zeit hat er sich plötzlich bei mir gemeldet, und wir haben uns langsam angenähert. Er lebt in einer kleinen Wohnung, nicht weit von mir. Ich habe ihn besucht, anfangs nur ab und zu, dann aber immer öfter. Wisst ihr, meine Mutter hat mir immer gesagt, er hätte sie sitzen lassen, wäre ein Scheißkerl gewesen. Aber er war nett und alles andere als ein Scheißkerl. Wir haben geredet, und er hat mir alles erklärt. Also, warum er damals so gehandelt hat. Und ich hab ihn verstanden, ich wäre auch nicht anders gewesen. Irgendwie fand ich, wir wären uns sehr ähnlich.« Inga putzte sich geräuschvoll die Nase. »Und dann finde ich heraus, dass er doch ein Scheißkerl ist.« Sie lachte verächtlich auf.

»Und wie kam es dazu?«, fragte Simone mit sanfter Stimme.

»Weil er schwer krank ist, weil er nur den Kontakt zu mir aufgenommen hat, weil er bald sterben wird – und will, dass ich mich um ihn kümmere. Jahre hat er sich nicht für mich interessiert, aber jetzt, jetzt kommt er angekrochen, nur aus einem Grund.«

»Dass du dich um ihn kümmern sollst?«

»Ja, weil er krank ist. Der Rest liegt doch auf der Hand.

Er lebt sehr einfach, hat nur eine kleine Rente. Und er sieht mich als reiche Frau, als Frau, die es geschafft hat«, stieß Inga hervor.

»Und das hat er dir gesagt?«, hakte Julia mit gerunzelter Stirn nach.

»Eine Woche vor unserer Abreise hat er mich angerufen und mir mitgeteilt, dass es mit ihm zu Ende geht und er nicht mehr lange hätte. Da bin ich abgehauen. Dummerweise hat sein Arzt meine Nummer und mich am Tag unseres Abfluges noch einmal angerufen. Es steht wirklich schlecht um ihn, er wird sterben, bald schon.« Inga schlang die Arme um ihren Körper. »Und nun rechne ich damit, dass jede Minute der Anruf kommt, vor dem ich so große Angst habe. Er soll operiert werden, in den nächsten Tagen. Er ist krank und sein Herz schwach.« Ihre Stimme brach.

»Deswegen hast du ständig auf dein Handy gesehen«, meinte Uta und legte den Arm um ihre Freundin. »Inga, komm, lass dich mal drücken.«

Schweigend standen sie einen Moment beieinander. Dann holte Julia tief Luft. »Ich würde gerne etwas sagen, auch auf die Gefahr hin, dass du wütend auf mich wirst.«

»So, wie ich dich kenne, wird dich nichts auf der Welt davon abhalten, deine Meinung zu äußern«, sagte Inga seufzend. »Also rede.«

»Ich glaube, du solltest nach Hause fliegen und die letzten Stunden bei deinem Vater verbringen. Und ich glaube nicht, dass er irgendwelche Gelder von dir will. Er will, glaube ich, nur eines, noch so viel Zeit wie möglich mit seiner Tochter verbringen.« Julia ergriff Ingas Hände. »Wenn du ganz ehrlich bist, hast du genau das selbst schon gedacht. Sonst würde es dich nicht so mitnehmen. Inga, für diese letzten Gespräche mit ihm gibt es keine zweite Chance, keine Wiederholung. Du musst jetzt fahren oder bleiben und zu deiner Entscheidung stehen.«

Mit großen Augen sah Inga sie an, dann nickte sie leicht. »Ja, ich weiß.« Ihre Stimme war nur ein Hauch. »Ich weiß das alles. Und wenn ich es nicht schaffe? Ich hasse den Tod, ich hasse Krankheiten. Ich kann das alles nicht, einfühlsam sein. So bin ich nicht.«

»Du wirst es schaffen«, erwiderte Julia mit fester Stimme. »Wir bekommen nur das aufgebürdet, was wir schaffen können.«

»Vielleicht hast du recht.« Ingas Blick ging in die Ferne, weit übers Meer.

Simone spürte, wie sehr die Sache sie mitnahm, und erneut musste sie an ihre Mutter denken und dass niemand wusste, wie viel Zeit einem noch miteinander blieb.

»Ja, ich werde nach Deutschland fliegen, sonst würde ich es mir vermutlich nie verzeihen.« Inga drehte sich um und sah ihnen fest in die Augen.

Julia zog das Telefon aus ihrer Tasche. »Soll ich nach einem Flug schauen?«

Inga nickte. »Schau nach einem Flug.«

Während Julia suchte, stellten sie sich nebeneinander an das Geländer des Hafenbeckens und blickten auf die Lichter von Ponta Delgada.

Julia kam nach einer Weile zurück. »Also, pass auf, es gibt morgen um elf einen Flug nach Lissabon, mit gutem Anschluss nach Frankfurt. Gegen Abend wärst du in der Heimat. Ich drücke jetzt auf diese Taste und buche den Flug für dich.«

Julia hob ihren Finger und berührte ihr Handy.

»Gut, dann ist es jetzt so.« Inga versuchte zu lächeln. »Ich sollte gehen und packen.«

»Wir kommen natürlich mit«, meinte Uta mit erstickter Stimme. »Wir helfen dir, und wenn du willst, begleite ich dich nach Deutschland. Damit du nicht allein fliegen musst, wegen deiner Angst im Flieger.«

»Auf keinen Fall, ich werde schon irgendeinen jungen Kerl finden, der mir die Hand hält. Simone hat das schließlich auch geschafft.« Da war sie wieder, die alte spröde Inga.

Gemeinsam liefen sie zum Hotel und ignorierten die erstaunten Blicke des Portiers, als Inga ihren Schlüssel abholte. Denn deren Wimperntusche hatte dunkle Male auf ihren Wangen hinterlassen. Der blutrote Lippenstift war verschmiert. »Was gucken Sie denn«, fauchte sie den Mann an. »Das trägt man heute so.«

Dann drückte sie auf die Taste am Fahrstuhl. Doch als alle mit in die Kabine drängten, wehrte sie ab. »Koffer packen mache ich alleine, und danach schreib ich meinem Vater noch eine Nachricht. Er soll mit dem Sterben gefälligst warten, bis ich wieder daheim bin.« Sie lachte krampfhaft. Dann breitete Inga ihre Arme aus. »Ach kommt her, ihr drei Weiber. Und damit ihrs schon mal wisst, die nächste Reise suche *ich* aus. Ich will in diese ganzen Vergnügungsparks in den USA reisen, und dort fahre ich den ganzen Tag Achterbahn.«

»Du willst was?« Julia lachte. »Guter Gott, was für eine beschissene Idee. Aber irgendwie schon wieder genial.«

»Hauptsache, ich muss nicht mitfahren«, murmelte Simone leise. »Aber ansonsten bin ich dabei.«

»Gut, dann schert euch in eure winzige Pension. Bringt ihr mich zum Flughafen?«

Julia nickte. »Ehrenwort, um neun stehen wir auf der Matte.«

10

Auf dem Weg nach Ponta Delgada hing jede von ihnen ihren eigenen Gedanken nach. Sie waren unterwegs, um Inga zum Flughafen zu begleiten.

Simone war weit nach Mitternacht in ihr Bett gesunken. Sie hatte bleierne Müdigkeit gefühlt und dennoch keine Ruhe finden können. Schließlich war sie wieder aufgestanden, hatte sich in eine dicke Decke gehüllt und auf den Balkon gesetzt. Dort, im fahlen Licht des Mondes, hatte sie dem Rauschen des Meeres gelauscht und die am Horizont vorbeifahrenden Schiffe gezählt.

Immer wieder hatte sie neben Inga auch über den geplanten Ausflug mit Christoph nachgedacht. Und schließlich hatte sie ihm in den frühen Morgenstunden eine Nachricht geschickt. Simone wollte den Ausflug absagen, ihre verbleibenden Freundinnen nicht im Stich lassen. Seine Antwort kam nach wenigen Minuten, anscheinend konnte er auch nicht schlafen.

Manchmal tut ein wenig Abwechslung gut, bringt einen auf andere Gedanken. Es ist deine Entscheidung, ich komme halb elf an den Flugplatz, und du entscheidest, ob du einsteigst oder nicht.

Simone hatte kurz mit sich gerungen und die Alternativen abgecheckt. Was würde sie tun, nach Ingas Abflug? Mit den anderen Trübsal blasen, allein auf ihrer Lieblingsklippe sitzen?

Die Entscheidung war schnell gefallen. Am Morgen hatte Simone ihre Wandersachen angezogen und einen kleinen

Rucksack gepackt. Beim Frühstück saßen dann alle schweigend am Tisch, nippten an ihrem Kaffee und bekamen keinen Bissen herunter. Marta schien über die Geschehnisse informiert worden zu sein, denn sie verlor angesichts der unangerührten Käseplatte kein Wort.

Inga erwartete sie schon mit gepackten Koffern in der Lobby ihres Hotels. Sie war perfekt geschminkt und trug ein dunkelblaues Kleid mit einem kleinen Matrosenkragen. Irgendwie wirkte sie wie ein Kapitän, der das Ruder in die Hand nahm.

»Mädels, lasst uns gehen.«

Der Flughafen war schnell erreicht, und genauso schnell war Ingas Gepäck aufgegeben. Die Zeit schien zu rasen. Jedes Mal wenn Simone auf ihre Uhr schaute, waren wieder zehn Minuten vergangen.

Um die kurze Wartezeit bis zum Abflug zu überbrücken, setzten sie sich auf einen Kaffee ins Flughafenbistro.

Inga umklammerte ihre Tasse. »Ich habe heute Morgen schon mit meinem Vater und mit seinem Arzt gesprochen. Beide Telefonate haben mir gezeigt, dass es richtig ist, zu fliegen.« Ihre Stimme war fest. »Ihr braucht also keine Trübsal zu blasen, im Gegenteil. Genießt die Tage und denkt ab und zu mal an mich.«

Uta schluchzte auf. Inga verdrehte die Augen. »Du liebe Güte, Utchen. Hör auf zu heulen. Ich fliege nur voraus, und bald kommt ihr nach. Sobald du wieder daheim bist, werde ich dich ohne Ende nerven, du kennst mich doch.«

Da ertönte der Aufruf zum Check-in. Ingas Lippe zitterte ganz leicht. Sie umarmte jede der Frauen kurz und passierte dann die Schleuse, ohne sich noch einmal umzudrehen.

»Sie hätte ruhig noch einmal winken können«, flüsterte Uta zaghaft.

Julia stieß sie leicht in die Seite. »Du kennst sie doch, große Gefühle sind nicht ihre Stärke.«

Eine Stunde später erhob sich ihr Flugzeug dröhnend in den strahlend blauen Himmel. Alle drei Frauen erlebten den Moment gemeinsam und legten ihre Arme umeinander. Sie wirkten aus der Ferne wie ein dreiblättriges Kleeblatt, dem gerade ein viertes Blatt entrissen worden war.

Mit leicht geröteten Augen schlich Simone zum vereinbarten Treffpunkt.

Christoph wartete an seinem Jeep und las in einer Zeitung. Seine Beine waren lässig übereinandergeschlagen. Der obligatorische Cowboyhut thronte auf seinem Kopf. Unsicher blieb Simone stehen, noch konnte sie sich umdrehen. Er hatte gesagt, er würde auf sie warten, und wenn sie nicht kam, wäre es für ihn vollkommen in Ordnung. Doch eine innere Macht zog sie weiter. In diesem Moment hob er den Kopf, lächelte kurz und faltete die Zeitung zusammen.

Simone trat näher und stellte sich neben ihn. Warm fühlte sich die Autotür an ihrem Rücken an. Schweigend betrachteten sie die hinter Maschendrahtzäunen liegende Startbahn. Soeben erhob sich eine kleinere Maschine schwankend in den Himmel. Einige Möwen kreischten empört auf und ließen sich gleich darauf wieder auf einem Laternenmast nieder.

Christoph hob plötzlich die Hand und strich eine Haarsträhne sanft aus ihrem Gesicht. Es war eine tröstliche Geste, freundschaftlich und überhaupt nicht unangenehm. Simone schloss einen Moment die Augen und gab sich ganz dieser kurzen Berührung hin.

»Steig ein, denn wir wollen den Tag ja nicht auf dem Flughafen verbringen«, sagte er schließlich mit heiserer

Stimme. Christoph nahm ihr den Rucksack ab, legte ihn auf die Rückbank und öffnete dann die Tür. Auffordernd nickte er ihr zu, und Simone glitt auf den Beifahrersitz.

Christoph umfasste das Lenkrad. Er blickte nach vorn und musterte den Parkplatz, auf dem eine Familie gerade ihr Gepäck in einem Kleinbus verstaute. Es gab lautes Gelächter und freudige Umarmungen. Ein kleines Mädchen tappte unsicher umher und fiel dann auf seinen Windelpopo. Alle Umstehenden lachten, und auch auf Simones Gesicht schlich sich ein Lächeln.

»Wollen wir los?«, fragte ihr Begleiter, und sie nickte ihm schweigend zu.

Die ersten Kilometer wechselten sie kein einziges Wort. Christoph drehte an den Reglern seines Radios und schob schließlich eine CD in das Gerät.

Es erklangen ruhige Töne, zarte Gitarren, untermalt von Trommeln, die einen treibenden Rhythmus hatten. »Gefällt es dir? Ich hoffe ja, die CD hab ich aus Spanien mitgebracht. Ich hab sie einem Straßenmusiker abgekauft, der mich fasziniert hat. Ich verstehe kein Wort von dem, was gesungen wird, und dennoch weiß ich genau, was der Musiker mir sagen will. Manchmal wünschte ich, ich könnte ein Instrument spielen. Es muss wunderbar sein, aber ich hab nie eins gelernt.«

Simone lächelte. »Du könntest es immer noch tun, dafür ist es nie zu spät.«

»Ja, vielleicht, doch manchmal gilt es, Prioritäten zu setzen, und momentan sind andere Sachen dran, als Gitarre zu lernen.«

Kurz nach dem langgezogenen Flughafengelände bog Christoph an einem kleinen Turm scharf nach links ab. Gemächlich holperte der Jeep über einen ausgewaschenen Feldweg. Zu beiden Seiten grasten Kühe auf der Weide und schauten ihnen neugierig hinterher.

»Ich hab eine Weile überlegt, was wir heute machen können«, sagte er. »Es gibt so viele wunderschöne Plätze auf der Insel. Da fällt die Auswahl schwer. Und dann kam mir ein Gedanke, und ich hoffe sehr, die heutige Tour wird dir gefallen.«

Simone klammerte sich an ihrem Sitz fest und blickte nach vorn. Es tat gut, hier mit ihm zu fahren. Christoph verströmte eine unglaublich beruhigende Energie. Und er sah verwirrend sexy aus in seiner khakifarbenen Wanderkleidung.

Der Weg wurde schmaler, der Abgrund kam näher. Als Simone glaubte, das Auto würde jeden Augenblick ins Meer stürzen, endete die Fahrt an einer Plattform. Christoph stellte den Wagen ab, stieg aus und winkte sie auffordernd nach draußen.

Vor ihnen lag eine steinerne Brüstung. Simone trat näher und hielt den Atem an. Tief unter ihr schimmerte der Atlantik in den schönsten Farben. Wellen donnerten an den Strand. Der Blick ging weit an der Küste entlang, man glaubte fast, bis Ponta Delgada sehen zu können.

»Bereit für eine kleine Wandertour?«, fragte Christoph. »Okay, ich sollte dich vorher warnen, es geht steil nach unten und am Ende leider genauso steil wieder nach oben.«

Simone lachte gespielt und drohte ihm mit dem Finger. »Na prima, und das sagst du mir erst jetzt?«

»Immerhin hätte ich es dir auch erst am Ziel sagen können«, erwiderte er grinsend. »Mach dir keine Sorgen. Wir laufen in deinem Tempo, aber es lohnt sich wirklich. Glaub mir, dieser Ort wird dich verzaubern.«

Es ging einen schmalen Pfad nach unten, der direkt an der Felswand abwärtsführte. Am Anfang noch allmählich und dann abrupt steiler.

Christoph lief, wann immer es ging, neben ihr. Sie spürte seine Blicke.

»Wie fühlst du dich, möchtest du reden?«, fragte er nach einer ganzen Weile.

Simone dachte nach, während sie sorgsam einen Fuß vor den anderen setzte. »Es ist seltsam«, sagte sie schließlich seufzend. »Eigentlich kennen Inga und ich uns gar nicht richtig. Aber dieses Thema, also dass man nie weiß, wie viel Zeit einem bleibt, das hat mich schon berührt. Vielleicht auch wegen meines Mannes …« Unsicher sah sie ihn an. »Doch ich will die Stimmung nicht verderben.«

»Das tust du nicht, auf keinen Fall.« Da war er wieder, der Schatten auf seinem Gesicht.

Dann machte Christoph einige schnelle Schritte und übernahm die Führung. Der Pfad wurde allmählich schmaler und steiler. Je länger sie liefen, umso mehr beschlich Simone ein eigentümliches Gefühl. Der Rückweg würde furchtbar werden. Keine Ahnung, wie sie diesen Berg jemals wieder hochkommen sollte. Sie würde schwitzen und einen knallroten Kopf bekommen, und er würde sie so sehen. Tim hatte nie ein Problem damit gehabt und ihr oft den Schweiß von der Stirn geküsst. Aber seltsamerweise wollte sie sich vor Christoph nicht blamieren.

Dieser marschierte immer noch vor ihr. Mit großer Sicherheit und Routine setzte er seine Schritte. Sein Becken schwenkte dabei rhythmisch hin und her. Genauso rhythmisch schwang der Hintern in seiner Hose mit. Wie hypnotisiert beobachtete Simone das Spiel seiner Muskeln und ließ dabei den unebenen Weg zu ihren Füßen zeitweise vollkommen außer Acht.

An einem besonders steilen Stück geschah es. Sie stolperte über einen Stein und krachte mit voller Wucht gegen Christoph. Geistesgegenwärtig stützte der sich mit einer Hand irgendwo ab und hielt sie mit der anderen fest. »Hoho, was war das denn?«

Sicher ruhte Simone in seinem Arm. Ihre Körper berührten sich, und sie war ihm ganz nah. Sanft stieg sein Geruch in ihre Nase. Er roch anders als Tim, aufregend, unbekannt, verführerisch. Blut schoss in ihre Wangen. Erst nach einer ganzen Weile löste Christoph sich sanft, umfasste ihre Oberarme und stellte sie gerade hin.

Sein Gesicht war genau auf ihrer Augenhöhe, da er ein Stück bergabwärts stand.

»Irgendwie habe ich das Gefühl, du hast ein Händchen dafür, Männern von hinten in den Rücken zu fallen. Erst am Flughafen und jetzt hier.« Er grinste und schien die Röte auf ihren Wangen sehr wohl zu bemerken.

Simone lächelte krampfhaft. »Da ist was dran. Aber ich glaube, die Schuld lag bei einem Stein, über den ich gestolpert bin.«

»Das geht auf diesem steilen Weg schneller, als man denkt. Umso wichtiger ist es, gut aufzupassen.« Warnend hob er den Finger. Christoph löste die Arme von ihren Schultern. »Keine Angst, es ist nicht mehr weit.«

Nach einigen Wegkehren tauchten erste Häuser auf. Wobei der Begriff ›Haus‹ stark übertrieben war. Meist waren es eher einfache Hütten, die ihre Besitzer auf schmalen Landstreifen errichtet hatten. Mühevoll hatte man dafür dem steilen Gelände ein wenig Baugrund abgerungen. Jedes der Häuschen war in einer anderen Farbe angemalt. Gemüsegärten oder kleine Weinberge umgaben sie. Bretterzäune, von denen einige schon reichlich verfallen waren, schützten die Grundstücke notdürftig vor ungebetenen Gästen.

Je länger sie liefen, umso mehr dieser bunten Häuser tauchten auf, bis schließlich die Talsohle und somit das Meer erreicht war. Laut donnerte die Brandung an den Steinstrand und die dahinter liegenden Klippen. Bei jeder Welle klang es, als würde sich ein Mahlwerk aus groben Felsbrocken in Gang setzen und kleinere Steine rücksichtslos zerreiben. Gischt spritzte auf und sprühte einen feinen Wassernebel bis auf Simones Haut.

Der schmale Weg schlängelte sich immer weiter, folgte damit der natürlichen Küstenlinie. Rechts von ihnen reihten sich die Häuser inzwischen wie an einer Perlenschnur auf. Keines von ihnen schien bewohnt, Menschen waren nicht zu sehen, die Gärten wirkten verlassen. Und einen Moment musste Simone an den Kameliengarten neben der Pension denken. Der Vergleich hinkte, denn hier wehte zusätzlich noch der Wind und strich um die schroffen Felsen, während das Meer rauschte. Es war eine gottverlassene Siedlung, am Ende der Welt.

Prüfend schaute Christoph sie an.

»Gefällt es dir?«, fragte er, und Simone nickte stumm. Sie stützte sich auf ein rostiges Geländer und streckte ihr Gesicht Richtung Atlantik.

»Willkommen in Faja Rocha da Relva. Es ist ein einsamer Ort, aber ich bin gerne hier«, sagte er. »Man glaubt, das Ende der Welt wäre erreicht.« Seltsam, hatte sie das nicht auch gerade gedacht? »Der Weg, den wir gekommen sind, ist der einzige Zugang. Viele Jahre rotteten die meisten der Häuser, die man ›Adegas‹ nennt, einfach so vor sich hin. Ihre Besitzer zogen in die Stadt, bauten neue Sommerhäuser. Nur einige Alte blieben hier. Jetzt entdecken immer mehr Menschen ihren Reiz und richten sie wieder her. Die Grundstücke sind heiß begehrt und werden in der Familie weitervererbt. In den Sommermonaten sind die Gärten natürlich belebter, weil hier immer ein frisches Lüftchen weht. Dann werden Gemüse und Wein angebaut, obwohl es keinen Strom und Abwasser und so weiter gibt. Alles, was nach unten muss, kommt mit Eseln über diesen Pfad, da Boote wegen der Brandung nur schlecht anlegen können. Gut, ich gebe zu, einige mutige junge Männer nehmen auch das Moped.«

Eine kleine Katze näherte sich ihnen und schmiegte sich schmeichlerisch an Simones Beine. Sie ging in die Hocke und kraulte das Tier zwischen den Ohren. Anscheinend genau richtig, denn die Katze legte sich hin und schloss genießerisch die Augen. Sofort tauchten weitere Katzen auf, und plötzlich sahen Simone und Christoph sich von mehreren Tieren umringt. Sie kamen mit Streicheln kaum noch hinterher.

»Sind sie ganz allein hier unten? Wer füttert sie?«, fragte Simone mit entzückter Stimme. Eines der Tiere war schöner als das andere.

»Bestimmt der alte Pepe, er lebt hier, also, wenn er noch lebt«, schränkte Christoph ein und betrachtete sie amüsiert. »Seine Kinder haben oben im Dorf ein Haus, und manchmal kommen sie ihn besuchen.« Er lächelte. »Und da ist er auch schon.«

Ein alter Mann kam durch einen der Gärten geschlurft. Sein Gesicht war braungebrannt und wettergegerbt. Er trug eine einfache Hose mit einer dicken Jacke. Eine gestrickte Mütze saß auf seinem Kopf. Misstrauisch schaute er zu ihnen und öffnete das Tor. Dann schien er Christoph zu erkennen und winkte ihm lächelnd zu. Kaum ein Zahn war noch in seinem Mund, doch sein Lachen wirkte ansteckend. Kräftig schüttelte er ihnen die Hand und begann einen kurzen Plausch mit ihrem Begleiter.

Simone setzte sich hin und streichelte inzwischen möglichst gleichmäßig alle Katzen, damit keine zu kurz kam. Sie verstand zwar kein Wort, entnahm den Gesten der beiden Männer aber, dass es offenbar um sie ging. Angeregt schauten beide ihr zu, während der alte Mann wohlgefällig nickte.

Nach einer Weile schien es ihm zu reichen, denn er verabschiedete sich und verschwand wieder auf seinem Grundstück. Lächelnd sah Christoph ihm hinterher. Dann streckte er Simone seine Hand entgegen und zog sie nach oben. »Wollen wir? Der Weg zieht sich noch ein kleines Stück an der Küste entlang.«

Gemeinsam schlenderten sie weiter, immer bergauf und bergab, je nachdem, wie der Küstenstreifen belassen war.

»Und er lebt ganz allein hier unten?« Simone schaute noch einmal auf das einfache Haus zurück, in dem Pepe wohnte. Am Ende des Grundstücks duckte es sich unter die Felswand. Ein Anblick, der beschützend, aber auch bedrohlich wirkte.

Christoph nickte. »Ja, zumindest in den Wintermonaten. Früher, als seine Frau noch lebte, war alles anders, aber nun hat er sich ganz allein hier eingerichtet.«

»Und er will nicht fort von hier? Ich meine, wenn mal irgendwas passiert, was ist dann?«

»Was dann passiert?« Er zuckte mit den Schultern. »Keine Ahnung, irgendwann wird ihn jemand besuchen kommen, und dann ist Pepe dort gestorben, wo er am glücklichsten war. Ein schöner Tod, wie ihn sich wohl jeder wünscht.«

Über steile Stufen erreichten sie einen Aussichtspunkt, der ein Stück über dem Meer lag. Der Ausblick auf den Strand unter ihnen war einmalig. Simone schloss ihre Augen und lauschte dem Rauschen der Wellen. Ohne Unterlass rollten sie an Land, ein stetes Auf und Ab, das beruhigte. Dann drehte sie sich um und erblickte ein weiß gestrichenes kleines Häuschen, welches etwas erhöht an der Felswand lag. Es war das letzte in der langen Reihe. Danach endeten der Weg und die Siedlung. Steile Stufen führten empor. Ein Bullauge in der oberen Etage zeigte direkt Richtung Meer. Der untere Teil des Gartens wurde von üppigen Sträuchern geziert, die kaum einen Blick hinein gestatteten. Der Zaun war rot gestrichen, bunte Keramik thronte auf den Pfählen, und neben dem Haus wehte eine sonnengelbe Fahne. Die bunte Mischung zog ihr Auge einfach magisch an. »Was für ein schönes Häuschen …« Simone seufzte. »Hier müsste man leben, weitab von allem Ärger.«

»Ohne Strom und Wasser?«, fragte Christoph grinsend.

»Na ja«, schränkte sie ein, »ein paar Tage würde es schon gehen. Früher waren wir ja auch zelten.« *Und wurden von den Mücken fast aufgefressen,* fügte Simone in Gedanken dazu. Tim hatte dann irgendwelche Netze besorgt, die am Ende auch nichts brachten. Einen Tag eher als geplant hatten sie damals ihren Ausflug abgebrochen, nur um endlich wieder eine Nacht durchschlafen zu können.

Christoph ging auf das Grundstück zu, rüttelte am verschlossenen Tor und schwang sich schließlich mit einer eleganten Bewegung über den Zaun. Simone starrte ihn mit offenem Mund an und konnte es nicht fassen. Hektisch schaute sie sich um. »Was machst du denn da? Du kannst doch hier nicht einfach einsteigen? Was, wenn die Besitzer kommen?«

Ihr Begleiter winkte gelassen ab. »Ach, die kommen schon nicht. Es ist Winter. Da sind die bestimmt in ihrer Wohnung auf dem Festland.«

»Und wenn nicht? Bitte, Christoph, komm zurück.« Simone fehlten die Worte.

Doch er dachte gar nicht daran und stieg langsam die schmalen Stufen zum Haus hinauf. Wenig später erreichte er die vorgelagerte Terrasse, ließ sich genüsslich auf einen der Stühle sinken und legte seine Füße auf die flache Steinbrüstung.

»Die Aussicht von hier oben ist einfach grandios. Das solltest du dir nicht entgehen lassen«, rief Christoph ihr zu.

Unsicher blickte Simone sich um. Soweit sie den Weg einsehen konnte, war niemand zu entdecken. Außerdem war sie, um in den Kameliengarten zu kommen, auch über eine Mauer geklettert. Und wollte sie in diesem Urlaub nicht alles anders machen?

Spontan schwang sie ihr Bein über das Tor und lief die Stufen nach oben. Christoph hatte die Arme im Nacken verschränkt und betrachtete sie grinsend. »Bravo, ehrlich gesagt hatte ich gedacht, du würdest dich nicht trauen.« Er rückte einen Stuhl neben sich zurecht und wies darauf. »Setz dich, und nun schau dir bloß mal diesen Ausblick an.«

Simone musste ihm zustimmen. Wolken jagten am Himmel dahin, doch genau in diesem Moment kämpfte sich erneut die Sonne hervor und tauchte den Atlantik in herrlichste Farben. Das Wasser schimmerte türkis, grün, blau, weiß – je nachdem. Dazu kamen die schroffen schwarzen Felsen und das Grün der Gärten.

»Du wirst lachen, das ist mein zweites Eindringen in fremde Gärten. São Miguel scheint einen schlechten Einfluss auf mich zu haben«, meinte Simone grinsend.

»Ach ehrlich?«

Sie winkte ab. »Erzähl ich dir ein anderes Mal.«

Dann zog Stille ein. Es war wirklich ein Ort, an dem die Welt zu enden schien. Da waren nur die Gewalten des Meeres und sonst nichts. Die Aussicht ließ sie demütig werden.

»Es ist zauberhaft, ich wünschte …«, flüsterte sie nach einer Weile. Simone verstummte und schluckte heftig. Tränen kämpften sich empor.

»Ich wünschte?« Christoph schaute sie an.

»Ich wünschte, mein Mann könnte das sehen«, murmelte Simone mit tränenerstickter Stimme. »Ihm hätte das sehr gefallen.« Sie wischte sich über das Gesicht. »Entschuldige, ich hatte mir fest vorgenommen, nicht zu heulen, aber in solch schönen Augenblicken vermisse ich ihn einfach wahnsinnig.«

Christoph rückte seinen Stuhl ein Stück näher und schwieg. Nach einer ganzen Weile holte er tief Luft. »Du hast ihn geliebt, mit jeder Faser deines Körpers. Gerade eben war er noch da, und schlagartig wurde er von dir gerissen, einfach so. Deine zweite Hälfte, ein Teil von dir, wie auch immer. Das stelle ich mir schrecklich vor. So ein Verlust ist nicht einfach zu verkraften. Das braucht seine Zeit, und jeder Mensch trauert anders. Manche verstehen das nicht.«

Berührt sah Simone ihn an. Einen Moment spielte sie mit dem Gedanken, zu fragen, ob er auch einen Verlust erlitten hätte. Doch dann schwieg sie. Entweder er erzählte es von allein oder er behielt seine Geschichte für sich.

Nach einer Weile bückte Simone sich und nestelte ein Tuch aus ihrem Rucksack. Trotz des Sonnenscheins wehte der Wind kühl, und der Monat Februar ließ sich auch hier nicht leugnen.

Christoph sah sie besorgt an. »Ist dir kalt? Wollen wir lieber reingehen? Oder möchtest du etwas essen? Ich könnte eine kleine Stärkung gut vertragen, besonders angesichts des anstrengenden Rückweges?«

»Reingehen?« Simones Augen wurden noch ein Stück größer. »Wie meinst du das?«

»Na, in die Adega, dort sind wir vor dem Wind ein wenig geschützter.« Christoph erhob sich und klinkte an der Tür des Häuschens. »Natürlich abgeschlossen«, meinte er schulterzuckend. Dann hob er die Hand. »Aber für einen richtigen Mann ist das kein Problem.« Er zog ein Taschenmesser aus seiner Hosentasche und setzte es am Schloss an.

Simone sprang augenblicklich auf und ergriff seinen Arm. Doch Christoph ließ sich nicht beirren und stocherte weiter im Schloss herum.

»Bist du verrückt geworden?«, fragte sie ihn mit schriller Stimme und musterte panisch die Nachbarschaft. »Nicht alleine, dass wir in einem vollkommen fremden Garten sitzen, nun willst du auch noch in ein Haus einbrechen.«

Konnte es sein, dass er restlos den Verstand verloren hatte? Damit wollte sie nichts zu tun haben. Sie griff sich ihren Rucksack und wollte den Rückweg antreten.

Da hielt er sie auf. »Simone, nun warte doch mal.« Ein Lächeln umspielte seine Mundwinkel. »Du hast ja recht. Das macht man wirklich nicht, einfach so einbrechen. Man sollte vielleicht wirklich lieber den Schlüssel benutzen. Da bleibt die Tür auch heil.«

Christoph griff hinter einen flachen Stein neben der Tür und zog einen Schlüssel hervor. Er steckte ihn ins Schloss, drehte, und die Tür sprang auf.

»Hach, was für ein Zufall. Voilà, wenn ich bitten darf.« Mit einer einladenden Bewegung zeigte er ins Innere des Häuschens.

Simone sank auf einen der Stühle. »Du weißt, wo der Schlüssel liegt?« Christoph nickte und lachte wie ein Spitzbube. »Wir sind also gar nicht eingebrochen?«

Er schüttelte den Kopf. »Nein, ich befürchte, es geht alles mit rechten Dingen zu. Ich mag zwar für verrückte Sachen zu begeistern sein, aber für Einbruch nicht unbedingt. Tut mir leid wegen des kleinen Scherzes. Kannst du mir noch einmal verzeihen?«

»Und ich dachte wirklich, du hättest vollkommen den Verstand verloren.« Immer noch kämpfte Simone mit ihren Emotionen. Dann sah sie sein betretenes Gesicht und seufzte. »Na gut, ich verzeihe dir.«

Neugierig betrat sie das kleine Haus. Man kam direkt in eine Kombination aus Küche und Wohnraum. Eine steile Treppe führte in den ersten Stock. Sämtliche Wände waren weiß gestrichen und die alten Möbel mit viel Liebe farbenfroh gestaltet worden. Eine Wand wurde ganz von einem altmodischen Herd eingenommen, auf dem etwas verbeulte Töpfe und Pfannen standen. Es gab einen wurmstichigen Tisch, der von zwei mit dicken Kissen belegten Bänken gerahmt wurde. Eine Petroleumlampe hing darüber. Der wuchtige Küchenschrank, dessen Scheiben sogar gehäkelte Gardinen schmückten, erinnerte Simone an die Möbel ihrer Großmutter. Für etwas Gemütlichkeit sorgten ein Flickenteppich und Keramik auf den Fensterbrettern. Eine blecherne Schüssel auf einem Gestell diente anscheinend zum Geschirrspülen. Das Haus war einfach zauberhaft.

»Die Adega gehört dir?«, fragte sie Christoph, der sie stumm beobachtete.

»Mir und meinem ehemaligen Geschäftsfreund. Wir haben sie vor einigen Jahren gekauft. Damals in einem schrecklichen Zustand, und wir dachten, wir müssen sie abreißen lassen. Aber die alten Mauern sind stabiler, als man so denkt. Willst du nach oben schauen?«

Sie nickte und kämpfte sich die steile Treppe empor. In der oberen Etage gab es ebenfalls nur einen Raum. Direkt vor dem runden Fenster lag eine einfache Matratze mit Kissen und Decken auf dem Boden. Geschickt in die Schräge integrierte Regale sorgten für ein wenig Stauraum. Kerzen standen auf einem Wandbord und schufen abends bestimmt ganz viel Gemütlichkeit. Simone kniete sich auf die Matratze und schaute aus dem runden Bullauge. Einen Moment kam es ihr vor, als befände sie sich auf einem Schiff, mitten auf dem Atlantik.

Christoph setzte sich neben sie. Er deutete Richtung Decke. »Mit dem Stehen ist es etwas schwierig, zumindest bei meiner Größe. Aber zum Schlafen reicht es allemal. Gefällt es dir?«

»Es ist einfach herrlich, was für ein zauberhaftes Häuschen.« Strahlend schaute sie sich um. »Es erinnert mich ein wenig an meine Puppenstube, die ich als kleines Mädchen hatte.«

Er lächelte. »Der Vergleich ist gar nicht mal so schlecht, vor allem was die Größe betrifft.«

Zusammen saßen sie auf der Matratze und sahen Richtung Meer.

»Kommst du oft hierher?«, fragte Simone.

»Leider viel zu selten. Die Geschäfte laufen gut, da bleibt immer weniger Zeit. Seit zwei Jahren vermiete ich die Hütte auch an meine Gäste. Oder sagen wir mal, an die Gäste, die ich sehr gut kenne. Die meisten lieben es, hier ein oder zwei Nächte zu verbringen. Dann sitzen sie abends bei Kerzenschein zusammen, trinken Wein aus rustikalen Gläsern und müssen Wasser aus dem Brunnen holen. Ungewohnte Arbeiten für Großstädter und deswegen umso beliebter. Vor allem die Einsamkeit und die Stille faszinieren.«

»Es muss schön sein, hier zu schlafen«, meinte Simone. »Beinahe noch schöner als in der Pension.«

Christoph lachte. »Wenn du willst, das Haus steht dir offen. Jetzt um diese Jahreszeit ist es meinen Gästen dann doch ein wenig zu spartanisch, so ohne Heizung und warmes Wasser aus der Leitung.«

In diesem Augenblick grummelte Simones Magen, und zwar ziemlich laut und unüberhörbar. Grinsend stemmte Christoph sich nach oben. »Ich bin vielleicht ein Gastgeber, entführe dich in eine einsame Hütte am Meer, und dann gibt es nicht mal was zu essen. Na komm, ich hab ein bisschen was eingepackt.«

Zusammen deckten sie den Tisch. Christoph räumte seine mitgebrachten Vorräte aus. Er hatte frisches Brot dabei, den typischen weißen Käse mit Piri-Piri-Soße, grobe Salami und eine große Plastedose mit Ananas. Sogar an eine Flasche Wein hatte er gedacht.

»Nicht viel und nichts Besonderes«, meinte er. »Aber ich hoffe trotzdem lecker. Die Ananas ist übrigens von einer guten Freundin, die auf der Insel eine Plantage betreibt, mit mehreren Gewächshäusern. Nichts Großes wie die

Gärtnereien oberhalb von Ponta Delgada, sondern wesentlich kleiner und spezieller.«

Dann langten sie zu. Und alles schmeckte so einmalig, wie es nur bei Picknicken sein konnte. Speziell die Ananas war sehr saftig und süß. Noch nie hatte Simone etwas Vergleichbares gegessen.

Draußen verdunkelte sich inzwischen der Himmel. Wind kam auf und bog heftig die Büsche vor dem Haus. Dann setzte Regen ein, riesige Tropfen prasselten auf die Terrasse und schlugen an das Fenster.

Die Einsamkeit, in der sie sich befand, wurde Simone in diesem Moment noch bewusster. Mal abgesehen von dem alten Pepe waren sie hier die einzigen Menschen in diesem kleinen Häuschen am Ende der Welt.

Christoph räusperte sich und zeigte mit dem Kopf Richtung Treppe. »Ich will ja nicht unhöflich oder aufdringlich sein. Aber weißt du, was bei Regen am schönsten ist? Dort oben zu liegen und zu lauschen, wie die Tropfen auf das Dach fallen.«

Unsicher sah Simone ihn an. Doch in seinem Blick war nur grenzenlose Offenheit.

Minuten später lagen sie nebeneinander auf der Matratze. Sie berührten sich nicht, und dennoch spürte Simone seine Anwesenheit in jeder Zelle ihres Körpers. Sie schloss ihre Augen und lauschte dem Regen, der über das Dach rauschte. Nach kurzer Zeit ertönten neben ihr gleichmäßige Atemgeräusche. Im steten Heulen des Windes war Christoph eingeschlafen. Seine Lider zuckten leicht. Simone stützte sich auf die Ellenbogen und betrachtete ihn. Jeden einzelnen Millimeter seines Gesichtes nahm sie auf. Da waren eine winzige Narbe über seiner rechten Braue und dieser aufregende Geruch, der ihr erneut die Sinne raubte.

Hastig drehte sie sich auf den Bauch und schaute aus dem Fenster. Der Atlantik bäumte sich auf, riesige Wellen donnerten an den Strand. Das Tosen der Brandung klang wie Donnergrollen. Simone zog eine Decke über ihren Körper und schloss die Augen. Und ehe sie es sich versah, war sie ebenfalls tief und fest eingeschlafen.

11

Vogelgezwitscher weckte sie und holte Simone aus ihren Träumen. Unsicher blickte sie sich um und wusste einen kleinen Augenblick nicht, wo sie sich befand. Dann bemerkte sie den tief schlafenden Mann neben sich.

Christoph hatte sich auf den Bauch gedreht und wie selbstverständlich einen Arm über ihren Körper gelegt. Leise Atemgeräusche ertönten. Es war ein unwirkliches Gefühl, hier mit einem stockfremden Mann in einer kleinen Hütte zu liegen.

Nachdenklich schaute sie aus dem Fenster und sah, dass die Azoren ihrem Ruf als Wetterküche mal wieder alle Ehre machten. Draußen schien die Sonne, und wären die unzähligen Regentropfen an der Scheibe nicht gewesen, hätte man denken können, das Unwetter wäre nur ein böser Traum gewesen.

Irgendwann begann auch Christoph sich zu regen. Er öffnete seine Augen und sah sie verwirrt an. Dann huschte ein Lächeln über sein Gesicht.

»Guten Morgen«, murmelte er verschlafen. Simone war sicher, dass er seinen Arm über ihrem Körper bemerkte. Dennoch zog er ihn nicht zur Seite und ließ ihn einfach, wo er war. »Konntest du auch schlafen?«, fragte er nach einer Weile.

Sie drehte sich auf den Rücken und schaute an die Decke. »Ja und sogar ziemlich fest. Du hast recht, bei Regen ist das ein herrlicher Platz. Und sonst auch.«

Ihre Blicke trafen sich, sanken ineinander und erforschten das Gesicht des anderen. Sie schwiegen, und Simone bemerkte ein leichtes Ziehen in ihrem Bauch. Dieses aufregende Gefühl hatte sie zuletzt vor vielen Jahren verspürt, bei ihrem ersten Treffen mit Tim. In den langen Jahren ihrer Beziehung war die aufregende Verliebtheit einer tiefen Liebe gewichen. Das Gefühl hatte sich verändert, und plötzlich war es wieder da. So als würden kleine Schmetterlinge durch ihr Inneres flattern. Noch immer sahen sie sich an, und Simone wünschte sich plötzlich, er möge sie küssen, seine Lippen auf ihre pressen, sie berühren.

Der bloße Gedanke entsetzte sie. Hastig richtete sie sich auf und strich sich über ihr Gesicht. Wie konnte sie nur so etwas denken? Du lieber Gott, sie benahm sich wie ein Teenager.

Christoph betrachtete sie schweigend und sah dann auf seine Uhr. Seine Augen weiteten sich. »Wow, wir beide haben über zwei Stunden geschlafen. Ich muss leider verkünden, dass deswegen einige der noch geplanten Besichtigungspunkte ins Wasser fallen. Dagegen hilft nur eines.« Zwinkernd schaute er sie an. »Du musst dich wohl oder übel noch einmal mit mir treffen.«

Simone, die den kurzen Augenblick der Verwirrung inzwischen überwunden hatte, kroch Richtung Treppe. »Noch einmal, na das muss ich mir aber stark überlegen.« Sie lachte und kletterte über die Sprossen nach unten.

Dann wuschen sie das Geschirr ab, räumten zusammen und machten sich auf den Heimweg. Die Luft war frisch, Pfützen zierten die Terrasse. Christoph nahm ihre Hand und geleitete sie über die rutschigen Stufen abwärts. Sie kletterten über das Tor. Kurz vor einer scharfen Biegung drehte Simone sich noch einmal um und schaute zurück. Sie sah das kleine Bullauge, die gelbe Fahne wehen und spürte Wehmut in ihrem Herzen. Es müsste einen Zauberspruch geben, mit dem bestimmte Augenblicke sich wieder und wieder erleben ließen.

Der Garten des alten Pepe war still und verlassen, und auch die zahlreichen Katzen ließen sich nicht blicken. Einsam schlängelte sich der schmale Weg, während das Meer unablässig rauschte.

Dann lag der steile Aufstieg vor ihnen. Simone holte tief Luft und ließ ihre Blicke nach oben wandern. Das Ziel schien unendlich weit entfernt zu sein, und sogleich sank ihr Mut in den Keller.

Christoph streckte seine Hand aus. »Gib mir deinen Rucksack.«

»Auf keinen Fall, du hast ja deinen schon zu tragen«, wehrte sie ab.

Er verdrehte die Augen. »Dass Frauen aber auch immer diskutieren müssen. Gib mir bitte deinen Rucksack.« Sein Arm blieb ausgestreckt, der Blick unerbittlich. Seufzend nahm Simone schließlich ihren Rucksack ab und reichte ihn weiter.

»Sehr gut«, meinte Christoph zufrieden und warf ihn lässig über seine Schulter. »Und jetzt pass auf. Du gehst los und heftest deine Augen fest auf den Boden. Du schaust nicht nach vorn und nicht zurück. Dann zählst du stumm vor dich hin, und alle zehn Schritte sagst du Folgendes: ›Meine Beine sind stark. Mein Körper fliegt diesen Berg nach oben. Ich bewältige diesen Weg ganz leicht.‹ So in der Art.«

Simone konnte den Zweifel nicht unterdrücken. »Und das soll helfen?«

Streng sah er sie an. »Lach nicht und probier es aus. Konzentriere dich und verschwende keinen Gedanken an irgendwelche Anstrengungen oder daran, es nicht zu schaffen. Und grübel nicht, ob eine Sache funktioniert oder niemals funktionieren kann. Tu es einfach. Vertrau mir. Lauf in deinem Tempo, glaub mir, es ist ganz leicht. Du musst es nur versuchen.«

Dann marschierte er los. Simone folgte ihm und starrte wieder auf seinen Hintern. Nach kurzer Zeit spürte sie, wie ihre Luft knapp wurde. Steil wand sich der Weg nach oben, jeder weitere Schritt wurde schwerer. Nach Atem ringend blieb sie stehen. Christoph wartete an der nächsten Kurve und sagte kein Wort. Einen Moment hielten sie zusammen an. Wieder ging er voraus, lässig, leicht, als würde er jeden Tag nichts anderes machen, als solche Steigungen zu erklimmen.

»Okay, vielleicht ist es einen Versuch wert«, sagte Simone leise zu sich selbst. Mehr als dass sie vor Sauerstoffmangel beinahe umkippte, konnte schließlich nicht passieren. Also zwang sie ihren Blick auf den Boden und begann zu zählen. Es fühlte sich vollkommen lächerlich an.

Eins, zwei, drei, ... zehn. Mein Körper fliegt diesen Berg empor, dachte Simone in ihrem Kopf. Täuschte sie sich oder schmiss sich ihr Ego gerade weg vor lauter Lachen? Gehässig wiehernd meldete es sich zu Wort. *Blödes Ego, dir werde ich es zeigen.* Also weiter. Als sie das fünfte Mal stehen blieb, blickte Simone zurück und hatte das Gefühl, einige Meter weitergekommen zu sein als beim letzten Mal. Und beim zehnten Mal noch weiter. Immer neue Formulierungen fielen ihr ein.

Meine Beine sind stark. Meine Lungen sind voller Sauerstoff. Ich liebe es, solche Wege zu laufen. Irgendwie machte die ganze Sache Spaß, so doof sich das auch anhörte.

Allmählich wurde der Weg ebener. Und plötzlich erreichte Simone den oberen Parkplatz und traf dort auf einen gut gelaunten Christoph, der sie lächelnd erwartete.

»Na, wie ist es gelaufen?«

Prüfend schaute Simone ihn an. Da war kein Spott in seinem Gesicht, nur Sachlichkeit.

Erleichtert setzte sie sich neben ihn auf die Brüstung, ließ die Beine baumeln und machte einige tiefe Atemzüge. »Puh, ich bin geschafft. Aber es ging wesentlich besser, als ich gedacht habe.« Wind wehte vom Meer und zerzauste ihre Haare. Sie wischte einige Strähnen aus ihrem Gesicht. »Hast du dir diese Methode ausgedacht?«

Christoph schüttelte leicht den Kopf. »Nein, ich durfte diese Sätze selbst vor einigen Jahren lernen, von einem Meister, während einer Wanderung in Tibet. Seitdem vermittle ich sie meinen Kunden. Mit mal mehr und mal weniger Erfolg.« Dann lachte er. »Aber du warst gut zu Fuß. Auf den letzten Metern dachte ich beinahe, du holst mich noch ein.«

Mit dem Ellenbogen schubste Simone ihn leicht in die Seite. »Du Schwindler«, meinte sie streng, musste dann aber selber lachen. Träumerisch schaute sie übers Meer. »Hach, danke, dass du mir diesen Ort gezeigt hast.«

»Der Tag ist noch nicht vorbei. Oder musst du um acht zu Hause sein?« Grinsend sah Christoph sie an.

»Nicht unbedingt, ich bin nämlich schon ein großes Mädchen.«

»Na dann, lass uns fahren, und ich zeige dir noch einen weiteren herrlichen Ort. Ich muss die wenigen Tage ausnutzen, an denen meine Gäste mal allein unterwegs sind.«

Wieder ging es an der Küste entlang. Während sie durch kleine verschlafene Ortschaften düsten, spürte Simone, wie wohl sie sich neben Christoph fühlte. Sie hätte ewig mit ihm so weiterfahren können und schmiegte sich in die weichen Polster des Jeeps. Doch irgendwann bog er von der Hauptstraße ab. Steil verlief der schmale Weg abwärts und schien direkt ins Meer zu führen. An seinem Ende lag ein Aussichtspunkt mit einem steinernen Turm einsam und verlassen im letzten Licht des Tages. Der Wind wehte hart an dieser Stelle und riss Simone beinahe die Autotür aus den Händen.

Gemeinsam traten sie an die hüfthohe Brüstung. Sie hielt den Atem an und schaute nach unten. Tief unter ihnen donnerte das Meer an spitze Klippen. Die Küstenlinie wand sich in leichten Kurven und verlor sich im Dunst des Horizontes. Gerade warf die Sonne ihre letzten Strahlen auf das Meer. Glitzernd tauchten sie die Felsen in rötliches, fast schon unnatürlich erscheinendes Licht. Dadurch wirkte die Steilküste, als würde sie in Flammen aufgehen.

Simone stützte ihre Arme auf die von der Sonne aufgeheizten Steine und konnte ihre Augen nicht von dem Schauspiel abwenden. Fast minütlich änderten sich die Farben, während die Sonne allmählich versank. Nur noch wenige Strahlen schimmerten auf dem Meer, dann war Dunkelheit.

Mit ihr kam eine unangenehme Kühle. Simone wickelte die Jacke enger um ihren Körper.

Christoph seufzte und hielt sein Gesicht in die Dämmerung. »Ich liebe diesen Ort. Genau hier habe ich damals die Entscheidung getroffen, auf São Miguel zu bleiben. Damals war Sommer und der Sonnenuntergang noch spektakulärer als heute. Dafür war es heute wesentlich einsamer. In der Saison kann man vor lauter Menschen kaum treten. Immer mehr entdecken dieses Paradies für sich, und wer will es ihnen schon verübeln.«

Simone blickte aufs Meer. Inzwischen war es nachtschwarz, bedrohlich, mit seiner nicht abschätzbaren Tiefe. Winzig kleine Lichter blinkten in der Ferne.

»Wie heißt dieser Ort?«, fragte sie nach einer Weile leise.

»Miradouro do Escalvado«, sagte Christoph. »Der Turm hinter uns ist ein alter Walfängerausblick. Früher wurde in der Fangsaison Wache geschoben und bei Sichtung eines Tieres die anderen Fischer alarmiert. Zum Glück sind diese Zeiten vorbei.«

Sie konnte ihm nicht verdenken, dass Christoph diesen Ort liebte. Er war magisch, aber traf das nicht auf die ganze Insel zu? Waren nicht tatsächlich die Sorgen, die Trauer und all ihr Kummer, seit sie hier war, viel weniger geworden?

Schweigend standen sie nebeneinander. Christoph berührte sie, warm und fest umschloss seine Hand die ihre. In einer fließenden Bewegung zog er Simone zu sich, ganz nah an seinen Körper, bis nichts mehr zwischen sie passte. Sein Gesicht war in der Dunkelheit nicht zu sehen. Sie spürte nur, dass er sich zu ihr hinabbeugte. Da war Christophs Atem, der über ihre Haut strich. Und sein Herzschlag, den sie zu hören glaubte. Oder war das ihr eigener? Laut dröhnte er in ihren Ohren, brachte das Meer zum Schweigen. Seine Lippen küssten ihren Mund. Es war federleicht, aber er ließ ihren Körper erbeben. Sie zitterte und lehnte sich an ihn. Christoph löste sich von ihren Lippen und zog Simones Kopf an seine Schulter. Liebevoll legte er seine Arme um sie, umschloss sie fest und beschützend.

Und wieder löste sich etwas in ihrem Inneren. Ein weiterer Knoten aus Trauer und Schmerz begann kleiner zu werden. Tränen strömten über ihre Wangen, und sie ließ sie laufen. Je mehr sie weinte, umso leichter wurde ihr ums Herz. Zart wiegte Christoph sie hin und her, als wäre sie ein kleines Mädchen. In diesem Moment versank die Welt um sie herum.

Wie lange sie so gestanden hatten, hätte Simone nicht sagen können. Sie wünschte sich, es würde für immer sein. Doch irgendwann schob Christoph sie sacht nach hinten.

»Ich werde dich mal nach Hause bringen. Nicht dass deine Freundinnen noch eine Vermisstenmeldung aufgeben.« Seine Stimme klang heiser, rau. Behutsam geleitete er sie zum Auto.

Niemand von ihnen sagte ein Wort, als wollte keiner den Zauber des Augenblicks zerstören. Und viel zu schnell näherten sie sich der *Pension Hortensia.* Simone blickte aus dem Fenster und sah die Lichter von Ponta Delgada vorbeirasen.

Am Beginn der Einfahrt berührte sie Christophs Arm. »Lass mich hier oben aussteigen. Ich will noch ein paar Schritte laufen.«

Im Schein einer Straßenlaterne sah sie sein Lächeln. »War die Wanderung für dich noch nicht lang genug? Kein Thema, ich hab auch größere Touren im Angebot.« Dann wurde er wieder ernst. »Danke für diesen Tag, ich hab ihn sehr genossen.«

»Ich muss dir danken, es war wunderschön.« Zögernd berührte Simone den Türgriff und wandte sich dann noch einmal Christoph zu. Ihr Herz raste, und Röte stand auf ihren Wangen. »Komm gut nach Hause«, flüsterte sie, beugte sich zu ihm und drückte einen schnellen Kuss auf seinen Mund. Dann stieg sie hastig aus und wanderte die Einfahrt nach unten.

Und mit jedem Schritt, den sie machte, spürte sie, wie ein Gefühl in ihrem Inneren wuchs. Ein Gefühl, das sie glücklich, ihr aber gleichzeitig auch Angst machte.

12

»Und, nun spann uns nicht so auf die Schulter. Wie war dein gestriger Tag?«, fragte Uta, während sie ein Croissant in ihren Kaffee tunkte.

»Jetzt lass sie doch erst mal«, warf Julia dazwischen. »Keine Ahnung, wann Simone heimgekommen ist, aber angesichts ihrer Augenringe scheint es reichlich spät gewesen zu sein.« Zwinkernd schauten sich die beiden Frauen an.

Simone blieb eher vage. »Es war ein schöner Tag. Christoph hat mir seine schönsten Plätze gezeigt, also einige davon. Die Insel ist einfach zauberhaft.«

»Es war ein schöner Tag. Was soll das denn heißen?« Utas Blick bohrte sich in ihre Augen. »Und sonst war nichts?«

Während Simone ihr Ei köpfte, dachte sie nach. Sie wollte den Kuss für sich behalten. Die halbe Nacht hatte sie darüber gegrübelt. Und dann, im Schein des aufziehenden Morgens, war er ihr beinahe wie ein Fehler erschienen. So als hätte sie Tim betrogen. Lange hatte Simone sein Bild betrachtet, und das schlechte Gewissen hatte sich irgendwie nicht wegwischen lassen.

Die Nachricht, die sie beim Aufstehen auf ihrem Handy vorgefunden hatte, trug ebenfalls nicht dazu bei, sich besser zu fühlen. Christoph hatte ihr geschrieben:

> Es war schön mit dir. Würde mich freuen, wenn wir uns bald wiedersehen.

Unschlüssig hatte Simone die wenigen Zeilen angestarrt und dann beschlossen, erst mal nicht zu antworten. Warum, wusste sie irgendwie selbst nicht. Vielleicht war es die Angst, dass ihr alles viel zu schnell ging. Vielleicht war es aber auch die Angst vor diesen ungewohnten Gefühlen, die sich scheinbar nicht beherrschen ließen.

»Und? Was habt ihr beide heute Schönes geplant?«, fragte sie, um das Thema zu wechseln.

Julia wedelte mit dem Reiseführer. »Wir wollen uns eine Galerie in Ponta Delgada anschauen, also sozusagen ein wenig auf Kultur machen. Hast du Lust, mitzukommen?«

Simone blickte aus dem Fenster. Draußen schien die Sonne und tauchte den Garten in ein herrliches Licht. Die Zweige eines Strauches bewegten sich in einer leichten Brise. Es zog sie ans Meer. Wenn sie schon einmal hier war, wollte sie jede Sekunde ausnutzen, um den Atlantik zu genießen, und nicht in Museen herumschleichen.

Uta lachte. »Na, ich denke, wir werden wohl allein fahren müssen. Simone wirkt nicht allzu begeistert auf mich. Morgen wollen wir übrigens zu irgendwelchen stinkenden Quellen im Landesinneren.«

Sie verdrehte ihre Augen und schielte zu Julia. Diese ignorierte die kleine Anspielung und nippte an ihrem Tee.

»Wisst ihr was? Morgen komme ich mit«, sagte Simone aus einer inneren Eingebung heraus. »Ich will mich ja nicht die ganze Zeit von allem abseilen.« Dann goss sie sich einen weiteren Kaffee ein. »Habt ihr eigentlich was von Inga gehört?«

»Sie ist gut angekommen. Heute hat sie ihren Vater zu irgendwelchen Untersuchungen in eine Klinik begleitet«, meinte Julia. »Sie klang seltsam gelassen, ich glaube, sie hat die richtige Entscheidung getroffen.«

»Das glaube ich auch«, stimmte Uta zu. »Unsere Inga ist nämlich nicht halb so taff, wie sie immer tut.«

Eine halbe Stunde später verließ Simone das Hotel. Während sie die Einfahrt nach oben schlenderte, zogen sich dunkle Wolken über den Bergen zusammen. Immer schneller bewegten sie sich Richtung Tal. Der eben noch blaue Himmel wurde schlagartig grau, und Wind kam auf. Gerade, als sie darüber nachgrübelte, doch mit ihren Reisegefährtinnen nach Ponta Delgada zu fahren, fielen die ersten Tropfen. Simone spurtete los und zerrte nebenbei ihre Regenjacke aus dem Rucksack. Unter einem großen Baum fand sie schließlich etwas Schutz.

Doch der vermeintlich kleine Schauer wollte kein Ende nehmen. Nun war guter Rat teuer. Für ihren Lieblingsplatz am Meer war es zu feucht, bliebe die Alternative, im Zimmer ein Buch zu lesen. Oder – ihr kam eine andere Idee.

Simone zurrte die Kapuze fest, richtete den Blick auf den Boden und marschierte los. Sie passierte die lange Mauer, die den Kameliengarten zur Straße hin begrenzte, und bog gleich dahinter ins Unterholz ab. Hier irgendwo musste doch die verwunschene Pforte liegen, durch die sie das Grundstück vor einigen Tagen verlassen hatte.

Zweige streiften ihr Gesicht, rissen die Kapuze von ihrem Kopf oder verhedderten sich um ihre Beine. Die kleine Tür schien verschwunden zu sein. Doch endlich, beinahe vollkommen hinter Ranken verborgen, entdeckte sie den Zugang. Simone rüttelte an der Klinke, aber das Tor war verschlossen. Dann klopfte sie, doch nichts geschah. Kein Wunder, dafür, dass jemand ihr Klopfen hören würde, war das Grundstück viel zu groß. Bliebe natürlich noch die Variante, wieder über die Mauer zu klettern, aber diese schloss sie augenblicklich aus.

Gerade als Simone enttäuscht den Heimweg antreten wollte, vernahm sie ein Rascheln, und das Türchen öffnete sich wie von Zauberhand. Der Kopf der alten Frau schob sich durch den Spalt. Lächelnd schaute sie sie an und winkte sie zu sich herein. Hinter ihr schloss sich die Tür wieder, und die Gärtnerin huschte über schmale Wege voraus. Nach wenigen Schritten schien es ihr, als liefe sie direkt durch einige hohe Büsche. Gleich dahinter lag ein Häuschen. Auf den ersten Blick erinnerte es Simone an Christophs Adega am Meer.

Es war ein kleiner Bungalow, mit weiß getünchten Wänden, blauen Fensterläden und vom Regen feucht schimmernden roten Dachziegeln. Vor dem Eingang lag eine überdachte Terrasse, auf der alte Gartenmöbel standen. Überall waren Blumentöpfe mit Kamelien in allen Größen aufgestellt. Auf den ersten Blick herrschte ein heilloses Durcheinander, und trotzdem fühlte Simone sich sogleich wohl. Es war still, abgesehen vom Rauschen des Regens und dem Zwitschern der Vögel.

Die alte Frau zeigte auf einen der Stühle und verschwand im Inneren ihres Hauses. Gleich darauf kam sie mit einem Tablett und einem Handtuch wieder. Auf Simones Kopf deutend, legte sie ihr dieses auf den Schoß. Dann goss sie Tee in die beiden Tassen, setzte sich ebenfalls hin und schaute Simone lächelnd an.

Diese rubbelte ihre Haare trocken und nippte dann vorsichtig an ihrem Getränk.

»Hm, schmeckt gut«, sagte sie auf Englisch.

»Er ist von einer der Teeplantagen im Norden. Ein alter Mann bringt ihn mir immer mal vorbei und bekommt dafür ein paar Kamelien. Waren Sie schon einmal die Teeplantagen anschauen?« Neugierig guckte die Alte sie an.

Simone schüttelte den Kopf.

»Das müssen Sie unbedingt machen. Es gibt zwei große Plantagen direkt an der Straße, hab ich mir sagen lassen. Früher waren es mehr, aber im Laufe der Jahre haben viele geschlossen. Überhaupt hat sich so vieles verändert. Ich glaube, ich würde die Insel gar nicht mehr wiedererkennen.« Abwesend betrachtete sie ihren Garten und schlang dann die Hände ineinander. »Geht es Ihrem Kopf wieder besser? Es tut mir wirklich sehr leid. Aber wenn man so allein lebt, muss man mit allerlei ungebetenen Gästen rechnen.«

Simone fiel auf, dass die Frau heute bereits wesentlich flüssiger sprach als beim letzten Mal.

»Es geht schon wieder. Schließlich bin ich ja einfach so in Ihren wunderschönen Garten eingedrungen«, sagte sie lächelnd.

»Sie finden meinen Garten schön?«, fragte die Alte leise.

»Ja.« Simone sah sich begeistert um. »So viele wundervolle Pflanzen, vor allem die Kamelien. Hier würde ich am liebsten den ganzen Tag arbeiten und leben.«

Aufmerksam betrachtete die Frau sie. Ihre kleinen grauen Augen schienen bis in ihre Seele zu blicken.

»Ich bin übrigens Jane«, sagte sie dann schlicht. Ein Schmunzeln huschte über ihr zerfurchtes Gesicht.

»Ich bin Simone.«

Jane nahm einen Schluck Tee.

»Die Simone, die Pflanzen liebt. Ich liebe sie auch, seit meiner frühesten Jugend. Ich hab ihnen mein Leben gewidmet. Die Pflanzen haben mich noch nie enttäuscht, im Gegensatz zu den Menschen.« Verbitterung war in ihrer Stimme.

»Wie bist du zu den Pflanzen gekommen und wie auf diese Insel?«, fragte Simone im vertrauten englischen Du.

Nachdenklich schaute Jane in den Regen. »Ich war damals sechzehn. Meine Mutter arbeitete als Köchin bei einer adligen Familie, die ein Anwesen in unserem Dorf hatte. Das war im Norden, in Schottland. Dort wo kühle Winde wehen, die Wolken tief hängen und es viel regnet. Eines Tages kaufte der Mann Land, hier auf São Miguel. Er wollte eine Fabrik für irgendwas errichten, ich hab vergessen, wofür.

Hauptsächlich ging es ihm aber um seine Frau. Sie hieß Rose, und genau das war sie auch. Eine zerbrechliche Rose, ein zartes Geschöpf, krank und schwach. Die kühlen Temperaturen daheim machten sie immer leidender. Der Mann hatte von der heilsamen Wirkung der azorianischen Luft gehört, dem reinen Seeklima, welches nicht ganz so rau wie daheim war. Er brauchte Personal für sein Haus, also gingen meine Mutter und ich mit. Mein Vater war gestorben, und Mutter hielt nichts mehr in Schottland. Sie hasste dieses Stück Land, obwohl es ihre Heimat war.« Schaudernd wickelte sie die Strickjacke enger um ihren Körper. »Vielleicht weil das Meer ihr den Mann genommen hatte.« Jane zögerte kurz und rang nach Atem. »Roses Zustand besserte sich trotz des angenehmeren Klimas nicht so wie gewünscht. Sie blieb zart und zerbrechlich. Dennoch suchte sie schon bald nach einer Aufgabe, denn ihr Mann James war viel unterwegs, wegen seiner Geschäfte. Sie wünschte sich ein Kind, doch es wollte und wollte keines kommen.

Irgendwann bat sie ihren Mann, dieses Stück Land zu kaufen, und legte den Garten an. Ihre Villa lag auf der anderen Seite der Straße, also waren die Wege nicht weit. Leider gibt es das Haus nicht mehr, es war wunderschön, brannte aber vor vielen Jahren bis auf die Grundmauern ab.

Rose mochte mich, und ich mochte sie auch. Sie war so ganz anders als meine Mutter und schien etwas in mir zu sehen. Also nahm sie mich unter ihre Fittiche und brachte mir alles bei, was man über Pflanzen, aber besonders Kamelien wissen muss. Und das war eine ganze Menge. Sie hatte einiges von ihrer Mutter gelernt, aber ich glaube, das meiste brachte Rose sich selber bei. Sie erspürte die Seele der Pflanzen. Sie berührte sie mit ihren Händen und konnte sie heilen. Rose war eine ganz besondere Frau. Und ich, ich lernte, war neugierig, kam jeden Tag, bis ich genauso viel über die Zucht von Kamelien wusste wie sie.«

Jane schaute versonnen in die Ferne, schien vollkommen in vergangene Zeiten einzutauchen. »Meine Mutter ärgerte das anfangs, weil ich mich von ihr immer mehr entfernte. Doch ich glaube, sie spürte, wie glücklich ich hier im Garten war. Also ließ sie mich gehen. Und so vergingen die Jahre. Rose unterrichtete mich, und ich sog das Wissen auf wie ein Schwamm. Am Ende waren wir ein Team, verstanden uns ohne große Worte. Und dann, dann endete es, so wie alles im Leben irgendwann endet.«

Jane verstummte plötzlich und erhob sich.

»Aber, das ist eine andere Geschichte. Möchtest du die ganze Kamelienzucht sehen?«, fragte sie Simone, und die nickte.

»Sehr gerne, ich würde mich freuen.«

Jane tippelte auf einem der schmalen Wege entlang. Das Blattwerk der Bäume und Sträucher war teilweise so dicht, dass kaum ein Regentropfen den Weg zum Boden fand. Schließlich standen sie vor dem Gewächshaus, das Simone noch von ihrem ersten Besuch kannte. Doch Jane lief weiter zu einem zweiten Haus, welches versteckt ein Stück dahinter lag.

»Es gibt zwei Gewächshäuser, eines zur Aufzucht und eines für kranke Pflanzen. Sobald die Kamelien stark und groß genug sind, pflanze ich sie auf diese Fläche da drüben.« Jane deutete auf den Bereich hinter dem Gewächshaus. »Und irgendwann werden sie verkauft.«

Simone schaute sich begeistert um. »Das ist großartig, diese vielen verschiedenen Farben und der Duft. Daheim riecht keine meiner Kamelien.«

»Es gibt nur wenige Exemplare, die duften. Es sind komplizierte Züchtungen.«

»Und was ist in diesem Haus?« Simone zeigte auf ein drittes Gewächshaus, welches aber im Vergleich zu den beiden anderen winzig klein war. Ein wenig erinnerte es sie an ihr eigenes daheim, in dem sie früher immer Gurken angebaut hatte. Seit Tims Tod stand es leer. Simone hatte sich einfach nicht dazu aufraffen können, Gurken zu pflanzen.

Jane zögerte. Dann holte sie tief Luft. »Darin sind Spezialzüchtungen, ganz besondere Pflanzen. Sie sind sehr wertvoll.« Prüfend schaute sie Simone an und schien mit sich zu ringen. »Wollen wir hineingehen?«

»Sehr gerne, wenn du sie mir zeigen möchtest?«

»Also gut, komm mit.«

Die Tür am Gewächshaus war mit einem dicken Schloss gesichert. Umständlich kramte Jane einen Schlüssel hervor und öffnete dann die Tür. Überrascht hielt Simone den Atem an. Die Kamelien hier waren winzig klein. Sie sahen beinahe aus wie Bonsais, und ihre Farbpracht war überwältigend.

»Es ist Rose und mir gelungen, eine Mini-Kamelie zu züchten, deren Blüten den Großen in nichts nachstehen. Ein sehr schwieriges Verfahren, was viele Jahre gebraucht hat«, erklärte Jane, während sie langsam durch die Regalreihen schritt. »Es gibt mittlerweile auch andere Züchter, die sich an diesem Verfahren versuchen. Aber diese Pflanzen hier sind etwas ganz Besonderes, und sie sind sehr begehrt. Ich verkaufe sie in alle Welt. Also nicht ich selbst, sondern ein alter Mann kümmert sich um den Versand und alles andere.«

Simone durchstöberte den kleinen Raum und bewunderte die verschiedenen Kamelien. Sie konnte nur erahnen, wie viele Arbeitsschritte und wie viele Jahre notwendig waren, um solche Kunstwerke zu schaffen.

Atemlos drehte sie sich zu Jane um, die auf einen Hocker gesunken war und sie beobachtete. »Was ist aus Rose geworden?«

»Rose?« Jane ließ ihre Finger über eine Blüte streichen. »Sie ist schon vor vielen Jahren gestorben. Und sie hat mir diesen Garten geschenkt, vielleicht auch, weil niemand ihn sonst wollte. Seitdem ist er meine Heimat, mein ein und alles. Das Einzige, was ich noch habe, und dennoch so viel.«

»Und du hast diesen Garten nie verlassen, bist gereist, hast dich nie verliebt?« Augenblicklich bereute Simone ihre Fragen. Denn Jane rang die Hände in ihrem Schoß.

»Verliebt? Einmal, aber ich wurde bitter enttäuscht. So ist das mit der Liebe, entweder man findet sie oder man jagt ihr das ganze Leben nach. Ich habe den Blumen meine Liebe geschenkt, denn sie danken es mir. Das ist mein Garten, mein Zauberreich. Hier drin scheint die Zeit stillzustehen. Aber das ist nur eine Illusion, denn draußen, vor den Mauern, ereignen sich schreckliche Dinge.« Jane seufzte und drehte sich dann zu ihr um. »Möchtest du, dass ich dir ein bisschen was über die Aufzucht verrate?«

Simone konnte ihr Glück kaum fassen und nickte atemlos. Noch immer war sie tief berührt von Janes Worten.

»Dann komm und hör mir gut zu.«

Die folgenden Stunden vergingen wie im Flug. Jane war eine ausgezeichnete Lehrerin und beantwortete ihre vielen Fragen mit Engelsgeduld. Wieder und wieder erläuterte sie ihr notwendige Schritte und wie sie mit kranken oder geschwächten Pflanzen umging.

Simone wurde mehr und mehr bewusst, dass dies nicht einfach nur eine alte Frau war, sondern eine wahrhafte Expertin. Ihr Wissen war immens, es war ein Schatz, der hier verborgen lag. Hier in einem versteckten Garten, auf einer Azoreninsel. Und sie hatte Jane gefunden, das war für sie wie ein Wunder.

Irgendwann lud Jane sie zu einer Suppe ein. Die Mittagszeit war lange vorbei, und ihre beiden Mägen hatten geknurrt. Es war eine einfache Gemüsesuppe, nichts Besonderes, aber sie schmeckte köstlich und wärmte von innen.

Der Regen war inzwischen weniger geworden, aber noch immer hingen tiefe Wolken über der Insel.

Nach dem Essen erklärte Jane weiter, doch Simone bemerkte, dass die alte Frau zusehends müder wurde. Und auch ihr eigener Kopf schien durch das viele neu erlangte Wissen beinahe zu platzen.

Simone legte ihr schließlich eine Hand auf den Arm. »Lass uns für heute Schluss machen. Du wirkst erschöpft.«

Jane nickte zustimmend. »Du hast recht. Ich weiß gar nicht mehr, wann ich das letzte Mal so viel geredet habe«, sagte sie lachend. »Aber es war so schön mit dir.«

»Und ich hab noch nie in meinem Leben einen Menschen kennengelernt, der so viel über Pflanzen weiß wie du.«

»Und ich niemanden, der so interessiert zugehört hat.« Sie seufzte. »Da werde ich dich mal nach draußen begleiten.« Sorgfältig verschloss Jane das Gewächshaus und tippelte mit kurzen Schritten über einen der Pfade. An der Pforte sah die alte Frau sie aufmerksam an. »Es mag übrigens sein, dass ich viel über Pflanzen weiß. Aber ich weiß nichts von der Welt.« Ihre Wangen glänzten feucht.

Simone zögerte kurz. »Ich bin noch einige Tage da. Darf ich noch einmal wiederkommen?«

Jane nickte sogleich. »Ja, gerne, unbedingt.«

Da leuchteten ihre grauen Augen wieder.

Spontan umarmte Simone sie. Zunächst versteifte sich Janes Körper, als wäre es ihr unangenehm. Doch gerade, als Simone sie loslassen wollte, legte sie die Hände um sie und entspannte sich.

»Falls ich dich einmal nicht höre, da, hinter diesem Stein verborgen, liegt der Schlüssel zur Pforte.« Jane schwieg kurz. »Seltsam, das habe ich noch nie jemandem anvertraut, du bist die Erste.«

»Ich werde es niemandem verraten. Fest versprochen.«

Dann schloss sich die Tür hinter ihr, und Simone fand sich im nassen Buschwerk vor dem Garten wieder. Der Regen hatte aufgehört, und spontan schlug sie den Weg zum Meer ein. Ihr Lieblingsplatz lag verlassen. Das Wasser des Atlantiks war heute bleigrau. Dunst hing über der Oberfläche. Selbst die sonst so lauten Möwen schwiegen.

Simone holte eine Tüte aus ihrem Rucksack, legte sie auf den Stein und setzte sich darauf. Sie schloss die Augen und atmete. Ihre Gedanken kamen und gingen, und plötzlich wurde ihr eines bewusst: Sie hatte in den letzten Stunden nicht einmal an Tim gedacht. Und sie hatte sich in diesen Garten verliebt. So wollte sie leben, das wäre die Aufgabe, nach der sie seit dem Tod ihres Mannes suchte. Kamelien züchten, sich um Pflanzen kümmern, all das anwenden, was Jane ihr beigebracht hatte. Simones Herz schlug schneller. Sie sah es beinahe vor sich. Hatte nicht ihre Tochter dasselbe zu ihr gesagt?

Eine etwas stärkere Welle donnerte gegen die Klippen und ließ die Gischt spritzen. Sie holte Simone schlagartig in die Gegenwart zurück. Unwirsch schob sie diese Gedanken beiseite. Es waren Träume, die sich niemals erfüllen würden und einen im Urlaub so überkamen. Denn ihr Leben war in Deutschland und nicht hier, auf diesem Eiland mitten im Atlantischen Ozean.

13

Wie versprochen wartete Simone am nächsten Morgen in der Empfangshalle des Hotels auf ihre beiden Begleiterinnen. Am gestrigen Tag hatten sie sich nicht mehr gesehen.

Nach ihrer Rückkehr vom Meer war Simone erschöpft auf ihr Bett gesunken. Erst heute Morgen war sie erwacht und hatte immer noch die Kleidung von gestern getragen. Die vergangene Nacht war tief und traumlos gewesen. Dementsprechend erholt und klar fühlte Simone sich.

In diesem Augenblick ertönten Schritte. Uta eilte die Treppe herab und ließ sich neben sie sinken. Beinahe vorwurfsvoll schaute sie Simone an. »Na, du treulose Tomate. Man sieht und hört von dir ja überhaupt nichts mehr. Wo warst du denn gestern den ganzen Tag, es war ja mehr als beschissenes Wetter?«

»Ich bin ein bisschen rumgelaufen«, stotterte Simone.

»Rumgelaufen, bei dem Regen? Na ja, wie auch immer. Wir waren in dieser Galerie in Ponta Delgada. Alles sehr modern und so. Mir fehlt da irgendwie der Sinn für, aber Julia zuliebe bin ich mitgekommen. Sie steht ja auf so neumodischen Kram.« Uta seufzte. »Irgendwann wurde es auch ihr zu viel. Wir waren einen Cocktail am Hafen trinken und haben dabei an dich gedacht und an Inga.« Dann sah sie auf ihre Uhr. »Wo Julia nur bleibt, normalerweise ist sie die Pünktlichkeit in Person.«

Nach weiteren zehn Minuten gingen sie nach oben und klopften an Julias Tür. Schon auf dem Gang hörten sie sie erregt telefonieren. Mit hochrotem Kopf öffnete sie ihnen die

Tür und winkte sie herein. Julia trug eine Art Schlafanzug und dicke Kuschelsocken an den Füßen.

Unsicher sah Simone sich um. Das vorherrschende Chaos entsprach nicht in geringster Weise der sonst so akkuraten Julia. Denn im gesamten Zimmer waren Papiere ausgebreitet, sogar das Bett lag voll davon. Julia watete vorsichtig durch den Blätterwald, sammelte da und dort einen Zettel auf und gab unwirsch Daten auf Englisch durch. Dann stürzte sie zu ihrem Laptop und hämmerte auf der Tastatur herum. Mit verschränkten Armen lehnten Simone und Uta sich an den Schrank.

Irgendwann legte Julia auf. Doch als Uta Luft holte und versuchte, das Wort an sie zu richten, hob sie den Finger und wählte eine weitere Nummer. »Moment, ich brauche noch fünf Minuten.«

Ein Tuten ertönte. Nach einer gefühlten Ewigkeit meldete sich schließlich jemand am anderen Ende. »Du musst sofort die kompletten Verträge überprüfen und alle zusammenrufen«, sagte Julia mit mühsam unterdrückter Wut. »Ich erwarte eine Videokonferenz in einer halben Stunde.«

Der Gesprächspartner am anderen Ende erwiderte etwas. Und plötzlich holte die sonst so gelassene Julia aus und trat mit voller Wucht gegen ihren bereits gepackten Rucksack. Der flog in die Ecke und blieb dort liegen.

»Verdammte Scheiße, was willst du mir denn damit sagen?«, schrie sie in den Hörer. »Willst du mich für vollkommen blöd verkaufen? Du bist mein Assistent, und ich darf ja wohl erwarten, dass du dich um den Kram kümmerst, wenn ich im Urlaub bin. Immerhin habe ich dir alles lang und breit erklärt. Du willst doch immer mehr Verantwortung, nun hast du sie, und was passiert? Nichts.«

Wütend pfefferte Julia das Handy auf ihr Kopfkissen. Dann stürzte sie nach draußen auf ihren Balkon und blickte

Richtung Meer. Ihre Schultern bebten, wütend zitterte ihr ganzer Körper.

Die beiden Frauen ließen ihr einige Minuten. Doch als Julia blieb, wo sie war, folgten sie ihr schließlich nach draußen.

»Was ist denn los?«, fragte Uta leise.

Mit verheultem Gesicht drehte Julia sich um. »Eine verdammte riesige Scheiße ist los«, stieß sie zwischen ihren Zähnen hervor und wischte sich die Tränen von den Wangen. »Mein sauberer Assistent hat ein Schreiben verschlampt und damit eine Frist. Heute Morgen hat mich einer meiner wichtigsten Mandanten angerufen und mir die Hölle heißgemacht. Ich dachte, ich kippe aus allen Latschen. Nun versuche ich aus der Ferne, die Wogen zu glätten, was alles andere als einfach ist.«

Erschöpft ließ Julia sich aufs Bett sinken, mitten in ihre Papiere und vergrub das Gesicht in den Armen. »Jahre hab ich gebraucht, um an diesen Mandanten ranzukommen. Immer und immer wieder habe ich es versucht, unzählige beschissene Cocktails bei öden Partys mit ihm getrunken, mich immer wieder in Erinnerung gebracht, sogar Golf gelernt und nun das. Innerhalb einer Sekunde ist die Arbeit von Jahren in Rauch aufgegangen, nur weil einer geschlampt hat. Nur weil sie meinen Posten wollen, diese Geier.«

»Heh, vielleicht ist noch nicht alles verloren?«, meinte Simone.

Julia lachte auf. »Keine Ahnung, aber die Chancen stehen schlecht. Einem Mann wird so etwas verziehen, aber einer Frau …« Trotzig wischte sie sich die Nase mit dem Handrücken ab. »Bei einer Frau zählt alles doppelt und dreifach. Da guckt man nochmal und nochmal hin, und die Konkurrenz ist hart. Ich höre sie schon lachen. ›Schau da, hoch fliegen, tief fallen.‹«

Uta setzte sich neben sie, und die Papiere knisterten unter ihrem Hintern. Behutsam zog sie Julia in ihren Arm. »Ich bin sicher, du kriegst das wieder hin. So, wie du alles hinbekommen hast, mit Fleiß und Wissen und weil du einfach die Allerbeste bist, eine geniale Frau, die jeden Mann locker in den Sack steckt. Ich geh jetzt runter und hole bei Marta einen Kakao für dich und einen Teller mit Nervennahrung. Und dann legst du los, weil du eine Kämpferin bist.«

Verheult nickte Julia. In diesem Moment war die knallharte Geschäftsfrau verschwunden, und ein Häufchen Elend saß vor ihnen. Simone hockte sich vor Julia.

»Was hältst du davon, wenn du heute hier im Hotel bleibst und die Sache zu klären versuchst, ganz in aller Ruhe? Und Uta und ich fahren einfach alleine zu diesen Schwefelquellen.«

Julia schwieg und schniefte vor sich hin. Nach einer gefühlten Ewigkeit nickte sie schließlich. »Ja, das ist vielleicht gar keine so schlechte Idee. Da könnte ich eventuell retten, was zu retten ist.«

»Na also, jetzt klingst du schon wesentlich zuversichtlicher. Und wenn du heute Abend noch Hilfe brauchst, gib Bescheid. Immerhin war ich viele Jahre die rechte Hand meines Mannes und hab mit ihm zusammen die Firma geleitet.«

Überrascht schaute Julia sie an. Eine Träne hing an ihrer Wimper und löste sich dann. »Das hast du nie erzählt.«

Simone zuckte die Schultern. »Weil ich nicht so gerne über diese Zeiten spreche und weil ich nur noch stiller Teilhaber bin und mich aus allem raushalte. Ich konnte diese Sitzungen nicht mehr ertragen, weil mich alles an Tim erinnerte.«

»Hast du ihn jemals bereut, deinen Rückzug meine ich?«

»Hm, schwierige Frage«, meinte Simone lächelnd. »Aber ich glaube nicht. Ohne Tim war es nicht mehr mein Ding.«

Sie tippte sich an ihre Stirn. »Aber ein bisschen was ist immer noch vorhanden. Zum Beispiel habe ich gemerkt, dass ich viel besser Englisch spreche als gedacht.«

»Englisch?«, fragte Julia. Doch in diesem Augenblick kam Uta mit einem Tablett zurück, welches sie vorsichtig auf dem Balkontisch abstellte.

Simone klärte sie über die kleine Planänderung auf, und die Reisebürobesitzerin nickte. »Gute Idee, wir werden den Tag schon ohne dich rumkriegen.«

Julia drückte ihnen die Reiseführer in die Hand und umarmte dann beide Frauen. »Was wäre ich nur ohne euch.«

Und schon wieder kamen ihr die Tränen.

»Nun hör auf mit Heulen«, sagte Uta energisch. Kritisch musterte sie Julia. »Warte mal, so können wir dich auf keinen Fall in deine Videokonferenz lassen.« Mit ihrer Schminktasche kam sie zurück und zauberte Julia die verräterischen roten Augen binnen kurzer Zeit weg. Uta lehnte sich zufrieden zurück und warf Simone einen knappen Blick zu. »Und was sagst du?«

Die hob zufrieden den Daumen.

Minuten später rollten sie mit Simones Auto die Einfahrt hinauf. Uta saß mit der Karte bewaffnet auf dem Beifahrersitz und wies ihr den Weg. Der war an sich nicht schwer zu finden. Denn wieder einmal galt es, auf der Schnellstraße zu fahren, nur diesmal in die andere Richtung.

Wieder zogen Kuhherden, die auf saftig grünen Wiesen grasten, an ihnen vorbei. Kleine Ortschaften tauchten auf und verschwanden, und das Meer glitzerte im Sonnenschein. Dann wurde die Straße schmaler, beinahe schon zur Allee. Unter dichten Bäumen, die im Sommer bestimmt angenehmen Schatten warfen, ging es über die Berge ins Innere der Insel. Behutsam kurvte Simone die Kehren entlang, nicht ohne immer wieder einen faszinierten Blick auf die Landschaft zu werfen. Des Öfteren kamen sie an Häusern vorbei, die wie bunte Farbtupfer in all dem Grün wirkten.

Uta war neben ihr ungewohnt still und schaute versonnen nach vorn. »Es ist komisch, aber ich habe mich eigentlich noch nie so richtig damit befasst, was Julia beruflich macht«, begann sie nach einer ganzen Weile. »Ich meine, ich hab mein Reisebüro, Inga ihren Schmuck. Aber Julia, sie jongliert mit Zahlen und Verträgen, arbeitet mit großen Konzernen zusammen. Keine Ahnung, was sie exakt tut. Findest du das oberflächlich von mir?«

Simone nahm konzentriert eine weitere scharfe Kurve in Angriff und dachte nach. »Hm, es gibt halt so Sachen, mit denen man nicht viel anfangen kann. Außerdem hab ich das Gefühl, dass Julia nicht gern über ihre Arbeit redet.«

Uta nickte. »Da ist was dran. Im Grunde redet Julia überhaupt nicht gern über sich. Sie ist meist ziemlich verschlossen, und ich frage mich manchmal, was in ihr vorgeht. Gerade damals, als Grit diesen neuen Mann kennenlernte, wurde sie noch schweigsamer. Sie war mit Grit sehr eng befreundet, auch außerhalb unserer kleinen Gruppe. Sie sind oft zusammen ausgegangen, ins Kino und so. Deren neue Liebe traf sie hart, Julia zog sich völlig zurück, und es dauerte lange, bis sie wieder die Alte war. Irgendetwas hat sie mit Grit verbunden.« Uta seufzte. »Ich dagegen plaudere immer drauflos. Egal ob es die Menschen interessiert.«

»Du bist halt offener. Solltest du auch sein, wenn du ein Reisebüro führst«, meinte Simone schmunzelnd.

»Stimmt.«

Vor ihnen lag eine langgezogene Allee. Unter den mächtigen Bäumen war das glatt geschliffene Steinpflaster nass. Als hätte es vor Kurzem geregnet. Die Landschaft um sie herum wirkte verändert, beinahe als durchquerten sie einen riesigen Park. Zu ihrer Linken tauchte ein See auf, an dessen Ende eine Kirche stand. Am anderen Ufer erhoben sich die Rauchschwaden eines Feuers in den Himmel.

Dann waren da auch schon die ersten Häuser und das Ortseingangsschild von Furnas. Das Städtchen schmiegte sich förmlich in einen grünen Talkessel. Weit schob sich die Siedlung die Hänge empor, und überall waren bunt gestrichene Fassaden zu sehen. In der Mitte des Ortes stiegen weitere Rauchschwaden nach oben.

Simone steuerte einen an der Straße liegenden Parkplatz an. Nur wenige Fahrzeuge standen hier, und die Gegend wirkte trotz der vielen Häuser seltsam verlassen. Etliche der Fensterläden waren geschlossen und nur vereinzelt Menschen zu sehen. Nach einem kurzen Blick auf die Karte wanderten sie entlang eines kleinen Flusses in Richtung der Rauchschwaden.

Mit jedem zurückgelegten Meter machte sich ein immer unangenehmerer Geruch breit. »Du guter Gott«, murmelte Uta und rümpfte ihre Nase. »Das riecht irgendwie nach fauligen Eiern.«

»Ich könnte es nicht besser ausdrücken«, erwiderte Simone und atmete flach. »Das muss der Schwefel sein.« Sie deutete auf einen Abschnitt im Reiseführer.

»Gott, was Julia da wieder rausgesucht hat.«

Gleich darauf erreichten sie die Schwefelquellen, die auf einem Hügel lagen. Wie in einer Gartenanlage ließen sich die unterschiedlich großen Quellen auf schmalen Wegen erkunden.

Es herrschte eine Stimmung wie am Eingang zur Hölle. Überall zischte es. Gelblichgrüne Ablagerungen bildeten sich an den Öffnungen, die brodelndes Wasser oder einfach nur beißend riechenden Qualm ausstießen. Der Geruch, tief aus dem Inneren der Erde, war unbeschreiblich. Er heftete sich binnen kurzer Zeit an die Kleidung, setzte sich in

Haaren und Haut fest und sorgte für ein seltsames Prickeln in der Nase.

Wie Simone dem Reiseführer entnahm, war das Wasser einiger markierter Quellen trinkbar. Misstrauisch beobachteten die beiden Frauen andere Touristen, die es sich aus Bechern oder ihren Handflächen schmecken ließen.

Auf Utas Stirn stand eine tiefe Falte. »Also, ich weiß ja nicht. Was so stinkt ...«

Trotzdem stieg sie die schmalen Steinstufen zu einer Quelle hinab. Munter plätscherte das Wasser aus einer Öffnung.

»Es soll sehr gesund sein«, meinte Simone, die auch nicht vollends überzeugt war. Sie folgte Uta, balancierte über eine schmale Mauer, bückte sich und schöpfte ein wenig Wasser in ihre Handfläche. Es war warm, beinahe schon heiß, und tatsächlich tauchten andere Menschen Teebeutel in ihre Becher. »Ach, was solls. Ich hab mir vorgenommen, in diesem Urlaub alles anders zu machen als in den vergangenen Monaten, also werde ich kosten.« Sie schraubte den Becher von ihrer Trinkflasche ab und hielt ihn unter die Quelle. Gerade als das Wasser hineinsprudelte, vernahm Simone eine wohlvertraute männliche Stimme, die von der Ferne herübergeweht wurde. Hastig kam sie nach oben und stieß beinahe mit Uta zusammen.

Die deutete bereits in eine bestimmte Richtung. »Sag mal, ist das nicht dein Verehrer aus dem Flugzeug?«

Beide spähten über die Mauer.

Er war es, und Simones Herz schlug im Galopp. Christoph stand mit dem Rücken zu ihr vor seiner Reisegruppe und gab Erklärungen zu den Quellen ab.

Und als hätte er geahnt, dass sie ihn beobachtete, schaute er sich in diesem Moment um und ließ seine Blicke schweifen. Simone ging hinter der Mauer schnell in die Hocke und nestelte am Schnürsenkel ihres Wanderschuhs herum.

Dabei schüttete sie sich einen Teil des bereits gezapften Quellwassers auf ihre nackte Wade und zuckte heftig zusammen.

»Ist er weg?«, zischte sie Uta mit leiser Stimme zu.

»Kann man so nicht sagen«, meinte diese grinsend. »Im Gegenteil, er kommt direkt auf dich zu.«

»Simone, was machst du denn hier?«, vernahm sie auch schon seine Stimme über sich.

Verdammt, was hat er nochmal gesagt, die Insel ist klein, hier läuft man sich immer wieder über den Weg.

Da waren die drei Nachrichten, auf die sie nicht reagiert hatte. Tausende Ideen schossen ihr durch den Kopf. Was man nun sagen könnte und was lieber nicht. Langsam kam sie nach oben. Denn sie konnte nicht ewig hier unten hocken bleiben. Ihr Knie schmerzte bereits.

Mit einer nervösen Geste strich Simone sich eine Haarsträhne aus dem Gesicht und lächelte möglichst entspannt und überrascht zugleich. »Christoph, was für ein Zufall.«

Dabei brannte ihre Wade vom heißen Quellwasser.

Gott, ihre Stimme klang, als würde sie aus einer Blechbüchse kommen. Amüsiert ließ Christoph seine Augen über sie wandern und nickte dann Uta lächelnd zu.

»Du hast dir doch hoffentlich nicht wehgetan.« Er deutete auf ihre Wade. »Das Wasser ist an manchen Quellen höllisch heiß. Da sollte man vorsichtig sein.«

Simone winkte ab. »Ach, kein Thema, so schlimm ist es nicht.«

In ihrem Inneren jedoch biss sie sich auf die Zähne.

Seine Reisegruppe wartete immer noch im Hintergrund. Eine der Frauen löste sich schließlich und kam zu ihnen geschlendert. Mit einer fast schon besitzergreifenden Geste legte sie Christoph den Arm um die Schultern und versuchte ihn mit sich zu ziehen. »Kommst du oder dauert es noch länger? Immerhin haben wir noch einiges vor.«

Simone konnte seine Miene nicht deuten, denn die Krempe des Hutes beschattete die Augen.

»Ich komm gleich«, erwiderte er knapp. Christoph wirkte beinahe ein Stück weit verärgert, aber das konnte sie sich auch einbilden. Schließlich riss er sich los. »Ja also, ich muss dann mal.« Er hob seine Hand und lief zu seiner wartenden Reisegruppe. Doch dann, nach einigen Schritten, drehte er sich noch einmal um. »Wenn ihr bis ganz nach hinten geht, hinter das kleine Haus, da findet ihr meine Lieblingsquelle«, rief er ihnen zu. »Ihr Wasser ist nicht ganz so heiß, und es schmeckt wunderbar.«

Simone starrte ihm schweigend hinterher. Sie beobachtete, wie er den Arm um die Frau von gerade eben legte. Es war eine lockere Geste. Und doch löste sie ein gewisses Unbehagen in ihr aus.

Irgendwann räusperte Uta sich, die inzwischen auf der flachen Mauer saß. »Was war das denn?«

Irritiert blickte Simone sie an. »Wie meinst du das?«

»Wie ich das meine? Hallo? Ist dir nicht aufgefallen, wie der Typ dich angestarrt hat? Mich wundert, dass du überhaupt noch ein Kleidungsstück am Leibe trägst. Der hat dich mit Blicken ausgezogen. Wäre diese andere Schickse nicht gekommen, na ich weiß nicht.« Uta wackelte mit ihrem Kopf und wirkte sichtlich begeistert.

Simone wiegelte ab. »Ach, so ein Quatsch. Christoph war einfach nur freundlich.«

»Na, wenn das nur freundlich war, würde ich mir wünschen, dass ein Mann auch mal freundlich zu mir ist.« Dann wurde Uta ernst. »Ne, mal ehrlich, Simone. Der Typ scheint ja vollkommen verschossen in dich zu sein.«

»Findest du?« Simone ließ sich neben ihre Freundin auf das Mäuerchen sinken und starrte in die Richtung, in die Christoph verschwunden war.

»Das sieht ein Blinder, aber du anscheinend nicht. Hast du denn nicht bemerkt, dass er dich mag?«

Simone strich mit dem Finger über die rauen Steine und zuckte die Schultern. »Keine Ahnung, ja, vielleicht habe ich es gemerkt und trotzdem … Es ist sinnlos.«

»Magst du ihn denn auch?«, forschte Uta unbequem nach.

Was für eine Frage, im Grunde war sie ganz leicht und auch wieder nicht.

»Ich mag ihn schon, also, zumindest glaube ich das, und genau dort liegt das Problem«, antwortete Simone vage. »Weißt du, ich hatte einen wunderbaren Tag mit ihm, und dann haben wir uns … Wir haben uns geküsst.«

Uta spitzte ihre Lippen und rollte mit den Augen.

»Aber ich will das alles nicht«, warf Simone sofort dazwischen. »Ich kann das alles nicht und bin für so was noch nicht bereit. Ich wollte hier doch einfach nur ein paar schöne Tage verleben und nicht so was.« Sie seufzte und stützte das Kinn auf ihre Hände.

»Tja, so etwas lässt sich nicht planen. Und was nun? Willst du ihm aus dem Weg gehen?«

»Das wäre vermutlich das Allerbeste.« Simone zuckte unsicher mit den Schultern. »Er hat mir Nachrichten geschickt, und ich hab sie ignoriert.«

»Tztz, das war aber nicht nett. Deswegen warst du vorhin wohl so puterrot. Ach Simone, nimm mal den Druck raus. Du hast in den letzten Tagen ein paar riesige Schritte zurück ins Leben gemacht, und der Rest wird sich ergeben. Irgendwann wirst du wissen, ob du für einen neuen Mann bereit bist. Bis dahin lebst du und machst dir keine Gedanken mehr.« Uta ließ ihre Blicke schweifen. »Und jetzt suchen wir diese verdammte Quelle, die der Typ uns empfohlen hat, und vielleicht kann selbst ich mich überwinden, ein paar Schlucke zu trinken.«

Ganz am Ende der kleinen Anlage entdeckten sie dann tatsächlich besagte Quelle. Das Wasser war lauwarm und prickelte leicht auf der Zunge. Es schmeckte metallisch, ein wenig wie Blut und schimmerte rötlich im Becher.

Uta nippte daran und schüttelte sich dann angewidert. »Oh Gott, schrecklich, wer soll das denn trinken? Also, ich krieg das Zeug nicht hinter. Gesundheit hin oder her.«

Lachend kippte Simone ihren Becher aus. »Was solls, wir werden bestimmt auch so hundert.«

Danach bummelten sie durch die schmalen Straßen von Furnas. Von den Bergen zogen schon wieder dichte Wolken in den Talkessel, und der nächste Regenguss stand unmittelbar bevor. Eine seltsame Stimmung lag über der Landschaft, die für eine gewisse Schwermut sorgte. Beide Frauen beschlossen, wieder ans Meer zu fahren.

In der Nähe der Kirche kamen sie an einer älteren Frau vorbei, die große, in Plastetüten eingepackte Brote verkaufte. Neugierig blieb Simone stehen, und die Händlerin bot ihr ein Stückchen zum Kosten an. Es schmeckte süßlich, beinahe wie die Buchteln, die es bei ihrer Großmutter immer mit Vanillesauce gegeben hatte. Simone erstand ein Päckchen.

Und schon waren sie wieder am Fluss, der sie mit seinem wilden Rauschen empfing. Laut Reiseführer sollte es dort eine weitere warme Quelle geben, in der man ein Fußbad nehmen konnte. Suchend blickte Simone sich um. Das gemauerte Becken, welches direkt neben der Straße lag, war schnell gefunden. Einige Stufen führten nach unten, und eine Bank lud ein, die Sachen darauf abzulegen.

Auch dieses Wasser wirkte rötlich, fast schon rostig, und kleine Blubberbläschen stiegen nach oben. Diesmal war Uta mutiger und streifte Schuhe und Strümpfe ab. Beherzt hüpfte sie ins Wasser, versank bis zu den Waden und sprang mit einem Aufschrei wieder hinaus. »Verdammt, was war das denn? Oh mein Gott, ich hab mich verbrüht.«

Utas Beine schimmerten krebsrot, als hätte sie sie in einen Topf mit heißem Wasser gehalten. Ihr Gesicht wirkte ähnlich, und schmerzverzerrt hüpfte sie von einem Bein aufs andere. Der kalte Fluss war ihre Rettung und verschaffte augenblickliche Linderung. Stöhnend schlich sie im flachen Wasser herum.

»Pass bloß auf«, rief sie ihr von der Ferne zu.

Simone war vorsichtiger. Voller Spürsinn umrundete sie das Becken und entdeckte nach und nach kleine Quellen, die sprudelnd heißes Wasser von sich gaben. An einer möglichst weit davon entfernten Stelle stieg sie schließlich behutsam ins Becken und setzte sich auf dessen gemauerten Rand.

Sie winkte Uta zu sich. »Hier ist es besser und lässt sich aushalten. Komm schon, keine Angst. Und bring gleich mal den Beutel mit dem Brot mit.«

Dann hockten sie nebeneinander, hielten ihre Beine in heißes Wasser und ließen sich frisch gebackenes Brot schmecken. Nach kurzer Zeit begann ihre Haut angenehm zu prickeln, als würden sie in einem Sprudel stehen. Immer noch ballten sich dunkle Wolken über ihnen zusammen, doch der Regen blieb bis jetzt aus.

Uta schaute versonnen auf die Berghänge und seufzte. »Weißt du, ich bin schon viel in der Welt herumgekommen. Aber diese Insel ist wirklich einmalig schön. Sie hat ihren besonderen Zauber. Findest du auch?«

Simone nickte schweigend. Uta hatte recht.

»Ich glaube, ich muss genau überlegen, was ich in meinem Reiseblog schreibe, nicht dass Heerscharen von Menschen auf diese Insel strömen …«

»Und das Paradies zerstören«, beendete Simone ihren Satz.

14

Die nächsten Tage vergingen wie im Flug. Julia schien ihr geschäftliches Problem geklärt zu haben. Zumindest hatte sie bei ihrer Rückkehr entspannt in der Lobby gesessen und kein Wort mehr über die Geschichte verloren. Vermutlich wollte sie in ihrer üblichen Art nicht darüber sprechen, und niemand drängte sie zu Erklärungen.

Simone unternahm einige Ausflüge zusammen mit Uta und Julia, fuhr aber auch allein über die Insel. Sie saß öfters am Meer, ging wandern und dachte dabei immer mal wieder an Christoph. Doch sie liefen sich nicht mehr über den Weg. Einige Male suchte sie die alte Jane auf und hatte das Gefühl, als ob sie sich bei jeder Begegnung näherkamen. Als würde zwischen ihnen ein unsichtbares Band existieren.

Zwei Tage vor ihrem Geburtstag zog es Simone erneut in den Kameliengarten. Wie immer schaute sie sich aufmerksam um, bevor sie unter dem Stein nach dem Schlüssel tastete und dann die Pforte öffnete. Auf mittlerweile vertrauten Pfaden kämpfte sie sich durch die dichten Pflanzen.

Doch Gewächshäuser und Wohnhaus waren leer. Unsicher blieb Simone stehen, rief nach der alten Frau, doch keine Antwort kam. Sollte Jane tatsächlich entgegen ihrer Angewohnheit ihr kleines Reich verlassen haben? Das wäre mehr als ungewöhnlich gewesen, fürchtete sie doch die Welt hinter den Mauern, wie sie Simone immer wieder gesagt hatte.

»Hier fühle ich mich sicher, hier ist mir alles vertraut. Da draußen herrscht Kälte und Falschheit. Die meisten

Menschen sind schlecht.« Verbitterung war in ihren Worten gewesen.

Und so mied Jane allen Kontakt zur Außenwelt. Von einer schweigsamen Frau aus dem Dorf wurde sie mit den wenigen notwendigen Dingen versorgt. Die stellte die Lebensmittel an einem bestimmten Ort ab. Jane deponierte dort ebenfalls die Pflanzen, die ein älterer Mann abholte und ihr Geld hinterlegte. Es war aus Simones Sicht ein abenteuerliches Geschäft, aber es schien die ganzen Jahre funktioniert zu haben.

Simone drehte eine letzte Runde durch den Garten. Noch immer gab es von Jane nicht die geringste Spur. Da streifte ihr Auge mehrere zerbrochene Blumentöpfe, die unter einem Strauch lagen. Die kleinen Kamelien darin hatte jemand achtlos zertrampelt und die Blüten zerstört. Behutsam klaubte Simone die Pflanzen vom Boden und legte sie in eine Holzkiste.

Erregte Stimmen drangen an ihr Ohr. Sie kamen aus Richtung der schmalen Gasse. Simone huschte möglichst lautlos durchs Unterholz und lief Richtung Meer. An der unteren Mauer angekommen, stellte sie sich behutsam auf einen Vorsprung und schob ihr Gesicht Zentimeter für Zentimeter über die Steine.

Gleißendes Sonnenlicht blendete sie und ließ sie einen Augenblick zurückzucken. Der Mann, den sie schon von ihrer ersten Begegnung kannte, stand am Strand, telefonierte und betrachtete aufmerksam das Grundstück. Wütend beförderte er mit seinem Fuß einen Stein Richtung Mauer. Laut knallte er dagegen, und Simone ließ sich erschrocken fallen.

Dabei landete sie recht unsanft auf ihrem Hintern und neben einem über und über weiß blühenden Kamelienstrauch. Ein leises Atmen drang an ihr Ohr. Schemenhaft war ein Mensch im Gebüsch zu erkennen – Jane. Verzweifelt sah die Frau sie an. Mit riesigen Augen presste sie ihre Finger an die Lippen und bedeutete Simone zu schweigen.

Lautlos glitt sie zu ihr und kniete sich neben sie. Äste und Steine bohrten sich in Simones Haut, doch ihr war das egal. Jane zitterte wie Espenlaub, und um sie zu beruhigen, legte sie ihr den Arm um die Schulter. Gespannt lauschten beide und zuckten bei jedem weiteren Geräusch jenseits der Mauer angsterfüllt zusammen. Wieder ertönten Schritte, entfernten sich, wurden leiser und erstarben schließlich. Stille kehrte ein. Simone bedeutete Jane zu warten, schlich noch einmal zur Mauer und spähte hinüber. Der Strand war leer, ebenso der Weg.

Behutsam zog Simone die alte Frau nach oben, stützte sie und lief mit ihr Richtung Haus. Doch immer wieder gaben Janes Beine nach, und die wenigen Meter wurden zu einer unendlich langen Strecke. Doch dann war es geschafft. Simone bettete Jane auf einen der Terrassenstühle, legte eine Decke über deren Schoß und lief ins Innere des Hauses.

Dämmerlicht umfing sie, noch nie war sie hier drin gewesen. Auf der einen Seite war das winzige Wohnzimmer, welches von alten, riesigen Bücherregalen beherrscht wurde. Dem gegenüber lag die Küche. Moderne Geräte suchte man vergebens. Auf einem rustikalen Herd stand ein Teekessel, den Simone mit Wasser füllte. Dann suchte sie Tassen und die Kanne zusammen, die Jane immer verwendet hatte, wenn sie sie besucht hatte. Auf einem Regalbrett neben dem Fenster fand sie die Büchse mit Tee. Simone gab einige Löffel in ein Sieb, goss das sprudelnde Wasser darüber und schleppte alles nach draußen.

Jane saß teilnahmslos in ihrem Sessel und schaute in den Garten. Angesichts des Tabletts versuchte sie zu lächeln und richtete sich auf. Doch Simone bedeutete ihr, sitzen zu bleiben.

»Ich mach das schon, ruh dich aus.«

Dann setzte sie sich auf einen kleinen Hocker direkt neben Janes Stuhl und sah diese prüfend an. Zitternd hielt die alte Frau die Tasse in ihren Händen und nippte daran.

»Das tut gut«, murmelte sie nach einer Weile. »Wenigstens etwas, das mir von meiner Heimat geblieben ist – das Teetrinken.« Allmählich erstarb das Zittern, und Jane wurde ruhiger.

»Was ist passiert?«, fragte Simone nach einigen Minuten der Stille. »Hat es mit dem Mann am Strand zu tun?«

Jane nickte vorsichtig.

»War er hier drin, im Garten?«

Die alte Frau nickte erneut. »Ja, aber ich hab mich versteckt. Diesmal hat er mich nicht gefunden.«

»Diesmal? Also war er schon mehrere Male hier? Was will er denn von dir? Hier ist doch nichts zu holen?«

»Reichtümer meinst du?« Jane lachte auf und umklammerte ihre Tasse. »Nein, zu holen ist hier nichts, außer den Züchtungen, aber die interessieren ihn nicht. Nein, ihn interessiert etwas ganz anderes, nämlich das Land, auf dem wir stehen, das ist wertvoll.«

Simone schluckte. »Du meinst, sie wollen dir deinen Garten wegnehmen?«

»Viele Jahre hat sich niemand dafür interessiert. Ich konnte schalten und walten, wie ich wollte.« Jane trank einen kleinen Schluck und lehnte sich dann zurück. »Doch voriges Jahr klopfte es eines Tages an der Pforte. Wie immer reagierte ich nicht. Wenig später tauchte ein Mann mitten in meinem Garten auf. Er hatte die Mauer überwunden.« Sie lächelte kurz. »Na ja, das hast du ja auch geschafft. Er erzählte mir von irgendwelchen Projekten, von Bauten, die genau hier errichtet werden sollten. Am Anfang begriff ich kaum, was er wollte. Erst später verstand ich, dass er mir mein Stück Land abkaufen wollte. Natürlich weigerte ich mich, und das tue ich bis heute. Ich bekomme immer mal wieder Besuch, in letzter Zeit häufiger, beinahe jede Woche.«

Jane seufzte und verknotete ihre Hände. »Keine Ahnung, was ich machen soll, ich hab ja niemanden. Ich kann mich nur wehren, solange es geht, doch irgendwann …«

Der Rest blieb offen.

Simone starrte in den Garten. Gerade begann es zu regnen. Parallel dazu kämpfte sich ein einzelner Sonnenstrahl durch die Wolkendecke und ließ die Tropfen auf den Blättern wie tausende Diamanten schimmern. Es war ein magischer Anblick, den man kaum beschreiben konnte. All dies hier sollte irgendwann nicht mehr sein, das war ihr unbegreiflich.

»Aber, du musst dir Hilfe holen«, sagte Simone eindringlich zu Jane und umklammerte deren Armlehnen.

»Bei wem denn, ich bin eine alte Frau. Lebe seit vielen Jahren vollkommen zurückgezogen, habe keine Familie. Geld regiert die Welt, das sagte Rose schon immer.«

Simone dachte angestrengt nach. »Trotzdem … Da muss es Möglichkeiten geben.«

Jane lächelte versonnen. »Ach Simone, du bist ein großartiger Mensch, und ich wünschte manchmal, du wärest meine Tochter. Du erinnerst mich so sehr an mich selbst, als ich jung war, und du bist die Erste, die ich seit vielen Jahren an mich heranlasse. Du bist ehrlich und hast schon viel Kummer in deinem Leben erfahren. Aber vor allem hast du ein Herz für Pflanzen. Du liebst sie, genau wie ich. Das habe ich vom ersten Augenblick an gespürt. Doch in wenigen Tagen wirst du nach Hause fahren, und ich bleibe hier zurück. So ist das Leben, und meines ist bald vorbei. Ich bin einundneunzig, und meine Uhr läuft ab. Ich merke dies jeden Morgen ein Stückchen mehr.«

Simone schluckte und wischte sich eine Träne aus dem Gesicht.

Jane lächelte und legte eine Hand an ihre Wange. »Darüber muss man nicht traurig sein, das ist der Lauf der Dinge.« Die alte Frau lehnte sich zurück und schloss einen Moment ihre Augen. »Aber nun bin ich müde. Schrecklich müde. Sei mir nicht böse. Ich glaube, nach der ganzen Aufregung muss ich ein kleines Schläfchen halten. Das ist das Vorrecht des Alters, man darf schlafen, wann immer man will.«

Mühevoll kämpfte Jane sich nach oben und lief zum Eingang ihres Häuschens. Simone ergriff ihren Arm und brachte sie hinein. In dieses Wohnzimmer, mit den vielen alten Büchern. Direkt am Fenster stand ein abgewetzter Ohrensessel, neben einer etwas schiefen Leselampe mit verblichenem Schirm. Dorthin führte sie die Frau und deckte sie mit einer dunklen Wolldecke zu.

Sie setzte sich einen Moment auf den gegenüberliegenden Sessel und verließ erst, als gleichmäßige Atemgeräusche ertönten, leise das Haus.

Jane wirkte plötzlich um Jahre gealtert. Wo war die Frau geblieben, die ihr gerade noch alles über Kamelien erzählt hatte?

Simone räumte das Geschirr zusammen und drehte eine Kontrollrunde durch den Garten. Niemand war zu sehen, Stille herrschte. Für heute schien der Mann verschwunden zu sein. Doch er würde wiederkommen, immer häufiger, bis Jane nachgab oder verstorben war.

Sie warf noch einen letzten Blick auf die friedlich schlummernde Frau und rückte ihr die Decke zurecht. Leise verließ sie den Garten und suchte dann ihren Lieblingsplatz bei den Klippen auf. Mal wieder spannte sich ein Regenbogen über das Meer. Während auf der einen Seite der Insel noch Regen fiel, schien woanders bereits die Sonne. Was hatte Jane gesagt? Das war das Leben. Und dennoch konnte sich Simone mit der Tatsache, dass all das hier verschwinden würde, nicht abfinden.

Schlagartig kam ihr eine Idee. Sie raffte ihren Rucksack und stürmte zurück zum Hotel. Der Parkplatz vor dem Haus war leer. Uta und Julia hatten eine Wanderung machen wollen. Außer ihnen weilten keine anderen Gäste mehr in der *Pension Hortensia.*

Genauso leer und still wie der Parkplatz war der Empfangsraum des Hotels. Auch im Speiseraum und der oberen Etage war niemand zu entdecken. Schließlich betätigte Simone die messingfarbene Klingel, die auf dem Tresen stand. Ein heller Ton erklang, doch nichts geschah.

Vielleicht war Marta im Anbau, direkt neben dem Hotel. Simone durchquerte den Garten und klopfte an eine blau gestrichene Tür. Nach einer gefühlten Ewigkeit öffnete ihr Carlos und sah sie irritiert an. Mit Martas Mann hatte sie bis jetzt kaum ein Wort gewechselt.

»Ja bitte?«, fragte er in gebrochenem Deutsch.

»Ist Marta daheim?«

Carlos nickte und rief etwas in die hinteren Räume. Minuten später erschien die Hotelbesitzerin und strich sich eine Strähne aus ihrem Gesicht. »Simone«, sagte sie überrascht. »Ich hab mich ein wenig hingelegt. Irgendwie hat mich eine leichte Migräne erwischt. Ist etwas passiert?«

»Nein, zumindest nicht direkt. Ich würde nur gern etwas mit dir besprechen oder dich um Rat fragen, wie auch immer.«

Marta warf einen Blick nach hinten. »Kein Problem, komm, wir setzen uns in den Garten. Bis der nächste Schauer niedergeht, bleibt uns noch etwas Zeit.«

An einem der Tische vor der Pension nahmen sie Platz. Gespannt beugte Marta sich nach vorn. »Also, schieß los. Was brennt dir auf der Seele?«

Simone zögerte kurz und musste an die ablehnende Haltung der Hotelbesitzerin bezüglich des Nachbargartens denken. Doch sie musste es einfach wagen, schon allein wegen Jane. »Es geht noch einmal um den Garten nebenan.«

Augenblicklich holte Marta tief Luft, und Simone hob schnell die Hände. »Keine Angst, ich weiß, dass du nicht die beste Meinung hast. Eigentlich möchte ich dich nur etwas fragen, oder deine Meinung wissen, wie auch immer.«

Marta schlug ein Bein über das andere und ließ dann ihren Fuß kreisen. Sie wäre am liebsten aufgesprungen. Das spürte Simone deutlich, und doch blieb Marta sitzen. »Also gut, was ist denn mit dem Garten?«

»Ich war in den letzten Tagen ein paarmal dort und hab mich mit der Besitzerin unterhalten, der alten Jane.« Marta zuckte zusammen, schwieg aber. »Wir haben uns ein wenig angefreundet, wenn man das so sagen kann. Sie weiß so viel über Pflanzen, und ich liebe Pflanzen. Endlos könnte ich mit ihr reden. Doch heute hat Jane mir erzählt, dass irgendwelche Leute ihr das Land abkaufen wollen. Und nicht nur das. Auf mich wirkte es so, als würde die alte Frau bedroht werden. Von irgendwelchen Typen, die alles andere als angenehm aussehen.«

Die Frau ihr gegenüber schwieg noch immer und schaute Simone abweisend an. »Aha, und was willst du nun von mir?«

»Marta, dieser Garten ist ein wahres Kleinod. Die alte Jane hat immenses Wissen, da muss man doch helfen. Ich könnte mir vorstellen …« Simone verstummte, als Marta abrupt ihre Hand hob.

»Das mag ja alles sein, aber es ist nicht meine Sache. Ich glaube, ich riet dir vor einiger Zeit, den Garten nicht aufzusuchen. Diese Alte ist nicht richtig im Kopf, lebt seit vielen Jahren vollkommen zurückgezogen. Kein Mensch weiß, was sie hinter ihren hohen Mauern wirklich treibt. Und ganz ehrlich, ich will es auch gar nicht wissen.« Marta erhob sich und stützte ihre Hände auf den Tisch. Fest sah sie Simone in die Augen. »Denn ich habe mit mir selbst zu tun, damit, diesen Betrieb am Laufen zu halten. Ich kann mich nicht um irgendwelche komischen alten Frauen kümmern. Eigentlich kann ich dieser, dieser …« Sie suchte nach den nächsten Worten. »Dieser Jane«, stieß sie hervor. »Eigentlich kann ich ihr nur eines raten, nämlich zu verkaufen. Dann verschwindet endlich dieser Schandfleck in der Nähe des Strandes. Mehr habe ich dazu nicht zu sagen.«

Auf der Einfahrt ertönte ein Motorengeräusch, und gleich darauf bog Julias Wagen um die Ecke.

Marta nutzte die Gelegenheit und verschwand wie von Taranteln gestochen im Inneren der Pension. Laut knallte die Eingangstür hinter ihr zu. Wie versteinert schaute Simone ihr nach.

»Alles in Ordnung? Was war denn los? Marta verschwand ja, als wären die Teufel hinter ihr her.« Mit ihren Wanderrucksäcken in den Händen traten ihre Begleiterinnen näher.

»Hast du was angestellt?«, fragte Uta grinsend.

»Ach Quatsch«, stieß Simone verärgert hervor. »Ich hab sie um Hilfe gebeten, aber sie hat abgelehnt, und zwar mehr als deutlich.«

»Vielleicht hatte sie ihre Gründe.« Uta und Julia setzten sich zu ihr. »Aber eventuell können wir dir helfen? Du müsstest uns einfach nur erzählen, worum es geht.«

Simone überlegte kurz, doch reden war besser als schweigen. Also berichtete sie von ihrer ersten Begegnung mit Jane, von ihren Besuchen und dem gefährlichen Typen, der die alte Frau zu bedrohen schien. Als sie fertig war, hatte sich bereits die Dämmerung über den Garten gesenkt.

Uta erhob sich, holte eine Laterne vom Fensterbrett und entzündete sie. Flackerndes Licht zeichnete Reflexe auf die Gesichter der drei Frauen am Tisch.

Julia lehnte sich nachdenklich zurück und zog den Reißverschluss ihrer Jacke nach oben. »Schon komisch, dass Marta so überreagiert. Wenn die alte Jane ihr gleichgültig ist, würde man sich doch anders verhalten. Vielleicht haben die beiden mal irgendwelche Probleme miteinander gehabt.«

»Und wenn schon«, meinte Uta. »Viel interessanter ist doch, was wir jetzt tun wollen. Wenn der Garten wirklich so wunderschön ist, muss man doch irgendwas unternehmen und dieser Jane helfen.«

»Das meine ich ja«, erwiderte Simone angespannt. Immer wieder spähte sie Richtung Haus, doch Marta blieb verschwunden. Trotzdem war sie sicher, dass die Pensionsbesitzerin sie genau im Blick behielt. »Aber was? In einigen Tagen fliegen wir zurück nach Deutschland und sind weit weg.«

Julia ergriff ihr Handy und schien etwas zu suchen. »Lasst mich mal überlegen«, meinte sie nachdenklich. »Ich müsste doch noch irgendeinen Kontakt haben, der mir weiterhelfen kann.« Dann lächelte sie triumphierend. »Na also, wer sagts denn. Der Typ schuldet mir sowieso noch einen Gefallen.«

Sie drückte auf eine Taste und verließ mit dem Handy am Ohr den Tisch. Langsam schlenderte sie zu den knorrigen Bäumen, bis ihr Körper schließlich von dunklen Schatten verschluckt wurde.

Uta warf Simone einen prüfenden Blick zu. »Diese Sache setzt dir ganz schön zu, oder?«

Simone nickte. »Die alte Frau tut mir einfach leid. Und weißt du, von genau so einem Stückchen Erde hab ich immer geträumt. Ausgerechnet hier soll dann so ein Hotelklotz errichtet werden.«

»Dann übernimm du doch den Garten«, platzte Uta heraus.

»Waaaas, du bist ja vollkommen verrückt geworden.

Mein Leben findet in Deutschland statt und nicht hier auf São Miguel. Dort ist mein Haus, meine Kinder ...« Simone geriet ins Stocken und verstummte.

»Deine Kinder? Ich denke, die sind über die halbe Welt verstreut. Ein Haus kann man verkaufen. Wie sagte schon immer meine Großmutter: ›Man soll sein Herz nicht an Steine hängen.‹«

Simone verschränkte ihre Arme und ging in Abwehrhaltung. In ihrem Kopf rasten Gedanken wie Pingpongbälle herum. »Was soll ich denn hier? Vollkommen allein auf einer Insel. Und dann müsste ich mich auch noch mit diesen finsteren Typen rumärgern.«

»Na ja, so allein wärst du ja gar nicht. Zumindest einen Menschen außer Marta kennst du schon auf São Miguel, der dir nicht völlig gleichgültig zu sein scheint. Sonst würdest du nicht ganze Tage mit ihm verbringen oder ihm schmachtende Blicke zuwerfen.«

»Wem wirft Simone schmachtende Blicke zu?« Julia ließ sich wieder auf ihren Stuhl fallen.

»Ach, egal«, winkte Simone ab. »Hast du irgendwas herausgefunden?«

»Noch nicht, aber ich hab was angeschoben. Ich kümmere mich unter anderem um Finanzierungen großer Projekte weltweit. Und manchmal sind auch Hotelbauten dabei. Nun ... Mit den Azoren hatte ich zugegeben noch nie etwas zu tun«, meinte Julia. »Aber ich habe ein Projekt in Lissabon unterstützt und dabei einen ziemlich patenten portugiesischen Mittelsmann kennengelernt. Den hab ich gerade angerufen, und er will sich mal umhören. Versprechen kann ich natürlich nichts, aber über das Land und die vermeintlichen Interessenten dürfte vielleicht etwas herauszubekommen sein.«

»Das klingt doch schon mal gut, finde ich«, sagte Uta. Dann wandte sie sich wieder an Simone »Trotzdem solltest du über deinen Schatten springen und diesen Christoph anrufen. Immerhin lebt er seit vielen Jahren hier. Wenn dir einer helfen kann, dann bestimmt er.«

Simone nagte an ihrer Unterlippe. Beim Gedanken an den smarten Wanderführer klopfte ihr Herz. Ihre Gefühle fuhren Achterbahn. Und dennoch wusste sie, dass Uta recht hatte.

»Komm schon, ruf ihn an«, hakte die nach und ignorierte beharrlich Julias neugierige Blicke. »Wenn du Jane wirklich helfen willst, kommst du an ihm nicht vorbei.«

An diesem Argument war durchaus etwas dran. Simone nahm das Handy aus ihrem Rucksack.

»Nun mach schon«, sagte Uta noch einmal.

Also wählte sie seine Nummer, und der Ruf ging ab. Gleich nach dem zweiten Klingeln meldete er sich. Uta und Julia schoben ihre Köpfe näher heran, um jedes Wort mitzubekommen.

»Simone, schön, dass du dich meldest. Ich dachte schon, ich hab etwas falsch gemacht, weil du nicht zurückgeschrieben hast.«

Sie seufzte innerlich und suchte nach den richtigen Worten. »Ja, na ja, ich hab ein wenig Zeit für mich gebraucht.«

Gott, wie bescheuert klang das denn?

»Das dachte ich mir, beziehungsweise habe ich es gehofft und dich in Ruhe gelassen. Und nun hast du Klarheit erlangt?« Christophs Stimme klang leicht spöttisch.

»Na sagen wir mal so, ein wenig. Eigentlich würde ich mich gerne mit dir treffen. Ich bräuchte nämlich mal deinen Rat«, sagte Simone vage.

»Meinen Rat? Morgen würde es gehen. Ich könnte gegen zehn bei dir sein und dich abholen.«

Unsicher schaute sie ihre Reisegefährtinnen an, die ungeduldig nickten. »Abholen? Ich dachte eigentlich, wir reden nur.« Uta schlug sich mit der Hand an die Stirn und verdrehte die Augen. »Aber wenn du denkst«, sagte Simone schnell, »dann machen wir das so.«

»Prima, dann bis morgen. Zieh Wandersachen an und pack Handtuch und Badeanzug ein.« Und schwupps, noch ehe Simone etwas erwidern konnte, hatte Christoph aufgelegt.

Mit dem Handy in der Hand blickte sie die anderen an. »Na prima, Badesachen. Und was nun?«

»Einfach machen und die Dinge auf dich zukommen lassen«, meinte Uta. »Das letzte Mal hat es dir doch auch sehr gut gefallen. Zumindest war am nächsten Morgen immer noch so ein unübersehbares Leuchten in deinen Augen. Außerdem könnte ich mir Schlechteres vorstellen, als mit einem attraktiven Mann den Tag vor dem eigenen Geburtstag zu verbringen.«

Die Nacht verging quälend langsam. Simone tat kein Auge zu und wälzte sich hin und her. Tim beobachtete sie lächelnd aus seinem Bilderrahmen und schien sich köstlich über ihre Zweifel zu amüsieren. Nach Mitternacht legte sie ihn unter das Kopfkissen des Nachbarbettes und kniff die Augen zusammen. Doch der Schlaf wollte sich noch immer nicht einstellen.

Christoph – würde es wie beim letzten Mal sein oder hatte die kleine Funkstille einen Keil zwischen sie getrieben? Simone berührte mit dem Finger ihre Lippen. Manchmal glaubte sie noch, seinen Kuss zu spüren, obwohl das natürlich nur Einbildung war.

Gegen zwei Uhr trat sie auf ihren Balkon und starrte aufs Meer. Der Atlantik war glatt wie ein Spiegel. Einzelne am Himmel dahinziehende Wolken schimmerten auf dem Wasser. Die Stille war zum Greifen. Da war nichts, kein Auto, kein Vogelschrei, nur Einsamkeit. Morgen um diese Zeit war sie schon ein Jahr älter. Wegen dieses Tages war sie hierhergekommen, und dann hatte sie Dinge erlebt, von denen sie niemals zu träumen gewagt hätte.

Für immer hier leben, in Janes Garten arbeiten – das klang fantastisch. Aber nur auf den ersten Blick. Denn war dieser Traum realisierbar? Niemals. Deswegen waren Träume nun einmal Träume, da sich die wenigsten von ihnen umsetzen ließen. Doch sosehr Simone auch Gegenargumente sammelte, es blieb ein Sehnsuchtsgefühl, das sich nicht so leicht ignorieren ließ.

Und dieses Gefühl war auch am Morgen noch da, als sie nach nur zwei Stunden Schlaf gegen sechs erwachte. Eine halbe Stunde kuschelte Simone noch in den weichen Kissen und stand dann auf. Wie jeden Tag führte sie der erste Gang nach draußen. Noch war es dunkel, doch am Horizont zeigte sich bereits ein heller Schimmer. Es war kühl, ein frischer Wind wehte, ließ sie frösteln und schnell unter die warme Dusche springen.

Im Bad starrte sie ein müdes Gesicht im Spiegel an. Da waren Augenringe und Falten, die sich mit jedem Monat zu vermehren schienen.

Seufzend benutzte sie die getönte Tagescreme, legte ein wenig Lidschatten auf und einen Hauch Parfüm. Vor dem Schrank stehend, sinnierte Simone lange und griff schließlich nach der beerenroten Wanderbluse. Wie hatte Uta neulich gesagt: »Die steht dir so toll.«

Gegen neun war sie fertig. Ihr Rucksack, natürlich mit den gewünschten Badesachen, stand neben der Tür. Das Frühstück ließ Simone aus. Irgendwie fühlte ihr Magen sich wie zugeschnürt an. Sie würde eh nichts herunterbekommen und trank nur ein großes Glas heißes Wasser, während sie aufs Meer schaute.

Da klopfte es an der Tür. Uta und Julia standen draußen und blickten sie neugierig an. »Wir haben dich beim Frühstück vermisst.«

Simone ließ sich auf ihr Bett sinken.

»Hört bloß auf. Ich hab die halbe Nacht kein Auge zugetan.« Nach Luft ringend presste sie eine Hand auf ihren Bauch.

»Na, so schlimm wirds schon nicht werden, er will nur einen Ausflug mit dir machen«, meinte Uta grinsend. Dann blickte sie Richtung Nachttisch und bemerkte das fehlende Foto von Tim. Doch sie sagte nichts, sondern lächelte einfach weiter. »Julia hat übrigens Neuigkeiten für dich.«

Diese setzte sich im Schneidersitz auf den kleinen Teppich vor dem Bett und holte tief Luft. »Also, mein Bekannter hat mich heute Morgen in aller Herrgottsfrühe aus den Federn geholt.

Also, es gibt einen Baustopp hier auf São Miguel, nur noch ganz wenige Gebiete sind für Neubauten ausgewiesen. Die Insel hat sich für einen sanften Tourismus entschieden, was ich absolut gut finde. Das Grundstück mit dem Kameliengarten scheint eines der wenigen zu sein, wo man eventuell, unter bestimmten Voraussetzungen noch bauen dürfte. Deswegen wohl das Interesse. Mein Bekannter hat einen Freund angerufen, der ganz in der Nähe wohnt. Und der musste lange überlegen, um welches Stück Land es überhaupt geht. Er dachte, der Garten wäre schon ewig unbewohnt.

Mit ihrer Strategie der Zurückgezogenheit hat deine Jane der Gegenseite mächtig in die Karten gespielt. Dennoch ist es ihr Land, und daran beißt die Maus keinen Faden ab. Und wenn sie nicht verkaufen will, muss sie das nicht tun.«

Unschlüssig schaute Simone die anderen an. »Das bringt uns jetzt aber irgendwie auch nicht weiter.«

»Nein, leider nicht«, sagte Uta. »Der Schlüssel liegt momentan bei deinem Christoph, wenn einer helfen kann, dann er.« Sie sah auf ihre Uhr. »Apropos Christoph, du solltest dich langsam auf den Weg machen. Es ist nämlich gleich zehn.«

15

Mit klopfendem Herzen wartete Simone vor dem Hotel. Endlich tauchte der Jeep in der Einfahrt auf. Beinahe zeitgleich mit Marta, die mit dem Arm voll Wäsche das Nebengebäude verließ.

Eilig kam sie zu ihr. »Guten Morgen«, meinte sie unsicher. »Wegen gestern, also wegen unseres Gespräches, ich wollte mich bei dir entschuldigen. Ich hab wohl ein wenig überreagiert.« Martas Wangen waren glühend rot, ihr Atem ging schneller. »Es ist nur so, dass die alte Frau … Na ja.« Sie verstummte und drückte die Wäsche an ihre Brust. Beinahe verlegen schielte sie zu Christoph, der in diesem Moment die Stufen der Terrasse erklomm. »Ach, wir reden einfach ein anderes Mal. Ihr seid verabredet. Habt einen schönen Tag.«

Mit schnellen Schritten verschwand sie im Garten. Simone und Christoph sahen ihr nach.

»Hab ich sie vertrieben?«, fragte er entgeistert.

»Nicht direkt«, erwiderte Simone und musterte ihn kurz. Seine Augen strahlten und sie bemerkte, wie diese über ihren Körper glitten und schließlich an ihrem Gesicht hängen blieben.

»Du siehst wunderbar aus, wenn ich das mal so sagen darf.«

Natürlich wurde sie auf der Stelle rot. »Danke, das freut mich.«

Christoph deutete auf die hinter ihr liegende Pension. »Sehr gerne. Aber was war denn nun mit Marta los? So wortkarg kenne ich sie gar nicht. Normalerweise komme ich nicht ohne einen Tee oder eine Limonade davon.«

»Mit ihr hat unser heutiges Treffen auch zu tun. Aber ich glaube, das erzähle ich dir später.«

»Nun machst du mich aber echt neugierig. Aber gut, lass uns fahren«, erwiderte er.

Wie schon beim letzten Mal schwiegen sie während der Fahrt. Es ging einmal quer über die Insel. Schon von der Ferne sah Simone mächtige Wellen, die auf der anderen Seite von São Miguel an den Strand donnerten. Diesen Anblick hatte sie bei der allerersten Ausfahrt mit ihren Begleiterinnen schon genießen dürfen.

Christoph deutete nach vorn. »Die Nordküste, da liegt Ribeira Grande. Ein hübsches kleines Städtchen, einige Geschäfte, ganz gute Restaurants.«

Simone dachte an die Kaimauer, an der sie gestanden und in den Wind geschrien hatte. Seitdem hatte sich so viel getan, im Inneren, aber auch im Äußeren.

Verstohlen schielte sie zu Christoph, der souverän wie immer den Wagen steuerte. Seine schlanken sehnigen Finger hielten das Lenkrad. Simone sah die vielen Sommersprossen, die sich auf der gebräunten Haut seiner Unterarme gebildet hatten, und die zarten Härchen, die sich kräuselten. Einen Moment musste sie der Versuchung widerstehen, ihn zu berühren. Hastig blickte sie aus dem Seitenfenster und betrachtete die vorbeifliegende Landschaft.

Sie durchquerten Ribeira Grande und folgten weiter der Küstenlinie. An einem großen, altertümlich mondän aussehenden Haus bog Christoph schließlich links ab und stellte den Wagen auf einen gut gefüllten Parkplatz. »Die Teefabrik von Chá Gorreana, ein Touristenmagnet«, sagte er erklärend. Dann deutete er auf die andere Seite. »Aber wir wollen dorthin, in die Teeplantagen, die ich gerne mit dir erkunden würde.«

So weit der Blick reichte, sah Simone nur grüne Büsche, die sich terrassenartig und in exakte Reihen ausgerichtet den Berg emporzogen. Wenn man die Augen zusammenkniff, kam man sich einen winzigen Moment wie in China vor.

Der abseits der Hauptroute gelegene schmale Weg wand sich allmählich die Hänge hinauf. Immer wieder blieb Simone stehen und zückte ihren Fotoapparat. Der Anblick von grünen Teebüschen und blauem Meer war einfach zu fantastisch. Irgendwann verließen sie die Plantage und wanderten einen Weg am Waldrand entlang. Und erneut zeigte die Insel ein anderes Gesicht. Ein würziger Duft von Tannennadeln lag in der Luft, beinahe wie in ihrem Garten oder beim Pilzesuchen im heimischen Wald. Vögel zwitscherten, und irgendwo plätscherte ein Bächlein.

An einem riesigen Baum schlug Christoph einen schmalen Trampelpfad ein, der direkt neben einer Kuhweide nach unten führte. Ortsunkundige hätten ihn bestimmt übersehen. Nach wenigen Schritten weitete sich der Blick, sie erreichten eine Wiese, und Simone hielt den Atem an. Sie sah ein Stück unterhalb von sich die grünen Teesträucher, das schmale Band der Straße, auf der winzig kleine Autos fuhren, die Teefabrik mit ihren alten Schornsteinen und schließlich die rauen Klippen der Küste. Danach kam der Atlantik, unendliche Weite bis zum Horizont.

Im Schutz einiger Büsche blieb Christoph stehen, nahm seinen Rucksack ab und breitete eine mitgebrachte Decke aus. Dann klopfte er auffordernd neben sich. Während Simone ihre Augen kaum vom Panorama abwenden konnte, packte Christoph diverse belegte Brötchen und eine Schale Gurkenscheiben aus.

»Von meiner Nachbarin, sie versorgt mich immer, als wäre ich dem Hungertod nahe, und erst recht, wenn ich ihr verrate, dass ich eine Wanderung unternehmen will«, meinte er lachend.

»Und deine Gäste?«, fragte Simone und langte zu.

»Sind allein unterwegs. Die buchen mich nur an manchen Tagen als Führer. Deswegen habe ich heute einen freien Tag, den ich mit einer wunderbaren Begleiterin verbringen kann.«

Während sie aßen, streckte er seine langen Beine Richtung Gras aus und legte sie lässig übereinander. »Und jetzt schieß los. Warum wolltest du mich sehen?«

»Weil ich deine Hilfe brauche, oder zumindest einen guten Rat.« Simone erzählte ihm die ganze Geschichte. Angefangen bei ihrem ersten unerlaubten Besuch im Kameliengarten, bis hin zu den letzten Treffen mit Jane. Sie ließ auch die seltsame Reaktion von Marta nicht aus.

Christoph schwieg und hörte ihr konzentriert zu. Von Zeit zu Zeit zog er erstaunt seine Augenbrauen hoch, sagte aber nichts.

»Und jetzt weiß ich nicht, was ich tun soll. Ich habe das Gefühl, Jane wird von den Typen bedroht, und sie hat niemanden, an den sie sich wenden kann«, endete sie schließlich. »Dass einer alten Frau etwas geschieht oder man ihr das Land wegnimmt, das kann ich einfach nicht zulassen.«

Nachdenklich blickte Christoph Richtung Meer. »Wenn ich ehrlich bin, hätte ich niemals angenommen, dass sich ein solches Kleinod hinter der alten Mauer verbirgt. Aus meiner Sicht war es einfach nur ein verfallener Garten. Dennoch will ich ehrlich sein. Ich habe keine Ahnung, wie wir der alten Frau helfen sollen. Wenn sie über neunzig ist, sind ihre Tage verständlicherweise gezählt. Ohne Angehörige wird es auch kein Testament geben. Nach ihrem Tod fällt das Land an den portugiesischen Staat, und wenn es wirklich Bauland ist, wird es eines Tages verkauft. Es sei denn, es findet sich jemand, der den Garten weiterführt.«

Christoph biss in sein Brötchen und kaute konzentriert vor sich hin. Simone war enttäuscht, doch sie wusste, dass das ungerecht war. Was hatte sie von ihm erwartet? Sollte er mit dem Finger schnippen und ihr eine spontane Lösung präsentieren?

»Falls du damit auf mich anspielst«, brach es aus ihr heraus. »Ich stehe dafür nicht zur Verfügung«, sagte sie mit harter Stimme.

Christoph ließ das Brötchen sinken und starrte sie an. »Dich? Wie kommst du darauf, dass ich dich meine? Immerhin fliegst du in wenigen Tagen wieder nach Hause. Nein, vielleicht gibt es noch andere Interessenten. Aber das ist eher unwahrscheinlich. Wer will schon einen so speziellen Garten kaufen.«

Verlegen nippte sie an ihrer Flasche Wasser. »Entschuldige, ich dachte, du meinst mich. Nur weil meine Freundin Uta mir auch schon diesen Vorschlag unterbreitet hat. Sie weiß von meiner Liebe zu Pflanzen und Blumen.« *Und von meiner Liebe zu dieser Insel,* fügte sie im Stillen hinzu. Dann seufzte Simone. »Es tut mir einfach nur so schrecklich leid um Jane, ihren Garten, die Pflanzen und alles. Es ist ihr Lebenswerk, und dann wird alles zerstört.«

»Das ist wirklich schade.« Christoph beobachtete eine dunkle Regenwolke, die übers Meer genau auf sie zugezogen kam. »Es mag jetzt blöd klingen, aber das ist der Lauf der Dinge. Nicht gerade tröstend, trotzdem eine Tatsache. Manchmal wünschen wir uns, dass eine Lösung von außen kommt, ein Wunder, ganz ohne unser Zutun. Doch es ist ein Schritt notwendig, den wir gehen müssen, oder eine Entscheidung, die es zu treffen gilt.« Christoph kam langsam nach oben und deutete an den Himmel. »Ich will unser schönes Gespräch nur ungern unterbrechen, aber diese Wolke da gefällt mir gar nicht. Ich glaube, wir sollten uns ein wenig Schutz suchen.«

In aller Eile packten sie ihre Sachen zusammen. Als die ersten Tropfen auf ihre Gesichter fielen, ergriff Christoph ihre Hand und rannte mit ihr über den steilen Weg nach unten. Simone fühlte sich plötzlich wie ein kleines Mädchen. Trotz der Sorgen um Jane fiel es ihr fast schon schwer, ein lautes Juchzen zu unterdrücken. Sie jagten dahin wie unbeschwerte Kinder, während ihre Haare im Wind wehten. Ein Gefühl von Freiheit bildete sich in ihrer Brust.

Kurz bevor der Regen endgültig losbrach, erreichten sie die schützenden Mauern der Teefabrik. Einen Moment stellten sie sich unter ein Vordach und atmeten tief durch. Simones Herz hämmerte, und sie wusste nicht, ob es an der Anstrengung oder an ihm lag. Denn Christoph ließ sie nicht aus den Augen. Über seinen Mund rann ein Regentropfen. Sie betrachtete ihn und hätte am liebsten ihre Lippen auf seine gepresst. Schließlich zog Christoph sie in den Verkaufsraum, zu einem Ecktisch und orderte bei einer herbeieilenden jungen Frau eine kleine Kanne Tee. Gleich darauf stand er dampfend zwischen ihnen und ergoss sich in die Keramikschalen.

Simone nippte daran. Er schmeckte fruchtig, nach Zitrone, aber auch würzig – einfach wunderbar. Ein Geschmack nach Urlaub und Ferne, den man sich bewahren wollte und doch nicht mit nach Hause nehmen konnte – sosehr man das auch wollte.

»Gut, oder? Ich mag es, hier ab und zu eine Tasse zu trinken. Er schmeckt jedes Mal vollkommen anders. Zumindest bilde ich mir das ein.« Christoph tauchte seine Nase in die Schale und schloss kurz die Augen. Wieder schien es Simone, als könnte er ihre Gedanken lesen. »Dann frage ich mich, woran das liegt. Ist es das Wetter, der Wind oder meine Fantasie, die mir etwas vorgaukelt?«

Um sie herum pulsierte das Leben, Menschen eilten mit

Einkaufskörben vorbei, doch Simone kam es vor, als wären da nur er und sie.

Als der Regen genauso schlagartig versiegte, wie er gekommen war, erhob Christoph sich. »Unser Tag ist noch nicht zu Ende.«

Und Simone ließ sich von ihm mitziehen. Es tat gut, Zeit mit ihm zu verbringen. Sie genoss jede einzelne Minute, jede Sekunde. Schon jetzt dachte sie voller Wehmut an die Zeit des Abschieds. Irgendetwas hatte Christoph mit ihr gemacht. Er brachte ihr Gefühlsleben durcheinander, schenkte ihr Freude und Aufregung. Sie mochte ihn, und zwar sehr, zu sehr. Das wurde ihr in diesem Augenblick bewusst, als sie Richtung Inselinneres fuhren.

Nach einiger Zeit tauchte der Talkessel von Furnas auf. Kurz bevor sie ihn erreichten, führte Christoph ein Telefonat auf Portugiesisch. Mit wem auch immer er sprach, er schien denjenigen sehr zu mögen und lachte herzhaft in den Hörer.

Die dampfenden Caldeiras ließen sie links liegen und näherten sich einem großen schmiedeeisernen Tor. Dahinter lag ein herrschaftlich aussehendes Grundstück mit großen Bäumen. Ein Mann tauchte auf, winkte ihnen freundlich zu und öffnete die riesigen Flügel. Christoph stellte sich auf einen Parkplatz, während der Mann hinter ihnen wieder die Pforten verschloss. Nur ein kleines Tor, durch das Fußgänger eintreten konnten, blieb offen.

»Der Parque Terra Nostra von Furnas. Da du dich so sehr für Pflanzen aller Art interessierst, dachte ich, ein kleiner Rundgang würde dir Freude machen. Und ich hoffe, du hast deine Badesachen dabei. Aber dazu später«, meinte Christoph verschmitzt lachend.

Der Mann, der ihnen gerade das breite Tor geöffnet hatte, wechselte mit Christoph einige Worte. Beide lachten, und immer wieder fielen neugierige Blicke auf Simone. Dann betraten sie den Park.

»Sag mal, kann es sein, dass man dich überall auf der Insel kennt?«

»Auf São Miguel schon. Nach den ganzen Jahren gehöre ich zum alten Eisen und hab viel für den Tourismus getan. Das bringt die eine oder andere Vergünstigung mit sich, die ich meist gerne annehme.« Christoph griff einen Übersichtsplan aus einem Ständer und studierte ihn. »Ich denke, wir folgen der offiziellen Runde.«

Dann durchstreiften sie das riesige Areal, und Simone war vom ersten Augenblick an schockverliebt. Der Park war einfach fantastisch. Da waren riesige, uralte Bäume, seltene Pflanzen, romantische Wasserläufe und geheime Grotten. Es gab einen Rosengarten, Kakteen, Palmen und viele versteckte Winkel. Und obwohl nur wenige Pflanzen blühten, kam sie aus dem Staunen und Bewundern nicht heraus. Sie hätte hier stundenlang herumwandern können. Und Christoph folgte ihr über jeden kleinen Pfad und erfreute sich an ihrer Begeisterung.

Dann senkte sich allmählich die Dämmerung über den Garten, und die Schatten wurden länger.

»Sollten wir nicht so langsam mal zum Ausgang?«, fragte Simone unsicher. »Nicht dass sie uns noch einschließen.«

»Wäre das denn so schlimm?«, gab er neckend zurück. »Keine Angst, ich würde dich beschützen, gegen wilde Tiere oder was auch immer.« Lachend warf Christoph den Kopf nach hinten. »Eine der kleinen Vergünstigungen ist, dass wir bleiben dürfen, solange wir wollen. Oder zumindest noch ein wenig länger als die Tagestouristen.«

Also schlenderten sie weiter und erkundeten die schmalen Pfade.

Ganz zum Schluss zog Christoph sie zu einem Haus, das auf einer Anhöhe lag. Von der Ferne hatte Simone dieses schon ein paarmal erspäht. Im letzten Tageslicht erschien es wie eine griechische Villa mit schimmernden weißen Säulen. Auf der einen Seite des Hügels gab es einen künstlichen See, auf dem Enten plantschten. Doch ihr Ziel lag auf der anderen Seite. Eine breite Treppe führte zu einem riesigen Wasserbecken mit steinerner Einfassung. Es wirkte wie ein Swimmingpool aus längst vergangenen Zeiten, der dampfte und einen ähnlich metallischen Geruch wie an den Caldeiras verströmte. Über eine breite Düse rauschte unablässig frisches bräunlich aussehendes Wasser ins Becken. Ringsumher waren Bänke aufgestellt, die um diese Zeit aber verlassen lagen. Erste Laternen flammten auf und schimmerten matt. Rhododendronbüsche dienten als Sichtschutz gegenüber dem Rest des Parks.

»Das große Badebecken von Terra Nostra. Ich wünschte, es würde immer so bleiben und nie modernisiert werden. Immer wenn ich es sehe, habe ich das Gefühl, als wäre die Zeit stehen geblieben.« Christoph tauchte eine Hand ins Wasser. »Der Pool gehört zum Hotel da drüben. Wenn der Park schon längst geschlossen ist, dürfen die Hotelgäste noch immer baden. Aber um die Jahreszeit sind kaum Gäste da. Und deswegen haben wir das Becken ganz für uns allein. Es wäre jetzt also Zeit für deine Badesachen.« Dann deutete er auf einen schmalen Pfad. »Dahinunter geht es zu den Umkleidekabinen. Wenn du gleich die erste nimmst, findest du einen Bademantel vor. Denn die Luft ist um diese Zeit schon reichlich kühl.«

Unsicher stolperte Simone über den dunklen Pfad, der mit großen Kieselsteinen gepflastert war. Und tatsächlich, wie Christoph versprochen hatte, lag in der ersten Kabine eine flauschige Matte auf dem Boden, und ein Bademantel hing am Haken. Simone schlüpfte in ihren Badeanzug, zog den Mantel an und lief dann zurück Richtung Becken. Schon von der Ferne hörte sie plätschernde Geräusche. Christoph war bereits im Wasser und schwamm mit ruhigen Bewegungen am Rand entlang. Der Schein der umstehenden Laternen erhellte das Becken nur spärlich.

Als er sie entdeckte, kam er langsam zur Treppe geschwommen und schaute sie auffordernd an. »Komm rein, das Wasser ist herrlich warm.«

Simone legte den Bademantel auf eine Bank. Kühle Abendluft umfing sie, bildete Schauer auf ihrer Haut. Dann ließ sie sich behutsam ins Wasser gleiten. Angenehme Wärme umhüllte sie. Der seltsame Geruch benebelte zunächst ihre Sinne, doch gleich darauf hatte sie sich daran gewöhnt. Ihr Körper entspannte sich, jeder einzelne Muskel wurde locker, leicht, und es kam ihr vor, als würde sie schweben.

Langsam schwamm Simone eine Runde und genoss das seltsame Gefühl. Christoph war immer an ihrer Seite, hielt aber Abstand. Nach einigen Minuten legte sie sich auf den Rücken und schaute an den Himmel. Das Wasser trug sie, nur wenige Bewegungen waren notwendig. Unzählige Sterne schimmerten über ihr, schienen zum Greifen nah zu sein. Der Mond warf sein fahles Licht über eine der Bergketten. Er wurde von Wolken umhüllt, die rasch dahinzogen. Simone atmete tief ein und aus. Immer mehr sank sie in eine wunderbare Entspannung. Beinahe vergaß sie die Welt um sich herum. Noch nie hatte sie so etwas Zauberhaftes erlebt.

Etwa einen Meter neben ihr lag Christoph ebenfalls auf dem Rücken. Sein Blick streifte die gleichen Sterne wie ihrer.

»Gefällt es dir?«, fragte er nach einer Weile leise. Seine Stimme klang rau.

Simone suchte nach den passenden Worten. »Es ist unglaublich schön. Diesen Moment werde ich vermutlich bis an mein Lebensende nicht vergessen.«

»Ich auch nicht.« Er zögerte kurz. »Vor allem, weil du bei mir bist«, sagte er schlicht.

Leichte Wellen umspielten ihren Körper, als Christoph zu ihr kam. Sein Arm umfasste ihren Rücken. Simone stellte sich auf ihre Füße. Zwischen ihnen waren nur noch wenige Zentimeter Wasser. Ohne dass sie es steuern konnte, hob sie ihr Gesicht empor. Ihre Lippen fanden sich. Liebkosend spielte Christoph mit ihrer Zunge, erforschte ihren Mund. Immer näher und näher kamen sie sich, bis Simone schließlich ihre Arme um seinen Hals legte, ihn zu sich zog. Er stöhnte leise auf und ließ seine Hände über ihren Körper wandern.

Immer schneller und schneller schlug ihr Herz, bis sie sicher war, er musste es hören. Doch da schob Christoph sie sacht von sich. Sein Mund löste sich von ihrem, da waren nur noch seine Hände, die sie sanft hielten.

Schweigend standen sie sich gegenüber, sahen sich in ihre Augen, obwohl die Dunkelheit das Antlitz des anderen beinahe vollkommen verbarg. Christoph berührte sacht ihre Wange.

»Ich wünschte, du würdest hierbleiben, hier auf dieser Insel.« Seine Stimme war leise, nur ein Hauch, doch seine Worte trafen sie mitten ins Herz.

Simone schaute ihn an und trat einen Schritt zurück. Verzweifelt rang sie nach Atem. »Was hast du gesagt?«

»Ich wünschte, du würdest hierbleiben, für immer«, wiederholte er.

»Aber du kennst mich gar nicht. Du weißt nicht, wie ich bin.« Sie spürte ihre Verwirrung. *Wie konnte er so etwas sagen?*

»Vielleicht ja, vielleicht nein. Man muss nicht alles über einen Menschen wissen. Mitunter lebt man viele Jahre mit jemandem zusammen und hat doch einen Fremden an seiner Seite«, sagte er bitter. Dann wanderten seine Hände erneut über ihre Arme, doch Simone versteifte sich.

»So einfach ist das alles nicht«, meinte sie leise und schluckte den Kloß in ihrer Kehle hart nach unten.

»Und wenn es einfacher ist, als du denkst? Wir Menschen suchen immer nach Problemen, wo gar keine sind. Ich hab mich damals aus einer Laune heraus entschieden und bin einfach hiergeblieben. Ich habe noch nicht eine Minute davon bereut. Manchmal katapultiert uns das Leben in verrückte Situationen, vielleicht weil es weiß, was gut für uns ist.«

Simone warf ihren Kopf zurück. »Und was soll ich hier tun? Ich krieg schon daheim mein Leben kaum auf die Reihe.«

»Vielleicht als Kameliengärtnerin arbeiten«, sagte er leise.

»Hätte ich dir bloß nichts erzählt. Jane ist immerhin noch am Leben und überhaupt …« Sie seufzte tief. »Es geht nicht, auf keinen Fall.«

Christoph schwieg. Da waren seine Finger auf ihrer Haut. Nur wenige Berührungen, doch Simone fühlte sich geborgen und beschützt. »Du solltest die Entscheidung auch nicht hier treffen, im Badebecken des Parque Terra Nostra, sondern ganz in aller Ruhe. Überhaupt ist es an der Zeit, das Wasser zu verlassen. Nicht dass du dir noch einen Schnupfen holst.«

Beinahe erleichtert drehte Simone sich um und strebte den Stufen entgegen. Gemeinsam kletterten sie aus dem Becken. »Ich gehe mich dann mal umziehen.«

Sie mied seine Blicke und raffte hastig den Bademantel um ihren Körper.

Christoph nickte schweigend, und sie spürte, wie er ihr hinterherschaute. Simones Badeschuhe rutschten über die glatten Kieselsteine, weil sie so schnell lief. Schwer atmend erreichte sie die Umkleidekabine und zog die Tür hinter sich zu. Mit geschlossenen Augen lehnte sie sich an die Wand.

Was hatte er gesagt? Er wünschte, sie würde hierbleiben. Simone presste ihre Faust an den Mund, während Tränen ihre Wangen hinunterliefen. Hierbleiben, hier leben, arbeiten, vielleicht mit Christoph – schlagartig wurde ihr bewusst, dass sie nichts lieber wollte als das.

Doch augenblicklich funkte ihr Verstand dazwischen. Eine Stimme schrie. Wie sollte das funktionieren, mit einem Menschen, den sie kaum kannte? Was sollte aus ihrem Haus werden, aus ihrem Garten? Und ihre Kinder, die würden denken, sie wäre vollkommen verrückt geworden. Ihre Mutter war alt, vielleicht würde sie sich eines Tages um sie kümmern müssen. Wie sollte das gehen, wenn sie auf einem Eiland mitten im Atlantik hockte? Nein, es war Zeit, realistisch zu werden. Diese Insel verwirrte sie und brachte ihre mühsam errichtete kleine Welt gründlich durcheinander.

Irgendwann zog Simone sich um. Sie stopfte den nassen Badeanzug in ihren Rucksack und lief den Weg hinauf zum Badebecken. Immer noch brannten die Lampen und verbreiteten ihren Schein. Das warme Wasser schickte leichte Dampfschwaden in den nachtschwarzen Himmel. Und doch war alles anders als noch vor ein paar Minuten.

Christoph saß auf einer Bank und checkte die Nachrichten seines Handys. Bei ihrem Anblick sprang er besorgt auf und musterte sie forschend. »Ist alles in Ordnung?«

Simone lächelte etwas verkrampft. »Ja, alles bestens.«

Nervös stopfte sie ihre Hände in die Taschen der Wanderhose.

»Gut, dann lass uns nach Hause fahren.« Während sie zum Auto liefen, spürte sie seine prüfenden Blicke. Christophs Hand berührte ihren Rücken, nur ganz leicht. Doch Simone glaubte seine Wärme durch ihre Bluse wahrzunehmen.

Irgendeine hilfsbereite Kraft hatte das schwere Tor des

Parks bereits weit geöffnet, damit sie nach draußen fahren konnten. Dann rollte das Auto durch die schmalen Gassen von Furnas. Laut polterte der Wagen über das alte Pflaster, während Simone in beleuchtete Fenster schaute, in denen sich azorianischer Alltag abspielte. Menschen sahen fern oder aßen gerade Abendbrot. Lichtflecken fielen nach draußen und vermittelten einen Eindruck von Wärme und Geborgenheit.

Irgendwann hatten sie den Ort hinter sich gelassen, und die Dunkelheit der Landschaft gestattete keinen Blick auf die Umgebung. Christoph beschleunigte, und die Bäume am Straßenrand flogen vorbei.

Simone saß schweigend auf dem Beifahrersitz und hing ihren Gedanken nach. Im Auto, auf engstem Raum, nahm sie Christophs Energie noch intensiver wahr. Er schien dies zu spüren, öffnete das Fenster einen Spalt und ließ frische Nachtluft hereinströmen. Sie erfüllte das Auto und erleichterte das Atmen ein wenig.

An einer Abzweigung mitten im Nirgendwo blieb er schließlich stehen und machte den Motor aus. Irritiert blickte Simone sich um.

»Bis zur Pension ist es jetzt etwa noch eine halbe Stunde«, sagte er gelassen. »Aber es gibt noch eine zweite Variante, du könntest auch bei mir schlafen. Mein Grundstück liegt hinter dem Hügel, wir wären gleich da. Natürlich schläfst du in einem der Gästezimmer im Haupthaus. Wenn du willst, mache ich dir sogar einen der Bungalows fertig. Es ist nur ein Vorschlag unter Freunden.«

Sein Gesicht lag im Dunkeln, seine Miene war nicht zu erkennen. Verblüfft suchte sie nach einer Antwort. Wenn sie ehrlich war, konnte sie mit seinem Angebot so gar nichts anfangen. Gedanken kreiselten wie wild durch Simones Kopf. Je mehr sie versuchte, den Knoten zu entwirren, umso fester schien er zu werden.

»Aber ich bringe dich selbstverständlich auch zur Pension, es ist nur ein Angebot«, fuhr Christoph in diesem Augenblick fort und durchbrach damit ihre Grübeleien.

Simone schaute unauffällig zur Leuchtanzeige des Cockpits. Es war gleich elf, schon reichlich spät. Aber darum ging es gar nicht. Da war ein Flattern in ihrem Bauch, das sich schließlich über den ganzen Körper ausbreitete. Mein Gott, sie war eine erwachsene Frau und benahm sich wie ein hysterischer Teenager. Vorsichtig befeuchtete Simone ihre Lippen mit der Zunge und holte Luft. »Na ja, ich meine, warum nicht?«, sagte sie gedehnt. »Wenn ich ehrlich bin, fühl ich mich irgendwie erschlagen und ziemlich müde.«

»Das Wasser im Terra Nostra entspannt Körper, Geist und Seele. Ich verspreche dir, du bekommst morgen früh ein fantastisches Frühstück, mit den leckersten Brötchen und den frischesten Eiern, die du je gegessen hast.«

»Wer könnte da widerstehen«, sagte sie leise.

»Also kommst du mit?« Seine Frage schien im stillen Auto nachzuhallen.

Simone nickte, bis sie begriff, dass er das in der Dunkelheit gar nicht sah. »Aber nur, wenn ich ins Gästezimmer darf«, meinte sie bestimmt. »Ich ganz allein in einem Bungalow, das muss nicht unbedingt sein.«

Auch ohne dass sie ihn sah, spürte Simone seine Freude, während er den Motor anließ. Christoph bog in den schmalen Weg ein, und schon nach kurzer Zeit erreichten sie ein Holztor, das weit offen stand. Über eine kiesbestreute Zufahrt ging es den Berg hinab, bis schließlich ein Haus vor ihnen auftauchte. Im Licht der Scheinwerfer war es nur schemenhaft erkennbar. Große Bäume umschlossen es schützend. Als sie näher kamen, flammten diverse Lampen auf und erhellten ein wenig die Umgebung.

Simone erkannte mehrere Wege, die in verschiedene Richtungen gingen und vermutlich zu den einzelnen Bungalows führten. Dazwischen lagen Büsche, Wiesen und Blumenbeete.

Kaum dass sie das Fahrzeug verlassen hatte, näherte sich eine kleine Katze, mit einem wuscheligen Hund im Schlepptau. Die Tiere umkreisten Christoph, sprangen an ihm empor oder schmiegten sich an seine Hose. Simone bemerkte, dass der Hund nur drei Beine hatte. Doch das tat seiner Lebenslust keinen Abbruch, im Gegenteil. Dann wandten die beiden sich Simone zu und gingen in Kuschelposition. Große Augen schauten sie bettelnd an. Sofort hockte Simone sich hin und versuchte, ihre Zuwendung möglichst gleichmäßig zu verteilen. »Wer seid ihr denn?«

Christoph kam an ihre Seite. »Der Kater heißt Peter und wohnte schon hier, als ich das Grundstück damals gekauft habe. Und der Hund lief mir jedes Mal, wenn ich nach Ponta Delgada unterwegs war, über den Weg. Er sah mich mit seinen großen Augen an und na ja … Irgendwann nahm ich ihn einfach mit. Seitdem lebt er hier bei mir und ist ein sehr treuer Gefährte.«

Simone streichelte dem Hund den Bauch, der sich liebesbedürftig vor sie geworfen hatte. »Wie ist sein Name?«

»Willy, so hieß mein Hund, damals in Deutschland. Trotz seiner nur drei Beine hält er mich bei den Spaziergängen ganz schön auf Trab.« Christoph lächelte. »Sind nicht unbedingt typisch portugiesische Namen, aber was solls. Ein bisschen Heimat darf auch in der Fremde sein.«

Willy schmiegte sich an ihre Waden, während Peter seinen Schwanz aufrichtete und in stolzer Haltung Richtung Garten verschwand.

»Ich glaube, du hast einen neuen Verehrer gefunden. Willy ist meinen Gästen gegenüber sehr misstrauisch und lässt sich kaum streicheln. Niemand weiß, was er früher so alles erlebt hat.« Ab und zu berührten sich ihre Finger, während sie gemeinsam Willys Fell kraulten. Schließlich erhob Christoph sich. »Ich denke, wir sollten allmählich dein Zimmer herrichten. Es ist schon spät.«

Er ging voraus, öffnete die Haustür, und Simone kam in eine helle Diele. Alles wirkte vollkommen anders als in der *Pension Hortensia*. Dunkle, schwere Möbel suchte man vergebens. Wer immer diesen Raum eingerichtet hatte, hatte dabei viel Geschmack bewiesen. Simone glaubte, eine eindeutig weibliche Handschrift erkennen zu können.

Christoph steuerte einen schmalen Gang zu ihrer Linken an. Drei Türen gingen davon ab. »Ich gebe dir mein Gartenzimmer. Der Blick, wenn die Sonne aufgeht, ist einfach fantastisch.«

Während er nach draußen ging, um Handtücher und Bettwäsche zu holen, inspizierte Simone den Raum.

Gleich vorn war das moderne Bad, mit einer bodenlosen Dusche und hellen Fliesen. Im Zimmer selbst gab es einen Schrank, ein breites Bett und einen gemütlichen Sessel vor dem Fenster. Vorsichtig schob Simone die Terrassentür auf. Der Garten lag in vollkommener Dunkelheit. Nichts war zu hören, kein Vogellaut, kein Wellenrauschen. Das Meer schien weit entfernt zu sein.

Christoph kam zurück, und gemeinsam bezogen sie das Bett mit angenehm duftender Wäsche. »Die Badetücher lege ich dir auf den Hocker. Zahnbürste und Co findest du in dem kleinen Körbchen, das hab ich immer in Reserve.«

Ein wenig unsicher blieb er an der Zimmertür stehen. »Na dann, schlaf gut. Bis morgen früh. Die Küche findest du auf der anderen Seite der Diele. Und falls etwas sein sollte, ich schlafe direkt über dir.« Mit seinem Daumen deutete er nach oben.

Simone nickte. »Danke, ich komm schon zurecht. Schlaf du auch gut.«

Sekunden später zog er die Tür hinter sich zu, und sie war allein. Als Erstes nahm Simone ihr Handy und schrieb

Uta einige Worte: *Schlafe die Nacht außer Haus. Macht euch keine Sorgen.*

Sie wusste, dass diese Nachricht augenblicklich für reichlich Gesprächsstoff sorgte, aber sie wollte nicht, dass die anderen sich Gedanken um sie machten.

Die Antwort kam postwendend: *Tu nichts, was ich nicht auch tun würde. Und viel Spaß. Wir trinken gerade noch ein Glas Wein mit Marta. Liebe Grüße auch von Julia!*

Simone sah die beiden förmlich vor sich und konnte ein Grinsen nicht unterdrücken.

Dann trat sie noch einmal auf die Terrasse und schaute Richtung Nachthimmel. Millionen Sterne blinkten über ihr. Ob Tim wohl zu einem geworden war? Ihre Mutter hatte das immer gesagt, als Simones Vater gestorben war. Wieder und wieder betrachtete sie die schimmernden Punkte. Wo immer Tim jetzt auch sein mochte, sie war hier. Hier in diesem Haus, unter einem Dach mit Christoph. Einen Moment musste sie an ihre Tochter denken und deren Schwärmerei für Sören. Irgendwie fühlte sie sich, als wäre sie wieder zwanzig. Dass sie so etwas nochmal erlebte? Kopfschüttelnd sank Simone auf ihr Bett und dachte noch einmal an den Moment im Badebecken. Seine Berührungen, sein Atem, seine Lippen – es ließ sich nicht leugnen, er hatte ihr den Kopf verdreht. Und dann noch diese Bitte, hierzubleiben.

In ein paar Minuten war Mitternacht, dann hatte sie Geburtstag, ein neuer Lebensabschnitt begann, so sagte man zumindest immer wieder. Simone hielt nichts von solchen Sprüchen, und dennoch war in diesem Jahr alles anders als früher.

Die Gedanken rasten, ließen sich nicht besänftigen. Also sprang Simone unter die eiskalte Dusche und ließ Ewigkeiten den prasselnden Strahl über ihren Kopf laufen. Ein angenehmes Prickeln stellte sich ein und vertrieb die

Grübeleien. Nachdem sie sich mit dem kuscheligen Badetuch abgetrocknet hatte, legte sie sich ins Bett.

Über ihr ertönten Schritte. Christoph schien auch nicht zu schlafen. Leise bewegte er sich hin und her. Vom Fenster zur Tür und wieder zurück. Simone lauschte, und ihre Gedanken wanderten eine Etage höher und verharrten dort. Bei dem Mann, der ihr Leben so auf den Kopf stellte. Ihr Blick fiel Richtung Nachtschrank – doch Tim war nicht da. Sein Bild stand in der Pension, allein, ohne sie.

Langsam rückte der Zeiger der Uhr vor, sprang dann um, Simone hatte Geburtstag – sechsundvierzig Jahre. Es waren einfach nur zwei Ziffern, die keine große Bedeutung für sie hatten. Das war schon immer so gewesen. Und doch war diesmal alles anders. Da war eine Unruhe, die sich nicht leugnen ließ. Und die Sehnsucht nach vielen Dingen, die es noch zu erleben galt.

Seufzend drehte Simone sich auf den Rücken und schloss die Augen. Es wurde Zeit, zu schlafen.

16

Da war etwas Feuchtes in ihrem Gesicht, heißer Atem, der ihr entgegenschlug. Ein schwerer Körper legte sich auf sie, nahm ihr beinahe die Luft. Angsterfüllt riss Simone ihre Augen auf und blickte direkt in die dunklen Knopfaugen von Hund Willy. Hechelnd lag dieser auf ihrer Brust und schaute sie begeistert an. Sein Schwanz wedelte freudig hin und her.

Draußen, hinter den sich im hellen Sonnenschein bauschenden Vorhängen, ertönte eine unterdrückte Stimme. »Willy, verdammt, kommst du her! Komm schon, du kriegst auch ein Leckerli.«

Doch Willy schien unbestechlich zu sein und blieb einfach liegen. Im Gegenteil, er schmiegte seinen Kopf zwischen ihre Brüste und bat um Streicheleinheiten. Lachend richtete Simone sich auf, strich die Haare aus ihrem Gesicht und schob ein Kissen in ihren Rücken. Dann kraulte sie Willy an seinem Hals.

»Zu spät, dein Hund hat mich schon wach gemacht«, rief sie lachend nach draußen.

Christophs Gesicht tauchte in der Türöffnung auf. »Willy, wie konntest du nur«, sagte er mit einer gewissen Strenge und betrachtete die Szenerie auf dem Bett. Seufzend strich er über seinen Kopf. »Tut mir echt leid. Ich hatte ihn extra an die Leine genommen, aber er hat sich einfach losgerissen und ist zu dir gestürmt. Es scheint Liebe auf den ersten Blick zu sein.«

Seine Augen leuchteten, und Simone vergrub ihr Gesicht

hastig im Fell des Hundes. »Schon gut«, murmelte sie. »Ich dachte im ersten Moment nur, jemand wäre bei mir eingestiegen.« Dann versuchte sie, einen Blick auf ihr Handy zu erhaschen. »Wie spät ist es denn überhaupt?«

»Gleich halb zehn.«

Erschrocken kam sie nach oben. Zumindest ein kleines Stück, den Rest verhinderte Willy, der sie unverdrossen belagerte. »Halb zehn, du meine Güte. Ich hab geschlafen wie eine Tote. Diese Stille hier ist unglaublich.«

Auf dem Display erkannte sie unzählige Anrufe und Nachrichten. Kein Wunder, so war das, wenn man Geburtstag hatte.

Christoph grinste. »Ein kleines Bad am späten Abend macht eben müde. Und du hast recht, die Stille ist unbeschreiblich. Nur manchmal, wenn der Wind aus der richtigen Richtung kommt, hört man das Rauschen des Meeres.« Dann griff er sich an seinen Magen. »Wenn ich ehrlich bin, hätte ich allmählich Hunger. Hast du Lust auf ein Frühstück? Ich hab alles schon vorbereitet. Du brauchst dich sozusagen nur noch an den gedeckten Tisch zu setzen.«

»Klingt verlockend.« Simone versuchte Willy langsam von sich zu schieben. »Gib mir zehn Minuten für eine kurze Dusche zum Wachwerden.«

Als sie wenig später den Flur betrat, hörte sie aus einem Raum auf der anderen Seite des Hauses leises Geklapper. Simone folgte den Geräuschen und stand gleich darauf in der Küche. Der Raum war unterteilt in einen Koch- und einen Essbereich. Die großen Fenster zeigten Richtung Garten und vermittelten zusammen mit den alten Holzdielen und den hellgelben Wänden viel Gemütlichkeit. Der Herd war in der Mitte des Raumes errichtet worden und bildete somit eine natürliche Grenze zum Bereich, in dem gegessen wurde. Kater Peter lag auf den Dielen und räkelte sich im hellen Sonnenschein, der durch die Fenster hereinfiel.

Auf den ersten Blick erkannte Simone, dass Christoph sehr oft Gäste bewirten musste, denn der riesige Esstisch war nur an einer Längsseite gedeckt. Und zwar mit allem, was man sich für ein Frühstück so wünschte, und zudem sehr liebevoll. Auf den Stühlen und der Holzbank lagen flauschige bunte Kissen. Wieder schlich sich der Gedanke in ihren Kopf, wer dies wohl alles so perfekt eingerichtet hatte.

»Setz dich bitte«, rief Christoph. »Kaffee?« Fragend hob er die Kanne. »Ich mach dir auch einen Tee, wenn du den lieber magst. Aber ich glaube, du bist Kaffeetrinkerin.«

»Je nachdem, ich bin da flexibel. Aber heute trinke ich gerne einen Kaffee mit.«

Er reichte ihr den Brötchenkorb und schaute Simone erwartungsvoll an. »Ich vermute also, du hast gut geschlafen.«

Während sie ihr Brötchen schmierte, nickte sie. »Herrlich, tief und wunderbar traumlos.«

Kurz dachte Simone an Christophs Schritte, schwieg aber.

»Träumst du nicht gern?«, fragte er.

»Je nachdem. Nach dem Tod meines Mannes hatte ich oft Alpträume. Jetzt zum Glück nicht mehr, aber manchmal fürchte ich mich noch davor. Deswegen träume ich lieber nichts.« Simone nahm einen Schluck Kaffee und setzte ihre Tasse dann energisch ab. »Ist ja auch egal.«

»Ich hab für heute Abend übrigens eine ganz besondere Bergwanderung geplant. Vielleicht hättest du Lust, mich zu begleiten?« Christoph warf ihr einen kurzen Blick zu. »Ich würde mich jedenfalls sehr freuen. Und keine Angst, es ist keine schwere Tour, sondern nur eine sehr schöne. Das Wetter soll nämlich außergewöhnlich gut werden, auch wenn man das hier eigentlich nie so genau weiß.«

Unschlüssig köpfte Simone ihr Ei und ließ Salz darauf rieseln. Sollte sie ihm sagen, dass heute ihr Geburtstag war und ihre Freundinnen vielleicht ganz andere Pläne hatten? Hätte sie sich nur nicht darauf eingelassen, hier zu übernachten. Sie könnte jetzt in der Pension sein und mit Julia und Uta frühstücken, alles wäre viel einfacher.

Denn je mehr Zeit sie mit Christoph verbrachte, umso schwerer fiel es ihr, ihm einen Korb zu geben. Aber wollte sie das überhaupt? Genoss sie nicht jede Sekunde mit ihm?

»Klingt nicht schlecht, aber ich müsste nochmal in die Pension. Mich umziehen und so.« Simone holte tief Luft. »Und reden, also mit meinen Freundinnen. Ich hab nämlich heute Geburtstag.«

Christophs Messer klirrte auf den Teller. Entgeistert starrte er sie an. »Du hast Geburtstag? Aber warum hast du denn nichts gesagt?«

»Ach, es war nicht so wichtig.«

»Nicht wichtig? Dein Geburtstag, na hör mal.« Er beugte sich zu ihr. »Ich wünsche dir alles Gute. Mögen sich deine Träume erfüllen.« Sanft umschloss er ihren Körper und drückte dann einen Kuss auf Simones Wange. »Ich verstehe natürlich, wenn du deinen Ehrentag nicht ausgerechnet mit mir verbringen willst, kein Thema.«

»Aber ich würde ihn gerne mit dir verbringen.« Du liebe Güte, hatte sie das wirklich gerade gesagt?

Mit großen Augen schaute Christoph sie an.

»Na ja, ich meine, zu meinem Geburtstag war ich noch nie auf einem Berg. Das wäre mal eine vollkommen neue Erfahrung«, erwiderte Simone und hoffte, das Zittern ihrer Stimme war nicht allzu stark.

»Du willst also tatsächlich mitkommen, an deinem Geburtstag?« Immer noch wirkte er sichtlich überrascht.

»Ich denke schon. Es sei denn, meine Begleiterinnen haben etwas anderes geplant.«

»Kein Problem, ich muss sowieso nochmal nach Ponta Delgada, ein paar Besorgungen machen. Ich setze dich einfach an der Pension ab, und du gibst mir Bescheid, ob du mitkommen möchtest. Wollen wir es so machen?«

Bei strahlendem Sonnenschein fuhren sie Richtung *Pension Hortensia.* Oben an der Zufahrt ließ Christoph sie aussteigen. Zum Abschied beugte er sich noch einmal über den Beifahrersitz und schaute aus dem Fenster. »Ich bin gegen vier wieder da.«

Dann brauste er davon.

Simone marschierte Richtung Pension und atmete tief die frische Luft ein. Obwohl die Sonne schien, war es heute kühl. Ein gewisser Hauch von Winter lag in der Luft.

Ihre Entscheidung den heutigen Abend betreffend wurde erst mal vertagt. Denn Lobby und Pension waren leer, im Inneren des Hauses herrschte gespenstische Stille. Zum Glück, Simone hatte keine Lust, mit Uta oder Julia zu reden, noch nicht. Doch draußen ertönten Stimmen, die rasch näherkamen. Leise huschte Simone die Treppe nach oben und öffnete möglichst lautlos die Tür zu ihrem Zimmer.

Dort zog sie das Handy aus der Tasche und checkte die vielen Nachrichten, die sie bisher erreicht hatten. Es waren so viele, dass Simone beschloss, sich nicht alle anzusehen. Aber bei ihren Kindern und ihrer Mutter wollte sie sich melden. Also wählte sie als Erstes Davids Nummer und erwischte ihren Sohn wieder einmal in seinem Büro.

»Mama, ich hab es heute früh schon bei dir probiert.«

»Ich hab es gesehen«, antwortete Simone lächelnd.

»Alles Gute, Mama, Gesundheit, Glück und was du dir selbst noch so wünschst.«

»Danke, David.«

»Und sonst, alles in Ordnung? Gefällt dir dein Urlaub?«

»Ja, es ist wunderschön hier. Und euch gehts auch gut?«

Im Hintergrund läutete ein Telefon. »Es geht, viel Stress, so wie immer.«

»Ich merk schon, du hast viel zu tun«, stellte Simone fest. Das Telefon verstummte kurz, begann aber augenblicklich wieder zu bimmeln.

»Na ja, zum Glück. Du, Mama, ich ruf, glaub ich, später nochmal an, okay? Oder morgen oder so«, erwiderte David knapp.

»Schon gut, wir haben uns ja gesprochen. Ich weiß, du hast keine Zeit.«

»Sei nicht böse und machs gut.« Ein Tuten ertönte in der Leitung.

Anschließend wählte sie die Nummer ihrer Tochter. Sarah meldete sich verschlafen und nach einer halben Ewigkeit.

»Hallo«, nuschelte sie in den Hörer.

»Ich bin's, Mama.« Erst jetzt wurde Simone bewusst, dass es bei ihr noch Nacht sein musste. »Sorry, ich hab nicht an die Zeitverschiebung gedacht, wo bist du denn gerade?«, schob sie hastig hinterher.

»In Los Angeles.« Ihre Tochter seufzte und lachte dann. »Ach Mama, macht nix.« Sarah holte tief Luft und begann zu singen. »Happy birthday to you, happy birthday to you ...« Sie lachte leise. »Eigentlich hab ich ja schon auf deine Mailbox gesungen. Alles Gute, Mama, lass dich aus der Ferne ganz lieb drücken. Und ich vermisse dich.«

»Danke, ich vermisse dich auch.« Ihre Stimme klang belegt, der doofe Frosch in ihrem Hals wollte und wollte nicht verschwinden. Irgendwie fühlte Simone sich in diesem Moment unendlich allein.

»Mama, was ist denn los? Alles in Ordnung?«, raunte Sarah leise durchs Telefon. Schritte ertönten, dann knarrte etwas am anderen Ende.

Es war nur eine simple Frage, doch sie verstärkte augenblicklich den Drang, zu heulen. Simone schluckte. »Alles bestens, es ist so schön hier.«

Hastig zwinkerte sie ihre Tränen weg und schaute Richtung Meer. Sie presste das Telefon fester an ihr Ohr, als könnte sie Sarah damit ein Stück näher sein.

»Mama, wirklich? Du klingst so traurig. Vermisst du Papa?«

Simone starrte an die Decke. Wenn sie ehrlich war, vermisste sie Tim immer weniger. Zum ersten Mal seit seinem Tod hatte Simone den Eindruck, endlich über den Verlust hinwegzukommen. »Nein, das ist es nicht. Ich weiß auch nicht, bei mir geht alles drunter und drüber, und ich fühl mich eine Minute glücklich und in der nächsten vollkommen deprimiert. Das klingt irgendwie bescheuert, ich weiß.«

Sarah lachte erneut. »Bescheuert, keine Ahnung, ich würde eher sagen, es klingt menschlich. Und warum bist du so durcheinander? Gibt es einen Grund?«

Simone verdrehte innerlich die Augen. Sarah, ihr Kind, kannte sie so gut. »Ich hab ... Ich hab jemanden kennengelernt und bei ihm geschlafen«, platzte sie schließlich heraus. »Also *bei* ihm, nicht *mit* ihm.«

Hatte sie das wirklich gerade gesagt? Anscheinend schon, denn Sarah schnappte nach Luft. »Waaas, Mama, ehrlich? Das freut mich für dich. Wie ist er denn so?«

»Ich weiß nicht recht, wir kennen uns ja erst sehr kurze Zeit. Aber ich mag ihn, und ich glaube, er mag mich auch.« Simone rang nach Atem. »Ach, Sarah. Es ist so schrecklich kompliziert, er lebt hier auf dieser Insel.«

»Okay, und?«

»Und? Ach, keine Ahnung. Ist ja auch egal, in wenigen Tagen fliege ich wieder nach Hause, da ist die Geschichte vorbei, bevor sie richtig begonnen hat, und das ist auch besser so.« Energisch stopfte Simone das Kopfkissen in ihren Nacken. »Und wie geht's dir so?«, versuchte sie abzulenken.

»Mir geht's gut, ich hab viel Arbeit. Mit Sören ist alles

okay, er pennt noch tief und fest nebenan, während ich auf dem Klo sitze, mit dir telefoniere und über Los Angeles schaue. Unser Hotelbadezimmer hat nämlich einen fantastischen Blick über die Bucht.«

»Das klingt traumhaft, da würde ich auch gern einmal hinreisen«, sagte Simone tapfer und schloss die Augen. Sie sah Sarah vor sich, diese wunderbare, schöne starke Frau, die ihren Weg so selbstbestimmt ging und niemals zu zweifeln schien.

»Das glaube ich dir. Aber weißt du was, Mama?«, sprudelte Sarah los. »Ich lade dich ein. Zu einer meiner nächsten Shows kommst du mich einfach mal besuchen und fliegst über den großen Teich. Die Hälfte der Strecke hast du ja immerhin schon geschafft. Dann machen wir uns ein paar richtig schöne Tage in New York oder einer anderen Stadt. Was sagst du?«

Simone lächelte unter Tränen. »Das klingt fantastisch. Aber lass uns ein anderes Mal darüber reden. Nun wieder ins Bett mit dir und noch ein wenig geschlafen.«

»Das mach ich, und ich wünsch dir einen schönen Tag. Lass dich feiern, wie auch immer. Ach und Mama?« Sarah atmete tief ein. »Tu all das, was für dich gut ist. So irre es auch sein sollte. Mach genau die Dinge, die dich glücklich machen. Das hast du dir nämlich so was von verdient.«

Dann herrschte Stille, der rote Hörer blinkte auf dem Display. Simone starrte das Telefon an und wählte dann die Nummer ihrer Mutter. Erstaunlicherweise tutete es endlos, ehe sich Antje mit ihrem üblichen »Ja, bitte«, meldete.

»Mama, ich bin es.«

»Simone, aber ich hätte doch später nochmal angerufen?« Da war er wieder, dieser leicht entrüstete Tonfall. Doch gleich darauf klang Antje besänftigter. »Ach, was solls, ist ja egal, wer anruft. Ich wünsche dir alles Liebe und Gute zu deinem Geburtstag, vor allem ganz viel Gesundheit und was du dir selbst wünschst. Hab einen schönen Tag, dort auf deiner Insel. Wie ist denn das Wetter?«

»Momentan scheint gerade die Sonne, aber hier weiß man nie. Und bei dir?«

»Es regnet, schon seit Tagen. Eigentlich wollte ich Fenster putzen, aber das kann ich mir sparen«, erwiderte ihre Mutter trocken. Im Hintergrund klapperte laut Geschirr, eine männliche Stimme fluchte unterdrückt.

Simone lauschte verwundert. »Hast du Besuch?«

»Besuch? Wie kommst du darauf?«, fragte ihre Mutter gedehnt.

»Es klang so.«

»Besuch, ja schon, eigentlich nicht direkt. Rudolf ist da«, stotterte Antje. »Erinnerst du dich noch an ihn? Du weißt schon, der Mann von meiner verstorbenen Freundin Brigitte.«

»Ja, ich kann mich dunkel an ihn erinnern«, erwiderte Simone, obwohl Rudolf tatsächlich nur eine äußerst schemenhafte Erinnerung war.

»Na ist ja auch egal. Wir sind uns immer mal auf dem Friedhof begegnet. Und dann, irgendwie.« Es klappte eine Tür, irgendwas raschelte. »Ich stehe jetzt draußen auf dem Balkon«, raunte Antje in den Hörer. »Also Rudolf und ich, ähm …« Ihre Mutter begann zu stammeln. »Wir haben ab und zu mal was zusammen unternommen. Waren im Kino und im Theater. Er hat einen kleinen Garten, weißt du?«

»Ach.« Mehr wusste Simone nicht zu sagen. Eines stand fest, ihre Mutter klang irgendwie anders. Nicht mehr so leidend wie früher immer.

»Ich wollte es dir, wenn du wieder da bist, erzählen. Also, nicht dass du etwas Falsches denkst, jeder von uns behält seine Wohnung«, beeilte Antje sich zu sagen. »Er kommt nur öfters zu mir, und dann spielen wir Karten und so.« Simone lauschte und konnte ein Grinsen nicht unterdrücken.

Bei den Worten ›und so‹ lief ihre Fantasie Amok. »Findest du das unpassend?«, fragte ihre Mutter atemlos.

»Quatsch, warum denn? Wenn ihr euch gut versteht, und ich glaube, ihr habt euch schon früher gut verstanden, könnt ihr doch immer mal was zusammen machen.«

»Schön, dass du das sagst. Weißt du«, Antje suchte anscheinend nach den richtigen Worten, »ich glaube, er tut mir einfach gut, und Papa ist schon so viele Jahre tot. Das hab ich in den letzten Wochen begriffen. Bei dir ist das natürlich was anderes. Du kannst noch eine Weile trauern, auch wegen der Leute.« Ehe Simone etwas erwidern konnte, fuhr ihre Mutter fort. »Aber ich will nicht unhöflich sein. Doch wir machen gerade gemeinsam Mittagessen, und wenn ich nicht aufpasse, versalzt Rudolf wieder alles. Denn zum Kochen hat er so gar kein Talent. Das darf ich ihm nur nicht sagen, sonst ist er wieder beleidigt.« Antje lachte. »Melde dich doch mal wieder und genieß den heutigen Tag. Hab dich lieb, meine Mone.« Dann ertönte ein Tuten.

Simone war sprachlos und ließ das Telefon sinken. Ihre Mutter und Rudolf, wer hätte das gedacht. Sie erinnerte sich plötzlich an einen großen, schlanken Mann, der immer ein wenig gebückt gegangen war. So als trüge er die Last unendlich vieler Jahre auf seinen Schultern. Nun kochte Rudolf mit ihrer Mutter gemeinsam Mittagessen. Das Leben war echt verrückt.

Ihr Blick streifte die Uhr. Bis zu ihrer Verabredung mit Christoph blieb noch reichlich Zeit, und Simone fragte sich gerade, wie sie diese überbrücken sollte, als es klopfte. Draußen standen Uta und Julia, mit Päckchen unter dem Arm, und schauten sie neugierig an.

»Alles Gute zum Geburtstag.« Prüfend musterte Uta Simones Gesicht und stupste mit ihrem Zeigefinger auf deren Nase. Dann zog sie sie an sich und gab ihr einen Schmatz auf die Wange. »Ich muss schon sagen, du siehst gut aus.

Dürfen wir reinkommen oder hast du etwa Herrenbesuch?« Neugierig spähte sie an ihr vorbei.

»Herrenbesuch, so ein Quatsch, natürlich nicht.« Simone verdrehte die Augen.

Julia umarmte sie herzlich. »Alles Gute und alles Glück der Welt für dich.«

Mit einem Seufzer ließ Uta sich auf das Bett fallen und warf das eingewickelte Päckchen neben sich. Julia hockte sich etwas vorsichtiger auf die Bettkante. Erwartungsvoll schauten beide Frauen sie an.

»Wer hätte das gedacht. Da fahren wir alle auf eine einsame Insel mitten im Atlantik. Als Erstes verlässt uns ausgerechnet unsere größte Kodderschnauze, und die, die eigentlich nicht allein unterwegs sein wollte, gondelt ständig ohne uns über dieses Eiland und lernt schon auf dem Hinflug einen Typen kennen. Und ratzfatz verbringt sie die Nacht vor ihrem Geburtstag mit ihm.« Uta schlug ihre Beine übereinander und grinste. »Ich sehe es vor mir, die Sterne, ein Glas Sekt, er und du, hach ja.« Seufzend verdrehte sie die Augen.

»Du hast eine blühende Fantasie«, erwiderte Simone trocken.

»Das ist doch auch alles ihre Sache«, meinte Julia streng. »Sei nicht immer so neugierig. Aber nun erzähl, konnte dieser Christoph dir denn helfen, wegen Jane und ihres Gartens?«

Simone setzte sich auf den Hocker vor dem Schreibtisch und schüttelte den Kopf. »Eher nicht, da kann man wohl nichts machen. Na ja, es war ein Versuch.«

»Der Garten ist wirklich wunderschön.« Julia deutete mit dem Kopf nach nebenan. »Zumindest für mein Verständnis. Ich hab ja eher keinen grünen Daumen, aber das, was ich über die Mauer erkennen konnte, sieht toll aus.«

»Du warst am Garten?«, fragte Simone.

»Ja, nur mal gucken.«

Uta verdrehte die Augen. »Garten hin und Garten her. Ganz ehrlich, das interessiert mich momentan kein bisschen. Ich will andere Details hören. Zum Beispiel, wie deine letzte Nacht war? Hast du überhaupt ein Auge zugemacht?«

Uta rollte sich auf den Bauch und verschränkte ihre Hände unter dem Kinn. Erwartungsvoll schaute sie sie an.

»Ich hab super geschlafen«, sagte Simone betont. »Und zwar vollkommen allein. Nun gut, heute Morgen wurde ich von einem braunhaarigen Typen mit dunklen Augen wach gemacht. Er heißt Willy und hat sich gleich auf mich gelegt.«

Uta schaute sie verwirrt an und schielte dann zu Julia, die genauso perplex aussah.

»Da staunst du, was?«, fragte Simone und konnte ein leichtes Grinsen nicht unterdrücken. »Willy ist übrigens ein dreibeiniger Hund und gehört Christoph.« Sie lachte und wischte sich Tränen aus den Augen. Die Mienen ihrer Freundinnen sahen auch zu komisch aus. »Ihr merkt also, es gibt nichts zu berichten.«

Enttäuscht sank Utas Kinn nach unten. »Ein Hund, paah! Und sonst nichts? Nicht mal einen Kuss oder so?«

Julia verdrehte die Augen. »Boah, du bist so penetrant. Wenn sie sagt, dass es nichts zu erzählen gibt, dann gibt es nichts zu erzählen.«

»Schon gut, ich hab ja nur auf ein bissel Romantik gehofft, wenn schon mein Liebesleben vollkommen am Boden ist«, meinte Uta trocken. »Eigentlich wollten wir dir nur deine Geschenke bringen und fragen, was du heute so vorhast? Wie wäre es mit einem kleinen Mädelsausflug, wir drehen eine Runde auf der Insel, gehen irgendwo schick essen, und heute Abend entführen wir dich in das urige Weinlokal die Straße runter und versacken so richtig. Immerhin wird man nur einmal sechsundvierzig.«

Simone schluckte und verschränkte dann die Arme. Aus dem Augenwinkel bemerkte sie, wie Uta Julia in die Rippen stieß. »Also, wenn du mich fragst, sieht Begeisterung anders aus. Kann es eventuell sein, dass du andere Pläne für den heutigen Tag hast?«

»Christoph hat mich zu einer Bergtour eingeladen. Und das, bevor ich ihm gesagt habe, dass ich Geburtstag habe«, meinte Simone zögernd. »Er will mit mir zu einem einsamen Gipfel.«

Uta klopfte sich auf die Schenkel. »Hui, wenn das nicht romantisch klingt, dann weiß ich auch nicht. Ihr beiden ganz allein, über euch nur die Sterne und der Mond. Wenn es nicht gerade mal wieder wie aus Kannen schüttet. Wobei … Auf eine Bergwanderung an meinem Geburtstag hätte ich so gar keine Lust. Aber du bist ja anders.«

»Dir ist ja inzwischen auch jeder Meter zu viel«, warf Julia ein.

»Kein Wunder, seit wir hier sind, schleppst du mich jeden Tag auf irgendeine Wandertour. Wenn ich heimkomme, brauche ich erst mal Urlaub und kann anschließend Treckingreisen verhökern. Mein Reiseblog besteht mittlerweile nur noch aus Tourenvorschlägen.« Dann schaute Uta sie prüfend an. »Und warum guckst du so bedeppert?«

»Ach, ich weiß nicht so recht, wie ich mich entscheiden soll. Ich würde schon gerne den Abend mit euch verbringen. Immerhin hatten wir das von Anfang an so geplant.«

»Pläne sind dafür da, dass man sie manchmal spontan über den Haufen wirft. Geh mit ihm auf diesen Gipfel«, sagte ausgerechnet Julia. »Manchmal muss man sein Glück beim Schopf packen. Vielleicht ändert dieser Abend dein ganzes Leben. Wer weiß das schon.« Dann langte sie hinter sich und hielt Simone ein in rotes Papier eingewickeltes Päckchen entgegen. »Und hier ist mein Geschenk für dich, liebe Simone.«

17

Sie fuhren kaum eine Viertelstunde, als erste Tropfen auf die Windschutzscheibe von Christophs Wagen fielen. Seufzend verdrehte er die Augen. »Sosehr ich diese Insel auch liebe, diese Wetterkapriolen machen mich manchmal wirklich fertig.«

Vor einer Stunde hatte er sie vor der *Pension Hortensia* abgeholt. Deutlich hatte Simone ihm seine Freude angemerkt, als er sie an der Straße hatte warten sehen. Und auch sie hatte einen kleinen Herzaussetzer nicht leugnen können, als sein Wagen die schmale Straße endlich heruntergekommen war. Dann hatten sie bei ihm daheim einen kleinen Picknickkorb gepackt. Christoph hatte noch schnell seine Tiere gefüttert und einige dringende Mails beantwortet, dann hatten sie endlich aufbrechen können.

Mit jedem gefahrenen Kilometer wurde der Regen stärker, die Sichtweite lag inzwischen bei null. Regelrechte Sturzbäche strömten über die Straße. Christoph fuhr immer langsamer und starrte konzentriert nach vorn. An einem kleinen Parkplatz hielt er schließlich an. Sein Blick streifte Richtung Berge, die hinter dichten Wänden aus Wolken und Regen nur zu erahnen waren.

»Ich befürchte, wir müssen für den heutigen Abend umdisponieren«, meinte er seufzend. »Wenn es so sehr regnet, weichen die Wege auf und werden unpassierbar. Steine werden herabgespült, und die Wanderung in der Dunkelheit könnte einfach zu gefährlich werden. Ich möchte auf keinen Fall, dass dir etwas passiert.« Grübelnd schaute Christoph nach vorn, dann huschte ein Grinsen über sein Gesicht. »Aber mir ist gerade eine Idee gekommen. Wir disponieren einfach um, lass dich überraschen.«

Er startete den Motor und wendete auf der schmalen Straße in mehreren Zügen. Langsam fuhr er Richtung Tal und schlug dann den Weg nach Ponta Delgada ein.

Nach einer ganzen Weile ließ der Regen zumindest etwas nach. Die Fahrbahn vor ihnen begann zu dampfen. Prüfend schaute Christoph sie von der Seite an. »Keine Fragen? Bist du gar nicht neugierig? Ich meine darauf, was ich mir stattdessen ausgedacht habe?«

Simone lächelte. »Ich glaube, ich lasse mich einfach überraschen.«

»Ich kann mich nicht erinnern, schon mal eine Frau wie dich kennengelernt zu haben«, meinte er lachend. »Du wirkst so entschlossen auf mich und bist anders als alle anderen. Auch wenn ich zugegeben nicht so viele Erfahrungen mit dem weiblichen Geschlecht habe.«

Sie musste lachen. »Entschlossen? Da hättest du mich in den letzten Wochen mal sehen müssen. Ich war alles, nur nicht entschlossen. Ich hatte keine Ahnung, was ich will.« *Und habe Ewigkeiten gebraucht, wegen heute Abend eine Entscheidung zu treffen*, fügte sie im Stillen hinzu.

»Das mag ja sein und trotzdem … Für mich bist du eine herrlich entspannte Frau.«

Simone ließ diese Feststellung unkommentiert und blickte stattdessen auf die grüne Landschaft, die durch den Regen noch satter wirkte. Einige Male versuchte sie zu ergründen, wohin sie fuhren, doch die Gegend erschien ihr unbekannt.

Plötzlich war da dieser Aussichtspunkt und gleich danach der Parkplatz, der um diese Zeit autoleer war. Auf der anderen Straßenseite lag die Ruine des Hotels in den Wolken. Überrascht schaute Simone sich um. Hatte Christoph nicht gerade gesagt, dass für eine Bergwanderung nicht das richtige Wetter herrsche?

Er deutete mit dem Daumen nach gegenüber. »Lust auf eine Geburtstagsfeier der ganz besonderen Art?«

Simone musterte die Ruine, die im Abendlicht noch morbider wirkte als am Tag. »Du willst dadrin den Abend verbringen?«

»Warum nicht? Wir haben, wenn die Wolken dann mal weg sind, eine unvergessliche Sicht. Aber vor allem haben wir ein Dach über dem Kopf. Außerdem wolltest du immer schon mal einen Blick in die Ruine werfen. Und ich habe dir einen ganz besonderen Abend versprochen.«

»Aber ist das nicht verboten?«, fragte Simone unsicher.

»Stimmt, ich glaube aber nicht, dass am Abend jemand kontrollieren kommt. Da sitzen alle daheim bei ihren Familien oder beim Essen. Und mittlerweile rennen sogar tagsüber solche Menschenmassen in dieser Ruine herum, dass man manchmal kaum noch treten kann. Aber jetzt, um diese Zeit, haben wir das Haus ganz für uns allein.«

Angesichts der leeren Fensterhöhlen huschte ein leichter Schauer über Simones Körper. Gleichzeitig war da pure Lust, dieses alte Gemäuer zu erforschen. Und was gab es Besseres, als das mit einem Menschen zu tun, der sich hier richtig gut auskannte.

Wenig später überquerten sie mit Rucksäcken, ein paar Decken und dem Picknickkorb die Straße und kämpften sich dann die Böschung empor. Unzählige Menschen vor ihnen hatten bereits einen Pfad durch das Unkraut getreten. Nun galt es nur noch eine Schutzmauer zu überwinden, und mit Christophs Hilfe ging das schneller als gedacht. Immerhin kannte Simone sich inzwischen mit dem Bezwingen von Mauern aus.

Durch das ehemalige Portal betraten sie das verfallene Foyer des Hotels. Augenblicklich umfing sie Dämmerlicht und ein dumpfer Geruch nach alten Mauern. Kalt war es hier drin, und in diesem Moment zweifelte Simone ein wenig an dem Vorschlag, in dieser Ruine den Abend ihres Geburtstages verbringen zu wollen. Dort, wo einstmals Menschen eingecheckt hatten, tropfte jetzt Wasser von den Decken. Der Boden war mit Bergen von Geröll übersät.

Christoph zog eine Taschenlampe heraus, und deren Lichtschein huschte über mit Graffitis verzierte Wände. Unzählige leere Türöffnungen zeugten von dem Leben, das hier früher geherrscht haben musste. Laut klangen ihre Schritte auf dem Beton, auf dem teilweise noch der einstmals verlegte Teppichboden klebte. Einige Male mussten sie große Pfützen umrunden.

Christoph hatte Simones Hand ergriffen und zog sie behutsam hinter sich her. Eine breite Treppe wand sich am Ende der riesigen Eingangshalle in die oberen Etagen. Das schützende Geländer war verschwunden. Seitlich ragten Stahlpfeiler auf, die das Gerüst für die Aufzüge gebildet hatten. Heute erschienen sie wie rostige Skelette.

Immer höher und höher stieg Christoph mit ihr, bis sie schließlich die letzte Etage erreicht hatten. Über ihnen befand sich nur noch die Decke, die stellenweise von grünem Moos bewachsen war. Ein marodes Holzgeländer schützte die ringsumher laufende Balustrade. Aller paar Meter führten Durchbrüche in die einzelnen Zimmer.

Simone war inzwischen fasziniert und spähte zusammen mit Christoph in einige der ehemaligen Räume. In manchen der Badezimmer waren noch die original blauen Fliesen erhalten und strahlten sie an, als wäre alles noch in bester Ordnung. Alle anderen sanitären Einbauten hatte man längst entfernt, und große Löcher in der Wand waren die letzten Hinterlassenschaften.

An einer der Ecken blieb Christoph schließlich stehen und zwinkerte ihr zu. »Tja, wir haben freie Zimmerwahl.

Wie du siehst, ist das Hotel am heutigen Abend nicht unbedingt gut besucht. Ich würde einen Raum in dieser Etage vorschlagen und dir gerne eine Empfehlung aussprechen.« Galant beugte er sich nach vorn und deutete mit der Hand auf eine der Türöffnungen. »Das ist nämlich mein Lieblingsappartement.«

Der Raum unterschied sich auf den ersten flüchtigen Blick nicht von den vorherigen, außer dass der Boden vollkommen trocken und das Dach über ihnen dicht war. Simone trat auf den Balkon. Vor der Brüstung strömte der wieder stärker gewordene Regen vom Himmel. Es rauschte, als würde man sich mitten in einem Wasserfall befinden.

Fragend sah Simone ihn an. »Warum ausgerechnet dieser Raum?«

»Dafür muss ich dich noch um etwas Geduld bitten, so lange, bis der Regen nachlässt und der Himmel aufreißt. Normalerweise, wenn uns Petrus hold ist, müsste das bald geschehen. Ich habe nämlich soeben mit dem Wettergott ein ernstes Wort geredet und ihm von deinem Geburtstag erzählt.« Christoph lachte verschmitzt.

Er stellte den Rucksack in eine der Ecken und packte zwei Sitzkissen aus. Dann zog er einige Kerzen hervor, pappte sie auf ein Stück freiliegenden Betonboden und entzündete sie. Warmer Lichtschein flackerte auf den Wänden, und augenblicklich sah das kahle Zimmer beinahe ein wenig wohnlich aus.

Erwartungsvoll streckte Christoph seine Hand aus und zog Simone zu sich nach unten. »Na, was sagst du zu unserem Appartement?«

»Nicht schlecht, wenn man bedenkt, dass wir uns in einer Ruine aufhalten. Wir haben sogar Kerzen. Fehlt nur noch der Etagenkellner mit dem Geburtstagsmenü«, meinte sie lachend und hockte sich im Schneidersitz neben ihn. »Nein, im Ernst, ich finde dieses Hotel total faszinierend, und wenn ich ehrlich sein soll, weiß ich gar nicht genau, warum.«

»Es ist der Charme des Vergänglichen. Alles auf dieser Welt ist vergänglich. Auch dieses Haus, die Natur erobert sich alles zurück. Und wenn sich nicht wirklich eines Tages ein Investor findet, wird man in vielen hundert Jahren nichts mehr von diesem Bau vorfinden. Selbst der Beton wird allmählich zu Staub zerfallen, so wie wir.« Christoph schüttelte den Kopf. »Du meine Güte, was für düstere Gedanken und das ausgerechnet an deinem Geburtstag. Ich sollte mich was schämen.«

Er zog den Picknickkorb zu sich herüber und breitete die mitgebrachte Tischdecke neben den Kerzen aus. Dann holte er diverse Schüsseln heraus und sah Simone auffordernd an. »Ein Menü ist es nicht, aber ich bin sicher, es schmeckt dir trotzdem.«

Nacheinander lupfte Simone die Deckel. Es kamen verschiedene Salate, aber auch der obligatorische Käse mit Piri-Piri-Soße zum Vorschein.

»Wann hast du das denn alles gezaubert?«

»Man muss nur die richtigen Leute kennen. Ich habe eine gute Freundin, die in Ponta Delgada wohnt. Sie hat ein Restaurant und einige Dinge für uns zusammengepackt. Magst du ein Glas Wein?« Fragend sah Christoph sie an, und Simone nickte.

Blutrot schimmerte das Getränk im Schein der Kerzen in den mitgebrachten Plastebechern. Dann ließen sie es sich schmecken, und ein eigentümliches Gefühl kam in ihr auf. Ein Gefühl, das Simone kaum greifen konnte. Es war der ungewöhnlichste Geburtstag, den sie jemals gefeiert hatte. Und gleichzeitig einer der schönsten ihres ganzen Lebens.

»Hm, alles schmeckt so wunderbar«, nuschelte sie mit vollem Mund. »Ein großes Kompliment an deine Freundin.«

»Ich werde es ihr ausrichten. Aber Moment.« Christoph

hob den Finger und ergriff den Picknickkorb. »Ich komme gleich wieder. Nicht weglaufen.«

Er verschwand aus dem Raum, und seine Schritte entfernten sich. Ein merkwürdiges Gefühl befiel Simone. Plötzlich wirkte es, als hätten die Wände Augen, als würde ein kalter Wind durch die Mauern streichen. Sie tastete nach ihrem Rucksack und wollte gerade nach ihrer Jacke greifen, als Christoph zurückkam.

In seinen Händen trug er einen Teller. Darauf lag ein Kuchen mit einigen brennenden Kerzen.

»Noch einmal alles Gute zum Geburtstag.«

Simone fehlten die Worte. Sie nahm den Teller behutsam in Empfang und betrachtete gerührt die Kerzen.

»Du musst sie auspusten und dir dabei etwas wünschen«, flüsterte Christoph an ihrem Ohr.

Simone schloss die Augen. Bilder wirbelten in ihrem Kopf umher, ließen sich nicht greifen. Etwas wünschen, nur was? Das war leichter gesagt als getan. Doch auf einmal war da ein Gedanke, er huschte vorüber, wollte gerade verschwinden. Da holte sie ihn zurück, hielt ihn fest und schickte ihn nach oben. Simone öffnete die Lider und pustete.

Hastig stellte sie den Teller ab und wischte sich eine Träne aus dem Auge.

»Heh, alles ist gut.« Christoph legte den Arm um ihre Schulter. Dann griff er in die Tasche und zog eine Schachtel heraus. »Mein Geschenk für dich, es ist nur eine Kleinigkeit.«

Ein ovaler Anhänger aus bunter Keramik lag auf dunklem Samt. Ein schmales Lederband war daran befestigt. Simone erkannte die Blüten einer Hortensie, die von zarter Hand filigran aufgemalt worden waren.

»Er ist wunderschön«, sagte sie leise. »Ich danke dir.«

»Damit du eine Erinnerung an die Farben der Insel hast und vielleicht auch an mich.«

Der Knoten in ihrem Hals wurde größer. Simone räusperte sich und trank einen Schluck Wein.

Als würde Christoph ihre Anspannung bemerken, deutete er auf die gegenüberliegende Wand. »Wollen wir uns dahin setzen? Da können wir es uns gemütlich machen.«

Nebeneinander nahmen sie auf der Isomatte Platz und kuschelten sich unter eine Decke, während sie in den Regen schauten. Simone nippte an ihrem Wein, er schmeckte fruchtig und leicht und stieg dennoch in ihren Kopf. Sie fühlte sich frei, fast schon ungezwungen und musste ein leichtes Kichern unterdrücken.

»Wie hast du früher deine Geburtstage verbracht?«

»Mit ganz viel Essen, meinem Mann, den Kindern, den Eltern und einigen Freunden an der Tafel in unserem Wintergarten. Nur als ich vierzig geworden bin, da haben Tim und ich uns aus dem Staub gemacht und eine Reise nach Dubai gebucht.«

»Und wie war's?«

Simone musste lachen. »Wir waren beide erkältet und lagen mit Fieber im Bett. Irgendwie sind uns die ganzen Klimaanlagen nicht so gut bekommen. Aber schön war's trotzdem.«

Plötzlich richtete Christoph sich auf. »Hörst du das?«

Sie lauschte und hörte nichts.

»Der Regen hat nachgelassen«, erwiderte sie leise.

Er zog sie nach oben, und sie traten auf den Balkon. Letzte Tropfen fielen noch vom Dach. Der Nebel löste sich Stück für Stück auf, und allmählich zeigten sich die Sterne. In diesem Moment wusste Simone, warum dieser Raum das Lieblingszimmer von Christoph war. Im letzten Schein der Abendsonne musste der Ausblick über die Insel fantastisch sein. Jetzt, in der Finsternis, waren in der Ferne nur die winzigen Lichter eines Dorfes erkennbar. Der seitliche Wald stand dunkel und schweigend. Bis plötzlich ganz am

Horizont ein silbernes Leuchten auf dem Meer erschien. Der Atlantik wirkte, als wäre er aus purem Silber. Und gleich darauf tauchte der Mond hinter einer Wolke hervor.

Stumm standen sie nebeneinander, ehe Christoph auf einmal hinter sie trat und seine Arme genauso um sie legte, wie es Tim früher immer getan hatte. Simone hörte ihren Herzschlag, spürte tiefes Vertrauen und Gelassenheit, die nach und nach jeden einzelnen Teil ihres Körpers umhüllte. Sie schmiegte ihren Kopf an Christophs Schulter, mehr und mehr, bis sie ihm ihre Lippen förmlich darbot.

Sie küssten sich, schmeckten sich, erfühlten den anderen. Bis Christoph sie schließlich sanft drehte und Simone an sich zog. Sie schlang ihre Hände um seinen Nacken. Der anfangs zärtliche Kuss wurde immer leidenschaftlicher, und Christoph atmete schneller. Ungestüm presste er sich an sie, schob seine Hände unter ihren Pullover und berührte Simones nackte Haut. Christophs Mund verließ ihre Lippen, wanderte über ihren Hals zu ihrem Schlüsselbein, während sie sich auf die Lippen biss, um nicht laut zu stöhnen.

Da ließ ein schrilles Scheppern in der Ruine sie erschrocken auseinanderfahren. Christoph legte den Finger an seine Lippen.

»Ich geh mal nachschauen«, raunte er ihr zu und verschwand.

Simone taumelte, während sie ihm hinterhersah. Schließlich lehnte sie sich an eine Wand und rang nach Atem. Ihre Beine zitterten, ihre Hände bebten. Was machte er bloß mit ihr? Da waren Gefühle und Sehnsüchte, die sie nicht mehr für möglich gehalten hatte.

Sekunden später war Christoph wieder da. »Keine Ahnung, vielleicht nur ein Tier oder ein weiteres Pärchen, das die Aussicht genießen wollte.«

Simone schlang die Arme um ihren Körper. Ihr fehlte seine Nähe, seine Wärme – er fehlte ihr.

»Kalt?«, fragte er, und sie nickte stumm. Noch immer hatte sie das Gefühl, keinen Ton herausbringen zu können.

»Vielleicht sollten wir heimwärts fahren. Die Nächte können hier oben in den Bergen empfindlich kühl werden.« Im Schein der Kerzen sah sie seine Augen, die fragend blickten. Anscheinend wertete er ihr Schweigen als Zustimmung und begann zusammenzupacken. Simone bückte sich und räumte das Geschirr in den Korb. Leise schepperten die Teller, da ihre Hände noch immer zitterten. Niemand von ihnen schien das Bedürfnis zum Reden zu haben. Als Letztes pustete Christoph die brennenden Kerzen aus. Dunkelheit umfing sie wie ein dichter Schleier. Ließ das eben Geschehene unwirklich erscheinen. Und dennoch fühlte Simone sich, als wäre sie gerade fünfzehn und hätte zum ersten Mal in ihrem Leben mit jemandem geknutscht. Schmetterlinge flatterten in ihrem Bauch. Und hier, in diesem verfallenen Hotel wusste sie es plötzlich.

Sie hatte sich in Christoph verliebt. Das, was sie nach Tims Tod für unmöglich gehalten und wonach sie in keiner Weise gestrebt hatte, war eingetreten. In ihrem Kopf war nur ein Name – Christoph.

Der schaltete die Taschenlampe ein, ergriff ihre Hand und geleitete sie durch das verfallene Treppenhaus nach unten. Außerhalb des Zimmers schien es noch kälter zu sein, aber Simone wusste, dass das nur Einbildung war.

Dann kletterten sie mühevoll die steile Böschung hinab und erreichten schließlich das Auto, welches einsam auf der anderen Straßenseite stand. Simone drehte sich um und warf noch einmal einen Blick zurück zu dem Zimmer, in dem sie die letzten Stunden verbracht hatten, und sie wusste jetzt schon genau, dass sie diese bis ans Ende ihrer Tage nie mehr vergessen würde.

Im Auto drehte Christoph die Heizung auf volle Leistung, und allmählich stieg Wärme in ihren Körper. Während er sie über dunkle Straßen sicher Richtung Tal chauffierte, hing Simone ihren Gedanken nach und sah versonnen aus dem Fenster.

Bald war sie wieder daheim, in ihrem gewohnten Alltag. Der Gedanke machte ihr Angst. Würde dann alles wieder so sein wie vorher? Mit Tagen voller Angst und Schwere? Wie sehr würde sie Christoph vermissen? Würde es wehtun?

Sarahs Worte fielen ihr ein. *Tu das, was dich glücklich macht.* Das klang so leicht. Aber war es das nicht vielleicht auch?

Wieder verging die Zeit wie im Flug. Längst waren sie am abendlich erhellten Ponta Delgada vorbeigekommen und näherten sich der Abfahrt, die zur *Pension Hortensia* führte.

»Zu mir oder zu dir?«, fragte Christoph. »Ich meine, wo möchtest du schlafen, in deinem Pensionsbett oder bei Willy. Der würde sich nämlich freuen, wenn du noch einmal vorbeischaust.«

»So so, Willy«, murmelte Simone. »Und du, würdest du dich auch freuen?«

Christoph warf ihr einen schnellen Blick zu. »Was ist das denn für eine Frage? Ich würde mich wahnsinnig freuen.«

»Dann zu dir.« Es sagte sich leicht und fühlte sich so selbstverständlich an.

Wie beim letzten Mal flammten die Lichter vor dem Eingang auf, und Willy samt Kater Peter kam herbeigestürzt.

Simone ging in die Hocke. »Na ihr zwei Racker.«

Sie vergrub ihr Gesicht im weichen Fell von Hund Willy und versuchte damit, Christophs eindringlichem Blick zu entgehen.

»Ich geh schon mal«, sagte er leise.

Simone streichelte und streichelte. Doch sie wusste, sie konnte nicht ewig hier hocken. Langsam folgte sie ihm nach drinnen. Klappernde Geräusche ertönten aus der Küche. Christoph räumte den Geschirrspüler ein. Bei ihrem Eintreten drehte er sich um. »Hast du noch Lust auf ein Glas Wein?«

Ja, ich hab Lust, schrie es in ihrem Inneren. Doch gleichzeitig meldete sich pure Panik. Abwehrend schüttelte sie deswegen den Kopf.

»Sei mir nicht böse, ich bin todmüde und will eigentlich nur noch in mein Bett.«

Ein leichtes Lächeln huschte über sein Gesicht. »Na dann, gute Nacht. Dein Zimmer findest du ja bestimmt wieder. Schlaf gut.«

»Schlaf du auch gut.« Sie trat in den Flur. Dann drehte Simone sich noch einmal um. »Und danke für den schönen Abend. Ich werde ihn nie vergessen.« Sacht knarrten die alten Dielen, als sie zu ihrem Zimmer ging. Hinter ihr herrschte Stille, vermutlich schaute Christoph ihr nach. Sie glaubte förmlich, seine Blicke in ihrem Rücken zu spüren. So lange, bis sie aus seinem Sichtfeld verschwunden war.

In ihrem Zimmer warf Simone sich aufs Bett und vergrub das Gesicht in den weichen Kissen. Sie war eine blöde Kuh. Warum hatte sie seine Einladung nicht angenommen? Nun saß er allein mit seinem Wein herum, und das nur, weil sie vor lauter Panik nicht wohin mit sich wusste.

Minuten später vernahm sie seine Schritte auf der Treppe und gleich darauf über sich. Doch Christoph schlief nicht. Wie schon am gestrigen Abend wanderte er herum. Deutlich hörte Simone die alten Holzdielen knarren.

Immer wieder blickte sie auf die Uhr ihres Handys. Die Zeit schien eingeschlafen zu sein, an süße Träume war nicht zu denken. Im Gegenteil, je länger Simone im Bett lag, desto munterer wurde sie. In ihrem ganzen Körper kribbelte es.

Schließlich stand sie auf, streifte den flauschigen Bademantel über und öffnete das Fenster. Tief atmete sie die kühle Nachtluft ein und lehnte ihren Kopf an die Hauswand. In der Ferne kläffte ein Hund, und sie dachte schon, Willy würde jeden Augenblick einstimmen, doch er blieb stumm.

Irgendwann huschte Simone zurück ins Bett. Über ihr schien inzwischen Stille zu herrschen. Doch kaum hatte sie den Gedanken in ihrem Kopf gebildet, hörte sie erneut Christophs Schritte – hin und her.

Irgendwann hielt Simone es nicht mehr aus. Sie schlüpfte in ihre dicken Wollsocken und öffnete vorsichtig die Tür. Auf Zehenspitzen schlich sie die Treppe empor, doch die alten Bretter unter ihren Füßen knarrten überdeutlich. Erschrocken blieb sie stehen und hielt die Luft an – nichts geschah. Also ging sie weiter, bis sie schließlich die obere Etage erreichte.

Da waren viele Türen, doch das Zimmer, welches Christoph bewohnen musste, war nicht schwer auszumachen.

Mit angehaltenem Atem legte Simone ihr Ohr an das Holz und lauschte. Nichts war zu hören. Nur ihr Herzschlag donnerte wie die Glocken einer Kirche. Unschlüssig betrachtete sie die Klinke und nagte an ihrer Unterlippe.

Was sollte sie jetzt machen? Einfach anklopfen und dann? Was würde er von ihr denken, wenn sie mitten in der Nacht bei ihm aufkreuzte? Im Bademantel, mit Wollsocken an den Füßen, das war vollkommen verrückt.

Am besten war es, ins Bett zu gehen. Simone drehte sich vorsichtig um und wollte wieder Richtung Treppe schleichen, als die Tür hinter ihr langsam geöffnet wurde. Lichtschein fiel nach draußen, und in diesem stand Christoph und schaute sie fragend an.

Ihre Blicke bohrten sich ineinander. Mit hängenden Armen sah er sie an, und Simone konnte ihm nicht ausweichen. Seine Augen waren magisch. Sein ganzer Körper war magisch und zog sie an wie ein Magnet. Deswegen liefen ihre Beine auch ganz von allein los.

Da lag Simone auch schon in seinen Armen und wusste selbst nicht so recht, wie sie dahin gekommen war. Stöhnend suchte er ihre Lippen. Sie küssten sich, umarmten sich, drängten sich aneinander. Simones Hände schoben sich unter sein Shirt, berührten nackte Haut, die ihre Sehnsucht nach ihm noch weiter entfachte.

Christoph ergriff ihre Hand und zog sie in sein Zimmer. Ihre Blicke sahen nur dieses große Bett und diesen Mann. Sie wollte ihn, jetzt sofort, und zwar so sehr, wie sie noch nie einen Mann in ihrem Leben begehrt hatte.

Mit einer fließenden Bewegung entledigte er sich seines Shirts, während Simone den Bademantel abstreifte. Dunkel kräuselte sich das Haar auf seiner nackten Brust und verschwand in einem schmalen Streifen in seiner Jeans. Ihre Augen wanderten abwärts, und ihr Mund wurde langsam trocken. Ihr Schlafshirt fiel zu Boden, nackt stand sie vor ihm, und seine Blicke streiften über ihren Körper.

Simone las in seinem Gesicht, immerhin war sie keine achtzehn mehr, alles nicht mehr so straff und jung wie damals, doch sie sah nur Leidenschaft und Begehren. Christoph beugte sich wieder über sie und strich mit seinen Lippen langsam über ihren Leib. Bei jedem Zentimeter glaubte Simone, vor lauter Lust zu vergehen. Sie warf den Kopf nach hinten und zog die Luft ein. Das Pulsieren in ihrem Inneren wurde immer stärker. Als Christoph ihre zarten Brustwarzen mit seinem Mund umschloss, explodierte ein Luftballon voller Begehren.

18

Ein Streifen aus Sonnenlicht lag auf ihrem Gesicht und ließ Simone blinzeln. Unwillig schloss sie die Augen und drehte sich auf den Rücken. Es war still im Raum, das Meer schien heute Morgen besonders ruhig zu sein. Beinahe zu ruhig, denn nicht mal das Kreischen der frechen Möwen war zu hören.

Langsam öffnete Simone ihre Augen und erblickte eine Holzdecke über sich. Mit einem Schlag war sie wach. Sie lag gar nicht in der Pension, sie war bei Christoph. Sie war auch nicht im Gästezimmer, sondern in dessen Bett. Und sie hatte mit ihm geschlafen.

In Zeitlupe drehte Simone ihren Kopf und blickte auf das Kissen neben sich – es war leer. In Christophs Hälfte lag nur eine zerwühlte Bettdecke. Durch die herabgelassenen Jalousien hatte sich ein einzelner frecher Sonnenstrahl zu ihr hereingekämpft und sie geweckt. Er erhellte den Raum nur spärlich. Aber immer noch genug, um zu erkennen, dass Christoph nicht hier war.

Unsicher richtete Simone sich auf und rang nach Luft. Ihr Herz hämmerte, und schlecht war ihr auch. Nach einer kurzen Wartezeit sammelte sie ihre Sachen im Zimmer zusammen und streifte zum Schluss den Bademantel über. Leise schlich sie die Treppe nach unten. Ihr erster Weg führte sie in die Küche. Auch dort gab es keine Spur von Christoph.

Vielleicht war er mit dem Hund unterwegs. Simone schaute aus dem Fenster, doch Willy lag friedlich auf der

Terrasse im Sonnenschein und döste vor sich hin. Da fiel ihr Blick auf den Esstisch. In dessen Mitte lagen ein Zettel und ein Geldschein.

Mit zitternden Fingern ergriff Simone den Brief und las ihn. Schon bei den ersten Worten sank sie auf einen der Stühle.

Liebe Simone,

danke für die schöne Nacht. Leider hatte ich schon in aller Frühe einen geschäftlichen Termin und musste fort. Ich habe dir die Telefonnummer von einem Taxiunternehmen aufgeschrieben und das Geld dazugelegt. Du musst ja irgendwie in die Pension kommen. Es tut mir wirklich leid. Hab noch eine schöne Zeit hier auf São Miguel.

C.

Simone las die wenigen Zeilen wieder und wieder und begriff dennoch deren Sinn kaum. Ein dicker Kloß bildete sich in ihrer Kehle. Da waren Tränen in ihren Augen, die irgendwann auf das Papier tropften und die Schrift verwischten. Das war egal, die wenigen Worte hatten sich bereits tief in ihrer Seele eingebrannt.

Keine Ahnung, warum, aber der gesamte Brief klang für sie nach Abschied und nicht unbedingt so, als wollte Christoph sie während ihres Aufenthaltes noch einmal wiedersehen.

Draußen vor der Terrassentür schien Willy ihre Anwesenheit bemerkt zu haben. Denn er begann zu winseln und blickte sie mit wedelndem Schwanz bettelnd an. Aus einer ersten Regung heraus wollte Simone die Tür zulassen. Doch dann rührten sie die dunklen Augen, und sie ließ den Hund herein. Sie sank zu Boden, und der Hund bettete sich auf ihre Beine. Er schmiegte sich förmlich an ihren Körper und stupste sie mit der Nase an, so als wollte er sie trösten. Wie ein Automat strichen ihre Hände durch das struppige Fell. Und seltsamerweise beruhigte Simone das und brachte ihre flatternden Nerven zum Innehalten.

Was war schon passiert? Sie hatte sich endlich getraut, Gefühle zuzulassen, und eine mehr als bittere Quittung bekommen. Dass sie sich in Christoph so sehr getäuscht hatte, war ihr unbegreiflich. War es ihm wirklich nur darum gegangen, sie ins Bett zu kriegen? Oder hatte sie seinen Erwartungen nicht entsprochen, in welchem Bezug auch immer?

Die Antwort war unwichtig, denn nur das Endergebnis zählte. Und das besagte, dass sie allein in seinem Haus hockte und er sich aus fadenscheinigen Gründen aus dem Staub gemacht hatte. Geschäftstermin – lächerlich. Als ob er das nicht schon gestern Abend gewusst hatte.

Dann sah Simone auf die Uhr. Es war gleich elf. Zeit, sich auf den Weg zu machen. Auf keinen Fall wollte sie Christoph noch einmal begegnen.

Simone lief in ihr Zimmer und suchte ihr Handy. Mit bebenden Fingern wählte sie Julias Nummer. Gleich nach dem ersten Ton hob diese ab.

»Simone, guten Morgen.«

»Guten Morgen.« Kurz brach ihre Stimme, und sie konnte nur mit großer Mühe ein Schluchzen unterdrücken. Doch gleich darauf hatte sie sich wieder unter Kontrolle.

Julia schien dennoch etwas gemerkt zu haben, denn sie fragte: »Simone, was ist los?«

»Kannst du mich abholen. Ich erkläre dir den Weg und warte vorn an der Straße. Bitte.«

»Na klar kann ich dich abholen«, erwiderte Julia verblüfft. »Jetzt sofort?«

»Das wäre mir eigentlich das Liebste.«

In wenigen Sätzen schilderte sie ihrer Freundin, wie sie fahren musste, und legte dann auf. Hastig stopfte Simone die wenigen Sachen in ihren Rucksack. Suchend schaute sie sich um, bloß nichts vergessen, bloß nicht noch einmal zurückkehren müssen.

Da fiel der Blick auf ihr Handgelenk. Verdammt, ihre Armbanduhr musste noch in Christophs Zimmer liegen. Mit bleischweren Beinen lief sie nach oben und betrat das Schlafzimmer. Täuschte sie sich oder hing immer noch der Duft der letzten Nacht in diesem Raum. Sie betrachtete die zerwühlten Laken, erinnerte sich, wie sie sich geliebt hatten.

Er war so einfühlsam und zärtlich gewesen. Simone hatte seine Lust gesehen und gespürt. Gemeinsam hatten sie sich Richtung Höhepunkt bewegt, und ihre Körper und Seelen hatten von Anfang an eine Einheit gebildet. Sie hatte das Gefühl gehabt, als würde sie ihn schon lange kennen, so vertraut und dennoch neu war sein Körper gewesen.

Seufzend wischte Simone sich über die Augen und riss sich los. Es brachte nichts, diese Dinge zu zergrübeln. Das schmerzte nur unnötig und verschlimmerte die Situation.

Simone legte ihre Armbanduhr um und wollte gerade den Raum verlassen, als sie direkt hinter der Tür einen Stapel Kartons entdeckte. ›Maria‹ stand in großen Buchstaben auf einem davon.

Maria – sie konnte nicht anders, Simone musste den Karton einfach öffnen, um einen kurzen Blick hineinzuwerfen. Der Karton schien schon lange hier zu stehen, denn eine dicke Staubschicht hatte sich auf dem Deckel gebildet. Ganz oben, auf einem dunkelroten Tuch, lag eine Fotografie. Simone ergriff das Bild und betrachtete es. Da waren Christoph und eine Frau, die ihn ansah, nein, eher anschmachtete. Die Frau war schön, sie hatte lange blonde Haare und ein offenes Lächeln. Ihr meerblaues Kleid wehte in einer leichten Brise, und Simone wusste augenblicklich, an welcher Stelle das Bild aufgenommen worden war. Im Hintergrund war der Aussichtspunkt am Miradouro do Escalvado zu erkennen. Deutlich sah Simone die schroffen Felsen, die sich hoch über das Meer erhoben.

Bitterkeit stieg in ihr auf. Sie war so unendlich blöd gewesen. Es schien ein festes Programm zu geben, das Christoph bei seinen Flirtgeschichten abspulte, und sie dumme Gans war darauf hereingefallen. Simone warf das Bild hastig in die Kiste. Ein klirrender Ton erklang, vielleicht war das Glas zerborsten. Fluchtartig verließ sie Zimmer und Haus. Es schien ihr, als würde sie in diesen Räumen ersticken, obwohl sie sich gestern noch so wohlgefühlt hatte.

Willy blickte ihr enttäuscht hinterher, als Simone, ohne weitere Streicheleinheiten zu verschenken, die Zufahrt nach oben marschierte. Die letzten Meter rannte sie beinahe und erreichte schweratmend die Straße. Schweiß lief über ihr Gesicht und rann zwischen den Schulterblättern hinab. Von Julia und ihrem Auto war noch nichts zu sehen. Mit geschlossenen Augen lehnte sie sich an einen Baum und rang nach Luft. Ihr Herz hämmerte, und die morgendliche Übelkeit hatte sich noch weiter verstärkt. Simone presste die Hände gegen ihre Brust.

Warum war das Leben so verdammt beschissen? Vielleicht hatte sie ihre gerechte Strafe erhalten, weil sie nicht lang genug um Tim getrauert hatte. Doch augenblicklich wurde ihr bewusst, was das für ein idiotischer Gedanke war. Ein Motorengeräusch ertönte, doch es war nur ein Bauer, der vielleicht auf dem Weg zu seiner Herde war.

Dann, endlich kam Julia, und zu ihrer Erleichterung sah Simone, dass sie allein im Auto saß. Schweigend nahm sie auf dem Beifahrersitz Platz. Julia fragte nicht, und sie war mehr als froh darüber. Sie starrte einfach aus dem Fenster, ohne das Geringste von der Landschaft wahrzunehmen. Die Enttäuschung lag wie ein dicker fetter Brocken in ihrem Magen und schmerzte schrecklich.

Erst nach einer Weile bemerkte Simone, dass sie in entgegengesetzter Richtung fuhren.

»Wo fahren wir denn hin?«, rang sie sich mit Mühe ab.

Julia musterte konzentriert die Schilder am Straßenrand und schien etwas zu suchen. »Ich dachte, es wäre besser, nicht direkt in die Pension zu fahren. Du klangst am Telefon so schrecklich, dass ich mir furchtbare Sorgen gemacht habe. Deswegen bin ich auch allein gekommen. Uta meinte, das wäre besser so.«

Simone nickte und schwieg.

Irgendwann schien Julia gefunden zu haben, was sie gesucht hatte, bog von der Hauptstraße ab und rollte einen schmalen Weg hinab, die direkt zum Meer führte. In mehreren Kehren wand er sich den Berg hinunter. Üppige Hortensienbüsche wuchsen am Rand, und nur ab und zu konnte man einen Blick auf die Küste erhaschen. An einem Parkplatz hielt Julia schließlich an.

»Wir müssen jetzt ein paar Meter laufen. Aber laut Reiseführer ist der Ausblick grandios. Noch dazu heute, wo der Himmel so klar ist. Vielleicht ist das ein guter Platz, um zu reden. Und wenn nicht, dann schauen wir zusammen einfach nur aufs Meer und schweigen.«

Tatsächlich erreichten sie nach wenigen Schritten einen Aussichtspunkt, an dem es mehrere Grillplätze und Bänke gab. Simone stellte sich direkt an die steinerne Brüstung und schaute nach unten. Tief unter ihr donnerten die Wellen des Atlantiks an die felsige Küste. Gischt spritzte, während das Wasser sich bereits wieder gurgelnd zurückzog und im Meer liegende riesige Steine freigab. Die Urgewalten brodelten und schäumten, während der Atlantik ständig seine Farbe veränderte.

Nach einer Weile setzte Julia sich auf eine der Bänke und schlug ihre Beine übereinander. Ohne einen Ton zu sagen, betrachtete sie versonnen den Horizont und wartete darauf, dass Simone als Erste das Wort ergriff.

Was sollte sie sagen? Dass sie verarscht worden und eine blöde Kuh war? Das schien ein guter Einstieg zu sein, also sprach sie genau diese Worte aus.

Überrascht beugte Julia sich nach vorn und musterte sie prüfend. »Wie meinst du das?«

Simone ließ sich neben sie plumpsen und fixierte ebenfalls den Horizont. Er war eine stabile Größe und gab ihr irgendwie Kraft. »Christoph hat mit mir geschlafen, und heute Morgen war er weg«, sagte sie tonlos. »Auf dem Tisch lag ein blöder Zettel, und das war's. Und ich bin auf sein gespieltes Interesse hereingefallen, als wäre ich fünfzehn und hätte vorher noch nie einen Mann gehabt. Dabei war das alles nur eine billige Masche. Ganz ehrlich, wäre es ein Film, würde er schlechte Kritiken kriegen, so blöde ist die Story.«

Julia schwieg. Aber aus dem Augenwinkel bemerkte Simone, dass eine tiefe Falte auf ihrer Stirn stand.

»Glaubst du mir etwa nicht?«

»Natürlich glaube ich dir, so ein Quatsch. Es ist nur ...« Julia zögerte. »Na ja, weißt du, ich habe eigentlich eine gute Menschenkenntnis, auf die ich mich immer verlassen kann. Außer bei meinem Assistenten.« Sie seufzte kurz. »Deswegen hätte ich meinen Hintern verwettet, dass dieser Christoph ein ehrlicher Kerl ist. Natürlich habe ich ihn immer nur kurz gesehen, aber dennoch.«

Bitter lachte Simone auf. »Dass ich eine einigermaßen gute Menschenkenntnis besitze, dachte ich bisher auch. Vermutlich habe ich mich getäuscht. Was soll's, in ein paar Tagen fliegen wir wieder nach Hause. Es war nur ein Flirt, eine kleine Episode, mehr nicht.«

Mit aller Macht versuchte Simone, ein Lächeln auf ihr Gesicht zu zaubern, was gründlich misslang.

»Und wie geht's dir wirklich? Ich meine, wenn du nur eine Minute mal aufhörst, die starke Frau zu spielen.«

Plötzlich drängte sich der Kummer mit aller Macht nach oben. Tränen strömten über ihre Wangen. Julia nahm sie einfach nur in den Arm und wiegte sie hin und her.

»Weißt du, wie es mir geht? Einfach beschissen. Ich fühle mich benutzt und bin enttäuscht von ihm und mir, wie auch immer«, brach es aus ihr hervor. »Endlich habe ich nach Tims Tod jemanden an mich herangelassen, und dann das.«

»Hm, von dir solltest du nun wirklich nicht enttäuscht sein, denn du hast es gewagt, einen großen Schritt gemacht. Wie war denn die letzte Nacht?« Lächelnd schaute Julia sie an.

»Du meinst unser ...«

Ihre Freundin hob abwehrend die Hände. »Oh bitte, keine Details. Die behalte mal lieber für dich. Ich meine eher, wie hat es sich angefühlt.«

Simone schloss die Augen, spürte Christophs Hände auf ihrem Körper, seine Lippen, seinen Atem. Schlagartig musste sie grinsen. »Es war toll.«

»Na also. Vielleicht ist das die Erkenntnis aus der letzten Nacht. Ihr hattet genialen Sex, du hast dich toll gefühlt, und der Rest – ach vergiss es. Vielleicht geht es genau darum, und wir erwarten wieder viel zu viel und interpretieren Dinge in die Sache, die dort gar nicht hingehören.«

»Also einfach abhaken?«, fragte Simone nachdenklich.

Julia schürzte ihre Lippen, erneut tauchte die tiefe Falte auf ihrer Stirn auf. »Nicht abhaken, aber nicht ganz so negativ betrachten.«

Irgendwann machten sie sich auf den Heimweg. Als sie an der Abzweigung vorbeikamen, die zu Christophs Grundstück führte, schaute Simone krampfhaft auf die andere Seite. Noch einmal schlug ihr das Herz bis zum Hals. Doch danach wurde es besser. Die Kälte in ihrem Inneren ließ allmählich nach. Julias Worte hatten eine heilsame Wirkung gehabt.

In der Nähe von Praia, kurz vor ihrer Pension, führte die Straße an einem der wenigen Sandstrände der Insel vorbei. Gleichmäßig rollte das Wasser an Land. Niemand war zu sehen, die vielen Parkplätze lagen verwaist.

»Halt an«, sagte Simone plötzlich und schaute Richtung Meer.

Julia musterte sie erstaunt, steuerte dennoch eine Parklücke an und stellte den Wagen ab. Simone öffnete die Autotür und rannte hinunter zum Strand. Als sie den weichen Sand unter ihren Füßen verspürte, streifte sie Schuhe und Strümpfe ab und lief bis hinunter zur Wasserlinie. Erste Wellen umspülten ihre Haut und raubten ihr für einen kurzen Augenblick den Atem.

Es war Februar, wie viel Grad würde der Atlantik wohl haben? Sie schätzte zehn Grad, vielleicht auch weniger. Das Wasser prickelte jedenfalls auf ihrer Haut.

Simone schaute sich um. Außer Julia, die ihr unsicher folgte, war niemand zu sehen. Sie streifte ihre Sachen ab und stürzte sich, noch ehe ihre Freundin sie erreichte, in die Fluten. Julia rief etwas, aber das hörte Simone schon nicht mehr. Die erste Welle benetzte ihre Beine, die zweite prallte schon gegen ihre Brust und presste den Atem aus ihrer Lunge. Das Wasser war schweinekalt, aber es ließ sie endgültig aus ihrem Drama erwachen. Simone sprang der nächsten Welle entgegen, sie warf sich förmlich hinein und spürte, wie das Wasser über ihr zusammenschlug.

Mit klatschnassen Haaren drehte sie sich um und lachte Julia an.

»Scheiß doch auf die Kerle«, schrie sie, so laut sie konnte, gegen das Rauschen der Wellen an. Doch die donnernde Brandung riss ihre Stimme mit sich fort. Eine weitere Welle prallte auf ihren Rücken und zog sie aufs offene Meer. Der Boden unter ihr war schlagartig weg, und einen Moment kam Panik in Simone auf. Würde sie jetzt zu Tim kommen? Erwartete der sie bereits am Himmelstor?

Doch das Meer schleuderte sie zurück. Da war wieder Sand unter ihren Füßen. Auf allen Vieren kroch sie aus dem Wasser und sank auf den Strand. Julia stürzte auf sie zu, riss sich die Jacke vom Körper und wickelte sie darin ein. Ihre Hände umschlossen Simones Gesicht, und sie bemerkte Tränen auf den Wangen ihrer Freundin.

»Warum heulst du denn?«, fragte Simone mit klappernden Zähnen. Sie zitterte am ganzen Leib, aber nicht vor Kälte, sondern wegen eines unbeschreiblichen Gefühls in ihrem Körper. »Dachtest du etwa, ich will mich umbringen?« Lachend warf sie ihren Kopf zurück und wiederholte: »Scheiß auf die Kerle.«

In der Pension brachte Julia sie, so schnell es ging, auf ihr Zimmer und erschien wenig später besorgt mit einer Kanne heißem Tee an ihrem Bett. Behutsam strich sie Simone über das mit einem Handtuch umwickelte Haar.

»Ist wirklich alles in Ordnung?«

»Es ging mir nie besser, danke. Hast du dir vorhin echt Sorgen gemacht?«

Ihre Freundin nickte. »Wenn ich ehrlich bin, dachte ich einen Moment, du wärst vollkommen übergeschnappt. Kein Mensch springt bei diesem Wetter in den arschkalten Atlantik. Aber anscheinend geht es dir tatsächlich besser. Manchmal ist so ein kleines Bad im winterlichen Meer gut für Körper, Geist und Seele.«

Julia lächelte säuerlich.

»Ich sah das Meer und musste einfach hinein. Es zog mich magisch an.«

»Wenn du das sagst, wird es wohl stimmen«, meinte ihre Reisegefährtin. »Aber beim nächsten Mal könntest du mich ruhig vorwarnen.«

»Das mach ich, versprochen. Aber jetzt bin ich schrecklich müde.« Simone schloss erschöpft die Augen und spürte bereits nicht mehr, wie Julia leise das Zimmer verließ. Sie fiel in einen tiefen traumlosen Schlaf und erwachte erst am nächsten Vormittag. Die Nacht mit Christoph schien inzwischen unendlich weit entfernt zu sein, obwohl sie doch gerade erst geschehen war. Geradeso, als hätte sich ein heilsamer Schleier des Vergessens über diese Stunden gelegt.

Simone richtete sich auf und trat auf ihren Balkon. Die Sonne schien und spiegelte sich auf dem Wasser. Seufzend blickte sie an den blauen Himmel. Über dem Meer segelte eine einzelne Wolke dahin und warf einen dunklen Schatten auf die Oberfläche. Eine Möwe kam wild kreischend herangesegelt, ließ sich elegant auf der Brüstung von Utas Balkon nieder und beobachtete sie kritisch. Simone steckte ihr die Zunge heraus, und der Vogel blickte sie beinahe entrüstet an, bevor er sich wieder in die Lüfte erhob.

Dann schaute Simone Richtung Kameliengarten. Von hier sah sie nur die Wipfel einiger größerer Bäume. Vielleicht war heute ein guter Zeitpunkt, um der alten Jane einen Besuch abzustatten. Doch zunächst musste sie sich unbedingt stärken und ein Frühstück einnehmen, denn ihr Magen knurrte bereits laut und unüberhörbar. Ein Blick auf die Uhr zeigte, dass es für Frühstück schon reichlich spät war, aber Marta würde ihr bestimmt noch eine Kleinigkeit zaubern.

Kurz bevor sie das Zimmer verlassen wollte, klingelte ihr

Handy, und zu ihrer Erleichterung sah sie Utas Nummer auf dem Display.

»Guten Morgen, eigentlich wollten wir nur wissen, ob die Welt dich wiederhat. Wir waren einige Male in deinem Zimmer, aber du hast geschlafen wie eine Tote.«

»Danke, ich bin wieder unter den Lebenden und wollte mich gerade auf die Suche nach etwas Essbarem machen.«

»Essen ist immer gut und heilt die Seele. Wir sind nach Ponta Delgada gefahren, könnten aber ganz schnell bei dir sein«, schlug Uta vor.

»Lasst mal, ich glaube, ich schalte heute mal einen Gang zurück und werde im Garten ein bisschen lesen«, erwiderte Simone.

»Wenn du meinst, und falls du uns doch vermisst, ruf einfach an.«

Marta schien ihre Schritte auf der Treppe vernommen zu haben, denn sie kam in der Diele besorgt auf sie zu und zog sie in ihre Arme. »Simone, ich hab mir schreckliche Sorgen um dich gemacht. Deine Freundinnen sagten, es ginge dir nicht so gut. Ist alles wieder in Ordnung?«

Prüfend schaute die Pensionsbesitzerin ihr in die Augen, und Simone glaubte, einen Hauch von Mitleid zu erkennen. Konnte es sein, dass Marta bereits über alles informiert war? Vielleicht nicht von Julia und Uta, aber eventuell von Christoph?

Simone lächelte. »Danke, es geht mir wunderbar. Ich hab nur schrecklichen Hunger.«

»Da lässt sich etwas machen. Komm am besten mit und setz dich an unseren Personaltisch in der Küche. Da kann ich dir ein wenig Gesellschaft leisten und nebenbei etwas aufräumen.« Marta führte sie zur Schwingtür und drückte diese nach innen. »Nimm Platz, ich suche alles zusammen.«

Simone blickte sich in dem großen, etwas chaotisch wirkenden Raum neugierig um. Die Wände hatte im Laufe der

Jahre der Kochdunst dunkel gefärbt. Altmodische Gardinen baumelten vor den Fenstern. Töpfe und Pfannen hingen an Hakenleisten über dem Herd oder türmten sich in Regalen. Unzählige Gläser mit Gewürzen standen in den Schränken, und ein gusseiserner Topf verströmte einen herrlichen Duft, der Simone augenblicklich das Wasser im Mund zusammenlaufen ließ. In dieser Küche spürte man die wahre Seele des Hauses und wie viel Liebe Marta bei ihrer Arbeit empfand. Die schleppte Brötchen, Käse, Wurst und allerlei andere Dinge herbei, stellte zum Schluss eine Kanne mit Kaffee sowie zwei Tassen auf den Tisch und nahm Simone gegenüber Platz.

Unsicher scharrte Marta mit ihrer Tasse über die Tischdecke, während sie ihr beim Essen zusah. Nach einer Weile holte sie tief Luft.

»Du, Simone, noch einmal wegen der Sache mit dem Kameliengarten, ich hab vermutlich etwas überreagiert, tut mir leid«, meinte sie gedehnt. »Aber weißt du, ich kann mit der alten Frau, also dieser Jane, so rein gar nichts anfangen. In meinen Augen ist sie eine Spinnerin und ziemlich verrückt. Man erzählt die wildesten Geschichten über sie, auch wenn ich zugegeben die meisten nicht glaube.«

Simone nahm einen Schluck Kaffee und nickte. »In Ordnung, ich wollte Jane helfen. Sie tut mir einfach leid, und um den Garten ist es jammerschade.«

Resigniert stellte sie die Tasse ab. Am Anfang des Gespräches war ein winziger Funken Hoffnung in ihr aufgekeimt, doch schnell hatte sich alles zerschlagen.

»Ja, das mag sein, und natürlich hast du recht. Aber glaub mir, es gab Versuche, ihr zu helfen. Doch sie hat alles abgeblockt. Irgendwann geben die anderen auf, und man gilt als wunderlicher Mensch.«

Danach plätscherte das Gespräch einfach so dahin, und Simone erhob sich schließlich.

»Du hast bestimmt noch anderes zu tun, als hier mit mir herumzusitzen.«

»Glaub mir, ich sitze gerne mit euch herum und vermisse schon jetzt unsere Gespräche auf Deutsch.« Marta seufzte leise. »Aber du hast recht, ich bekomme dann noch Besuch.«

In ihrem Zimmer schnappte Simone sich die Jacke sowie das Handy und wanderte zum Kameliengarten.

Vor der hölzernen Pforte tastete sie nach dem Schlüssel und öffnete das Türchen. Wieder nahm sie die unbeschreibliche Energie dieses Zauberreiches gefangen.

Über abgefallene bunte Blüten wanderte Simone zum Wohnhaus der alten Frau und begann kurz davor nach Jane zu rufen. Doch keine Antwort kam. Sie warf einen flüchtigen Blick in alle Räume, die Frau war nicht hier.

Also lief Simone weiter, Richtung der Gewächshäuser. Sie schaute in alle Winkel, doch auch dort gab es keine Spur von Jane. Unsicher sah sie sich um. Sollte die alte Frau etwa wieder ungebetenen Besuch bekommen haben und hatte sich deswegen versteckt? Simone suchte alles ab und rief immer wieder unterdrückt Janes Namen. Sie kletterte sogar über die Mauer und schaute bei den Klippen nach, nichts. Am Ende gab es nur noch einen Bereich, in welchem sie noch nicht gewesen war – das verfallene Haupthaus. Dort hatte Jane sich bisher nie aufgehalten.

Simone kämpfte sich durch dichtes Buschwerk und erreichte endlich den freien Platz vor dem Gebäude. Schon von der Ferne sah sie, dass die Haustür weit offen stand.

Erneut rief sie Janes Namen. Keine Antwort. Simone schlich näher und spähte durch die Tür. Die vor ihr liegende Diele wurde nur durch das hereinfallende Licht erhellt. Mehrere Türen gingen ab. Die meisten davon standen offen.

Unsicher musterte sie das Innere des Hauses. Vielleicht war es baufällig, und sie krachte durch die Dielen? Vielleicht hatte Marta recht, und sie sollte einfach ihrer Wege gehen?

Schließlich war Jane so oder so in wenigen Tagen wieder auf sich allein gestellt.

Doch die Sorge um die Kameliengärtnerin trieb sie weiter.

Behutsam betrat Simone die alten Dielen und federte leicht in den Knien. Doch abgesehen von einem lauten Knarren schienen sie immer noch stabil zu sein. Durch die zugenagelten Fenster fiel kaum Licht herein, weshalb sie ihre Handylampe zu Hilfe nahm. Alle Räume waren bis auf einige verfallene Möbelstücke leer.

Am Ende blieb nur noch die obere Etage. Mit ihrer Lampe beleuchtete Simone die Treppe und machte einige Probeschritte. Das Holz ächzte, hielt aber.

Es musste einen Grund geben, dass die Tür des Hauses offen gestanden hatte. Und diesen galt es herauszufinden. Möglichst nahe an der Wand schob Simone sich nach oben und ignorierte tapfer das Stöhnen der morschen Holzstufen. Nach einer gefühlten Ewigkeit erreichte sie schließlich den oberen Flur.

Genau vier Türen gingen ab. Simone wählte die erste zu ihrer Linken. Der Raum schien eine Art Schlafzimmer gewesen zu sein, denn ein riesiges Bett, allerdings ohne Matratzen, stand in der Mitte. Ein Lichtstrahl fiel durch die Jalousien, genau auf ein Paar Beine. Einen Moment hielt sie die Luft an. Dann wurde ihr bewusst – sie hatte Jane gefunden.

Jane lag gekrümmt am Boden, ihre Augen waren geschlossen. Simone tastete am Handgelenk nach einem Puls – nichts. Da war nur Kälte – Jane lebte nicht mehr.

19

Simone fiel auf die Knie und starrte die Tote ungläubig an. Sie konnte keine Verletzungen erkennen. Jane hatte ihre Augen geschlossen, wirkte friedlich, beinahe so, als würde sie nur ein kurzes Schläfchen halten.

Eine ganze Weile hielt Simone neben ihr Wache und erhob sich dann mit schmerzenden Knien. Sie konnte nicht weinen oder trauern wie bei Tim. Sie war einfach nur fassungslos. Warum hatte ausgerechnet sie die Frau finden müssen?

Doch gleich darauf wurde ihr bewusst, dass sonst niemand Jane besuchte. Es war gut, dass sie die Tote gefunden hatte. Sonst hätte sie vielleicht noch lange hier gelegen. Ein Schicksal, das man keinem Menschen wünschte.

Vorsichtig schlich Simone die Treppe nach unten und eilte nach nebenan in die Pension. Jetzt musste Marta ihr helfen. Jetzt ging es nicht mehr um irgendwelche Streitigkeiten, sondern um den Leichnam eines Menschen.

Schweratmend stürzte Simone in die Empfangsdiele und rief laut nach Marta.

Stella kam aus der Küche und schaute sie mit großen Augen an. Simone fragte: »Wo ist Marta?«

»Großmutter ist hinten im Privatgarten. Ist etwas passiert?«, erkundigte sie sich in gebrochenem Deutsch, doch Simone war schon auf dem Weg nach draußen. Sie ignorierte das Privatschild an der Tür und riss sie auf.

Marta saß mit mehreren Personen an einer langen Tafel. Alle waren festlich gekleidet, lautes Lachen schallte ihr entgegen. Doch bei ihrem Anblick verstummten alle Gespräche. Zahlreiche Augenpaare starrten sie an.

»Marta, du musst mir helfen«, stammelte Simone und rang ihre Hände. »Es geht um Jane, ich weiß ... Aber, aber ...« Schluchzen stieg in ihr nach oben, und sie presste eine Faust an den Mund. »Jane ist tot«, stieß sie hervor und begann leicht zu schwanken.

Irgendjemand schob einen Stuhl hinter ihren Körper, und Simone sank darauf. Dann drückte ihr eine Frau ein Glas Wasser in die Hand und forderte sie auf zu trinken.

Fragende Gesichter schauten Marta an. Die wirkte wie erstarrt und übersetzte erst nach einer kurzen Weile Simones Worte ins Portugiesische. Mehrere Frauen bekreuzigten sich.

Sie erhob sich schließlich, umrundete langsam den Tisch und berührte ihre Schulter. »Bleib sitzen, ich werde mich um das Notwendige kümmern.«

Doch Simone schüttelte energisch den Kopf und stemmte sich nach oben. »Ich muss mitkommen. Damit ihr Jane findet.«

In den nächsten Stunden reagierte sie wie ein Automat.

Zusammen mit Marta betrat sie den Garten. Plötzlich waren Uta und Julia an ihrer Seite, und sie hätte nicht sagen können, wo die auf einmal herkamen.

Simone übernahm die Führung und ging voraus.

Als sie vorsichtig die Treppe emporstiegen, hatte sie plötzlich den verrückten Gedanken, dass sie sich Janes Tod nur eingebildet hatte und die alte Frau ihnen lächelnd entgegenkam. Doch die Kameliengärtnerin lag unverändert am Boden.

Marta lehnte sich gegen eine der Wände und flüsterte leise ein Gebet. Ihr Gesicht war grau, gealtert, schließlich sank sie zu Boden und begann zu weinen. Sie presste ihren

Kopf gegen die rauen Dielen und schluchzte. Simone spürte Verwirrung – erst diese Ablehnung und nun diese Trauer. Doch jedes Volk trauerte anders.

Schließlich erhob Marta sich schwankend, holte ein Handy heraus und telefonierte.

»Der Arzt kommt jeden Moment. Jemand müsste ihn oben an der Straße abholen«, flüsterte sie heiser.

»Das mach ich«, bot Julia sich sogleich an und eilte davon.

Stille erfüllte den Raum. Marta kniete erneut neben der Leiche und hielt Janes Hand. Erst der eintreffende Arzt vertrieb sie von dort.

Routiniert untersuchte er den Leichnam und sagte nur wenige Worte. Marta nickte. Dann verschwand er wieder, und Simone hörte ihn vor dem Haus telefonieren.

Irgendwann klingelte Martas Handy. Mit gebrochener Stimme wechselte sie einige Worte.

»Julia, würdest du noch einmal, der Bestatter ist da.«

Erneut lief ihre Freundin nach draußen.

»Ihr Herz ist einfach stehen geblieben.« Marta starrte die Tote an. »Einfach so.«

»Sie war alt.« Du lieber Gott, was sagte sie denn da. Simone biss sich auf die Lippen, doch Marta nickte verstehend.

Nach einer gefühlten Ewigkeit tauchten zwei Männer im Anzug auf, die einen einfachen Holzsarg trugen.

Während sie Jane in den Sarg betteten, warteten die Frauen nebenan im zweiten Schlafzimmer. Einer der Männer sagte ein paar leise Worte zu Marta, die daraufhin den Kopf schüttelte. Der Sarg wurde verschlossen und dann nach unten gebracht.

Vor dem Haus versammelten sich alle noch einmal. Simone spürte, wie sich eine Hand in ihre stahl. Zu ihrem Erstaunen war es Marta, die sie umklammerte und leise weinte.

Dann entfernten sich die Träger, und einen Moment war es so still, dass vermeintlich sogar der Wind in den Bäumen aufgehört hatte zu rauschen.

Julia fing sich als Erste. »Ich denke, wir sollten wieder nach drüben gehen. Mehr können wir momentan sowieso nicht machen.«

Marta nickte. »Ja, lasst uns gehen.«

Simone folgte den Frauen, konnte sich aber nur mit Mühe vom Garten losreißen. Nun war alles verloren, Schreckensszenarien tauchten vor ihrem inneren Auge auf. Bagger würden anrollen, die Gewächshäuser niederreißen und die Kamelien zerstören. Bei dem bloßen Gedanken blutete ihr das Herz.

»Sie hat ihr Leben gelebt«, raunte Julia leise und legte ihren Arm um Simones Schulter. Die verschloss sorgfältig das Gartentor und deponierte den Schlüssel genau an dem Ort, den Jane ihr gezeigt hatte. Wohl wissend, dass ihn dort niemand mehr hervorholen würde.

Zurück in der Pension wollte Simone sofort die Treppe nach oben steigen. Doch Marta hielt sie zurück. »Niemand sollte in so einem Moment allein sein. Außerdem ist noch das ganze Essen von unserer Feier übrig.«

Sie zögerte, Simone konnte sich nicht vorstellen, überhaupt einen Bissen hinunterzubekommen. Aber dann folgte sie ihren Freundinnen doch in den Speiseraum. Marta brachte Geschirr, Schüsseln und Körbe. Jede Hilfe lehnte sie ab.

Dann saßen alle um den Tisch, und plötzlich befiel Simone ein unbändiger Appetit. Den anderen schien es ähnlich zu gehen, und erste Gespräche erfüllten den Raum. Nach einer Weile gesellten sich Stella und Carlos zu ihnen. Das Leben musste weitergehen.

Am Abend fühlte Simone sich wie erschlagen. Ihr ganzer Körper schmerzte, und dennoch bekam sie kein Auge zu.

Immer wieder kreisten ihre Gedanken um den Kameliengarten und welches Schicksal er jetzt wohl erleiden würde. Gegen Mitternacht stand sie schließlich auf und wollte sich auf den Balkon setzen. Doch ein heftiger Regenschauer trieb sie wieder ins Innere ihres Zimmers. Unruhig lief sie hin und her. Und plötzlich wusste sie, was sie tun wollte.

Simone zog ihre Regensachen an, schlich die Pensionstreppe nach unten und verließ das Haus. Trotz der Dunkelheit fand sie wie von allein das Tor zu Janes Garten. Regen strömte auf ihre Kapuze, als sie zum Wohnhaus der alten Frau lief. Dann betrat sie deren Veranda und schließlich das Zimmer mit den vielen Bücherregalen. Auf dem Tisch stand noch eine Kanne mit Tee. Daneben lag ein aufgeschlagenes Buch über Pflanzen, geradeso, als würde die alte Frau jeden Moment wieder zur Tür hereinkommen und weiterlesen.

Simone sank in den Lehnsessel und griff sich eine grobe Wolldecke, die auf einem Stuhl lag. Dann zog sie ihre Beine nach oben und kuschelte sich ein. Gleichmäßig fielen die Tropfen aufs Dach. Sie wiegten Simone förmlich in den ersehnten Schlaf.

Als sie erwachte, lag Dunst über den Kamelien. Seltsamerweise war sie augenblicklich hellwach und wusste sofort, wo sie sich befand. Noch war früher Morgen. Ihre Freundinnen würden in ihren Betten liegen und niemand sie vermissen. Simone warf den Herd an und kochte sich einen Tee. Mit der Tasse in der Hand durchstöberte sie allmählich Janes Habseligkeiten. Nur einen winzigen Moment befiel sie ein schlechtes Gewissen.

Simone war sicher, dass die alte Frau nichts dagegen hätte. Da war eine Unmenge an Büchern, zumeist über Pflanzen oder Tiere. Romane gab es nur wenige und wenn, dann waren sie so zerschlissen, dass sehr oft darin gelesen worden war. Im unteren Fach eines der Schränke entdeckte

Simone einen Karton mit alten Bildern. Einige schienen in Janes alter Heimat aufgenommen worden zu sein. Denn die Landschaft wirkte schottisch und nicht wie auf der Insel. Ernste Menschen schauten in Kameras, und ihre Gesichter waren im Laufe der Jahre verblasst und kaum noch kenntlich. Ansonsten fanden sich keinerlei persönliche Dinge in dem kleinen Haus.

Nachdenklich sank Simone in den alten Lehnsessel und sah sich um. Es gab keine Papiere, keine Briefe oder Dokumente. War das möglich? Auch Geld oder andere Wertgegenstände waren nicht zu finden. Doch irgendwo musste die alte Frau sie aufbewahrt haben.

Und noch etwas fehlte. Während Jane ihr vieles über die Kamelien verraten hatte, hatte sie manchmal Notizen in einem Heft gemacht. ›Hier hab ich alles aufgeschrieben, die ganzen Jahre über, alles, was ich weiß. Es gibt inzwischen Unzählige davon.‹ Doch keines davon war zu finden.

Simone sah auf ihre Uhr. Wenn den anderen verborgen bleiben sollte, dass sie die Nacht außer Haus verbracht hatte, war es Zeit, sich wieder auf den Heimweg zu machen. Schweren Herzens durchquerte sie den Garten, zog die Pforte hinter sich zu und ließ den Schlüssel kurzerhand in ihre Jackentasche fallen. Sie würde zurückkommen, so bald wie möglich.

Dann lief Simone zur Pension und traf in der Diele auf Marta. Forschend sah die sie an. »So früh schon unterwegs?«

»Ich konnte nicht mehr schlafen, da war ich eine Runde unten am Strand.« Nervös strich Simone ihre Haare nach hinten. Irgendwie wurde sie das Gefühl nicht los, dass Marta genau wusste, was sie getan hatte.

»Ja, der Regen letzte Nacht hat mich auch beizeiten aus dem Bett getrieben.« Die Pensionswirtin lächelte schwach. »Frühstück ist bald fertig.«

»Nur keine Eile«, erwiderte Simone. »Ich spring noch schnell unter die heiße Dusche.«

Während die Wasserstrahlen auf ihren Körper prasselten, dachte Simone über Marta und ihr eigenartiges Verhalten am gestrigen Tag nach. Dass diese so sehr trauern würde, war ihr einen Augenblick seltsam erschienen. Immerhin hatte sie vorher kein gutes Haar an der alten Jane gelassen. Und dann so viele Tränen, das passte irgendwie nicht zusammen.

Während Simone ihren Körper trocken rubbelte, stand ihr Plan fest. Gleich nach dem Frühstück würde sie wieder in den Kameliengarten gehen und suchen.

Irgendwo mussten die persönlichen Dinge aus Janes Leben sein. Und die Zeit drängte. Wenn der Tod der alten Frau erst bekannt wurde, war es zu spät. Dann übernahmen andere Menschen die Regie, und die würden nicht halb so einfühlsam sein wie Simone. Zunächst galt es jedoch, das Frühstück einzunehmen und ihren Freundinnen gegenüber eine plausible Ausrede zu finden.

»Das Wetter ist heute so herrlich, ich hab uns eine kleine Bergtour rausgesucht. Und keine Angst, sie hat keine alpinen Züge«, verkündete Julia mit einem Seitenblick zu Uta. Mit Schwung köpfte sie ihr Ei und streute behutsam Salz darauf. »Bist du mit dabei?« Fragend schauten Simone zwei Augenpaare an.

Die sah nachdenklich aus dem Fenster. Also, zumindest hoffte sie, dass sie ihre Rolle gut spielte. »Seid mir nicht böse, aber ich glaube, heute mache ich wirklich mal einen Pensionstag. Eventuell gehe ich ein bisschen auf meine Klippe, halte Mittagsschlaf und so weiter. Die Sache mit Jane steckt mir noch in den Knochen.«

Seufzend lehnte Uta sich zurück. »Aber bei unserem Videochat mit Inga bist du dabei. Sie wollte unbedingt mal mit uns allen dreien reden.«

»Und wann ist der Chat?«

»Heute Nachmittag, gegen fünf.«

Simone winkte ab. »Kein Thema, natürlich bin ich dabei.«

Uta griff sich ein weiteres Brötchen aus dem Korb und zerteilte es energisch. »Trotzdem ... Ich weiß nicht, ob du nach allem, was gestern passiert ist, allein sein solltest. Immerhin hast du an der alten Frau ziemlich gehangen.«

»Am Meer gehts mir immer gut. Ich brauch einfach mal ein bisschen Stille und Zeit für mich.« Langsam aber sicher kletterte eine verräterische Röte in Simones Wangen. Sie war noch nie die allerbeste Lügnerin gewesen.

Dementsprechend forschend schaute Julia sie an, nickte dann aber. »Wenn du meinst? Ich denke, du weißt selbst am besten, was gut für dich ist.«

Erleichtert atmete Simone auf, denn das Interesse schweifte von ihr zu anderen Themen. Ihrer kleinen Exkursion in Janes Garten stand also nichts entgegen.

Eine halbe Stunde später drehte sie den Schlüssel im Schloss. Auf dem Weg hatte sie sich immer wieder vorsichtig umgeschaut, doch niemand war zu sehen gewesen.

Als Erstes nahm Simone sich noch einmal gründlich Janes kleines Häuschen vor. Das war aufgrund der geringen Größe schnell erledigt. Der flüchtige Eindruck von heute Morgen bestätigte sich, es gab keinerlei persönliche Dinge. Die handschriftlichen Aufzeichnungen waren nicht zu finden.

Seufzend verschränkte Simone ihre Arme einen Moment im Nacken und sah sich um. Wieder schlug ein winziger Teil in ihr Alarm, sie sollte nicht hier sein, sie hatte kein Recht dazu. Doch sie war die Einzige, zu der Jane in letzter Zeit Vertrauen gefasst hatte. Wenn sie nicht suchte, wer sollte es dann tun?

Ihr Blick fiel auf eine besonders prächtige Kamelie. Da

kam ihr das Gewächshaus in den Sinn, seit gestern hatte sich niemand mehr um die Pflanzen gekümmert. Simone eilte durch den Garten und nahm die grobe Schürze vom Haken, die Jane bei ihrer Arbeit immer getragen hatte. Sie war ihr etwas zu kurz, doch im Notfall würde es schon gehen. Die nächsten zwei Stunden war sie damit beschäftigt, in all die Töpfe und Töpfchen Wasser zu geben, verwelkte Blätter und Blüten zu entfernen und sich um die etwas schwächeren Pflanzen zu kümmern.

Als Simone die Gewächshäuser verließ, war es bereits Mittag, die Sonne stand hoch über dem Meer. Auch hier war nichts Persönliches zu finden gewesen.

Einen Moment stemmte sie ihre Hand in den Rücken, er schmerzte. Doch selten hatte sie sich so glücklich gefühlt wie in den letzten Minuten. All das Wissen, welches Jane ihr nahegebracht hatte – nun hatte sie es anwenden können. Langsam schlenderte Simone zurück zum Haus und ließ ihre Hände immer wieder über Blätter streifen. Auf der Terrasse goss sie sich ein Glas Wasser ein und musterte noch einmal die Regale im Wohnzimmer.

»Simone, was um Himmels willen tust du hier?«

Heftig zuckte sie zusammen und goss Wasser auf ihr Shirt. Dann fuhr sie herum. Die Stimme war nah, die Stimme war laut, unmittelbar hinter ihr, und sie gehörte zu dem Menschen, den sie momentan am wenigsten sehen wollte – Christoph.

In seinem üblichen Outfit stand er auf Janes Terrasse und sah sie an. Und augenblicklich klopfte ihr Herz so ungestüm wie eine Horde wilder Pferde.

»Das könnte ich dich genauso gut fragen«, gab sie schnippisch zurück.

»Ich war in der Pension, und Marta hat mir erzählt, was gestern passiert ist. Sie meinte, du wärst unten am Strand, bei den Klippen. Aber dort warst du nicht. Und plötzlich hatte ich so eine Ahnung.«

»Aha«, fauchte Simone zurück. »Und da steigst du einfach über eine Mauer und dringst in einen fremden Garten ein?«

»Dasselbe hast du getan.«

»Ich hatte einen Schlüssel.«

Christoph kam näher, schüttelte den Kopf und warf einen Blick ins Innere des Hauses. »Dennoch ... Du solltest nicht hier sein. Wenn das Land wirklich so heiß begehrt ist, dürfte es nicht allzu lange dauern, und irgendwelche Leute tauchen hier auf, die Anspruch darauf erheben wollen.«

»Das ist es ja.« Sie seufzte. »Ich will mich noch einmal umschauen, ehe diese Typen kommen.«

»Und wonach umschauen?«

Hilflos zuckte Simone die Schultern. »Keine Ahnung, nach persönlichen Dingen? Jane hat ihre tägliche Arbeit immer in einem Pflanzenbuch festgehalten. Das sind so wertvolle Notizen. Jemand, der keinen Bezug dazu hat, wird sie einfach wegwerfen.«

»Und?«, fragte Christoph, dessen Lippen sich unverkennbar leicht kräuselten.

»Nichts, ich hab alles auf den Kopf gestellt. Das Einzige ist eine Kiste mit uralten Fotos. Selbst Geld habe ich nicht gefunden, keine Papiere, nichts.«

»Komisch, oder?« Neugierig ließ Christoph seine Augen schweifen. »Wo ist sie gestorben?«

»Oben, im alten Haupthaus.« Während Simone sprach, beschlich sie plötzlich ein seltsames Gefühl. Was hatte Jane dort gemacht? Bei ihren Gesprächen hatte sie das verfallene Gebäude nie erwähnt. Hastig schluckte sie, doch Christoph war ihre Anspannung nicht entgangen.

»Warst du nochmal dort?«

Sie schüttelte den Kopf. »Nein.«

»Soll ich dich begleiten?«

Hatte sie sich gerade verhört?

»Auf keinen Fall, ich komm klar«, erwiderte Simone abweisend.

»Und wenn du unliebsamen Besuch bekommst? Willst du dich dann gegen irgendwelche Typen wehren? Noch dazu, ohne ein Wort Portugiesisch zu sprechen? Außerdem sehen vier Augen mehr als zwei.« Seine Stimme klang angespannt.

»Ich will dich von nichts abhalten, nicht, dass du wieder urplötzlich einen Termin hast und wegmusst«, erwiderte Simone. Den kleinen Seitenhieb hatte sie sich nicht verkneifen können.

Christoph lachte auf. »Deswegen bin ich auch hier. Ich wollte dir erklären –«

»Oh nein, bitte nicht.« Sie hob ihre Hände und wollte an ihm vorbei nach draußen laufen. Doch er hielt sie fest.

»Simone, ich will es dir erklären, bitte.«

Da war er wieder, der Kloß in ihrem Hals. Deswegen flüsterte sie nur: »Und was soll das bringen?«

»Keine Ahnung, aber ich will nicht, dass es so endet.«

»Endet? Hatte es denn schon begonnen?« Hilflos sah er sie an, und Simone streifte seinen Arm ab. »Ich würde jetzt gern zum Haupthaus gehen.«

»Dann lass mich dich bitte begleiten. Ich mach mir sonst Sorgen, dass dir etwas geschieht.«

Vielleicht hatte Christoph recht. Also nickte Simone, schlug den Weg über einen der zugewachsenen Pfade ein, bis das Haupthaus schließlich vor ihnen lag.

»Da ist es.« Ihre Stimme war nur ein Hauch, warum, wusste sie selbst nicht. Alles am Haus schien unverändert zu sein, Türen und Fensterläden waren geschlossen.

Simone drückte die Klinke nach unten. Leicht schwang die Tür nach innen auf.

Christoph betrachtete sie fachmännisch. »Gut in Schuss, hier scheint öfters mal jemand gewesen zu sein.«

»Aber das Haus steht leer, von einigen wenigen Möbelstücken abgesehen.«

»Wer weiß, was die alte Frau hierhergezogen hat«, meinte er nachdenklich. »Vielleicht die Erinnerungen, vielleicht hat sie hier etwas versteckt. Auf jeden Fall waren die Erbauer vermögende Leute. Das Haus ist wunderschön, sieh doch nur die Verzierungen an den Decken. Das hat ein Fachmann gemalt.«

Die Malereien waren Simone gestern gar nicht aufgefallen, kein Wunder, hatte sie doch nur auf Jane geachtet.

»Soweit ich weiß, hat es ein schottischer Fabrikbesitzer errichtet, dessen Frau gesundheitliche Probleme hatte.«

»Das passt, denn einige Elemente gehören definitiv nicht auf diese Insel. Seltsam, irgendwie erinnert mich das Haus an die *Pension Hortensia*. Findest du nicht?«

Simone nickte. »Das hab ich auch schon gedacht. Vielleicht hat der Baumeister zwei ähnliche Häuser errichtet.«

»Schon möglich.« Christoph ließ seine Hand über einen Kaminsims streifen. »Dennoch seltsam. Wollen wir uns umschauen?«

Simone und Christoph arbeiteten sich von Raum zu Raum. Doch im Erdgeschoss war nicht das Geringste zu entdecken. Die wenigen Schränke waren leer. Sie spähten sogar in den Kamin – nichts.

»Bleibt nur noch die obere Etage.« Christoph wischte sich eine Spinnwebe von der Stirn. »Aber die Treppe sieht gar nicht gut aus.«

»Gestern hat sie noch gehalten, auch die beiden Männer mit Janes Sarg konnten sie passieren.«

»Da wird sie uns beide ganz sicher tragen.« Behutsam tasteten sie sich nach oben. Zwar ächzten die Stufen, doch sie hielten, bis sie endlich im kleinen Flur standen.

Simones erster Blick fiel in den Raum, in dem Jane gestorben war. Ein Kloß war in ihrem Hals, und ohne dass sie es verhindern konnte, löste sich eine Träne.

Seltsam, so kurze Zeit erst hatte sie Jane gekannt, und doch war sie ihr nähergekommen als Menschen, mit denen sie schon seit Jahren Kontakt hatte.

»Ist es dort passiert?«, fragte Christoph leise. Sie nickte. »Dann sollten wir vielleicht genau in diesem Zimmer beginnen«, schlug er vor. »Ich kann auch allein suchen.«

»Nein.« Energisch schüttelte Simone den Kopf. »Es geht schon. Allzu viele Möglichkeiten, etwas zu verbergen, gibt es eh nicht.«

Zehn Minuten später standen sie wieder im Flur. Sie hatten außer Staub und Spinnweben nicht das Geringste gefunden, weder Dokumente noch Briefe, nichts.

Simone spürte die Enttäuschung beinahe körperlich. Schlagartig war sie so erschöpft, dass sie zu Boden sank und sich an die Wand lehnte. Christoph setzte sich neben sie, warf sich plötzlich über sie und presste ihr seine Hand auf den Mund. Er bedeutete ihr mit seinen Augen, zu schweigen, und zeigte mit dem Kopf Richtung Garten.

Und tatsächlich, draußen waren Stimmen, aber auch Schritte zu hören. Jemand lachte, und Simone glaubte, den Tonfall des Mannes zu erkennen, den sie am ersten Tag über die Mauer hinweg beobachtet hatte.

Christoph nahm seine Finger von ihrem Mund. Noch immer saß er nah bei ihr, und Simone war froh darüber. Mit einer Hand signalisierte er ihr, ihm zu folgen. Möglichst lautlos krochen sie in den Raum, in dem Jane gestorben war. Dann setzten sie sich in eine Nische hinter der Tür und lauschten.

Wenn die Männer das Haus betraten, und davon war auszugehen, würden sie sie finden. Es gab keinen anderen

Weg, die obere Etage zu verlassen, es sei denn, man stürzte sich aus dem Fenster. Und dazu hatte keiner von ihnen Lust.

Unter ihnen öffnete sich die Eingangstür. Die Männer wechselten kurze Worte und begannen dann, die einzelnen Zimmer zu durchsuchen. Es polterte und krachte.

Simone wurde schlecht, ein leichter Schweißfilm stand über ihrer Oberlippe. Ohne dass sie es verhindern konnte, umklammerte sie Christophs Hand und sah ihm in die Augen.

Beruhigend blickte er sie an und drückte schließlich seine Lippen auf ihren Handrücken. Sein Mund flüsterte lautlose Worte, Simone verstand sie trotzdem. Er war bei ihr, er würde auf sie aufpassen, er würde sie beschützen, egal was geschah.

Die Männer trafen sich wieder im Flur, sie beratschlagten, und dann betrat der erste von ihnen die Treppe. Die anderen folgten, und Stufe um Stufe stiegen sie empor. Jeder einzelne Schritt klang überlaut, bedrohlich.

Simone wurde schwarz vor Augen. Sie presste ihre Lider zusammen und hätte sich am liebsten die Ohren zugehalten. Wenn es irgendwo eine höhere Macht gab, so sollte sie Christoph und sie bitte aus diesem Raum bringen, irgendwohin und möglichst jetzt sofort und auf der Stelle.

Natürlich geschah nichts. Die Schritte kamen näher und näher. Es war nur noch eine Frage von Sekunden, bis einer der Männer den Raum betreten und sie entdecken würde. Kleine Lichtblitze flimmerten vor ihren Augen, der Puls raste.

Da krachte es ohrenbetäubend. Das ganze Haus bebte, und einen Moment befürchtete Simone, es würde über ihnen zusammenstürzen. Angsterfüllt schützte sie ihren Kopf mit den Armen. Staubwolken wehten herein, verschleierten den Blick. Von draußen ertönten Schreie, dann Husten und schließlich ein wütender Streit.

Es dauerte einen kurzen Moment, bis Simone begriff, dass es doch eine höhere Macht geben musste, die sie gerettet hatte, denn die alte Holztreppe war zusammengestürzt. Den ungebetenen Besuchern war der Weg in die obere Etage versperrt. Zumindest vorerst.

20

Ihre Erleichterung war fast schon hautnah greifbar. Doch es war zu früh, um sich in Sicherheit zu wiegen. Denn immer noch diskutierten die Männer unter ihnen. Wütend warfen sie mit Brettern um sich. Anscheinend suchten sie nach einem Weg, irgendwie die obere Etage zu erreichen. Erst nach einer schier endlos langen Zeit zogen sie sich zurück.

Ihre Stimmen wurden leiser, die Schritte erstarben. Simone atmete auf und lockerte ihre von der Anspannung verkrampften Muskeln und Gelenke.

»Sie werden wiederkommen, schon morgen und entsprechende Werkzeuge mitbringen«, raunte Christoph leise. »Wir scheinen also nicht die Einzigen zu sein, die hier etwas suchen.«

»Das haben sie gesagt, also ich meine, dass sie morgen wiederkommen?«

Er nickte und bewegte sich lautlos zum Fenster. Dann spähte Christoph durch die Schlitze der geschlossenen Läden.

»Und haben sie eventuell auch gesagt, wonach sie suchen?«, fragte Simone.

»Leider nein, aber es scheint wichtig für sie zu sein.« Noch immer behielt er den Garten fest im Blick. Dann drehte er sich zu ihr um. »Sie sind weg.«

»Aber hier ist doch nichts.« Schulterzuckend ließ sie ihre Blicke in dem heruntergekommenen Raum herumwandern.

»Scheinbar doch. Warum sollte Jane sonst hier gewesen sein? Dem Zustand der Eingangstür nach zu urteilen, hat sie dieses Haus öfters aufgesucht. Dass dies allein aus Gründen der Sentimentalität geschah, will ich einfach nicht glauben.«

Mühsam kämpfte Simone sich nach oben und warf dann einen Blick um die Ecke. Dort, wo vor wenigen Minuten noch das Treppenhaus gewesen war, gähnte nun Leere. Betroffen blickte sie nach unten, wo immer noch leichte Staubwölkchen in einfallenden Sonnenstrahlen tanzten. Die Höhe war beträchtlich, ein Sprung ausgeschlossen. Es war nichts erkennbar, woran man hätte nach unten klettern können.

»Bleibt die Frage, wie wir das Haus verlassen wollen?«

Christoph blieb ihr die Antwort zunächst schuldig. Stattdessen sank er auf die Knie und legte sein Gesicht auf den Boden. Dann robbte er langsam bis zum Abgrund nach vorn. Angespannt untersuchte er die Dielen, klopfte einige Male sogar auf die alten Bretter und lauschte konzentriert.

Schließlich sah er sie nachdenklich an. »Die Dielen haben einen ganz bestimmten Aufbau, siehst du hier an der Bruchstelle? Mit diesem Hohlraum zwischen Decke und Holz sorgte man früher für eine gute Belüftung. Nun frage ich mich gerade …«

»Ob man in diesem Hohlraum etwas verstecken könnte«, führte Simone seinen Satz fort. Ihr Herz klopfte schneller. Eine gewisse Abenteuerlust erwachte, wie als Kind, wenn Freunde einen Schatz irgendwo versteckt hatten.

»Zumindest wäre es eine Möglichkeit.«

Die Suche begann von Neuem. Zentimeter für Zentimeter bewegten sie sich durch den Raum, bis Christoph schließlich triumphierend lachte. »Na bitte, wer sagt's denn.«

Simone, die gerade auf der anderen Seite des alten Bettgestells gesucht hatte, kroch auf allen Vieren zu ihm.

Christoph hatte eines der Dielenbretter gelöst, und ein Hohlraum war zum Vorschein gekommen. Jemand hatte ihn sorgfältig mit Linoleum ausgekleidet. Auf den ersten Blick erkannte Simone nur eine Kiste und drei Bücher, die einen roten Einband hatten. Die Sachen sahen aus, als würden sie hier schon sehr lange liegen. Behutsam griff Christoph in die Öffnung und holte die Fundstücke heraus. Eine leichte Staubschicht haftete auf deren Oberfläche.

Als Erstes öffneten sie die Kiste. Sie enthielt Mappen mit Dokumenten, einige Briefumschläge und vergilbte Schriftstücke. Die meisten waren auf Englisch, einige auch in Portugiesisch verfasst. Christoph überflog die Schreiben.

»Das sind alte Urkunden, vermutlich über den Kauf des Landes und den Bau des Hauses. Einiges ist nur sehr schwer zu entziffern. Das müsste man in aller Ruhe studieren.«

Simone blätterte derweil in den Büchern. Sie stellten sich als Tagebücher heraus. »Die sind von Jane. Wenn ich die Daten richtig deute, hat sie bei ihrer Ankunft hier mit dem Schreiben begonnen.«

Christoph blickte ihr über die Schulter. »Und wann enden sie?«

Ganz nebenbei suchte er weiter.

»Vor vielen Jahren, damals war sie dreißig.«

»Dann sind diese Bücher über sechzig Jahre alt.« Er stieß einen triumphierenden Laut aus. »Na bitte, wer sagt es denn. Hier ist das nächste Versteck.«

Die von Simone beschriebenen Notizen über die Kamelienzucht kamen zum Vorschein.

Eine halbe Stunde später lagen Janes versteckte Schätze vor ihnen. Ganz zum Schluss hatten sie eine metallene Kiste gefunden, die aber verschlossen war.

»Was soll mit alldem geschehen?«

»Ich glaube nicht, dass die Typen diese Bücher oder Notizen gesucht haben«, mutmaßte Simone. »Also wird all das auf dem Müll landen.«

»Es sei denn, wir lassen es verschwinden.« Mit leuchtenden Augen schaute Christoph sie an, und Simone wurde bewusst, dass sie in den letzten Stunden nicht ein einziges Mal an ihr Zerwürfnis gedacht hatte. Im Gegenteil, sie verhielten sich beide wieder so, als wäre nichts geschehen.

Und erneut erkannte sie, wie sehr sie seine Gesellschaft genoss, seine ruhige Art, sein Lachen, sein zupackendes Wesen.

Nachdenklich betrachtete Simone die Fundstücke. »Du meinst, wir nehmen all das mit?«

»Warum nicht? Niemand weiß, dass die Sachen da sind, also wird sie niemand vermissen.« Erneut lächelte Christoph sie verschmitzt an.

»Wie sollen wir das alles von hier fortschaffen? Immerhin weiß ich nicht mal, wie wir aus dem Haus kommen wollen. Und was, wenn es doch noch irgendwelche Erben gibt?«

»Vielleicht sollten wir einfach klettern oder hierbleiben«, schlug Christoph lachend vor. »Wir beide haben doch ein Herz für alte Gemäuer.« Dann wurde er wieder ernst. »Ich rufe einen Freund an, der wird uns helfen. Und außerdem stehlen wir die Dinge nicht, sondern wir bringen sie nur in Sicherheit.«

Er telefonierte auf Portugiesisch, und Simone hatte den Eindruck, als wäre die Gegenseite nicht gerade begeistert von seinem Anliegen. Doch schließlich ließ Christoph das Handy in seiner Tasche verschwinden. »Geklärt, mein Freund kommt mit einigen Bekannten vorbei, und sie bringen unter anderem eine Leiter für uns mit.«

»Findest du das eine gute Idee?«, entgegnete Simone verdrossen. »Ich meine, dass hier ein Trupp Leute angerückt kommt? Nicht dass die anderen den Garten immer noch beobachten?«

»Hast du eine bessere Idee?«

An dieser Stelle musste sie passen. »Nein«, erwiderte Simone kleinlaut. »Leider nicht.«

»Ich hab ihnen alles erklärt, also, dass sie vorher die Lage checken sollen. Ich bin nicht gänzlich auf der Wurstbrühe dahergekommen, auch wenn du das vielleicht von mir denkst.« Die Anspannung zwischen ihnen wuchs.

Wieder einmal hockten sie mutterseelenallein in irgendeinem Gemäuer. Nur dass sie diesmal an dem Schlamassel nicht ganz unschuldig war. Abrupt drehte Simone sich um und trat an einen der geschlossenen Fensterläden. Um irgendetwas zu tun, was nicht in Christophs Nähe war, spähte sie durch die Schlitze der Lamellen nach draußen.

»Sollten wir die Wartezeit nicht sinnvoll nutzen?«, fragte der plötzlich ganz in ihrer Nähe. Erschrocken drehte sie sich um.

Vorsichtig befeuchtete sie mit der Zunge ihre Lippen. Ihr Mund war auf einmal staubtrocken.

»Und wofür?«, hauchte sie leise.

Christoph ließ sich an einer der Wände nieder und verschränkte dann seine Arme. »Nun … Ich könnte dir zum Beispiel erklären, warum ich so schlagartig aufgebrochen bin, dir diesen dämlichen Zettel und das Geld fürs Taxi hingelegt habe.«

»Ich weiß ehrlich gesagt gar nicht, ob ich das hören will.« Abwartend sah sie ihn an. Dann glitt Simone auch zu Boden und nahm Platz. Ein gehöriger Abstand zwischen ihnen würde sie nicht in irgendeine Versuchung führen. »Also gut«, sagte sie schließlich einlenkend. »Wenn du dich unbedingt erklären willst.«

»Ich würde mich freuen, wenn du mir zuhörst, einfach weil …« Christoph suchte nach den nächsten Worten. »Einfach weil du ein sehr wichtiger Mensch für mich bist und weil ich mir wünschen würde, dass du mich verstehst.«

Ihr darauf folgendes Schweigen schien für Christoph das Zeichen zum Reden zu sein.

»Meine letzte feste Beziehung ist schon eine Weile her. Sie endete nicht unbedingt glücklich.« Er lachte auf. »Das ist untertrieben, sie endete in einer Katastrophe, an der ich nicht ganz unschuldig war.«

Da war ein Name in Simones Kopf – Maria.

»Wir haben uns in Deutschland kennengelernt, und sie kam mit auf diese Insel. Anfangs war alles wunderbar, perfekt, zu perfekt. Aber das bemerkte ich erst hinterher. Vorher war ich blind verliebt, erfüllte ihr jeden Wunsch. Sie bat mich einige Male um Geld, meist für ihre Familie. Ihre Schwester hatte durch eine Firmenpleite hohe Schulden. Das behauptete sie zumindest, aber alles war gelogen.

Eines Tages war sie fort und mit ihr ein Großteil meines Geldes. All die Pläne, die ich gehabt hatte, lösten sich in Luft auf. Sie hatte sich sogar von meinen hiesigen Freunden Geld geborgt – angeblich in meinem Namen. Das Schlimmste aber war, sie ist mit meinem damals besten Kumpel verschwunden. Ich hab lange gebraucht, um mich davon zu erholen. Nur meinen Freunden hier hab ich das zu verdanken. Ohne sie ...« Christoph zuckte mit den Schultern. »Seitdem gab es kleine Flirts, immer mit Urlauberinnen. Das war ideal, denn irgendwann waren diese Frauen wieder fort. Alles war unverbindlich, oberflächlich, und das sollte es auch sein. Nur keine festen Verbindungen. Nie mehr so etwas erleben wie damals.«

Christoph strich sich über das Gesicht. »Das hab ich mir immer wieder eingeredet. Und dann lernte ich dich kennen. Schon im Flieger hätte ich endlos mit dir reden können. Es war, als hätten wir beide irgendeine Verbindung. Das klingt lächerlich, ich weiß. Nach wenigen Minuten kann man das gar nicht sagen.«

Er warf einen knappen Blick in ihre Richtung, schaute aber sofort wieder weg.

Simone fühlte sich seltsam. Es schien, als würde er ihre

Gedanken aussprechen. Genau das hatte sie auch gespürt, diese Verbindung, das Gefühl, diesem Menschen einfach alles erzählen zu können.

»Dann trafen wir uns wieder, und ich muss gestehen, ich hatte es gehofft und mir gewünscht. Manchmal gehen Wünsche eben doch in Erfüllung. Nach unserer Wanderung wurde es noch intensiver, enger. Ich hab dir gesagt, was ich mir wünschen würde. Aber nicht jeder Traum kann in Erfüllung gehen.

Jedenfalls wurde es mit jeder Minute, die wir miteinander verbrachten, schwieriger.

An dem Morgen habe ich dir beim Schlafen zugesehen. Und auf einmal konnte ich sie nicht mehr aushalten, diese Gefühle. Und den Gedanken, dass du bald schon nicht mehr da bist. Deswegen bin ich abgehauen. Das ist typisch für mich, wenn es brenzlig wird, mache ich mich aus dem Staub.«

Christoph sah ihr direkt in die Augen, und diesmal wich Simone seinem Blick nicht aus.

»Dann wurde mir bewusst, wie albern das war. Am liebsten hätte ich wieder kehrtgemacht und wäre zurückgekommen. Aber …«

Christophs Handy klingelte. »Verdammt.«

Widerstrebend schaute er aufs Display und meldete sich. Er wechselte wenige Worte.

»Sie sind da, weder am Strand noch in der Nähe des Weges ist jemand zu sehen. Deswegen kommen sie jetzt.« Er erhob sich langsam, lief dann zu Simone und streckte seine Hand aus. Sie legte ihre Finger in seine und spürte, mit welcher Kraft er sie nach oben zog. Einen Augenblick waren sie sich wieder ganz nah. »Ich wollte, dass du das weißt.«

Er war magnetisch, sein ganzer Körper zog sie in seinen Bann. Doch Christoph löste die Verbindung.

»Wir sollten versuchen, einen der Fensterläden zu öffnen.«

»Das ist eine gute Idee«, erwiderte Simone, froh, aus seinem Bannkreis entfliehen zu können.

Das erste Fenster sperrte sich gegen ihre Versuche. Doch am zweiten hatten sie Glück. Als sie den Laden nach außen stießen, flutete heller Sonnenschein ins Zimmer und ließ den Raum ganz anders wirken.

Für einen Moment konnte Simone sich vorstellen, wie es früher gewesen war, als die Familie aus Schottland gekommen war und sich hier niedergelassen hatte. Sie sah die alte Pracht, kunstvolle Möbel, roch den servierten Tee und erfrischende Fruchtsäfte.

Vorsichtig stützte Simone sich auf das eiserne Geländer, welches vor dem Fenster angebracht war, und blickte nach draußen. Die Aussicht war wunderschön. Vorn das Grün des Gartens, dahinter das Blau des Meeres und darüber der Himmel.

»Ich werde das alles hier vermissen«, flüsterte sie, leise, doch Christoph hatte es gehört.

»Du kannst jederzeit zurückkommen, es gehen genug Flüge von Deutschland hierher. Alles beginnt mit einer Entscheidung, nämlich deiner eigenen.«

Das hatte Tim auch immer gesagt. Manchmal war er so unerschütterlich positiv gewesen, dass es anderen schon beinahe auf den Keks gegangen war.

»Dennoch ist alles nicht so einfach«, murmelte Simone.

Christoph lächelte. »Wer sagt denn, dass das Leben einfach ist? Trotzdem haben wir nur das eine und sollten es leben. Und wenn wir dann zurückschauen, stellen wir fest, dass es meistens doch ganz einfach war.«

Zwischen den Sträuchern bewegte sich etwas, dann tauchte ein Mann auf. Christoph winkte ihm zu. »Lino.«

Wenig später erreichten seine Freunde die Eingangsstufen. Sie riefen Christoph ein paar Worte zu und lachten.

Eine mitgebrachte Leiter wurde angelegt, und man bedeutete ihnen, hinabzusteigen. Doch Christoph ließ einige erklärende Worte verlauten, und so kam der Erste nach oben geklettert.

»Lino, das ist Simone.«

Sie fühlte sich neugierig gemustert. Dann ergriff Lino ihre Hand. »Hallo Simone«, sagte er in gebrochenem Deutsch. Dann deutete er auf den kleinen Berg aus Büchern und Papieren. »Das ist es?«

»Das ist es«, stimmte Christoph zu. »Wir wollen nur sicherstellen, dass sie nicht falschen Leuten in die Hände fallen.«

In diesem Moment stieg ein weiterer Mann die Leiter nach oben. Er war schon etwas älter, sah sich neugierig um und stellte Christoph einige forsche Fragen. Dann lauschte er schweigend seinem Bericht.

Seine Miene wurde mit jedem weiteren Wort ernster, und schließlich begann er zu erzählen. Christoph übersetzte seine Worte.

»Der Mann kennt Jane, hat sie aber schon viele Jahre nicht mehr gesehen. Sein ebenfalls sehr alter Nachbar hat sich immer um sie gekümmert, Lebensmittel eingekauft und in ihrem Namen Kamelien angeboten. Es ist bekannt, dass dieses Land sehr wertvoll ist. Mehrere Leute haben sich darum bemüht. Darunter auch Spekulanten. Er findet die Idee gut, dass wir die Sachen sicherstellen, so lange, bis geklärt ist, wem sie gehören.«

Ein Plan wurde gefasst, und die Arbeit begann. Stück für Stück wurden Janes Erinnerungen nach unten gebracht.

Als sie fertig waren, zog bereits die Dunkelheit herauf. Doch sie hatten es geschafft. Janes Schätze lagen sicher in vier großen Klappkisten im Kofferraum von Christophs Wagen. Und vor allem hatten sie heil und gesund das verfallene Haus verlassen können.

Simone verschloss sorgsam die kleine Pforte und widerstand dem Drang, ein letztes Mal nach den Kamelien zu schauen.

Schweratmend sank sie neben Christoph auf den Autositz und massierte ihren Rücken.

»Schmerzen?«, fragte er.

»Ein wenig«, gestand Simone und lächelte. Dann sah sie ihn an und ergriff seine Hand. »Ich möchte dir danken, für deine Hilfe.«

»Du hast dich schon hunderte Male bedankt, bei mir und all den anderen hier.«

Doch Simone blieb hart. »Dennoch ... Ich möchte *dir* noch einmal danken.« Sie legte die Betonung auf das Wörtchen ›dir‹. »Du hättest mir nicht helfen müssen. Und ich danke dir für deine Worte.«

»Gern geschehen, ich hoffe, sie bewirken etwas. Und jetzt, was machen wir mit dem angefangenen Abend?« Forschend sah er sie an.

»Wenn ich ehrlich bin, will ich nur noch in mein Bett und vorher unter eine heiße Dusche.« Simone stöhnte und massierte erneut ihr Kreuz.

»Geht mir nicht anders«, gestand er grinsend. »Ich bring dich heim.«

Das Eintreffen des Wagens blieb in der Pension nicht unbemerkt. Denn sofort öffnete sich die Tür, und Marta kam herausgestürzt. Mit in die Hüfte gestemmten Fäusten musterte sie das Auto und dessen Insassen.

»Wo warst du denn so lange?«, fragte sie Simone mit einem gewissen Tadel in der Stimme. »Deine Freundinnen haben auf dich gewartet.«

»Warum denn?« Schlagartig fiel Simone alles wieder ein.

Inga, die Telefonkonferenz, und sie hatte es schlicht und ergreifend vergessen. »Scheiße.«

»Ja, Scheiße«, stimmte die Pensionswirtin zu.

»Wo sind die beiden denn?«

»Unten am Strand, in der kleinen Bar.« Dann warf sie einen Blick in den Kofferraum des Autos. »Und was sind das für Sachen? Beziehungsweise, was habt ihr den ganzen Tag am Kameliengarten gemacht?«

»Man hat uns gesehen?«, fragte Christoph dazwischen.

»Hat man, aber niemand wird etwas verraten«, erwiderte Marta. »Sind das Janes Sachen? Die gehören euch nicht.«

Christoph nickte. »Wir wollen sie nur sicherstellen, bis geklärt ist, wer einen Anspruch darauf hat.«

Martas dunkle Augen blitzten. »Und wer soll das sein? Wen soll es da schon geben? Niemanden, die Alte war eine Eigenbrötlerin. Seit Jahren hatte sie zu niemandem Kontakt. Seit ihre Herrschaften gestorben sind, lebte sie allein.«

»Dennoch kann es sein –«

Marta unterbrach Christoph. »Es kann nicht sein, meine Großmutter Ana hat mir oft genug die alten Geschichten erzählt, vom Garten und seinen Bewohnern.«

Sie verstummte und biss sich auf die Lippe.

»Du weißt etwas darüber?«

»Ach, nur das, was alle wissen.« Marta war deutlich anzusehen, dass sie ihre letzten Worte bereute. »Meine Großmutter war einst Dienstmädchen drüben im Haus.«

»Und was hat sie erzählt?«, forschte Simone nach.

»Dass die kleine Jane aus Schottland kam, zusammen mit ihrer Mutter, die Köchin war. Die Herrin des Hauses soll wohl sehr krank gewesen sein. Doch sie hat sich Janes angenommen und ihr alles über Kamelien beigebracht. Beide Frauen haben sehr zurückgezogen gelebt, bis zu dem Tag, als die Besitzerin gestorben ist. Der Herr ist dann wohl aus lauter Kummer zurückgegangen und hat Jane vorher den Garten geschenkt. Es gibt keine Kinder, niemanden. Ihr könnt also den ganzen Krempel fortwerfen. Man soll sich nicht mit Dingen aus der Vergangenheit beschäftigen, die Gegenwart ist wichtig.« Marta drehte sich herum und ging davon.

»Weißt du, wo diese Bar ist?«, fragte Simone leise. Aus dem Augenwinkel spähte sie hinter Marta her, die im privaten Teil der Pension verschwand.

»Ich glaub schon.«

»Kannst du mich hinfahren?«

»Kein Thema«, meinte Christoph.

Simone seufzte. »Das wäre toll, gib mir zehn Minuten. Ich will nur schnell unter die Dusche springen.«

Als sie zurückkam, lehnte er an seinem Wagen und betrachtete die Pension. Dann huschte ein Lächeln über sein Gesicht. »Fertig?«

»Fertig«, erwiderte Simone.

Sie waren schnell da. Die Fahrt ging die schmale Straße zum Meer und endete an einem kleinen Platz am Strand, der voller Autos stand. Aus einem beleuchteten Lokal drangen mit Musik unterlegte Stimmen.

»Ich schätze mal, da drüben ist es«, meinte Simone, und er nickte.

»Wollen wir morgen telefonieren?«, fragte er sie. »Wegen Janes Sachen und so.«

»Gerne.« Spontan beugte sie sich zu ihm und drückte einen Kuss auf seine Wange.

Dann stieg Simone die wenigen Stufen zur Bar nach oben. Neugierige Blicke streiften sie. In einer Ecke entdeckte sie schließlich Uta und Julia. Sie mussten ihre Ankunft bemerkt haben und unterhielten sich demonstrativ sehr angeregt miteinander.

Simone setzte sich auf den freien Platz und wartete auf eine Gesprächspause. Die eintreffende Kellnerin sorgte schließlich für die Wende. Simone deutete einfach auf das Getränk, welches vor Uta stand, und die Frau verschwand.

Gleich darauf kam sie mit einem Glas Wein zurück. Simone setzte es an und trank es mit einem Ruck aus. Dann stellte sie es vor sich auf den Tisch.

Kritische Augen sahen sie an.

»So, Feuer frei, ihr könnt mich jetzt ausschimpfen, runtermachen, wie immer ihr wollt.«

Julia stieß Uta an. »Runtermachen klingt nicht schlecht. Wollen wir?«

»Ganz ehrlich, es tut mir furchtbar leid. Ich will auch gar nicht nach irgendwelchen Ausreden suchen – ich habs vergessen. Wir haben den ganzen Tag Sachen aus Janes Garten geräumt.«

»Das wissen wir schon«, meinte Uta trocken.

»Ihr wisst das schon?«

»Marta hat es uns erzählt. Weil wir uns Sorgen gemacht und nach dir gesucht haben. An dein Handy gehst du ja leider auch nicht.«

»Ach so.« Simone nahm einen Schluck Wein. »Es tut mir wirklich leid. Wie gehts Inga denn?«

»Sie war enttäuscht, dass du keine Zeit hattest. Wir haben ihr die Sache erklärt, und ich glaube, sie ist genauso verständnisvoll wie wir beide.« Julia lächelte. »Sie verbringt viel Zeit mit ihrem Vater und fühlt sich gut dabei.«

Uta nickte zustimmend. »Ja, teilweise haben wir sie kaum wiedererkannt. So in sich ruhend und entspannt.«

»Ich verspreche, ich versuch dann später nochmal, Inga anzurufen.«

»Gute Idee, das würde sie sehr freuen«, meinte Uta. »Aber nun musst du uns wirklich endlich verraten, was ihr im Garten gemacht habt.«

Also berichtete Simone, wie sie nach und nach Janes Schätze in Sicherheit gebracht hatten.

»Puuh.« Julia lehnte sich zurück. »Ein Glück, dass ihr die ganzen Sachen aus dem Garten geholt habt. Die komischen Kerle hätten vermutlich alles fortgeworfen. Obwohl es natürlich rein rechtlich gesehen eine nicht ganz einwandfreie Geschichte ist.«

Uta stöhnte auf. »Ja, aber das ist doch jetzt wirklich egal. Ich fand eher Martas Reaktion so seltsam. Ob es wirklich nur damit zu tun hat, dass ihre Großmutter früher Dienstmädchen in dem Haus war?«

Simone zuckte die Schultern. »Irgendwie kann ich mir das nicht vorstellen, aber wer weiß.«

»Und nun hat Christoph also Janes Habseligkeiten mit zu sich genommen«, stellte Julia fest.

»Genau, in den nächsten Tagen will er mit einer Freundin sprechen, die in Ponta Delgada auf einer entsprechenden Behörde arbeitet.«

»Und wer sichtet die Sachen?«

Simone trank ihr Glas leer. Es war das dritte, und inzwischen fühlte sie sich ein wenig schwummrig. Der portugiesische Rotwein war gut, stark und ging ins Blut.

»Ich werde morgen mal mit Christoph telefonieren. Neugierig wäre ich schon.«

»Dich scheint ja einiges mit der alten Frau verbunden zu haben. Anders kann man sich dein Interesse an Jane kaum erklären.« Julia schaute sie ruhig an. »Deswegen solltest *du* die Sachen lesen und niemand sonst.«

»Ja vielleicht.« Simone zögerte, doch plötzlich brach es aus ihr heraus. »Irgendwie hat Jane das Leben gelebt, das ich mir immer gewünscht habe. Zumindest seit Tim gestorben ist.«

»Was? Du willst wie eine Einsiedlerin leben?« Uta wirkte entsetzt.

»Nein, nicht diese Komponente. Eher in diesem Garten zu arbeiten, Kamelien zu züchten, sich den lieben langen Tag um Pflanzen zu kümmern – ich könnte mir nichts Schöneres vorstellen.«

»Wenn ich an meine heimischen Grünpflanzen denke, du lieber Himmel.« Uta schürzte die Lippen.

»Ja, aber du hast dein Reisebüro. Du machst dein Ding und verkaufst Menschen Reisen. Aus deiner Leidenschaft für eine Sache hast du deinen Beruf gemacht. Verstehst du? Meine Leidenschaft sind Pflanzen.«

»Also musst du gärtnern, eine andere Schlussfolgerung gibt es nicht. Das Beste wäre, du könntest den Kameliengarten kaufen. Damit würdest du nämlich zwei Fliegen mit einer Klappe schlagen.« Julia pochte laut auf den Tisch. »Zum einen könntest du machen, was du schon immer wolltest. Und zum Zweiten würdest du ein wunderschönes Fleckchen Erde vor der Abrissbirne bewahren.«

21

Mit sanftem Schwung fuhr Simone auf Christophs Hof und stellte ihren Wagen auf einem der Parkplätze ab. Suchend blickte sie sich um, doch weder Hund noch Kater waren zu sehen.

Dann kramte sie wie vereinbart den Schlüssel unter dem Blumentopf hervor und betrat das stille Haus. Auf dem Küchentisch lag ein Zettel. Christoph wünschte ihr ein paar schöne Stunden, und sie möge sich bei ihm wie zu Hause fühlen. Er würde erst am späten Abend von der Tour mit seinen Kunden zurückkommen.

Heute Vormittag hatten sie miteinander telefoniert, und Simone hatte ihn einfach gefragt, ob er ihr ein paar der gefundenen Dinge zum Sichten bringen könnte.

»Und wenn du einfach vorbeikommst und die Bücher hier bei mir liest? Du hättest viel mehr Ruhe, vor allem vor Marta.«

Simone hatte augenblicklich zugestimmt. Es war eine Entscheidung des Verstandes gewesen. Denn ansonsten hätte Christoph die ganzen Sachen ein weiteres Mal durch die Gegend karren müssen. Das war zumindest die oberflächliche Erklärung. In ihrem Inneren freute Simone sich darauf, Zeit in seinem Haus und gegen Abend auch mit ihm verbringen zu dürfen.

Einen Moment strich sie durch die leeren Räume des Untergeschosses und ließ die Energie des Hauses auf sich wirken. Simone hatte feine Antennen. Meist schon nach wenigen Minuten wusste sie, ob ein Gebäude positiv für sie war oder eher belastend. Und wie beim ersten Mal spürte sie hier nur positive Schwingungen. Nach ihrem kleinen Rundgang wählte sie einen bequemen Sessel im Wohnraum, von dem aus man einen schönen Blick in den Garten hatte.

Simone kochte sich eine Tasse Tee und begann dann die mitgebrachten Dinge aus Janes Haus zu sichten. Die drei rot eingebundenen Tagebücher zogen sie magisch an. Sie schlug eines davon auf, und wie als hätte es nur auf sie gewartet, trug es die Nummer eins. Sie war ungelenk geschrieben, wie von einem jungen Menschen.

Zwar brauchte Simone einen Moment, um sich an die ungewohnte Schrift auf den verblichenen Blättern zu gewöhnen, doch mit jeder weiteren Zeile wurde es besser. Gleich von der ersten Seite zog Jane sie mit ihrer Geschichte in den Bann.

Sie begann ihre Aufzeichnungen eine Weile nach ihrer Ankunft auf der Insel. Die Herrin des Hauses, Rose, hatte ihr das Tagebuch geschenkt, um das größte Heimweh zu mildern. Wenn man die eigenen Gedanken aufschrieb, wurde so manches leichter, hatte sie ihr gesagt.

Auf den ersten Seiten sprach Jane noch von der Weite der schottischen Heimat. Doch allmählich schien sie sich an die Insel zu gewöhnen und ihre schönen Seiten zu sehen. Sie war damals sechzehn Jahre alt und fand nur schwer Zugang zu den gleichaltrigen Mädchen auf dem Anwesen, was vermutlich auch an den fehlenden Sprachkenntnissen lag. Doch immer öfter erwähnte sie Rose, ihre Herrin, wie sie sie am Anfang noch nannte, und deren Mann James, der anscheinend viel in der Welt unterwegs war und seine zarte Frau oft allein ließ.

Rose hat mich heute wieder mit in den Garten genommen. Dort gibt es so viel zu tun. An einigen Stellen roden die Arbeiter noch. Aber Rose hat schon einiges gepflanzt und zwei

Gewächshäuser errichten lassen. Noch sind die Pflanzen sehr klein, aber ich kann mir vorstellen, wie sie eines Tages höher wachsen und ihre Zweige Richtung Himmel strecken. Ich wünschte, ich könnte den Garten dann noch einmal sehen, wenn alles so gewachsen ist, wie Rose es sich vorstellt. Sie schmiedet so viele Pläne und will das ganze Stück Land nach ihren Ideen gestalten. Aber vielleicht sind wir dann schon wieder daheim. Obwohl Mama Schottland immer noch hasst, spricht sie seit einigen Tagen wieder mehr von den grünen Hügeln und den weidenden Schafen – das macht mir Angst.

Mama war heute wütend, sie will mich nicht mehr in den Garten lassen. Ich solle ihr stattdessen in der Küche helfen. Aber ich hasse diese Arbeit, ich bin viel lieber bei Rose. Sie wollte wissen, warum ich so rote Augen habe. Ich hab eine Ausrede erfunden, denn Rose hat schon Kummer genug. Vor einigen Tagen ist ihr Mann aufgebrochen, und ich dachte, sie ist deswegen traurig. Doch dann sagte eines der Dienstmädchen, sie hätte wieder geblutet. Sie wünscht sich ein Kind, so sehr, aber es will nicht klappen. Es liegt an ihr, sagen die anderen. Doch ich weiß nicht, was sie damit meinen.

Heute hat mich Mama doch wieder in den Garten gelassen. Rose hat mit ihr gesprochen. Sie will mich ausbilden, und ich bekomme sogar ein wenig Geld dafür, natürlich nicht viel. Das hat Mama versöhnt. Doch manchmal glaube ich, sie ist traurig, weil ich so viel Zeit mit Rose verbringe. Aber Rose hat vieles zu erzählen, und ich lerne immer mehr. Ich liebe es, im Garten zu sein, bei ihr, ich wünschte, ich könnte für immer hier leben. Mama ist mir manchmal so fremd, und das bricht mir das Herz.

Simone ließ das Buch sinken und schaute aus dem Fenster. Dunkle Wolken hingen über dem Garten, und in diesem

Augenblick öffnete der Himmel seine Schleusen, und ein Regenschauer ging herab. Laut prasselten die Tropfen auf die Überdachung der Veranda. Sie kuschelte sich unter ihre Decke und sah, wie die Bäume sich im Wind bogen und der hintere Teil des Gartens in einem Wasserschleier verschwand.

Sie fühlte sich entspannt, wie als wäre sie hier daheim. Simone schluckte und rang nach Atem. Was für ein Unsinn, am besten sie wählte diese Gedanken so schnell wie möglich ab. Auch wenn Christoph ihr die Gründe seines Aufbruchs erklärt hatte, war doch immer noch eine gewisse Kluft zwischen ihnen – und in Kürze ein paar tausend Meilen Atlantikwasser.

Und trotzdem wünschte sie sich wie die damals blutjunge Jane, für immer hier zu sein. Simone trank einen Schluck und las dann weiter.

Gegen Mittag belegte sie sich ein paar Scheiben Brot mit Wurst und Käse und beschloss, ein wenig durch Christophs Garten zu schlendern. Obwohl die Sonne inzwischen wieder schien, war es ein kühler Tag. Der Wind pfiff vom Meer und trieb die salzige Luft bis hier ins Innere der Insel. Rasenflächen und pflegeleichte Hortensienbüsche überwogen, und dennoch hatte jemand das Gelände des Gartens sehr harmonisch gestaltet. Im unteren Teil lagen die Bungalows für die Gäste. Simone zählte insgesamt sechs Stück, die aber verschieden groß waren. Vor ihnen lag jeweils eine kleine überdachte Terrasse, die durch Sträucher vor den Blicken der anderen Gäste geschützt war.

Als Simone sich dann wieder auf zum Haus machte, kamen endlich auch ihre tierischen Freunde an. Hund Willy stürmte mit seinen drei Beinen auf sie zu und sprang, so gut es ging, an ihr nach oben. Kater Peter folgte ein wenig geruhsamer, warf sich aber sogleich auf den Rücken und ließ sich von Simone den Bauch kraulen.

»Na ihr beiden, ihr habt mich wohl gar nicht kommen hören?«

Simone widmete sich einige Minuten dem Streicheln der Tiere. Dann stemmte sie sich nach oben. »So, es hilft nichts, ich muss noch ein wenig lesen. Sonst fahre ich nach Hause und kenne immer noch nicht Janes ganze Geschichte.«

Obwohl feuchte Augen sie bettelnd ansahen, ließ Simone sich nicht erweichen. Mit einem frischen Tee in der Hand nahm sie wieder ihren Leseplatz ein und vertiefte sich erneut in Janes Aufzeichnungen.

Inzwischen war sie beim zweiten Band angelangt.

Mit jeder gelesenen Tagebuchseite reiste sie in Janes Leben nach vorn. Die hatte manchmal monatelang nichts notiert, einfach weil ihr Leben über weite Strecken reichlich unspektakulär gewesen war.

Jane war inzwischen eine junge Frau geworden und zählte zwanzig Jahre. Jeden Tag arbeitete sie in Roses Garten und war zu deren engster Mitarbeiterin und auch Freundin geworden. Voller Begeisterung erwähnte sie das neue Haus im Garten, das Rose hatte errichten lassen und in dem sie immer lebte, wenn ihr Mann James auf Reisen war. Es schien eine Miniaturausgabe der Villa zu sein, und Rose fühlte sich dort sehr wohl. Sie nannte es *Rose-Home*. Es gab kaum Personal, und um die meisten Dinge kümmerte sie sich allein, ungeachtet ihres Standes. Das sorgte für kleinere Tuscheleien beim Personal. Langsam blätterte Simone nach vorn, schilderte Jane doch wieder sehr ausführlich neue Pflanzungen, die sie gemeinsam mit Rose angelegt hatte. Doch ein Eintrag ließ sie plötzlich innehalten.

Er ist wieder da.

Das stand auf einer Seite mit dicken, fetten Buchstaben geschrieben. Und unverkennbar hatte Jane ein Herz daneben gemalt. Bisher war nie von einem Burschen oder einem Mann die Rede gewesen. Die junge Frau hatte sich stets von allen Annäherungsversuchen ferngehalten. Irgendwann hatten die Burschen wohl das Interesse an ihr verloren, und Jane schien darüber nicht mal böse gewesen zu sein. Und nun das.

Es darf nicht sein, ich weiß. Ich weiß das alles, und deswegen bin ich heute zur kleinen Kapelle gewandert, hoch droben am Berg, wo meistens niemand ist. Ich habe dem Herrgott mein Herz ausgeschüttet, doch es kam keine Antwort. Wie immer, denn auch in meinen Gebeten hat er nie zu mir gesprochen. Bis zum Abend bin ich oben geblieben und hab mich in der Dunkelheit zurückgeschlichen. Mama hat sich schrecklich aufgeregt. Aber das war mir egal.

Heute war er wieder im Garten, und ich habe mich versteckt. Er hat mit Rose gesprochen, und sie sind alle Wege abgegangen. Es macht sie glücklich, dass er alles so genau wissen will. Ewigkeiten habe ich ausgeharrt, bis er wieder gegangen ist. Rose hat mich gefragt, wo ich die ganze Zeit gewesen bin, und wieder musste ich lügen. Lügen, nichts als Lügen. Eines Tages werde ich in die Hölle kommen oder der Herrgott straft mich auf andere Art und Weise.

Simone ließ das Buch sinken und sah die Wand an. Ein Verdacht keimte in ihr auf. Hastig las sie weiter und konnte nicht verhehlen, dass sie innerlich den Atem anhielt.

Es ist schrecklich. Er kommt jetzt jeden Tag. Ich wünschte, er würde endlich wieder zu einer seiner Reisen aufbrechen. Doch Rose ist glücklich, sie lacht immerzu. Und wieder musste ich lügen. Am Abend habe ich mich dann an die Klippen geschlichen. Es war schon dunkel, ich musste einfach noch einmal zu meinem Lieblingsplatz und das Meer sehen. Plötzlich war er da. Er setzte sich zu mir, mit einem schicklichen Abstand. Wir haben geredet, ja, ich auch. Obwohl er natürlich viel mehr zu erzählen hat, von fremden Ländern und anderen Kulturen. Ich kann nur von meinem Alltag erzählen, irgendwie komme ich mir so dumm vor. Doch er hört mir zu, nimmt mich ernst. So wie Rose. Dann haben wir uns verabschiedet, und ich bin davongerannt. Wann reist er ab?

Wir haben uns wiedergesehen, und diesmal hat er meine Hand ergriffen, unten an diesem Platz am Meer. Ich weiß, ich sollte nicht mehr hingehen, aber ich kann nicht anders. Er zieht mich an, und ich kann mich nicht wehren. Seine Finger waren warm und hart, anders als die der anderen Männer. Er ist anders …

Was soll ich nur tun? Könnte ich nur mit jemandem sprechen, wäre alles einfacher. Doch es gibt niemanden, dem ich mich anvertrauen kann. Ich werde nicht mehr zu den Klippen gehen, er ist immer wieder dort. Er sagt zu mir, er kommt jeden Abend, solange er da ist. Und er würde sich freuen, mich zu sehen. Ich muss ihm aus dem Weg gehen, ich muss.

Danach hatte Jane einige Wochen nur über lapidare Dinge geschrieben. Doch dann stieß Simone auf eine Seite, die kaum lesbar war. Die Tinte wirkte verschmiert, wie als wäre eine Flüssigkeit darüber gelaufen.

Als ich heute in den Garten kam, bat Rose mich zu sich. Ich hatte furchtbare Angst, sie könnte etwas gemerkt haben. Mein Herz schlug so furchtbar schnell. Doch sie wollte mir nur sagen, dass sie bald für einige Wochen nach Schottland reisen muss, zu ihrem Arzt. Ihr Zustand hat sich verschlechtert, sie braucht dringend Medizin, die es hier nicht gibt. Rose hat mich gebeten, die Pflanzen zu versorgen, ganz allein. Sie will sogar extra ein kleines Häuschen errichten lassen, damit ich hier wohnen kann. Vorher wollte sie aber wissen, ob ich das möchte. Was für eine Frage, natürlich möchte ich. Mein eigenes Häuschen – ich kann es kaum glauben. Mama war ein wenig stolz, sie hat nichts gesagt, aber ich habe es gespürt. Er wird sie begleiten, und mein Leben wird ruhiger werden. Er wird gehen, und ich muss ihm nicht mehr begegnen. Nur Rose tut mir leid, ich habe die Angst in ihren Augen gesehen.

Rose ist fort, gestern Abend hat sie noch den Garten besucht und mir letzte Anweisungen gegeben. Wir sind die Wege abgeschritten, jeden einzelnen. Ihre Augen waren so traurig, und einige Male hat sie geweint. Er hat sie getröstet. Und doch waren da seine Blicke, seine Lippen … Er hat ihre Hand gehalten, er liebt sie, das weiß ich. Doch er sah mich an, immer und immer wieder. Rose ist so unglaublich zart und zerbrechlich, man muss sie lieben. Und wieder habe ich mich schlecht gefühlt.

In den nächsten Wochen drehte sich alles um die Arbeit im Garten und wie sehr Jane sich über das kleine Haus gefreut hatte, das die Arbeiter ihr errichtet hatten. Sogar Möbel waren geliefert worden, die Rose vor ihrer Abreise persönlich ausgesucht hatte. Jane schien glücklich zu sein, von ihm, bei dem es sich nur um James, Roses Mann, handeln konnte, war nicht mehr die Rede. Langsam senkte sich die Dunkelheit über den Garten, während Simone Seite um Seite umblätterte. Ein Blick auf die Uhr verriet ihr, dass es kurz vor fünf war. Christoph konnte jeden Moment mit seinen Gästen zurückkehren. Forschend trat sie nach draußen und schaute Richtung Auffahrt, doch noch war niemand zu sehen. Also schnappte Simone sich wieder Janes Tagebuch und las weiter.

Er ist zurück, ohne Rose. Heute Morgen hat er mich im Garten besucht. Er stand plötzlich vor mir, und wir waren ganz allein. Nur er, ich und die Kamelien. Rose scheint sehr krank zu sein, wann sie wiederkommt, ist ungewiss. Das hat er gesagt. Er wirkte traurig, und ich musste mich beherrschen, dass ich ihn nicht tröstend berühre. Dann wollte er wissen, ob es mir gutgehe, und ich habe Ja gesagt. Hoffentlich muss er bald wieder zu einer Geschäftsreise aufbrechen.

Ich habe Angst, schreckliche Angst. James war wieder da, ich muss ihn einfach so nennen. Er hat erneut meine Hand berührt, und wir haben lange über Rose gesprochen. Wieder war er mir so nah. Am Abend habe ich immer noch den Duft seiner Haut gespürt. Das ist unmöglich, ich weiß. Wie soll ich ihm jetzt nur aus dem Weg gehen?

Es wird geschehen, ich sehe es in seinen Augen, obwohl auch er sich wehrt, mit allem, was ihm zur Verfügung steht. Obwohl er mir inzwischen aus dem Weg zu gehen versucht, und ich ihm. Doch diese Insel ist zu klein, als dass man sich für ewig aus dem Weg gehen könnte. Wir sind uns auf dem Markt begegnet, er hat Saatgut gekauft, für die Felder, und ich habe ihn beobachtet, verstohlen, heimlich. Doch auf einmal hat er sich umgedreht und mich angesehen. Er hat nichts gesagt, einfach nur mich angeschaut.

Ich war bei der kleinen Kapelle, die letzten Meter bin ich auf den Knien gerutscht. Nun bluten sie, doch das ist nicht genug. Kein Schmerz der Welt kann auslöschen, was ich getan habe. Ich wollte Abbitte leisten, aber mir kamen keine Worte über die Lippen. Ich habe das Kreuz einfach nur angestarrt und geweint. Er war bei mir, letzte Nacht, es ist geschehen ... Ich schäme mich so, es ist furchtbar. Aber das Schlimmste ist, es war schön ...

James kommt fast jeden Abend. Ich habe Angst, dass die anderen etwas bemerken, doch er sagt allen, er würde in Rose-Home *schlafen, um seiner Frau näher zu sein. Dennoch spüre ich seltsame Blicke. Es muss enden, wir müssen aufhören. Doch schon der Gedanke lässt mich weinen. Ich liebe ihn, zumindest glaube ich das. Wenn er bei mir ist, fühlt es sich an, als wären wir Mann und Frau. Im Grunde sind wir das auch, aber nur in der Nacht. Bin ich ein schlechter Mensch, weil ich kaum noch an Rose denke?*

Wochen sind vergangen, viele Wochen. Endlich soll Rose nach Hause kommen, und ich bin erleichtert. Nun wird alles ein Ende haben, wir werden uns nicht mehr sehen. Gestern Abend ist James nicht gekommen, und ich habe allein geschlafen. Es war einsam ohne ihn, es wird schwer, aber ich werde es schaffen. Ich muss ihn einfach nur aus meinem Herzen reißen. Und vielleicht wird mit der Zeit die Sünde vergehen.

James ist fort, er holt Rose in Schottland ab. Meine Abende sind nun leer, doch ich habe die Pflanzen, das gibt mir Kraft. Mama war heute im Garten. Sonst kommt sie nie hierher. Sie hat mich so seltsam angesehen. Ob sie etwas ahnt? Ich hoffe nicht, doch ihre Blicke machten mir Angst. Immer wieder hat sie meinen Körper gestreift.

Ich bin immer noch allein, ich wandere durch den Garten, so wie früher, doch etwas ist anders. Morgen will Mama mit mir sprechen, und ich fürchte mich. Da war etwas in ihren Augen, was mir Angst macht. Auch sonst fühle ich mich seltsam, verändert, doch ich kann es nicht beschreiben.

Wenn man darum bittet, holt einen dann der Herrgott zu sich? Ich bitte, ich flehe, doch nichts geschieht.

Ich will sterben, ich will nicht mehr leben.

Erschrocken zuckte Simone zusammen, denn ihr Telefon klingelte. Immer noch hielten die letzten Sätze sie gefangen. Mit zitternden Fingern griff sie nach ihrem Handy und sah Christophs Nummer.

»Alles in Ordnung bei dir?«, fragte er, doch sie glaubte, eine gewisse Anspannung in seiner Stimme zu hören.

»Ich lese, und mir geht es gut. Und bei dir?«

»Ich weiß noch nicht, wann wir kommen. Eine der Kundinnen hat sich den Knöchel verstaucht, und es geht nur sehr langsam voran.«

Simone sah nach draußen. »Aber es ist doch schon dunkel.«

»Keine Angst, wir haben starke Lampen dabei, da wir am frühen Morgen aufgebrochen sind.«

»Gut«, erwiderte Simone, verspürte aber dennoch ein mulmiges Gefühl. Früher, wenn Tim noch spät abends auf der Autobahn unterwegs gewesen war, hatte sie dies auch immer erlebt. Es war wie eine Angst, die höher und höher stieg. »Pass auf dich auf«, fügte sie leise an.

»Das mache ich.« Christophs Stimme klang weich und warm. »Bist du noch da, wenn ich heimkomme?«

Simone dachte wenige Sekunden nach. »Ich habe eine Tasche im Auto, mit ein paar Sachen für die Nacht. Und die Mädels wissen auch Bescheid. Ich lese und lese und kann gar nicht aufhören.«

»Na dann, bis später.« Täuschte sie sich oder war es pure Freude gewesen, die durch die Leitung gekommen war. Und auch sie hatte nicht den geringsten Drang verspürt, die kommende Nacht in der *Pension Hortensia* verbringen zu wollen.

Mit atemloser Spannung wandte sich Simone wieder Janes Tagebuch zu und tauchte erneut in deren Vergangenheit ein.

Ich will sterben, ich will nicht mehr leben. Aber mir fehlt der Mut. Gestern Abend war ich an den Klippen, ich wollte mich hineinstürzen. Doch ich hatte solche Angst. Das Meer hat getost und gebraust, ich bin bis ganz nach vorn gegangen und habe hineingesehen. Dann hab ich die Hand auf den Bauch gelegt, dahin, wo mein ... Ich kann es nicht aussprechen, es ist so schrecklich. Heute Abend werde ich wieder zur Kapelle gehen, aber erst muss ich den Markttag überstehen. Ein Händler kommt und will einige der bestellten Kamelien abholen. Ich muss lächeln, freundlich sein, niemand darf etwas merken, das hat Mama gesagt. Sie will sich etwas überlegen, nur was?

Ich war bei der Kapelle, ich bin wieder gekrochen, so weit, dass meine Knie blutig waren. Es tat schrecklich weh. Ich habe vor dem Altar gelegen und um ein Wunder gefleht. Doch was wäre ein Wunder? Ich weiß es nicht. Ich kann ja nicht mal aussprechen, was passiert ist. Doch ich muss es mir von der Seele schreiben, vielleicht wird es dann leichter. Das hat Rose zu mir gesagt, als sie mir damals mein erstes Tagebuch schenkte.

»Man kann diesem Buch alles anvertrauen, die schrecklichsten Dinge. Dadurch werden sie leichter.«

Rose, die liebe Rose, die immer nur gut zu mir war. Und ich, was habe ich getan?

Ich bekomme ein Kind. Ich bekomme ein Kind. Es geht leicht, das zu schreiben, doch leichter wird es dadurch nicht. Mama spricht nicht mehr mit mir seit diesem Abend. Sie geht mir aus dem Weg, und ich vergrabe mich meist im Garten. Bei den Pflanzen finde ich Trost. Am liebsten würde ich ihn nie mehr verlassen. Nur noch hierbleiben oder sterben.

Mama, es ist seltsam, ich vermisse sie, obwohl sie mir nie viel Liebe gegeben hat. Sie hat gesagt, ich sei eine Hure und sie wolle mich am liebsten verstoßen. An diesem Abend wollte sie von mir wissen, wann ich das letzte Mal geblutet habe, und ich konnte es nicht mehr sagen. Dann hat sie mir das Kleid heruntergerissen und mich vor einen Spiegel gezerrt. Obwohl er nicht so blank wie der in Roses Schlafzimmer war, hab ich die leichte Wölbung meines Bauches gesehen. Ich bekomme ein Kind. Wer der Vater sei, wollte sie wissen, doch ich habe geschwiegen. Ich kann es nicht aussprechen, niemals. Ihre Augen wurden plötzlich groß, und dann hat sie die Hände über dem Kopf zusammengeschlagen. Sie weiß es, dessen bin ich sicher.

In drei Tagen kommen Rose und James wieder. Was soll ich nur tun? Noch kann ich unter meinem Kleid verbergen, was bald schon offensichtlich sein wird.

Heute Abend sind sie gekommen und haben mich zum Hafen gebracht. Da waren Mama und die Frau, die in der Villa den Haushalt geführt hat. Streng hat sie mich angesehen. Nur wenige Dinge konnte ich mitnehmen, zum Glück meine Tagebücher. Ohne sie würde ich wahnsinnig werden. Sie haben mich aus meinem Haus gezerrt. Ich musste in ein Boot steigen, und dann haben wir abgelegt. Mama ist am Ufer geblieben. Sie sagte, ich müsste verschwinden, ehe die anderen etwas merken, die Schande sei zu groß, und Rose würde mich ganz sicher verstoßen. Die Überfahrt war schrecklich, mir war pausenlos schlecht, und niemand hat sich um mich gekümmert. Zwei Männer waren an Bord, sie haben mich schweigend angesehen, meinen Körper gemustert, und dann haben sie gelacht. Am liebsten hätte ich mich ins Meer gestürzt, aber wieder fehlte mir der Mut. Mitten in der Nacht sind wir gelandet, ich musste ins Wasser springen und an den Strand laufen. Jeder Schritt war schwer, da mein Kleid sich vollgesogen hat. Wind hat geweht, heftig getost und an meinen Haaren gezerrt. Dann haben sie mich in ein Haus geschoben, auf ein Bett gedeutet und die kleine Laterne mitgenommen. Ich bin vor Angst fast gestorben und habe kein Auge zugetan, bis der Morgen graute.

Es ist Tag geworden. Ich bin in einem kleinen Häuschen und habe ein Zimmer für mich allein. Eine alte Frau wohnt ebenfalls darin, sie würdigt mich kaum eines Blickes. Und einige Male hat sie sich sogar bekreuzigt, als sie mir einen Teller mit Brot über den Tisch geschoben hat. Ich habe sie gefragt, ob ich das Haus verlassen kann, und sie hat genickt. Es ist schrecklich auf dieser Insel, karg, es gibt keine Bäume oder Blumen, nur Felsen. Die wenigen Häuser ducken sich in den Wind, bisher habe ich nur alte Menschen gesehen. Es ist kalt, und ich friere entsetzlich. Aber ich bin umhergewandert, um nicht wahnsinnig zu werden. Muss ich jetzt für immer hierbleiben?

Ich muss Küchenarbeit machen, die ganz schwere, aber das ist mir egal. Wenigstens lassen die anderen mich in Ruhe. Niemand spricht mit mir, aber ich bekomme zu essen. Und sie haben mir eine weitere Decke und ein Tuch gegeben, weil ich so gefroren habe.

Wind, Wind, immer dieser Wind. Heute Morgen war ich wieder auf den Felsen. Sie erinnern mich an die Klippen beim Garten. Aber sie sind noch schroffer. Nur ein Schritt und alles wäre vorbei. Doch irgendetwas hält mich am Leben. Ich weiß nicht, was, vielleicht mein Kind. Vielleicht will es geboren werden. Manchmal frage ich mich, was Rose von mir denkt und was sie ihr gesagt haben. Ich schließe die Augen und sehne mich nach ihr, ihrer warmen Stimme, ihrer liebevollen Art. An James dagegen denke ich kaum noch. Ich weiß nicht mal mehr, wie er ausgesehen hat. Die Erinnerung wird immer schwächer.

Seit einigen Tagen spricht die alte Frau mit mir. Zwar nur wenige Worte, doch es tut gut, eine menschliche Stimme zu hören. Ich habe sie gefragt, in welcher Himmelsrichtung São Miguel liegt, und sie hat es mir gezeigt. Lange habe ich an den Klippen gestanden und den Horizont gemustert, und einige Male erschien es mir, als hätte ich die grünen Hügel gesehen. Doch es ist nur eine Einbildung, da ist Wasser, nichts als Wasser.

Mein Leib wird immer schwerer. Gegen Mittag kam die Sonne heraus, und ich habe in einer der Fensterscheiben mein Spiegelbild betrachtet. Mein Kind, ich bekomme ein Kind, das ist immer noch ungreifbar. Wird es hier aufwachsen, in dieser schrecklich öden Gegend? Aber auch das werde ich meistern.

Fast vier Wochen habe ich nichts mehr geschrieben. Ich war krank und hoffte, der Herrgott würde mich zu sich holen. Doch ich lebe, das schwere Fieber ist gewichen. Die alte Frau hat sich um mich gekümmert. Sie hat an meinem Bett gesessen und mich gepflegt. Ein paarmal hat sie mir sogar über das Haar gestrichen, so wie Mama früher. Dann meinte sie, es wäre bald so weit. Das Kind würde kommen. Plötzlich hat sie gelächelt, das erste Lächeln seit vielen Wochen. Es war wie ein warmer Schauer …

Scheinwerfer streiften durch das Fenster, huschten über die Wände, ein Motor erklang und erstarb schließlich. Gleich darauf klappte eine Tür. Simone hörte Stimmen, die erst lauter und dann wieder leiser wurden. Kurz darauf wurde die Eingangstür geöffnet, und Christoph betrat den Raum.

Er sah unglaublich erschöpft aus, und am liebsten hätte Simone ihn in den Arm genommen. Doch etwas hielt sie zurück, ließ sie zögern.

»Und, wie war dein Tag?« Augenblicklich wurde ihr bewusst, dass sie das früher immer Tim gefragt hatte, im gleichen Tonfall.

Christoph lächelte und nahm ihr gegenüber im Sessel Platz. »Das sind die Tage, auf die ich am liebsten verzichten würde. Kunden, die bestimmte Touren unbedingt machen wollen, obwohl ihnen die Kondition oder die entsprechende Geschicklichkeit fehlt.« Er seufzte. »Aber von irgendwas muss der Mensch ja leben, besonders jetzt im Winter.« Seine Augen streiften die Tagebücher auf dem Beistelltisch. »Und, bist du gut vorangekommen?«

Simone nickte. »Das bin ich.« Sie holte tief Luft. »Jane war schwanger.«

»Sie hatte ein Kind?«

»So weit bin ich noch nicht. Im Tagebuch steht sie kurz vor der Entbindung. Man hatte sie auf eine andere Insel gebracht, weil niemand die Schwangerschaft sehen durfte.«

Christoph schüttelte den Kopf. »Schlimme Zeiten, heute undenkbar, zumindest in den meisten Gegenden. Und der Vater?«

»James, der Mann von Rose, der Erbauerin des Kameliengartens.«

»Hat er sie …?« Er verstummte, doch Simone wusste auch so, was er hatte fragen wollen.

»Nein, es waren Gefühle im Spiel, von beiden Seiten. Doch besser wird die Sache dadurch nicht.« Sie richtete sich auf. »Nun aber genug in alten Zeiten verweilt. Soll ich uns etwas zu essen machen? Zum Beispiel könnte ich ein

Omelett mit Schinken braten. Ich hab vorhin schon mal den Kühlschrank gecheckt. Also nur, wenn du willst.«

Christoph grinste und verschränkte seine Arme im Nacken. »Ganz ehrlich, das klingt fantastisch. Da sage ich auf keinen Fall Nein.«

Simone suchte sich in der Küche die entsprechenden Dinge zusammen. Von Zeit zu Zeit warf sie einen Blick ins Wohnzimmer und sah Christoph mit geschlossenen Augen im Sessel sitzen.

Dann würfelte sie ein Stück Schinken klein, zerließ Fett in der Pfanne und gab schließlich Wurst und Eier hinein. Mit schnellen Bewegungen verquirlte sie die Masse und goss einen Schwapp frische Milch hinein. Würziger Duft erfüllte das Haus und trieb schließlich auch Christoph von seinem Sessel hoch.

Neugierig stellte er sich hinter sie und schnupperte. Er war ihr so nah, dass Simone hoffte, er würde seine Arme von hinten um sie legen. Der bloße Gedanke trieb ihr die Röte auf die Wangen. Irgendwie erkannte sie sich selbst kaum noch wieder. An einem Tag hätte sie Christoph am liebsten auf den Mond geschossen, und am nächsten konnte sie die Hände fast nicht von ihm lassen.

Hastig rührte sie weiter in der Masse herum, bis sie bemerkte, dass er sich längst entfernt hatte und den Tisch deckte.

Minuten später saßen sie sich gegenüber.

»Hm, das schmeckt wunderbar. Wie bei meiner Mutter früher.«

Simone schluckte die Portion Ei hinunter und musste sich ein Grinsen verkneifen.

»Ich bin unsicher, ob der Vergleich mit deiner Mutter ein Lob ist oder nicht«, meinte sie trocken.

Christoph lachte schallend auf. »Eindeutig ein Lob, meine Mutter war die allerbeste Köchin der ganzen Welt.«

»Sie lebt nicht mehr.«

»Nein, sie starb vor einigen Jahren.« Mehr sagte er nicht, und sie ließ es dabei bewenden. Als sie mit dem Essen fertig waren, räumten sie gemeinsam den Tisch ab und setzten sich noch einen Augenblick nach draußen auf die Terrasse. Sofort kamen Willy und Peter herbei und verteilten sich auf die beiden Menschen im Garten.

Während Simone an den dunklen Himmel blickte, kraulte sie Willys Fell. Die Wehmut in ihr wurde stärker, und einen Augenblick glaubte sie nachempfinden zu können, was die junge Jane auf der fremden Insel gefühlt hatte. Wie sehr musste sie die Farben und Pflanzen von São Miguel vermisst haben.

»Woran denkst du?«, fragte Christoph in diesem Moment.

Simone beschloss, ihm ihre wahren Gedanken zu verschweigen. »An Jane und ihre Geschichte.«

»Willst du morgen weiterlesen? Du bist herzlich willkommen. Ich bin wieder den ganzen Tag unterwegs.«

Sie lehnte ihren Kopf an die weichen Polster. »Ich glaube, das würde ich gerne tun.«

Christoph lächelte. »Übrigens rief mich heute meine Bekannte an, die in Ponta Delgada auf dieser Behörde arbeitet. Für Janes Beerdigung wurde eine Geldsumme hinterlegt, es ist alles bezahlt. Sogar eine Grabstätte gibt es schon.«

»Und ein Testament? Was soll mit dem Garten geschehen?«

Er hob die Schultern. »Wenn sich kein Testament findet – und anscheinend wurde keines hinterlegt –, fällt der Garten an den Staat. Und da das Gelände eines der letzten ist, die noch bebaut werden dürfen, wird alles verkauft werden.«

Simone schluckte, ihre Augen füllten sich mit Tränen. Roses Zaubergarten würde verschwinden, genau wie sie selbst und Jane. Der bloße Gedanke machte sie unendlich traurig.

»Ich glaube, ich werde dann mal zu Bett gehen, ich bin furchtbar müde.« Christoph stöhnte und rieb sich über sein Gesicht. »Der Tag war lang.«

Sie nickte. »Ja, ich komme auch.« Noch einmal strich sie Willy über den Kopf. »Machs gut, mein alter Freund, bis morgen.«

Als hätte er sie verstanden, trollte sich der Hund in der Dunkelheit, und nur noch ein leises Rascheln erklang, was schließlich erstarb.

22

Tau glänzte auf der Wiese, als hätte ein Zauberer Millionen Diamanten ins feuchte Gras gestreut.

Simone war beim ersten Hahnenschrei erwacht. In aller Eile hatte sie sich geduscht und angezogen. Doch beim Betreten der Küche war diese leer gewesen, und nur ein Zettel hatte sie erwartet.

Wir sind noch in der Dunkelheit aufgebrochen. Meine Gäste wollen die Sonne auf einem der Berge begrüßen. Ich wünsche dir einen schönen Tag!

Christoph.

Lächelnd strichen Simones Finger über die wenigen Zeilen. Dann kochte sie sich einen Kaffee und führte ein kurzes Telefonat mit ihrer Mutter. Seltsam, Janes Worte hatten sie häufiger als sonst an ihre Mutter denken lassen. Daheim war alles in Ordnung, versicherte Antje ihr.

Auch ihre Bekannte, die das Haus für sie hütete, sagte das Gleiche am Telefon. »Die Pflanzen sehen vermutlich nicht ganz so prächtig aus wie bei dir, aber eingegangen ist noch keine. Und mit deinem Nachbarn hab ich mich auch schon angefreundet.«

»Da brauch ich ja gar nicht mehr nach Hause zu kommen.« Der Satz war Simone einfach so herausgerutscht. Erst später schien es ihr, als hätte sie ihre tiefsten Gedanken ausgesprochen. Die Dinge liefen, auch ohne sie.

Nachdenklich fütterte sie Hund und Kater und setzte sich dann wieder in ihren Lesesessel. Voller Spannung schlug Simone das Buch an der Seite auf, wo sie gestern Janes Geschichte verlassen hatte.

Es ist ein Mädchen, ein wunderschönes kleines Mädchen. Sie hat dunkle Augen und ganz viele Haare. Auf ihren Wangen sind winzige Grübchen, sie erinnern mich an James. Die Frau, die bei der Geburt dabei war, hat erst mich und dann das Kind angesehen. Ob sie etwas ahnt? Es ist mir egal, ich liebe dieses Kind. Sie soll es besser haben als ich, und ich glaube, ich werde sie Magdalena nennen. Immer wenn ich diesen Namen ausspreche, hüpft mein Herz. Und zum ersten Mal seit vielen Wochen spüre ich wieder Freude am Leben in mir. Vielleicht wird doch noch alles gut. Ich bin neben Magdalena eingeschlafen, und es war so schön, ihrem Atem zu lauschen und ihre Wimpern zittern zu sehen.

Wie viel Leid kann ein Mensch ertragen, wie viele Tränen weinen? Ich kann es nicht sagen, aber es müssen unzählige sein.

Simone ließ das Buch kurz sinken. Ihr Herz klopfte wild. Sie hatte Angst vor dem, was sie jetzt lesen würde. Tausende Szenarien spukten in ihrem Kopf herum, und eines war schlimmer als das andere. Es gab nur eine Lösung, um Janes Geschichte zu erfahren: Sie musste weiterlesen.

Eines war jetzt schon deutlich, die Schrift im Tagebuch hatte sich verändert. Hatte sie vorher einen beinahe kindlichen Schwung besessen, wirkte sie nun klar, sachlich. Es schien, als wäre zwischen den Einträgen eine unendlich lange Zeit vergangen.

Ich träume jede Nacht von Magdalena, immer und immer wieder sehe ich ihre Augen, die kleinen Grübchen, das Lachen. Und doch weiß ich, ich werde sie nie mehr berühren, anfassen, an ihr riechen können. Der Schmerz bringt mich fast um. Sie haben mir mein Kind genommen. Nicht einfach so, nein, sie haben es mir entrissen. Liebes Tagebuch, ich muss es aufschreiben, denn manchmal glaube ich immer noch, in einem nicht enden wollenden Alptraum gefangen zu sein. Doch jetzt bin ich müde, schrecklich müde. Ich werde schlafen, so wie fast den ganzen Tag.

Sie kamen am Abend, in der Dämmerung. Ich hatte Magdalena gerade gestillt. Es waren Männer, dunkel gekleidet, ihre Gesichter lagen im Schatten, als sollte niemand sehen, wer sie sind. Sie rissen sie aus meinem Arm und verschwanden. Ich hörte sie schreien, mein Kind war es, was da schrie. Die alte Frau setzte sich an mein Bett. Sie nahm mich in den Arm und hat mich getröstet. Zuerst dachte ich, sie würden wiederkommen. Ich habe gewartet, Stunde um Stunde. Doch seitdem sind viele Wochen vergangen. Mein Leben ist sinnlos geworden.

Ich bin wieder auf São Miguel. Ein Boot hat mich abgeholt und zu meiner Mutter gebracht. Die alte Frau hat mich zum Abschied in den Arm genommen und mir einen flachen Stein in die Hand gedrückt. Er schimmerte blau, wie das Meer an manchen Tagen. Und irgendwie fiel der Abschied mir schwer. Mama hat mich nur angesehen. Dann wollte sie meinen Arm berühren, doch ich habe sie weggestoßen. Bis ans Ende meiner Tage werde ich kein Wort mehr mit ihr sprechen, egal was geschieht. Denn sie hat mir mein Kind genommen.

Was nun werden soll, weiß ich nicht. Ich sitze in meinem alten Zimmer in der großen Villa und schaue nach draußen. Meine Augen schmerzen, so grün ist die Insel. Ich hatte ihre Farben fast schon vergessen. Doch ich darf das Haus nicht verlassen. Vielleicht wollen sie mich lebendig begraben, hier in diesem Raum, wer weiß das schon?

Ich darf wieder in den Kameliengarten. Heute Morgen hat mich ein Diener abgeholt und zu Rose gebracht. Sie saß auf der Terrasse von Rose-Home. *Gott, sie war so blass und schmal, beinahe durchscheinend. Doch bei meinem Anblick sah ich das Entsetzen in ihren Augen. Ich glaube, ich sehe noch schrecklicher aus. Es ist mir egal, ich habe in keinen Spiegel mehr geschaut. Ich merke es nur, da meine Kleider an mir schlottern. Kein Wunder, ich esse fast nichts, und manchmal erbreche ich alles wieder.*

Eigentlich hätte ich mich schämen müssen, ich habe Rose betrogen, mit ihrem Mann. Doch ich habe meine Strafe schon erhalten. Es ist eine Strafe, die nie endet. Ich bin sicher, Rose weiß Bescheid, ich habe es gespürt. Wir haben lange dagesessen und geschwiegen. Dann hat sie mich gefragt, ob ich wieder mit ihr arbeiten will. Ich habe keine Sekunde gezögert. Im Garten fühle ich mich sicher, geborgen. Wenn, dann ist dies der einzige Ort, wo mein Kummer und Schmerz leichter werden können. Vielleicht, wer weiß das schon.

Tag folgt auf Tag, Monat auf Monat, ich habe lange nichts mehr in dich geschrieben, liebes Tagebuch. Vielleicht, weil es nichts zu schreiben gibt. Rose und ich arbeiten wieder wie früher zusammen. Wir reden nur weniger, und ich bemerke, es geht ihr immer schlechter. Sie ist schwach und kränklich. Sie bleibt die ganze Zeit in Rose-Home. *Ich glaube, es geht ihr wie mir. Sie flüchtet sich in ihr kleines Zauberreich. James scheint wieder auf Reisen zu sein. Sie erwähnt ihn nicht, und ich muss kaum noch an ihn denken. Nur manchmal, in den Abendstunden, wenn ich auf dem Bett in meinem kleinen Häuschen liege, glaube ich seine Berührungen zu spüren, seine Küsse auf meiner Haut. Ich schäme mich dieser Träume nicht, sie sind das Einzige, was mir geblieben ist. Und gerade, als der Stift über das Papier gleitet, frage ich mich, warum ich heute wieder zu dir gegriffen habe, Tagebuch. Während ich die Wand gegenüber mustere, fällt es mir ein. Ich war unten am Meer. Bei den Klippen ist noch immer mein Lieblingsplatz. Und inzwischen gehört er mir wieder allein. Auf dem Rückweg bemerkte ich, dass neben dem Garten ein neues Haus gebaut wird. Da waren viele Männer, und ich bin schnell in den Schatten der hohen Mauer gehuscht, denn niemand soll mich sehen oder das Wort an mich richten. Wer in das Haus wohl einziehen wird?*

Das Haus wächst, und ich bin nun jeden Tag an den Klippen und schaue den Bauarbeiten von der Ferne zu. Das Haus sieht aus wie Rose-Home, *und ich frage mich, woher die Ähnlichkeit kommt. Als wären die beiden Häuser Schwestern.*

Simone legte das Buch behutsam auf den Tisch und kochte sich einen Kaffee. Mit der Tasse in der Hand setzte sie sich nach draußen. Also hatte sie ihr Gefühl doch nicht getrogen. Die Pension und das Haus im Garten wiesen nicht nur einige Ähnlichkeiten auf, sie schienen auch irgendetwas miteinander zu tun zu haben.

Simone lockte der Sonnenschein, er lud zu einem weiteren Rundgang durch Christophs stillen Garten ein. Doch noch mehr als die vielen Pflanzen und das Zwitschern der Vögel lockte Janes Tagebuch. Sie hatte das unbestimmte Gefühl, als ob die Antworten auf viele Fragen förmlich auf einem Silbertablett vor ihr lagen.

Also riss Simone sich los und nahm wieder ihren Platz auf dem Lesesessel ein. Die alte Wanduhr tickte hinter ihr beruhigend, Sonnenschein fiel durch die großen Scheiben, und wieder fühlte sie sich, als würde sie mit jedem weiteren Wort mehr in die vergangenen Zeiten eintauchen.

Heute habe ich es gewagt, ich habe Rose nach dem neuen Haus gefragt. Das war ein Fehler, ich habe es sofort gespürt. Sie meinte, sie wisse nicht, wovon ich spreche. Seitdem weicht sie mir aus, und das, wo wir uns gerade wieder ein wenig angenähert haben. Hätte ich nur nicht gefragt. Doch ich muss es wissen. Nun muss ich überlegen, mit wem ich noch sprechen könnte. Zu den restlichen Angestellten habe ich keinen Kontakt mehr. Seit der Geschichte mit meinem Baby meiden mich die meisten. Und mit meiner Mutter spreche ich nicht mehr, nie mehr.

Die Zeit vergeht im steten Einerlei. Tag folgt auf Tag, Nacht auf Nacht, und ich frage mich, wofür ich all das schreibe. Nie wird es jemand lesen. Eines Tages werde ich von dieser Welt verschwinden, einfach so. Und kein Mensch wird sich dafür interessieren. Das klingt, als wäre ich eine alte Frau, dabei bin ich noch nicht mal fünfundzwanzig. Doch ich habe eine Aufgabe, ich muss mich um den Garten kümmern und um Rose. Das Haus nebenan ist inzwischen fertig. Sie haben eine hohe Mauer gebaut, als sollte niemand hineinschauen können.

Es ist Winter geworden, kalte Winde wehen, die immer noch viel wärmer sind als die Sommerwinde in Schottland. Dabei habe ich Schottland beinahe vergessen. Aber heute wurde ich daran erinnert. Sie haben mich in die große Villa gebeten, denn meiner Mutter geht es schlecht. Erst wollte ich nicht, doch dann hat Rose mich ermahnt, und so bin ich gegangen. Zum ersten Mal konnte ich dabei einen Blick auf das fertige Haus werfen. Das Tor stand offen, doch es war kein Mensch zu sehen. Niemand darf darüber sprechen, auch nicht die anderen Diener. Überall gibt es Geheimnisse. Auch um den Kameliengarten ranken sich schon Geschichten, weil nur wenige Menschen ihn betreten dürfen. Das hat mir neulich eine Frau bei einem meiner wenigen Marktbesuche verraten.

Mutter geht es wirklich schlecht, ich bin erschrocken und habe sie kaum wiedererkannt. Dann hab ich mich an ihr Bett gesetzt und sie angestarrt. Sie ist so blass und sehr abgemagert, hat wirres Zeug geredet und mich zuerst nicht erkannt. Ich konnte nicht anders, ich musste ihre Hand ergreifen. Dann hat sie meinen Namen geflüstert, wieder und wieder. Und auf einmal musste ich weinen, um all die vertanen Jahre, in denen wir uns immer mehr voneinander entfernt haben.

Lange habe ich an ihrem Bett gesessen und ihr den Schweiß von der Stirn gewischt. Irgendwann ist sie ruhiger geworden, und ich bin zu den Klippen gegangen. Ich habe einen Stein für sie ins Wasser geworfen. Warum, weiß ich selbst nicht. Danach ging es mir besser. Doch vergeben, das kann ich nicht, niemals.

Mutter ist tot, sie ist letzte Nacht gestorben. Ich habe viele Stunden an ihrem Bett gesessen und ihrem Atem gelauscht. Einige Male schien er fast zu versiegen, doch sie wollte noch nicht gehen. Dann hat sie mich am Arm gepackt und mir etwas zugeflüstert. Nur ein Wort, einen Namen – Ana. Sie sagte ihn wieder und wieder und schaute mich dabei beschwörend an. Ich habe den Namen schließlich wiederholt, und kurz danach ist Mutter gestorben. Bis in die Morgenstunden habe ich ihre kalte Hand gehalten, dann haben sie mich fortgeschickt. Rose meinte, ich solle schlafen, doch ich bin ins Gewächshaus gegangen und habe das getan, was ich immer tue.

Mutter wurde beerdigt. Der Friedhof ist seltsam, das Grab auch. Ich bin sicher, sie hätte es nicht gemocht. Nun muss sie in fremder Erde ruhen. Ein paar alte Weiber haben geschluchzt, aber ich hatte keine Tränen. Auch dort haben mich die Leute gemieden, niemand hat meine Hand geschüttelt oder mit mir gesprochen.

Immerzu muss ich an den Namen denken – Ana. Morgen werde ich den alten Mann fragen, der uns immer die Essensvorräte bringt. Er ist der Einzige, der noch einige Worte zu mir sagt.

Ana – sie hat früher in der Villa den Haushalt geführt. Ich erinnere mich an die Frau, die mich damals mit Mutter zusammen zu diesem Boot geschafft hat. Sie war groß und schlank, hatte dunkle Haare und schwarze Augen. Nun wohnt sie in dem neuen Haus, mit ihrem Kind, einem kleinen Mädchen. Mehr wusste mir der alte Mann nicht zu sagen. Dennoch komme ich seitdem nicht zur Ruhe. Ich finde das alles sehr seltsam. Sie war eine Dienerin, und nun lebt sie in einem sehr edlen Haus.

Sogar einen Blumentopf habe ich fallen lassen, Rose war ungehalten und hat mich gefragt, was los sei. Ich habe gelogen, es würde mir nicht gutgehen. Dann hat sie mich heimgeschickt. Nun liege ich hier, und mein ganzer Körper vibriert. Was bedeutet das? Warum hat Mutter mir diesen Namen genannt? In ihren letzten Minuten?

Es gibt doch einen Herrgott im Himmel. Heute ist der schönste Tag in meinem Leben. Ich habe eine Stelle gefunden, die Mauer des Nachbargrundstückes zu überwinden. Vorher habe ich immer wieder versucht, noch mehr über diese Ana herauszufinden. Ich musste einfach wissen, warum Mutter diesen Namen genannt hat, in ihrer letzten Stunde auf dieser Welt. Die Antwort gab es nur an einem Ort, in diesem anderen Haus. Lange habe ich gesucht und schließlich eine Stelle entdeckt, wo ich die hohe Mauer übersteigen konnte. Schon früher war ich eine gute Kletterin und habe es anscheinend nicht verlernt. Dann habe ich sie gesehen – Ana. Da waren dieses dunkle Haar und die schwarz schimmernden Augen. Jetzt trug sie andere Kleider, vornehme teure Sachen. Ana saß im Garten, mit einem kleinen Mädchen auf dem Schoß. Mein Herz schlug schneller, und ich spürte, ich musste näher heran, so weit es ging. Bei jedem Schritt glaubte ich, meine Sinne würden schwinden. Ich konnte die Augen nicht von diesem Kind lassen. Sie hat das gleiche Gesicht, die gleichen Haare wie meine Magdalena. Aber das kann nicht sein. Bestimmt gaukelt mir mein Wunschdenken etwas vor. Ich bin wie wild am Meer entlanggelaufen und kann es noch immer nicht fassen.

Schritte erklangen, und eine Hand berührte Simones Arm. Aufgeregt fuhr sie nach oben und blickte in Christophs Gesicht.

»Gott, hast du mich erschreckt«, entfuhr es ihr.

»Also hatte ich doch recht«, erwiderte er lächelnd. »Deine beiden Reisebegleiterinnen machen sich schon Sorgen, weil du nicht ans Handy gehst.«

Verwirrt blickte Simone auf das Display. »Ich habe nichts gehört und nur gelesen.«

Lachend setzte Christoph sich gegenüber. »Das scheint ja echt spannend zu sein, wie ein Krimi.«

»Besser als ein Krimi«, meinte sie, gedanklich immer noch gefangen in Janes Tagebuch.

»Nun machst du mich aber neugierig. Erzähl.«

Simone blätterte flüchtig durch die restlichen Seiten des auf ihrem Schoß liegenden Tagebuches. Viele waren es nicht mehr. Die Antwort auf ihre Fragen musste also in diesem Buch stecken.

»Gib mir noch eine halbe Stunde, dann bekommst du einen ausführlichen Bericht, ich schwöre.« Simone streckte zwei Finger nach oben aus.

»Einverstanden, aber nur unter der Bedingung, dass du heute Abend mit mir essen gehst.«

Grübelnd blickte sie an die Decke. »Schwere Entscheidung.« Dann zwinkerte sie ihm zu. »Einverstanden.«

»Also dann, bis später. Ich schau nochmal nach meinen Gästen.« Christoph beugte sich über sie, und einen Moment dachte Simone, er würde sie auf die Stirn küssen. Doch er tippte nur auf das Buch. »Ich bin gespannt.«

Als er den Raum verließ, schaute Simone ihm nach. Ein Glücksgefühl strömte durch ihren Körper und ließ ihr die Tränen in die Augen steigen. Heftig blinzelnd musterte sie die Buchstaben, die vor ihren Augen verschwammen, bis sie sich gleich darauf wieder gefangen hatte.

Es ist zu meinem festen Ritual geworden, und ich freue mich schon den ganzen Tag auf die halbe Stunde, in der ich mich nach nebenan stehle. Wenn es regnet, ist Ana mit der Kleinen nicht im Garten. Das sind immer fürchterliche Momente für mich. Ansonsten stehe ich verborgen im Dickicht und schaue zu, wie die Kleine spielt und lacht und manchmal getröstet werden muss.

Oft vergesse ich die Zeit, und Rose fragt mich dann, wo ich gewesen bin. Ich sage meist, unten am Strand. Ob sie mir glaubt, weiß ich nicht.

Und doch weiß ich, dass diese Besuche aufhören müssen. Irgendwann erwischen sie mich. Wer weiß, was die Konsequenzen sind. Doch noch kann ich diese Entscheidung nicht treffen. Ich brauche den Anblick meiner Tochter, er ist die Nahrung für meine Seele.

Heute haben sie Ball gespielt. Die Kleine hat ihn gefangen, zum ersten Mal aus großer Entfernung. Ich hätte beinahe losgejubelt, weil ich bei diesem besonderen Moment dabei war. Aber die Frau, die das Kind vor lauter Freude lachend in die Luft geworfen hat, war nicht ich, sondern eine Fremde. Ich bin die Mutter, am liebsten würde ich es in die Welt hinausschreien.

Ich versuche es, liebes Tagebuch, ich schwöre dir, ich versuche jeden Tag, mich vom Garten fernzuhalten. Doch er zieht mich geradezu magisch an. Er ist der Lichtblick in meinem Leben, das, was mich jeden Morgen voller Freude aufstehen lässt. Das, was mich immer noch das Schöne am Leben sehen lässt. Und mit jedem weiteren Besuch bin ich überzeugter – das ist mein Kind, es muss *mein Kind sein, auch wenn es einen anderen Namen trägt.*

Liebes Tagebuch, das Leben spielt mit mir ein unfaires Spiel. Verliere ich jetzt nach meiner Mutter auch noch meine letzte Vertraute Rose? Sie ist krank, wird immer schwächer. Deswegen bin ich sogar dem Nachbarsgarten ferngeblieben, um an ihrer Seite zu sein. James ist immer noch unterwegs. Ich habe das Gefühl, er hat Angst, nach Hause zu kommen. Er meidet diese Insel, und er meidet seine Frau. Seit damals. Die Ärzte sind ratlos. Rose dagegen ist sehr ruhig, fast schon gelassen. Sie liegt oft auf ihrem Diwan vor Rose-Home *und beobachtet mich bei der Arbeit. Ab und zu nickt sie mir zu und lächelt. Ich kann mir nicht vorstellen, dass sie stirbt. Dann bin ich ganz allein.*

Letzte Nacht musste ich den Arzt rufen. Ich schlafe jetzt bei Rose. Im Nachbarzimmer hat sie ein Bett für mich aufstellen lassen. So kann ich schnell bei ihr sein. Irgendwann hörte ich ihre Rufe, sie atmete keuchend, und ihr Gesicht war ganz heiß. Ich bin in die Villa gerannt, so schnell ich konnte, und habe um Hilfe gebeten. Der Arzt war ratlos, und Rose hat es gemerkt. Als er weg war, habe ich an ihrem Bett gesessen und ihre Hand gehalten, bis draußen der Morgen graute. So wie bei meiner Mutter. Wird mir all das genommen, woran mein Herz hängt? Ist das die Strafe für den Ehebruch mit James?

Meine Augen sind rot vom vielen Weinen, mein ganzer Körper zittert. Ich fühle mich schrecklich, erschöpft und leer. Rose ist tot, sie starb in meinen Armen. Es ging am Ende so schnell. Und es war eine Erlösung. Sie hatte keine Kraft mehr und keinen Lebensmut. Vorher ließ sie einen Mann kommen. Ich kannte ihn nicht, hatte ihn noch nie gesehen. Er trug eine amtliche Mappe unter dem Arm. Erst als Rose anfing zu sprechen, begriff ich, was sie ihm diktierte, nämlich ihren letzten Willen.

Ich soll den Garten bekommen, er soll mein werden, mit allem, was dazugehört. Auch Rose-Home, *ihr Haus, will sie mir vermachen.*

Fassungslos habe ich sie angesehen und dann den Kopf geschüttelt. Das kann ich nicht annehmen, niemals, ich bin nur eine einfache Frau. Und ich habe Schreckliches getan.

Als der Mann längst gegangen war, nahm Rose ihre ganze Kraft zusammen. Sie ergriff meine Hand. »Nur du weißt dieses Zauberreich zu schätzen, erfülle es mit deiner ganzen Liebe, Jane.« Dann schwieg sie und rang nach Luft. Doch plötzlich leuchtete ihr Gesicht, und sie sprach weiter. »Dieser Garten ist das Einzige, womit ich wiedergutmachen kann, was man dir angetan hat. Niemand sollte einer Mutter ihr Kind wegnehmen, aber ich wollte es so. Ich habe nur an mich gedacht. Ich bin schuld. Weil ich kein Glück finden konnte, solltest du auch leiden. Vielleicht kannst du mir eines Tages vergeben. Deine Magdalena ist in guten Händen. Ich weiß, dass du ihr diesen Namen gegeben hast. Aber ich wollte, dass sie Maria heißt. So hätte ich mein eigenes Kind genannt, wenn Gott mir eins geschenkt hätte. Es geht ihr gut, sie wird geliebt aufwachsen. Aber ich bin sicher, das weißt du. So oft, wie du sie besucht hast. Jane, sie hat nun eine neue Familie, sie wird dort glücklich werden. Diese Frau wird ihre neue Mutter sein.«

Ich zitterte und zittere auch jetzt noch so sehr, dass ich kaum den Stift halten kann.

»Bleib dem anderen Garten fern, damit der Schmerz eines Tages vergehen kann. Er wird leichter, immer und immer mehr. Doch dafür musst du dich zurückziehen. Wirst du mir das versprechen?«

Ich konnte nicht sprechen – Rose, sie *war es gewesen. Ihre Hand griff nach meinem Arm, heiß und kalt zugleich.*

»Bitte, Jane, versprich es mir. Um deiner selbst willen und wegen Magdalena.«

Da waren ihre Augen, die mich schon ansahen, als wären sie bereits in einer anderen Welt. Und ich habe genickt, ich habe es ihr versprochen.

Ein paar Stunden später ist Rose gestorben. Ich habe das Fenster weit geöffnet, und als die leichten Vorhänge sich bauschten, ist ihre Seele davongeflogen. In den Garten, der vielleicht ihre einzige große Liebe war.

Wir haben Rose begraben, ohne James. Der Brief wird ihn nicht rechtzeitig erreicht haben. Ihr Grab liegt im Garten, an der unteren Mauer, unter einem besonders üppig blühenden Kamelienstrauch, so wie sie es wünschte. Sie wollte keinen Stein, nichts soll an sie erinnern, außer den Pflanzen, dem Garten, ihrem Vermächtnis. Als alle schon längst gegangen waren, hab ich immer noch wie erstarrt vor dem Grabhügel gestanden. Ich habe die Blicke der anderen gespürt, sie wissen, dass ich nun die neue Besitzerin des Gartens bin. Ist es Neid, Hass? Was auch immer, es ist mir egal.

Am Abend bin ich noch einmal nach nebenan geschlichen. Ich wollte Magdalena ein letztes Mal sehen. Doch das Haus lag dunkel, niemand schien daheim zu sein. Da berührte mich eine Hand am Arm. Ana, die Frau, die nun ihre Mutter war, stand vor mir.

»Ich werde sie lieben wie du. Doch sie kann nur eine Mutter

haben, und das bin ich. Es war Roses Wunsch, dass ich James' einziges Kind großziehe wie mein eigenes. Eines Tages wird ihr das alles hier gehören, sie wird es gut haben.«

Eine Weile haben wir uns angesehen, dann habe ich das kleine Medaillon von meinem Hals genommen. Dieses Schmuckstück bekam ich einst als junges Mädchen nach dem Tod meiner Großmutter. Und nun gab ich es ihr. Ana nahm es entgegen.

»Sie wird es bekommen, ich verspreche es.«

Dann bin ich gegangen, und ich weiß, ich werde niemals zurückkehren. Auch in dich, mein Tagebuch, werde ich nie mehr schreiben. Alles ist gesagt, ab jetzt lebe ich nur noch für den Kameliengarten und werde Roses letzten Wunsch erfüllen.

23

Sanft plätscherte das Wasser gegen die Mauer des Kais. Der Mond stand hoch am Himmel und warf seinen silbernen Schein auf den Atlantik, der draußen vor dem Restaurant schimmerte. Das Meer war ruhig, fast schon friedlich.

Gerade eben hatte Simone Janes letzte Worte vorgelesen. Dann klappte sie das Buch zu. Christoph schaute sie sichtlich betroffen an. »Du meine Güte, ich weiß gar nicht, was ich sagen soll. Was für ein Schicksal. Erst nimmt man ihr das Kind weg und lässt es dann nebenan von einer anderen Frau aufziehen. Rose war egoistisch und hat nur an sich gedacht.«

Simone wiegte ihren Kopf hin und her. »Und James? Er muss auch gewollt haben, dass das Kind nebenan aufgezogen wird. Janes Schicksal rührt mich sehr. Wie einsam sie die ganzen Jahre gelebt haben muss. Immer im Bewusstsein, dass ihr Kind ganz nah bei ihr ist und dennoch unerreichbar fern.«

»Ich stelle mir das grausam vor.« Christoph nippte an seinem Wasser. »Ob Magdalena noch lebt?«

»Möglich wäre es.« Simone zuckte mit den Schultern. »Sie müsste siebzig sein.«

In einer anderen Ecke des Restaurants ertönte ein lautes Lachen. Instinktiv drehten beide sich um. Wie es in südlichen Ländern üblich war, saß eine ganze Familie zusammen, einschließlich Urgroßmutter und einer Schar munterer Enkelkinder. Plötzlich durchfuhr Simone ein Geistesblitz. Hastig drehte sie sich zu Christoph um und schüttete sogar einen Schluck ihres blutroten Weins auf die weiße Tischdecke.

»Ich frage mich gerade …« Doch etwas ließ sie zögern, eine Freundschaft, die Christoph mit einer Familie verband, über die sie in diesem Moment reden wollte.

»Was fragst du dich gerade?« Forschend sah er sie an.

Egal, es musste raus. »Ich frage mich gerade, ob noch immer Janes Nachfahren im Haus nebenan leben. Zumindest erwähnte sie einmal den Namen Ana.«

»Im Haus nebenan? Du meinst also in der Pension?« Christoph schluckte. »Ana heißen viele hier.« Er schwieg. »Aber das würde bedeuten, dass Marta die Enkelin von Jane sein könnte? Und deren Mutter wäre Magdalena. Soweit ich weiß, ist sie vor zwei Jahren gestorben.«

»Dann wäre Magdalena tot.«

»Wenn sie es tatsächlich ist«, gab Christoph zu bedenken.

Atemlose Stille senkte sich über den Tisch.

»Marta hat mir erzählt, dass das Haus von ihrer Großmutter Ana erbaut wurde und seitdem im Besitz ihrer Familie ist«, meinte Simone wie elektrisiert. »Dazu würde auch die Abneigung passen, mit der Marta über Jane und den Garten sprach. Wer weiß, was sie in ihrer Kindheit für Geschichten gehört hat.«

Nachdenklich sah Simone aufs Meer. Doch der folgende Einfall ließ ihr Herz auf einmal schneller schlagen. »Weißt du was? Das würde bedeuten, dass es doch Erben gibt. Der Garten könnte vielleicht erhalten bleiben. Wäre das nicht wunderbar?«

Christophs Reaktion dämpfte ihre Freude ein wenig, war aber durchaus verständlich. »Noch ist das alles reine Theorie, uns fehlt jeder Beweis. Es sei denn …« Er nahm einen weiteren Schluck aus seinem Wasserglas. »Bei Janes persönlichen Sachen war doch diese metallene Kiste, vielleicht bewahrte sie dort besonders wichtige Dokumente auf.«

»Dann lass uns nachschauen.« Simone schüttete den Wein hinunter und blickte ihr Gegenüber auffordernd an.

»Was jetzt, sofort und auf der Stelle?«

»Warum nicht?«

»Aber mein Wasser darf ich schon noch austrinken.« Grinsend sah Christoph sie an. »Heute Abend werden wir eh keine Lösung finden können.«

Simone sank wieder auf ihren Stuhl. Ungeduld erfasste sie, durchströmte ihren Körper und ließ ihre Beine zucken. Geduldig sein, abwarten, das waren noch nie ihre Stärken gewesen. Doch diesmal war es schlimmer als sonst. Am liebsten hätte sie Christoph nach oben gezerrt.

Schließlich wurde ihr bewusst, was sie so trieb. Ihre Zeit auf dieser Insel lief ab. In drei Tagen ging ihr Flieger nach Hause. In Deutschland würde all dies hier unerreichbar weit entfernt sein, obwohl es Telefone gab. Doch das war nicht dasselbe.

Christoph schien ihre Ungeduld zu spüren, denn er trank sein Glas aus und winkte den Kellner zu sich. Über die dunklen Straßen der Insel brausten sie nach Hause und bogen schließlich auf den schmalen Weg zu seinem Grundstück ein. Wie bei Simones erstem Besuch flammten die Außenlampen auf. Auch Willy und Peter näherten sich, wurden aber nur mit knappen Streicheleinheiten abgespeist. Inzwischen schien auch Christoph die Neugier gepackt zu haben.

Er legte die eiserne Schatulle auf den Tisch und musterte das Schloss. Ein Schlüssel war bis jetzt nicht aufgetaucht. Simone begann mit einer Schere in der Öffnung herumzustochern.

Christoph schob sie sanft zur Seite. »Lass mich mal machen.«

Er verschwand mit der Kiste nach draußen und tauchte zehn Minuten später wieder auf.

»Und, hast du sie aufbekommen?«

Ein Nicken war die Antwort.

»Hast du hineingesehen?« Simones Frage war ein Flüstern.

Christoph verneinte.

Sie stellten die Kiste auf den Esstisch und warfen sich einen kurzen Blick zu. Simone sah sein zustimmendes Nicken und öffnete den Deckel.

Zuoberst befand sich eine Schachtel aus Karton, in der Geldscheine lagen. Sie waren fein säuberlich sortiert. Darunter hatte Jane Ausweise und verschiedene Urkunden aufbewahrt. Es folgten Papiere mit amtlichen Stempeln, die verblichen waren und aus längst vergangenen Zeiten stammten.

Ganz am Boden der Schatulle entdeckten sie schließlich mehrere Umschläge. Behutsam nahm Simone sie heraus und legte sie auf den Tisch. Es waren drei Stück, und sie trugen die Aufschriften ›Maria‹, ›Marta‹ und ›Testament‹.

»Maria, so hieß Martas Mutter.« Christoph stöhnte auf und raufte sich durch die Haare. »Mein lieber Schwan, also hattest du doch recht.«

Simone nickte, ihr fehlten die Worte.

»Das müssen wir Marta zeigen.«

Erneut nickte sie. »Ja, ich werde morgen zu ihr fahren. Immerhin habe ich ein Zimmer in ihrer Pension gebucht, das sollte ich auch mal wieder aufsuchen.«

Sie warf ihm einen kurzen Blick zu.

»Wegen mir darfst du meine Gastfreundschaft gerne noch länger beanspruchen. Es ist schön, heimzukommen und im eigenen Haus Licht brennen zu sehen.«

Mit zitternden Händen versuchte Simone die Umschläge übereinanderzuschieben. Bis Christoph schließlich seine Finger auf ihre legte.

»Das, was ich gerade gesagt habe, war mein voller Ernst.«

»Ich weiß, und dennoch … In drei Tagen geht mein Flieger nach Hause. Und ich möchte zumindest noch ein bisschen Zeit mit meinen Freundinnen verbringen.«

»Soll ich dich also jetzt in die Pension fahren?« Seine Stimme klang dunkel, sanft, rau. Simone wollte vermeiden, ihm in die Augen zu sehen. Doch sein Blick zog sie an, energisch. Sie glaubte beinahe, er würde tief in ihre Seele schauen, und schließlich schüttelte sie sanft den Kopf.

Das Rauschen des Regens weckte sie. Simone öffnete mühevoll ihre Augen, sah die rustikale Holzdecke über sich und blickte langsam neben sich. Diesmal lag Christoph an ihrer Seite und hatte sich nicht aus dem Staub gemacht.

Seine Lider zitterten leicht, die Hände ruhten entspannt neben seinem Körper. Ein leises Lächeln umspielte seinen Mund, und einen Moment dachte sie, er wäre bereits wach. Doch sein gleichmäßiger Atem verriet, dass er noch tief in den Fängen von Gevatter Schlaf war.

Simone drehte sich auf den Rücken und schloss eine Weile ihre Augen. Ihre Gedanken wanderten zurück zum gestrigen Abend.

Christoph hatte ihre Hand ergriffen und sie hinter sich hergezogen, nach oben, in sein Zimmer. Dort hatte er ihr sanft das Shirt über den Kopf gestreift. Ihr Atem war immer schneller geworden und das Verlangen nach seinen Berührungen kaum noch zu unterdrücken gewesen.

Doch dann hatte er sie behutsam auf die Matratze gebettet und ihr die Decke über den Körper gelegt.

»Die letzten Tage waren hart für dich. Schlaf, du brauchst Ruhe.« Christoph hatte ihr einen zärtlichen Kuss auf den Mund gedrückt, sich ausgezogen und war dann in die andere Hälfte des Bettes geschlüpft.

Einen Moment noch hatten ihre Blicke ineinander geruht. Doch ohne dass Simone es verhindern konnte, war sie sogleich tief und fest eingeschlafen. Nicht ein einziges

Mal in der letzten Nacht war sie aufgewacht und fühlte sich heute Morgen angenehm munter und erfrischt.

Wie ein Maler, der sein Modell nur einmal kurz in Augenschein nehmen konnte, versuchte sie sich jede Einzelheit von Christophs Gesicht einzuprägen. Da war sie wieder, die Wehmut. Hastig sah Simone auf die andere Seite, Richtung Fenster. Das machte es auch nicht leichter.

Langsam erhob sie sich, schwang ihre Beine aus dem Bett und wollte sich leise aus dem Zimmer schleichen.

»Guten Morgen.«

Seine Stimme ließ sie stehen bleiben. Simone drehte sich um und sah, dass Christoph ein Auge geöffnet hatte und in ihre Richtung spähte.

»Hab ich dich geweckt?«

»Irgendwie schon. Ich bin früher vermutlich der Wächter am Feuer gewesen und werde normalerweise beim kleinsten Geräusch wach.« Er beugte sich zu seinem Nachtschrank und schaute aufs Handy. Erschrocken fuhr er hoch. »Du lieber Himmel, schon nach neun. Ich kann mich nicht erinnern, wann ich die letzten Jahre so lange geschlafen hab.« Er legte die Arme unter seinen Kopf und lehnte sich zurück. »Du hast einen positiven Einfluss auf mich. Anders ist das nicht zu erklären.«

Simone lächelte leicht. »Frühstück, Kaffee?«

»Was? Auf keinen Fall, schließlich bist du mein Gast.«

»Und ich strapaziere deine Gastfreundschaft schon länger als gedacht.«

Christoph schlüpfte in seine Jeans. »Okay, wir machen gemeinsam Frühstück? Deal?«

Minuten später saßen sie in der Küche, jeder mit einem Pott dampfendem Kaffee in den Händen. Noch immer regnete es wie aus Kübeln. Der Garten lag in dichte Nebelschwaden gehüllt. Es schien fast, als wollte die Insel Simone den Abschied leichter machen.

»Fahren wir dann gemeinsam zu Marta?«, brach Christoph das Schweigen.

Sie nickte. »Ja, ich denke, das wäre eine gute Idee. Ich habe keine Ahnung, wie sie reagieren wird. Aber du kennst sie ja länger als ich.«

Nachdenklich schob er sich ein Stück Käse in den Mund. »Ganz ehrlich? Ich weiß nicht, wie sie reagieren wird. Was würdest du denn sagen, wenn man dir plötzlich derartige Details aus deiner Vergangenheit offenbaren würde?«

»Ich glaube, da gibt es keine pauschale Antwort«, wich Simone aus. »Sie schien jedenfalls mit Jane auf Kriegsfuß zu stehen.«

»Ja, das Gefühl hatte ich auch.«

Vor der Pension stand der Mietwagen ihrer Freundinnen in dichten Nebel gehüllt. Simone parkte ihr Auto daneben und holte die kleine Tasche aus dem Kofferraum. Auch Janes Tagebücher befanden sich darin.

Christoph nahm sie ihr aus der Hand und trug die Tasche nach drinnen. Unter den anderen Arm hatte er die Schatulle mit Janes persönlichen Dingen geklemmt. Die Empfangsdiele war leer, Stille herrschte im Inneren des Hauses, im Frühstücksraum brannte kein Licht.

Er öffnete die Tür zur Küche und rief hinein, doch keine Antwort kam. Unentschlossen sahen sie sich um.

»Ich denke, sie werden drüben im Anbau sein.«

Sie verließen das Haus und betraten den persönlichen Bereich der Familie, der mit einem kleinen Zaun vom Rest des Gartens getrennt war. Aus einem der Fenster fiel Licht und durchdrang den Nebel zumindest ein wenig. Christoph betätigte die Klingel, und gleich darauf wurde die Tür aufgerissen. Marta sah sie an und musterte dann die metallene Kiste in Christophs Händen.

Ohne ein Wort zu sagen, trat sie beiseite, und sie folgten ihr in einen Wintergarten, ähnlich dem der Pension. Schweigend deutete Marta auf die Stühle und nahm dann Platz.

Sie sah schlecht aus. Wie ein Mensch, der in den letzten Stunden kaum ein Auge zugetan hatte.

Christoph warf Simone einen Blick zu, und sie begriff, dass es an ihr war, Marta zu erzählen, worauf sie gestoßen war.

»Ich habe in den letzten beiden Tagen Janes Tagebücher gelesen. Und dabei ist mir etwas aufgefallen.«

Christoph öffnete die Schatulle und nahm die drei Umschläge heraus. Er schob sie über den Tisch in Martas Richtung. Die starrte sie mit einer Mischung aus Angst und Gewissheit an.

»Auf einem der Umschläge steht dein Name, ein weiterer ist für deine Mutter bestimmt. Ich glaube, also, wir glauben …«

»Dass Jane meine wahre Großmutter war«, flüsterte Marta kaum hörbar. Ihre Augen füllten sich mit Tränen, dann schlug sie die Hände vors Gesicht. »Hab ich recht?«, fragte sie schluchzend.

Simone warf Christoph einen kurzen Blick zu und nickte dann. »Ja, es sieht ganz so aus.«

Marta schniefte und schnäuzte sich die Nase. »Meine Mutter Maria hat es mir gesagt, als sie auf dem Sterbebett lag. Ich wollte es zunächst nicht glauben. Also, dass Ana gar nicht meine Großmutter war, sondern Jane. Ich dachte, sie würde fantasieren. Aber sie war vollkommen klar.

Im Grunde habe ich geahnt, dass etwas nicht stimmt. Warum, weiß ich selbst nicht. Vielleicht, weil mir meine Großmutter immer ein wenig fremd war und ganz anders aussah als meine Mutter mit ihren dunkelblonden Haaren. Vielleicht, weil um meinen Großvater immer ein

Geheimnis gemacht wurde, von allen. Vielleicht, weil niemand mir sagen wollte, warum unsere Familie ein solches Haus besaß.

Als meine Mutter starb, wurde meine Abneigung noch größer, gegenüber dem Garten und der Frau, die meine Mutter einfach so weggegeben hat.«

Simone hob protestierend die Hände. »Aber Jane hat deine Mutter nicht einfach so weggegeben, sie haben sie ihr genommen. Hier drin steht alles.«

Sie schob das Tagebuch über den Tisch, und Marta starrte es an, als wäre es vergiftet.

»Marta, du musst es lesen, und plötzlich wird vieles in deinem Leben einen Sinn bekommen.«

Die Pensionsbesitzerin schüttelte den Kopf. »Das kann nicht sein. Wer würde so etwas tun?«

»Es waren andere Zeiten. Lies die Bücher, Marta«, sagte Christoph mit sanfter Stimme. »Und die Briefe. Wobei das Testament vermutlich eher von einem Notar geöffnet werden sollte.«

Marta verschränkte die Arme vor ihrem Körper und blickte trotzig aus dem Fenster. »Und was soll das jetzt noch bringen? Was bringt es, in alten Wunden zu rühren?«

»Es ist dein Erbe oder das Erbe deiner Mutter«, versuchte Christoph die Wogen zu glätten. Doch Marta schien auf ihrer Meinung beharren zu wollen und starrte schweigend nach draußen. »Gut, wir lassen die ganzen Sachen einfach hier liegen.« Er gab Simone mit dem Kopf ein Zeichen.

Dann liefen sie durch den Nebel Richtung Pension.

»Wir sollten ihr Zeit geben«, sagte er.

Simone nickte. »Ja, du hast ganz sicher recht.«

Christoph ergriff ihre Hände und sah ihr in die Augen. »Wann geht dein Flug?«

»In drei Tagen.«

»Sehen wir uns vorher noch einmal?«

Unsicher musterte sie den Garten hinter ihm, als würde dort die Lösung liegen. »Ich weiß es nicht. Ich will einfach noch ein wenig Zeit mit den Mädels verbringen.«

»Das verstehe ich.« Er seufzte. »Wie auch immer, du hast meine Nummer. Melde dich. Und ansonsten ...« Christoph zögerte kurz. »Ansonsten bleibt mir nur, dir einen schönen Rückflug zu wünschen. Ich hoffe, du hast wieder einen Sitznachbarn, der deine Hand halten kann.«

Simone lachte. »Diesmal sitze ich neben Julia, sie wird sich schon kümmern. Vor allem, da Inga nicht mehr da ist.«

»Dann bist du in guten Händen.« Christoph beugte sich nach vorn und nahm sie in seine Arme. »Machs gut, Simone. Schön, dass wir uns kennengelernt haben, auch wenn der Start etwas danebenging.«

Sie schmiegte ihr Gesicht kurz an seine Schulter und versuchte, die Tränen nach unten zu schlucken. Verdammt, sie hasste Abschiede. Und dieser tat ganz besonders weh.

»Ich danke dir auch, für deine Inselführung, die schönen Ausflüge und überhaupt ...« Ihre Stimme brach. Doch er hatte sie auch so verstanden. Der Druck um ihren Körper wurde noch einmal fester.

Dann schob Christoph sie von sich und wischte sich beinahe schon verlegen über das Gesicht.

»Also dann, man sieht sich immer zweimal. Das hat zumindest meine Oma behauptet, und die hatte immer recht.«

Er lief zu seinem Wagen, stieg ein und fuhr davon, ohne sich noch einmal umzudrehen. Simone schwankte zwischen dem Wunsch, er hätte sie noch einmal angesehen, und der Erkenntnis, dass es so besser für sie war.

Eilig öffnete sie die Pensionstür und lief nach oben in ihr Zimmer. So wie sie war, warf sie sich aufs Bett, und jetzt endlich ließ sie ihren Tränen freien Lauf.

Sie heulte, um sich, um ihn und weil das Leben manchmal so verdammt kompliziert war.

Am Nachmittag hatte sich das Wetter beruhigt, und sogar die Sonne war inzwischen herausgekommen. Mit einem Rucksack auf dem Rücken wanderte Simone hinter Julia und Uta her. Zwar hätte sie den Nachmittag am liebsten in ihrem Zimmer verbracht oder an den Klippen, doch ihre beiden Freundinnen waren unnachgiebig gewesen.

»Willst du die ganze Zeit in deinem Zimmer herumheulen?« Energisch hatte Uta die Hände in ihre Hüften gestützt. »Was soll das bringen? Du hast dich entschieden, also bitte.«

Simone hatte sagen wollen, dass von einer Entscheidung keine Rede sein konnte, doch sie schwieg lieber. Sie hatte schon Kopfschmerzen vom vielen Nachdenken bekommen. Und frische Luft half dagegen immer am besten.

Julia hatte eine leichte Tour ausgesucht, die sie ins karge Hochland der Insel führte. Zu einem Pass, der meist in den Wolken lag. Doch heute Nachmittag zeigte er sich klar und wolkenfrei. Die Sonne schien, und ein leichter Wind strich über das kurze Gras. Es gab nur wenige Sträucher, die reichlich gerupft aussahen. Wenn hier oben die Elemente tobten, mussten sie sich wahrscheinlich mit aller Macht in den Sturm stemmen.

Der schmale Pfad führte zu einem Aussichtspunkt und gab den Blick auf einen kleinen Bergsee frei. Wie vom Himmel gefallen lag er in der Landschaft, und seine Oberfläche schimmerte bleigrau. Die ganze Tristesse passte hervorragend zu Simones düsterer Stimmung. Julia hätte die Route nicht besser wählen können.

Dann stiegen sie bergab und folgten weiter einem einfachen Trampelpfad. Mit jedem zurückgelegten Kilometer schien die Gegend karger zu werden. Bis schließlich erste Bäume auftauchten, hinter denen sich ein weiterer See befand. Er wirkte verwunschen, mit seiner glatten Oberfläche, in der der Wald sich spiegelte.

Julia steuerte einen Baumstamm an, der verloren am

Ufer lag, zog ihr kleines Thermokissen heraus und legte es sorgfältig darauf. Die anderen beiden nahmen neben ihr Platz.

»Schön ist es hier«, stellte Uta fest und holte tief Luft. »Man möchte am liebsten gar nicht mehr weg.«

Julia stieß ihr lachend in die Seite. »Tu doch nicht so. Ich wette, du träumst bereits wieder von deinem Reisebüro.«

»Und du von deinen Klienten«, gab diese zwinkernd zurück. »Aber du hast recht, inzwischen hat mich das Heimweh gepackt.«

Komisch, dachte Simone, *ich könnte locker noch hierbleiben.* Sie zog nichts nach Hause, und diese Erkenntnis traf sie wie ein Schlag.

Als hätte Uta ihre Gedanken lesen können, meinte sie in diesem Moment: »Und du, Simone, freust du dich auch schon auf daheim?«

»Ja, schon«, gab sie gedehnt zurück.

»Ja schon? Das klingt nicht gerade begeistert«, stellte Julia sachlich fest.

»Ach, ich finde es hier einfach schön.«

»Findest du *es* hier schön oder findest du *jemanden* schön?« Forschend sah Uta sie an. »Sei ehrlich.«

»Ich werde die Insel schrecklich vermissen«, brach es aus Simone heraus. »Und ja, ich werde auch Christoph vermissen. Doch es hilft nichts, mein Lebensmittelpunkt ist in Deutschland.«

Julia holte ihre Wasserflasche hervor und trank. »Nun mal Butter bei die Fische. Was hält dich in Deutschland? Dein Haus, dein Garten? Deine Kinder können es nicht sein, die gondeln in der Welt herum.«

Entschlossen sah sie sie an.

»Und was schlägst du vor? Soll ich nach São Miguel ziehen, zu Christoph, einem Mann, den ich kaum kenne?«

»Warum nicht? Warum nicht mal was riskieren?«

»Oho«, sagte Uta grinsend. »Hört euch die Julia an, sie spricht von Risiko, unglaublich.«

»Kann es sein, dass ihr denkt, ich hätte noch nie im Leben was gewagt?«, gab Julia zischend zurück. »Kann es sein, ihr denkt, ich würde immer nur nach Kopf agieren? Da habt ihr euch aber geschnitten.«

»Jetzt machst du uns aber neugierig«, erwiderte Simone, froh darüber, dass sich die Aufmerksamkeit von ihr wegbewegte.

»Ich hab mit dreißig meine erste sehr gut laufende Firma verkauft und bin Hals über Kopf nach Kalifornien gezogen. Zu einem Typen, den ich bei einem Urlaub in Nepal kennengelernt hatte.« Julia grinste.

»Und? Was ist aus der Sache geworden?«

»Ich hatte die schönste Zeit meines Lebens, wir sind herumgereist, haben uns die Welt angesehen und von meinem Geld gelebt. Nur leider war das irgendwann alle, und der Typ zog weiter, zur nächsten Braut.«

Mit großen Augen schaute Uta ihre Freundin an. »Ist das dein Ernst?«

Julia nickte verschmitzt. »Mein voller Ernst.«

»Und dann?«

»Hab ich mir bei meinen Eltern Geld für den Rückflug gepumpt und daheim eine neue Firma aufgebaut.«

»Also hat er auf deine Kosten gelebt«, stellte Simone fest.

»Irgendwie schon, aber das macht nix. Denn ich hatte die schönste Zeit meines Lebens. Damals hab ich das natürlich anders gesehen. Heute weiß ich, dass mich jede Erfahrung zu der gemacht hat, die ich heute bin. Und das allein zählt. Was wäre das Leben ohne Fehler, ohne Irrwege, ohne Sackgassen – einfach nur langweilig.«

24

Am Abend, Simone hatte es sich gerade mit einem Buch in ihrem Bett gemütlich gemacht, klopfte es zaghaft an ihrer Tür. Zu ihrem Erstaunen stand Marta draußen, die sie ziemlich betreten anschaute.

»Darf ich reinkommen? Ich meine, ich weiß, es ist schon spät. Aber ich wollte gerne mit dir reden.«

Simone trat zur Seite und lud die Pensionswirtin auf ihre Bettkante ein.

»Als Erstes will ich mich bei dir entschuldigen. Es tut mir wirklich leid, du hast es nur gut gemeint, und ich hatte kein Recht, dir die Schuld für irgendwas zu geben.«

»Alles in Ordnung«, sagte Simone.

»Ich hab die Tagebücher gelesen und die Briefe, meinen und den für meine Mutter.« Marta schluchzte auf und schlug die Hände vor das Gesicht. »Es ist furchtbar, ich meine, was man ihr angetan hat. Sie war allein, so allein, die ganzen Jahre. Dabei hätte sie nach James' und Roses Tod einfach nur zu uns zu kommen brauchen.«

»Ich glaube, sie hat sich nicht in euer Leben mischen wollen. Und sie hatte es Rose auf dem Sterbebett versprochen.«

»Ja, vielleicht. Trotzdem ... Ich werde mir nie verzeihen, dass ich nicht einmal richtig mit ihr gesprochen habe.«

»Ach Marta, man kann die Zeit nicht zurückdrehen«, erwiderte Simone leise und legte ihre Hand auf Martas Finger. »Worte, die nicht gesagt worden sind, bleiben eines Tages für immer ungesagt.«

»Ich habe morgen einen Termin beim Notar, ich glaube,

sie vermacht mir den Garten.« Marta lachte auf. »Ist das nicht ein Witz? Ausgerechnet mir. Jedenfalls wollte ich dich etwas fragen. Jane hat ihre ganze Beerdigung geplant, sie hat sogar schon eine Grabstätte gekauft, alles ist bezahlt. Ich muss mich um nichts mehr kümmern, das schmerzt mich am meisten. Aber eines kann ich tun, sie auf ihrem letzten Weg begleiten, und ich möchte dich fragen, ob du mitkommen würdest?«

»Wann ist die Beerdigung denn?«

»In zwei Tagen.«

Simone nickte. »Natürlich komme ich mit. Immerhin war ich der letzte Mensch, mit dem sie Kontakt hatte.«

»Danke, das bedeutet mir wirklich sehr viel.« Marta schien nach Worten zu suchen. »Würdest du, ich meine, würdest du mit mir morgen noch einmal nach nebenan gehen?«

Simone war überrascht und hin- und hergerissen. Denn auch vom Kameliengarten hatte sie sich schon verabschiedet.

»Ich würde nur gern mit jemandem sprechen, der zuletzt mit ihr … Und du bist die einzige Person, die mir noch etwas sagen kann.«

Nein zu sagen, brachte Simone einfach nicht übers Herz. Auch wenn sie ahnte, dass der Besuch gewisse Wunden wieder aufreißen würde.

Und so schloss sie am nächsten Tag ein letztes Mal die Tür zu Janes Zauberreich auf.

Sicher führte Simone Marta durch Janes kleine Welt. Sie zeigte ihr das winzige Häuschen, die Gewächshäuser und die Stelle, an der sie Roses Grab vermutete. Nun, da sie die ganze Geschichte kannte, sah sie den Garten mit anderen Augen.

Marta setzte sich in Janes Wohnraum still hin und ließ ihre Blicke schweifen. Simone trat nach draußen. Dieser

Moment sollte Marta ganz allein gehören. Sie lief hinüber zu den Gewächshäusern und machte sich daran, die Pflanzen zu gießen. Ein sinnloses Unterfangen, denn in wenigen Tagen würde sich niemand mehr um alles kümmern.

Während Simone Wasser in die Kanne füllte, hörte sie in sich hinein. Etwas war verändert. Vielleicht lag es daran, dass Janes Geist ihr kleines Reich bereits verlassen hatte. Wenig später waren alle Pflanzen versorgt.

»Welch eine Pracht«, flüsterte eine Stimme hinter ihr. Marta schob sich an Simone vorbei und betrat das Gewächshaus. Staunend schaute sie sich um. »Also, eines habe ich von meiner Großmutter nicht geerbt, den grünen Daumen.« Sie lachte leise. »Ich wünschte, meine Mutter Maria könnte das alles sehen. Seltsam, sie war nie hier, und doch glaube ich, ihren Geist zu spüren.« Marta schlang die Arme um ihren Körper. »Gott, das klingt ziemlich esoterisch, ich weiß.«

»Irgendein Teil von ihr war ja auch hier, im Körper von Jane.« Simone musste schmunzeln. »Okay, auch ziemlich esoterisch.«

»Ich bin unterwegs an einer kleinen Sitzecke vorbeigekommen. Weißt du, welche ich meine?«

Simone nickte. »Hm, da hat mich deine Großmutter bei unserer ersten Begegnung niedergeschlagen. Sie hielt mich für einen Eindringling, und im Grunde war ich ja auch einer.«

»Was? Das hätte ich ihr gar nicht zugetraut. Würdest du mir noch ein bisschen was über sie erzählen?«

Simone lauschte dem Zwitschern der Vögel und dem Flüstern des Windes. Sanft strich er durch die Zweige der Bäume und Büsche. Ein Sonnenstrahl schien durch das Blattwerk und beleuchtete eine der Blüten ganz besonders. Was gab es Schöneres, als hier noch ein wenig Zeit verbringen zu dürfen.

Am Abend sank sie erschöpft in ihr Bett. Marta hatte sie noch zum Essen eingeladen, als kleines Dankeschön für den heutigen Tag.

Simone nahm das Telefon in die Hand. Das Display war leer – keine Nachrichten, keine Anrufe. Was hatte sie erwartet, immerhin hatten Christoph und sie sich heute Morgen verabschiedet. Es war an ihr, sich bei ihm zu melden. Tatsächlich tippte sie einige Worte ein, löschte sie aber wieder.

So wie es war, war es gut. Lieber ein Ende mit Schrecken, als ein Schrecken ohne Ende. Ob nun heute oder in zwei Tagen – ein Abschied blieb ein Abschied.

Genau diese Worte kamen ihr am nächsten Morgen in den Sinn, als sie den Frühstücksraum betrat. Ernst sah Marta ihr entgegen und goss mit zitternder Hand Kaffee in ihre Tasse. Uta, die bereits am Tisch saß, nahm ihr die Kanne ab und erledigte das Einschenken. Fast schon energisch drängte sie die Pensionsbesitzerin aus dem Raum. »Wir machen das schon.«

Dann setzte Uta sich neben Simone. Schweigend schauten sie aus dem Fenster. Die Sonne schien. Kleine weiße Wellenkämme schimmerten auf dem Meer. Möwen vollführten tollkühne Flugmanöver und stießen dabei ihre typischen Schreie aus. Es war ein schöner Tag zum Abschiednehmen.

»Was hältst du davon, wenn Julia und ich euch beide zum Begräbnis begleiten?«

Erstaunt sah Simone ihre Freundinnen an. »Würdet ihr das tun?«

Uta nickte.

»Das wäre schön.«

»Ich finde, es gibt nichts Schlimmeres, als wenn ein Mensch ganz allein seinen letzten Weg antreten muss. Und da Jane all die Jahre allein war, soll sie es wenigstens jetzt nicht sein.«

Spontan nahm Simone die manchmal so burschikose Frau in ihren Arm. Utas Worte berührten sie sehr. »Ich danke dir.«

Gemeinsam fuhren sie hinter Martas Wagen her. Sie steuerte eine kleine Kapelle an, die ein wenig außerhalb des Ortes lag. Gleich dahinter befand sich der Friedhof mit Gräbern in der hier so typischen Bauweise.

Neben Martas Familie war zu Simones Erstaunen auch Christoph erschienen. Anders als sonst, ohne seinen Cowboyhut, sondern stattdessen in einen dunklen Anzug gekleidet. Ernst drückte er Marta an sich, nickte Simone aber von der Ferne nur kurz zu.

Dann betraten sie die Kapelle. Vor dem Altar war der Sarg aufgebahrt. Ein kleiner Kranz aus Kamelien lag darauf. Simone schluckte und spürte, wie Julia ihre Hand fest umschloss.

Sie fühlte sich, als wäre sie in ihre Vergangenheit zurückversetzt und Tim würde dort liegen, in diesem Sarg. Damals war alles an ihr vorbeigezogen. Nur mit starken Medikamenten hatte sie die Trauerfeier überstehen können. Unwirklich war ihr alles erschienen, wie ein Alptraum, aus dem sie jeden Augenblick erwachen würde. Doch ein Erwachen war nicht gekommen.

Mühsam holte Simone sich zurück ins Hier und Jetzt. Das war nicht ihr Mann, da in dem Sarg. Allmählich wurde ihr Atem ruhiger.

Da setzte die Orgel ein, spielte ein Lied, welches ihr entfernt bekannt vorkam. Ein schwarzgekleideter Priester trat nach vorn und sagte wenige Worte auf Portugiesisch. Dann schlug er das Kreuz über dem Sarg, und wieder ertönte Musik. Einige Männer betraten die Kapelle, betteten den Sarg auf einen Wagen und rollten ihn nach draußen.

Sie folgten ihnen bis zur Grabstätte, die in einer der Ecken des Friedhofs lag, direkt an der hohen Mauer, die ihn umgab.

Die Männer ließen den Sarg hinab. Wieder sagte der Priester einige Worte und nickte Marta zu.

Die trat nach vorn, blieb einen Moment stehen und streute Blütenblätter auf den Sarg. Dann fielen die Blicke auf Simone. Eine Hand schob sie sacht nach vorn.

Sie sah das dunkle Holz des Sarges und die leicht rosa schimmernden Blüten. Leise rieselten sie hinab, als letzter Gruß an eine Frau, deren ganze Liebe immer den Blumen gegolten hatte.

Der Rest versank hinter einem Tränenschleier. Simone schluchzte laut auf.

Sanft führte Julia sie an die Seite, legte den Arm um sie und wiegte sie hin und her. »Pscht, alles ist gut, hörst du? Alles ist gut.«

Irgendwann versiegten die Tränen. Suchend sah Simone sich um. Ein Stück entfernt wartete Marta mit ihrer Familie, doch Christoph war bereits verschwunden.

Steil erhob sich die Maschine in den Himmel über Ponta Delgada. Sie schwebte über den zum Greifen nah erscheinenden Ziegeldächern, folgte einen Moment dem Verlauf der Strandpromenade und drehte dann ab Richtung Meer.

Die erhabenen Berge mit ihren grünen Flanken wurden allmählich kleiner. Immer höher und höher stieg das Flugzeug, während Uta und Julia ihre Hände hielten. Simone beugte sich nach vorn und sah noch einmal zurück.

Sie fühlte sich schrecklich und hätte am liebsten schon wieder geheult. Es war Zeit, Abschied zu nehmen, von dieser Insel, auf der sie wieder zu sich gefunden hatte.

Heute Morgen hatten sie noch einmal mit Marta gefrühstückt. Die Wehmut, die nach der Beerdigung geherrscht hatte, war weniger geworden. Doch immer noch hatten tiefe Schatten unter den Augen der Pensionsbesitzerin gelegen.

Dann waren sie zum Flughafen gefahren, mit einem Taxi, denn ihre Mietwagen hatten sie gestern bereits abgegeben.

Immer wieder hatte Simone suchend ihre Blicke schweifen lassen. Doch der eine, den sie zu sehen gehofft hatte, war nicht aufgetaucht.

Wie oft sie in den letzten Stunden zu ihrem Handy gegriffen hatte, konnte sie nicht mehr sagen. Doch immer wenn sie seine Nummer hatte wählen wollen, verließ sie der Mut.

Nun war sie auf dem Heimweg. Simone lehnte ihren Kopf nach hinten und schloss die Augen. Sie war müde, schrecklich müde. Und während das Flugzeug über den Atlantik flog und Kilometer um Kilometer zwischen sich und São Miguel brachte, schlief sie.

Sie bemerkte nicht, dass das Essen serviert wurde, und ihre Begleiterinnen ließen sie schlafen. Erst, als sie sich fast schon im Landeanflug auf Frankfurt befanden, rüttelte Uta sacht an ihrer Schulter.

»Simone, ich müsste nun wirklich mal aufs Klo.«

Mit verschlafenen Augen sah sie sie an.

»Wir sind nämlich bald da. In fünfundvierzig Minuten landen wir.«

»Hab ich etwa die ganze Zeit geschlafen?«

»Wie ein Stein, du hast echt nix mitgekriegt.«

Am Flughafen erwartete sie dann eine kleine Überraschung. Als sie das Terminal verließen, kam eine in rot gekleidete Frau auf sie zu – Inga. Sie wirkte blass und ernst, aber dann schlich sich doch ein leichtes Lächeln auf ihr Gesicht.

»Ach Mädels, ich hab euch vermisst.« Einen Moment standen sie einfach nur da und hielten sich alle fest.

»Wie gehts deinem Papa?«, fragte Julia.

»Ein wenig besser, aber es ist Zeit, Abschied zu nehmen. Und genau das hab ich die letzten Tage gemacht. Wir haben geredet, so viel wie noch nie in meinem Leben. Dadurch bin ich klarer und im Reinen mit ihm. Auch wenn ich meine Abreise erst als einen Fehler gesehen habe, bin ich nun sehr dankbar und erleichtert.«

»Das klingt wunderbar«, meinte Simone.

»Und ihr? Bestimmt habt ihr euch schrecklich ohne mich und meine verrückten Ideen gelangweilt«, sagte Inga augenzwinkernd.

»Im Gegenteil«, erwiderte Uta. »So verrückte Sachen wie in diesem Urlaub haben wir noch nie erlebt. Aber das alles erzählen wir dir ganz in Ruhe.«

25

Zwei Wochen waren seit Simones Heimkehr vergangen. Es war März geworden. An den Bäumen zeigten sich erste grüne Spitzen, die Schneeglöckchen hatten den Krokussen Platz gemacht.

Simone schlenderte durch ihren Garten und sog die immer noch kalte Luft in ihre Lungen. Kleine Atemwölkchen tanzten vor ihrem Gesicht. Wehmütig schaute sie nach oben an den grauen Himmel. Sie vermisste die Farben der Azoren und flüchtete sich wie so oft in ihren Wintergarten.

Während sie sich um ihre Pflanzen kümmerte, wanderten ihre Gedanken zurück und drehten sich automatisch um Christoph, wieder einmal. Sosehr sie es auch versuchte, sie bekam ihn einfach nicht aus ihrem Kopf. Da reichte eine klitzekleine Begebenheit, und plötzlich stand sein Gesicht überdeutlich vor ihr.

Nach ihrer Heimkehr hatten sie ein- oder zweimal Nachrichten ausgetauscht, sie waren nichtssagend gewesen. So, als würden zwei Fremde miteinander kommunizieren. Simone schmerzte dies, doch sie konnte es nicht ändern. Vielleicht war es das Beste, endgültig einen Schlussstrich zu ziehen, und zwar einen dicken.

Seufzend kochte Simone sich einen Tee und widmete sich dann wieder den Pflanzen in ihrem Wintergarten. Plötzlich läutete es an der Tür. Sie lief durch den Flur und erkannte einen dunklen Schatten durch die Milchglasscheibe.

Simone öffnete und schluckte. Da stand Marta, in einer dicken Jacke, mit einem Strickschal um den Hals, als würden draußen zwanzig Grad minus herrschen. In ihren Händen trug sie etwas mit Papier Umhülltes, was sie ihr vorsichtig entgegenstreckte.

»Hallo Simone, ich hab dir was mitgebracht.«

Automatisch griff sie zu, immer noch vollkommen perplex über den unerwarteten Besuch.

»Darf ich reinkommen?«

Hastig trat sie zur Seite. »Natürlich, bitte komm rein.« Marta folgte ihr in die Küche. »Setz dich doch bitte. Magst du einen Tee?«

»Das wäre super, irgendwie bin ich die Kälte nicht mehr gewöhnt.«

Simone warf den Wasserkocher an, gab Tee in ein Sieb und holte Geschirr aus dem Schrank. Die alltäglichen Handlungen gaben ihr Zeit, die flatternden Nerven zu beruhigen.

Als der Tee fertig war, schob sie eine volle Tasse auf die andere Seite des Tisches. Dann fiel ihr das Mitbringsel ihres Gastes ein. Beim Auswickeln kam zu ihrem Erstaunen eine Kamelie zum Vorschein. Die sah reichlich mitgenommen aus, hatte beinahe alle Blätter verloren, und die noch verbliebenen waren braun verfärbt und wellig.

»Oje«, entfuhr es Simone, und sie blickte Marta verwirrt an. »Die muss aber dringend aufgepäppelt werden.«

»Du sagst es.«

»Bist du deswegen hier, wegen dieser Pflanze?« Forschend musterte Simone die Pensionsbesitzerin.

»Im Grunde schon.« Marta schob die Tasse vor sich hin und her. »Also, sagen wir mal so, die Pflanze ist nur ein Vorwand oder ein Aufhänger oder wie auch immer.« Neugierig sah sie sich in Simones Zuhause um. »Schön hast du es hier, du fühlst dich bestimmt wohl.«

»Im Grunde schon«, erwiderte Simone gedehnt. »Aber weißt du was, wir haben in Deutschland ein Sprichwort, das heißt: Wie die Katze um den heißen Brei schleichen. Irgendwie erinnerst du mich ein wenig an diese Katze.«

Marta verdrehte die Augen. »Du hast ja recht. Also gut. Ich möchte dich etwas fragen, und du kannst natürlich Nein sagen, also, ich meine, das ist dein gutes Recht«, stotterte sie. Nervös strich sie sich eine Haarsträhne aus dem Gesicht. »Herrje, ich weiß nicht, wie ich beginnen soll.«

»Vielleicht von vorn?«, schlug Simone vor.

»Ja, ich denke auch. Ich war vor einigen Tagen beim Notar, es geht um Janes Garten. Ich hab ihn geerbt, er gehört mir, das war zu erwarten. Aber was soll ich mit diesem Garten? Also haben Carlos und ich beschlossen, ihn zu verkaufen. Schon nach kurzer Zeit standen die Interessenten bei uns Schlange, und die Geldsummen wurden immer höher und höher.« Marta presste die Hände an ihre Schläfen. »Sie haben uns Geld geboten, richtig viel Geld, Simone.«

Diese saß immer noch verwirrt auf der anderen Seite des Tisches. Ihr war vollkommen schleierhaft, was Marta von ihr wollte.

»Jedenfalls war ich noch einmal im Garten, auch im Gewächshaus, ich habe die Pflanzen gegossen. Und dabei fiel mir einer der Töpfe beinahe auf den Kopf, dieser da.« Marta wischte sich über ihre Augen und rang nach Luft. Plötzlich brach sie in Tränen aus. »Ich hab im Gewächshaus gesessen und geheult. Erst wusste ich selbst nicht, warum. Aber dann, bei diesem Notar, als der Kaufvertrag unterzeichnet werden sollte, da fiel es mir auf einmal ein.« Sie beugte sich nach vorn und sah Simone beschwörend an. »Ich kann es nicht tun, verstehst du?«

»Was kannst du nicht tun?« Noch immer verstand sie nur Bahnhof.

»Ich kann ihn nicht verkaufen, den Garten. Es erscheint mir, als würde Jane dann ein zweites Mal sterben. Es ist wie ein Verrat an ihr«, flüsterte sie.

»Du hast also den Vertrag nicht unterzeichnet.«

Marta nickte zustimmend. »Genau, ich bin rausgerannt, so schnell ich konnte, in mein Auto und fort.«

»Und jetzt?«

»Deswegen bin ich ja hier.«

Zum ersten Mal schwante Simone etwas. Automatisch ging sie in Abwehrhaltung, was sich darin ausdrückte, dass sie sich zurücklehnte.

»Ich habe dich im Garten gesehen, ich habe gesehen, wie du um Jane getrauert hast. Und ich habe dich und Christoph gesehen.«

»Christoph?«, fuhr Simone nach oben. »Was hat er damit zu tun?«

»Gar nichts.« Marta hob ihre Hände. »Er weiß nicht mal, dass ich hier bin. Simone, du gehörst auf diese Insel, du gehörst nach São Miguel, in diesen Garten. Und ja, vielleicht gehörst du auch an Christophs Seite.«

»Du willst mir den Garten verkaufen? Aber ich bin alles andere als eine Millionärin.«

»Ganz ehrlich, ich würde dir den Garten sogar schenken. Ich will einfach nur, dass er wieder in guten Händen ist. Um Janes willen, verstehst du? Sie soll in Frieden ruhen, endlich. Ich weiß, ich kann nicht wiedergutmachen, was passiert ist. Ich kann die Zeit nicht zurückdrehen, was geschehen ist, ist geschehen. Aber ich will, dass von Jane etwas bleibt. Und wenn ich den Garten verkaufe, bleibt nichts von ihr. Dann ist es so, als hätte sie nicht existiert.«

In Simones Ohren rauschte das Blut, das Zimmer begann sich leise um sie herum zu drehen. Schnell schloss sie die Augen. Jeden Moment würde sie erwachen, in ihrem Bett liegen, und Marta würde sich in Luft auflösen. Doch nichts geschah.

»Was hältst du davon? Ich verpachte dir den Garten. Anfangs brauchst du nichts zu bezahlen, und ich würde mich auch an den notwendigen Arbeiten finanziell beteiligen. Du hättest vollkommen freie Hand, und ich könnte dir Kontakte machen, zu Abnehmern für die Pflanzen. Es gibt da einen guten Markt, das habe ich schon herausgefunden. Ich hab reichlich –«

»Hör auf«, schrie Simone, und ihre flache Hand klatschte auf den Tisch. »Hör auf damit. Das, was du vorschlägst, ist vollkommen unmöglich.« Sie sprang auf, ihr Stuhl kippte nach hinten um und krachte auf den Boden. Marta sah sie erschrocken an. »Ich lebe hier, und ich kann hier nicht weg. Auf diese Insel, niemals. Du kannst mich nicht benutzen, um dein schlechtes Gewissen zu befriedigen.«

Marta zuckte zusammen, Simone auch. Das hatte sie nicht sagen wollen.

»Tut mir leid«, schickte sie hinterher, doch es war zu spät. Marta erhob sich bereits und zog ihre Jacke an.

»Du hast recht, es war dumm von mir, hierherzukommen. Vergib mir, dass ich dich mit meinen Problemen belästigt habe. Ich werde es nie wieder tun. Danke für deine Zeit.«

Marta stürmte aus der Küche und hatte, ehe Simone im Flur war, bereits die Haustüre aufgerissen. Sie rannte förmlich durch den Vorgarten und sprang in ein draußen wartendes Taxi.

Simones entschuldigende Worte verwehten, sie erreichten Marta nicht mehr. Mit hängenden Schultern starrte sie ihr nach und merkte erst nach einer ganzen Weile, dass Tränen über ihre Wangen strömten.

Simone klemmte das kleine Sitzkissen unter ihren Hintern und sank dann auf den Boden vor Tims Grab. Stumm starrte sie den Stein an, musterte seinen Namen, den Schriftzug und die Zahlen, die angaben, wann sein Leben begonnen und wann es geendet hatte. Das blieb übrig, ein paar Daten auf einem Stein.

Ihre Blicke schweiften über die grünen Tannenzweige, die immer noch das Grab bedeckten. Für die Frühjahrspflanzung waren die Nächte noch zu kalt. Aber bald, in einigen Tagen, wenn es milder wurde, so wie auf São Miguel …

Simone seufzte. Dann holte sie den Anhänger aus ihrer Tasche, den Christoph ihr zum Geburtstag geschenkt hatte, und strich sanft über die blau blühenden Hortensien.

Marta – sie hatte sie vor den Kopf gestoßen. Aber wie hatte sie auch mit einem solchen Angebot kommen können?

»Den Garten übernehmen, mich um die Pflanzen kümmern, lächerlich«, stieß sie hervor. Zum Glück war niemand in der Nähe, der ihre Worte gehört haben konnte. »Tim, sie haben mir einen Garten angeboten, auf einer Insel mitten im Atlantik. Was sagst du denn dazu? Ich müsste dich alleinlassen und unser Haus verkaufen. Unser Haus, so viel Mühe haben wir dort reingesteckt, weißt du noch? Fünf Jahre waren wir nicht im Urlaub. Aber wir wussten, warum wir verzichten. Und wir haben es uns immer schön gemacht, nicht wahr?«

Ganz kurz schluchzte Simone auf und wischte sich mit einem Taschentuch über das Gesicht. »Wäre ich nur nie in diesen Urlaub gefahren.«

Auf einmal raschelte es neben ihr. Suchend schaute sie sich um und entdeckte eine dicke schwarze Amsel, die in einigen Blättern herumwuselte. Und als würde sie ihre Blicke spüren, drehte sich der Vogel plötzlich um und sah Simone mit zwinkernden Knopfaugen an.

Seltsam, damals, als sie im Winter hier gewesen war, unsicher, ob sie nach São Miguel fahren sollte, war auch eine Amsel gekommen. Simone war schon immer ein Mensch gewesen, der fest daran glaubte, dass es mehr zwischen Himmel und Erde gab, als man auf den ersten Blick ahnte.

Doch jetzt beschlich sie ein komisches Gefühl. Denn der schwarze Vogel kam hüpfend näher, zwinkerte, pickte und raschelte erneut durch altes Laub.

Schließlich blieb die Amsel etwa einen Meter von ihr entfernt stehen. Sie legte ihren Kopf schief, breitete dann ihre Flügel aus und flog davon.

Simone starrte ihr nach, bis sie nur noch ein kleiner dunkler Punkt am grauen Himmel war.

Und auf einmal war sie da, die Gewissheit, was zu tun war. Simone legte ihre Hand kurz auf Tims Grabstein, drehte sich dann um und rannte davon. Mit überhöhter Geschwindigkeit raste sie Richtung Innenstadt.

»Bitte, lass mich einen Parkplatz finden«, murmelte sie vor sich hin. Und tatsächlich, unweit von Utas Reisebüro parkte ein Auto aus, und Simone huschte mit ihrem Kleinwagen hinein.

Mit großen Schritten rannte sie zum Reisebüro und riss die Tür auf. Uta, die gerade über einigen Katalogen brütete, sah sie erschrocken an.

»Simone«, entfuhr es ihr.

»Wann geht der nächste Flug nach São Miguel?«

»Was?«

»Wann der nächste Flug nach São Miguel geht?«

»Du lieber Himmel, hast du bei Marta was vergessen?«

»So ähnlich könnte man es sagen. Also bitte, wann geht ein Flug?«

Utas Hände huschten über die Tastatur. »Da immer noch keine Saison ist, nur einmal in der Woche. Oder möchtest du über Lissabon fliegen?«

»Direkt.«

»Dann übermorgen.«

»Super, buch mir einen Sitzplatz, bitte«, fügte Simone hinzu. Sie sank auf den Stuhl vor Utas Schreibtisch und rang nach Luft.

»Einen Sitzplatz, okay. Und wann willst du zurückfliegen?«

Simone starrte aus dem Fenster, sah Menschen vorbeihasten. Dann blickte sie Uta an und zuckte mit den Schultern. »Keine Ahnung.«

Uta ließ ihre Hände sinken. »Keine Ahnung? Sag mal, geht es dir gut? Ist alles in Ordnung bei dir?«

»Eigentlich schon, wenn ich ehrlich sein soll, ging es mir noch nie so gut wie jetzt.« Simone spürte, wie sich ein Lachanfall bei ihr anbahnte. Wie eine Urgewalt stieg er in ihr empor und explodierte schließlich. Sie lachte, bis ihr die Tränen die Wangen hinabliefen. »Ich glaube, deine Gedanken zu ahnen. Du denkst, ich wäre vollkommen übergeschnappt.«

»Das kommt hin«, gestand Uta. »Soll ich den Platz nun buchen?«

»Unbedingt, tu es. Und es wäre schön, wenn du die anderen zusammentrommeln könntest. Heute Abend, im *Goldenen Wagen*. Sagen wir um sieben. Bis später, alles andere klären wir dann.«

Fassungslose Gesichter, mit einer Tendenz zum Geschockten, so konnte man am besten die Mienen ihrer Freundinnen beschreiben. Mal abgesehen von den restlichen Geräuschen des Wirtshauses herrschte am Tisch Totenstille.

Als Erste fing sich Julia, nippte an ihrem Wasser und lächelte. »Seltsam, warum überrascht mich das nicht?«

»Du hast davon gewusst?« Inga war vollkommen von der Rolle. Obwohl sie inzwischen von den anderen über die meisten Vorkommnisse auf São Miguel informiert worden war, lagen bei ihr nur Bruchstücke der Ereignisse vor. Bausteine fehlten, und das Bild war alles andere als rund.

»Ich hab nicht davon gewusst. Aber ich hatte das Gefühl, als ob unsere Simone hervorragend auf diese Insel passt.«

»Aber deine Mutter, dein Haus, dein Garten, dein …« Uta verstummte, doch alle wussten, was sie hatte sagen wollen.

»Ganz ehrlich, meine Mutter hat einen Freund und kommt bestens alleine klar. Und mein Haus? Auf dem Heimweg habe ich mit meiner Bekannten telefoniert, die Haus und Garten damals gehütet hat. Ich hab ihr ein Angebot unterbreitet, und sie hat zugestimmt. Erst mal pro forma natürlich zieht sie bei mir ein. Sie war außer sich vor Freude. Und Tim, falls du das fragen wolltest, Tim nehme ich im Herzen mit. Er wird immer bei mir sein, denn er ist nicht in diesem Grab auf dem Friedhof.

Und heh, falls ihr jetzt denkt, ich wäre vollkommen übergeschnappt. Ich werde erst einmal in Ruhe mit Marta sprechen, die Situation auf der Insel klären, die finanzielle Seite checken und so weiter. Und wer weiß, vielleicht bin ich in drei Wochen wieder hier und heule euch die Ohren voll.«

»Und Christoph?«

Julia hatte die Frage ausgesprochen, die Simone seit Martas Verschwinden nicht mehr aus dem Kopf ging.

»Keine Ahnung, erst mal geht es um den Garten.« Simone nippte an ihrem Wein. »Ich könnte mir nie verzeihen, wenn Janes Zauberreich von irgendwelchen Baggern plattgemacht wird.«

Inga hob ihr Glas. »Also wirklich, Chapeau, liebe Simone. Wenn ich ehrlich sein soll, hielt ich dich anfangs für ein ziemlich verlorenes Hascherl. Und nun komme ich aus dem Staunen gar nicht mehr heraus.«

Drei weitere Gläser wurden in die Höhe gereckt.

»Dann würde ich mal sagen: Trinken wir auf das Leben und was es für Überraschungen für uns bereithält«, meinte Julia. Glas klirrte auf Glas, und Simone spürte, wie ihr Herz fast schon feierlich in ihrer Brust schlug.

Suchend schaute Simone sich in der Wartezone des Flughafens um. Von Marta gab es nicht die geringste Spur. Vielleicht war sie doch über Lissabon geflogen oder nahm einen ganz anderen Flug und besuchte noch irgendwelche Freunde in Deutschland.

Noch ehe er richtig begonnen hatte, geriet Simones Plan ganz gewaltig ins Wanken. Und einen Moment war da der Gedanke, einfach alles so zu belassen, wie es jetzt war, sich in ein Taxi zu setzen und heimzufahren. Doch dann dachte sie an Janes Garten.

Nein, sie würde nach São Miguel fliegen. Und irgendwann würde Marta schon kommen, und sie konnte mit ihr reden.

Ein kleiner Bus brachte sie zum Rollfeld, welches draußen, weit entfernt vom Flughafengebäude, lag. Simone fühlte sich zurückversetzt in die Zeit ihrer ersten Reise. Dann erklomm sie die steile Treppe und suchte ihren Sitzplatz. Wer würde sich wohl diesmal neben sie setzen? Eines war sicher, Christoph war es nicht.

Ein wenig resigniert schaute Simone aus dem Fenster. Soeben brachte der Bus weitere Passagiere, die zum Flieger liefen. Und plötzlich schlug ihr Herz schneller. Unverkennbar war da draußen Marta, die in ihrem dicken Mantel die Gangway emporstieg. Simone machte einen langen Hals und sah, dass die Pensionswirtin sich zwei Reihen weiter vorn auf ihren Sitzplatz quetschte.

Spontan winkte Simone die Stewardess zu sich, die soeben nach hinten eilte.

»Entschuldigung, können Sie mir sagen, ob der Platz neben mir frei bleibt?«

»Da müsste ich nachschauen, einen Moment.« Minuten später war sie wieder da. »Der Flieger ist nur halb belegt, der Platz neben Ihnen bleibt also frei.«

Simone stemmte sich nach oben und stellte sich neben Martas Sitzreihe. Dann räusperte sie sich, was zunächst nur der Passagier auf dem Gangplatz registrierte. Fragend sah er sie an, und Simone deutete auf Marta. Der Mann berührte Marta am Arm und zeigte dann auf Simone.

Überrascht schaute die Pensionswirtin sie an. »Simone, was machst du denn hier?«

»Bei mir hinten wäre noch ein Sitzplatz frei. Ich meine, da könnten wir die Flugzeit nutzen, um uns über deine Vorschläge zu unterhalten.«

Als Erstes erreichte das Lächeln Martas Augen. Dann huschte es über ihren Mund. Schließlich erhob sie sich und suchte ihre Sachen zusammen.

Minuten später saßen sie nebeneinander. »Zunächst mal wollte ich mich entschuldigen«, begann Simone das Gespräch. »Für meine Abfuhr.«

Marta grinste. »Und ich mich, weil ich einfach so mit der Tür ins Haus gefallen bin. Carlos hatte mich schon gewarnt, aber manchmal wollen wir Frauen einfach nicht auf unsere Männer hören.« Sie machte eine kurze Pause. »Willst du auf São Miguel Urlaub machen?«

Simone lachte. »So in der Art. Ich hoffe natürlich, ich bekomme noch irgendwo ein Pensionszimmer. Ich hab gehört, in der *Pension Hortensia* soll es ganz angenehm sein.«

Marta wackelte bedenklich mit dem Kopf. »Da sehe ich eher schwarz. Ich hab gehört, die sind immer ziemlich ausgebucht.«

»Hm, na vielleicht finde ich irgendwo anders auf diesem Eiland ein Bett.«

»Da bin ich eigentlich ziemlich sicher. Ich hätte da auch schon eine Idee.«

26

Simones Herz klopfte bis zum Hals. Mitten auf dem schmalen Weg, der zu Christophs Haus führte, war sie mit ihrem Auto stehen geblieben und traute sich nun nicht weiter.

Sie hätte definitiv vorher anrufen oder zumindest eine Nachricht schicken sollen. Das Beste war, morgen noch einmal wiederzukommen. Unentschlossen musterte sie den Weg, der in den letzten Strahlen der untergehenden Sonne lag. Von den Bergen zog bereits Nebel herab und hüllte die oberhalb liegenden Bäume ein.

Kurzentschlossen haute Simone den Rückwärtsgang rein und setzte mit ihrem Mietwagen zurück. Vorsichtig steuerte sie Zentimeter für Zentimeter auf die Wiese hinter ihr. Doch als sie vorwärtsfahren wollte, drehten plötzlich die Räder durch. Simone atmete tief, gab mit viel Gefühl Gas. Ganz so, wie Tim es ihr vor vielen Jahren beigebracht hatte. Der Wagen ruckte, bewegte sich aber kaum von der Stelle.

Hastig stieg Simone aus, umrundete das Auto und sah augenblicklich die Bescherung. Sie hatte ausgerechnet auf einem sehr morastigen Stück Wiese gewendet. Die Räder steckten tief im Schlamm, keine Chance, hier allein wieder rauszukommen.

Was nun? Marta anrufen? Auf keinen Fall, die würde sich fragen, warum sie nicht bei Christoph nach Hilfe suchte. Vor allem, da sie nur fünf Minuten von dessen Haus entfernt war. Seufzend schnappte Simone sich ihre Jacke von der Rücksitzbank und folgte dann dem Weg zu Christophs Anwesen.

Als sie dort ankam, war es fast schon dunkel. Undeutlich näherten sich zwei Schatten, die sie schnell als Hund Willy und Kater Peter ausmachte.

»Na ihr beiden, habt ihr mich schon vermisst?« Während Simone die Tiere im Nacken kraulte, sah sie nach unten zum Haus. Lichtschein fiel nach draußen. In dem Moment öffnete sich die Tür, und Christoph trat heraus. Er trug einen großen Karton auf seinen Armen, den er neben einem Stapel bereits abgestellter platzierte.

Langsam kam Simone näher, ihre Schritte knirschten auf dem Kies der Einfahrt. Christoph fuhr herum und spähte in die Dunkelheit. Dann kam er einige Schritte auf sie zu.

»Simone?« Seine Stimme klang ungläubig. »Was machst du denn hier?«

»Eigentlich wollte ich dich besuchen.«

Christoph blickte suchend an ihr vorbei. »Zu Fuß?«

»Mein Wagen steht auf der anderen Seite des Hügels. Ich komme leider nicht weiter.«

»Du hast eine Panne?«

»Nicht direkt«, antwortete Simone ausweichend.

»Na, da wollen wir uns das mal ansehen.« Christoph holte eine Taschenlampe aus dem Haus und marschierte los. Ihr blieb nichts anderes übrig, als ihm zu folgen.

Kurz darauf standen sie vor ihrem Mietwagen. Christoph ließ den Strahl der Taschenlampe über das Auto wandern.

»Kann es sein, dass du gar nicht zu mir wolltest, sondern zu den Kühen, die weiter oben auf der Weide stehen, und das auch noch rückwärts?« Spott lag in seiner Stimme, und Simone konnte es ihm nicht verdenken.

»So ähnlich«, murmelte sie.

»Ja wie auch immer, heute bekommen wir den Wagen hier nicht mehr raus. Morgen bei Tageslicht werde ich ihn mit meinem Jeep rausziehen.«

Ohne ein weiteres Wort drehte Christoph sich um und lief wieder zum Haus zurück. Dann betrat er die Küche und setzte sich an den Tisch. Unsicher blieb Simone in der Türöffnung stehen.

»Traust du dich nicht weiter oder soll ich dir ein Taxi rufen?«

»Ich weiß ja nicht, ob ich reinkommen darf.«

Christoph lachte auf. »Soll das ein Witz sein, setz dich.« Dann wurde er ernst. »Warum bist du hier? Ich meine, auf São Miguel.«

»Das ist eine lange Geschichte.«

»Hm, das klingt nach einer großen Kanne Tee, würde ich mal meinen.«

Wenig später erfüllte der fruchtige Duft von Orangenblütentee die Küche. Simone umklammerte die heiße Tasse, als würde sie dort Kraft für das Kommende finden. Dann begann sie zu erzählen.

»Und du bist einfach in einen Flieger gestiegen, um mit Marta zu reden?« Fast schon ungläubig sah Christoph sie an.

»Klingt verrückt, oder? Aber genauso war es.«

»Und was hat sie dir vorgeschlagen?«

»Noch ist alles ein wenig unsicher, es gibt viele Dinge zu klären. Fest steht, Marta hat allen Interessenten abgesagt. Sie will den Garten nicht verkaufen.«

Christoph nickte nachdenklich. »Aber sie würde ihn dir überlassen.«

»›Überlassen‹ ist das falsche Wort. Ich würde ihr schon eine gewisse Geldsumme zahlen müssen. Noch immer halte ich Anteile an der Firma meines verstorbenen Mannes. Sein ehemaliger Kompagnon wollte mir diese abkaufen, aber damals hab ich Nein gesagt. Nun aber könnte ich mich davon trennen. Und da wäre ja immer noch mein Haus, auch das könnte ich verkaufen.«

»Klingt nach Nägeln mit Köpfen«, meinte Christoph.

»Findest du? Ich finde, es klingt vollkommen verrückt. Je länger ich darüber nachdenke, umso größer werden meine Zweifel. Was, wenn es nicht funktioniert? Was, wenn ich scheitere?«

Im Schein der Küchenlampe wirkten Christophs Augen dunkel wie das nächtliche Meer. Sie verstärkten Simones ohnehin heftig klopfenden Herzschlag um ein Vielfaches. Die Angst, das vollkommen Falsche zu tun, wurde immer größer. Niemand konnte ihr etwas raten, alles, was sie tat, war allein ihre Entscheidung. Und sie musste mit den Konsequenzen leben. Die Tragweite erschien ihr wie ein unbezwingbarer Berggipfel.

Christoph ergriff ihre Hand. »Du stellst alles infrage, dein ganzes bisheriges Leben. Du willst einen riesigen Sprung wagen, das lässt einem die Beine zittern. Du willst etwas tun, was du vorher noch nie getan hast. Und die Zukunft liegt in dichtem Nebel. Das lässt den Mund trocken werden und treibt Schweißperlen auf die Stirn. Trotzdem gibt es nur eine Möglichkeit, herauszufinden, welches der richtige Weg ist – du musst ihn gehen, du musst springen.«

»So in der Art sage ich mir das auch, seit ich dieses Flugticket bei meiner Freundin gebucht habe.« Simone seufzte. Dann deutete sie mit dem Kopf nach draußen. »Und was machst du? Kleine Entrümpelung?«

»Könnte man so ausdrücken, ich entrümpele mein Leben, trenne mich von Sachen, die ich nicht mehr brauche oder die mich belasten. Alte Geschichten sozusagen.«

»Aha«, erwiderte Simone lächelnd. Sie wusste, wem diese Kartons einst gehört hatten.

Nun senkte sich Stille über den Tisch, die nur vom Ticken der alten Wanduhr gebrochen wurde.

»Und warum bist du zu mir gekommen?« Christophs Stimme war leise gewesen, beinahe nur ein zarter Hauch.

Eine widerspenstige Locke ringelte sich in seine Stirn. Simone musterte sein Gesicht und blieb schließlich bei seinen Lippen hängen. Ihr Mund wurde trocken, so sehr, dass selbst ein Schluck Tee nicht half. Hastig sah sie weg.

Doch sie spürte, dass Christophs Augen noch immer auf ihr ruhten. Warum dann nicht einfach sagen, was ihr auf der Seele brannte?

»Weil, seit ich wieder daheim bin, kein Tag vergangen ist, an dem ich nicht mindestens hundertmal an dich denken musste.« Hatte sie das wirklich gerade laut ausgesprochen? Simone war unsicher, denn Christoph zeigte zunächst keine Regung. Nun hatte sie sich vollends blamiert.

»Und warum hast du dich nicht gemeldet?«

»Wir haben doch geschrieben«, gab sie trotzig zurück.

»Aber das ist schon Wochen her, und es waren zwei Nachrichten.«

»Immerhin bin ich jetzt hier.« Sein Verhalten machte sie wahnsinnig. Ein gewisser Fluchtreflex setzte ein. Doch Simone befand sich mitten in der tiefsten Pampa, und ihr Auto steckte auf einer morastigen Wiese fest.

»Punkt für dich, du bist hier.« Ein zartes Grinsen umspielte Christophs Mundwinkel. »Wenn ich ehrlich bin, hatte ich die Hoffnung schon aufgegeben. Aber ich freue mich, dass Marta meinem Rat gefolgt ist.«

»Deinem Rat?«, fragte Simone angespannt.

»Na ich hab ihr gesagt, dass, wenn es einen Menschen auf dieser Erde gibt, der Janes Vermächtnis bewahren kann, du diejenige bist.«

»Du hast gewusst, dass sie zu mir fliegt?«

Christoph schüttelte den Kopf. »Nein, wenn ich ehrlich bin, hab ich gedacht, sie verkauft doch an einen dieser Geldhaie. Es war eine riesige Summe, die geboten wurde.«

»Und warum sollte ich dieser Mensch sein, der Janes Vermächtnis bewahren kann? Wenn es überhaupt eins gibt.«

Er erhob sich langsam und umrundete dann den Tisch. In Zeitlupe sank Christoph neben ihr auf die Knie und ergriff dann Simones Hände. »Weil du einfach in diesen Garten gehörst und weil, seit du wieder nach Deutschland geflogen bist, kein Tag vergangen ist, an dem ich nicht mindestens tausendmal an dich gedacht habe. Und wenn du wirklich springen willst, dann springe ich mit.«

Epilog

Hustend wischte Simone sich den Baustaub vom Gesicht. Sie hatte das Gefühl, als wäre sie mitten in eine Puderdose gefallen. Hinter ihr ratterten Presslufthämmer, deren Töne die umliegenden Sträucher zum Beben brachten.

Langsam lief Simone auf einem der schmalen Wege Richtung Gewächshäuser. Inzwischen war ihr jeder Stein, jeder Kamelienstrauch, jeder Baum vertraut. Und endlich sah sie die blitzenden Scheiben durch die Blätter schimmern.

Der Lärm der Baustelle war hinter ihr zurückgeblieben und kaum noch zu vernehmen. Seufzend goss sie sich ein Glas Limonade ein und ließ sich dann in den bequemen Gartensessel sinken. Einen Moment schloss Simone die Augen. Manchmal kam es ihr vor, als wäre all dies ein Traum. Dann befürchtete sie, der Wecker würde klingeln und sie in ihrem Bett in Deutschland erwachen.

Also riss sie die Lider schnell wieder auf und stellte fest, dass sie immer noch in ihrem Garten saß, über ihr blauer Himmel prangte und die Vögel zwitscherten. Alles war wahr, es war kein Traum.

Janes Garten war zu ihrem Garten geworden. Das klang inzwischen so einfach, doch die letzten Monate waren nicht leicht gewesen. Einige Male war Simone kurz davor gewesen, hinzuschmeißen und doch wieder nach Deutschland zurückzugehen. Nur Marta war es zu verdanken gewesen, dass sie durchgehalten hatte. Und natürlich Christoph, der ihr immer wieder mit Rat und Tat zur Seite gestanden hatte.

Überhaupt Christoph … Wenn sie an ihn dachte, durchflutete Simones Inneres ein warmes Gefühl. Nie hatte sie gedacht, dass sie nach Tim noch einmal einen Mann finden würde, der sie nahm, wie sie war, sie verstand und mit ihren kleinen Macken gut umzugehen wusste. Er konnte das, er war der Deckel für ihren Topf, und meist verstanden sie sich ohne große Worte.

Obwohl Simone zunächst in Janes kleines Gartenhaus gezogen war, hatte sie schon nach wenigen Tagen ihre Taschen wieder gepackt und war in Christophs Haus übergesiedelt. Nur eine Minute ohne ihn verbringen zu müssen, war ihr undenkbar erschienen.

Zwischen ihnen war alles ganz leicht gewesen, und wenn es so leicht war, dann konnte es nur absolut richtig sein.

Selbst ihre Kinder, die schon ein paarmal auf Besuch gewesen waren, hatten sich von Christoph begeistert gezeigt. Und vor vier Wochen hatte es sogar ihre Mutter gewagt und war mit ihrem Lebensgefährten in einen Flieger gestiegen. Sie hatten wunderbare Tage zusammen verbracht, und Simone hatte ihr die ganze Insel gezeigt, die inzwischen zu *ihrer* Insel geworden war.

Und Janes Garten? Zunächst hatte Simone die Gewächshäuser modernisiert und ein zusätzliches errichtet. Durch Martas Beziehungen hatte sie Abnehmer für ihre Kamelien gefunden, speziell für die Züchtungen. Daran arbeitete Simone unermüdlich, und ihr waren schon ein paar erfolgversprechende Kreationen gelungen.

Dennoch war es nicht leicht. Ohne die Gelder, die aus dem Verkauf der Firmenanteile geflossen waren, hätte sie wohl so manches nicht geschafft.

Es galt kreative Ideen zu entwickeln und neue Einnahmequellen zu erschließen. Und genau deswegen ratterten in *Rose-Home* die Presslufthämmer.

Eines Abends hatte sie mit Christoph auf der maroden Eingangstreppe gesessen und auf den stillen Garten geschaut.

»Hier Urlaub zu machen, ist bestimmt wunderschön.« Der Gedanke war Simone damals einfach so herausgerutscht, doch Christoph war augenblicklich Feuer und Flamme gewesen.

»Die Idee ist super, warum nicht?«

Sogleich waren Simone tausend Dinge eingefallen, die dagegensprachen. Doch mit ihm löste sich jeder Einwand in Wohlgefallen auf.

Und so waren vor drei Wochen die Bauarbeiten losgegangen. Es sollte ein Ferienhaus werden, bei dem der ursprüngliche Charakter des Gebäudes erhalten blieb. Schon jetzt trudelten erste Anfragen bei Simone ein. Denn der Kameliengarten war inzwischen kein verwunschenes Zauberreich mehr, das kein Mensch betreten durfte. Regelmäßig fanden Führungen statt, und es hatten sich sogar schon einige Kooperationen mit örtlichen Reiseveranstaltern ergeben.

Alles lief. Simone verschränkte die Arme im Nacken und sah in den Himmel. Eine federweiße Wolke zog über ihr schnell dahin und machte sich auf den Weg über den Atlantik.

Da fiel ein Schatten auf ihr Gesicht. Blinzelnd sah sie in Christophs Augen. Der beugte sich über sie und gab ihr einen zärtlichen Kuss auf den Mund. »Na, träumst du mal wieder?«

»Ein wenig«, gestand Simone lächelnd.

»Bei dem Lärm?« Christoph deutete Richtung *Rose-Home.*

»Ach, hier auf São Miguel kann ich einfach überall träumen.«

»Stimmt, das meiste ist ja auch wie im Traum. Hättest du gedacht, als du dich mit deinem Mietwagen in meiner

Wiese festgefahren hast, dass wir schon ein Jahr später hier sitzen und zusammen leben?«

Simone schüttelte lachend den Kopf. »Niemals, eigentlich wollte ich mich still und heimlich aus dem Staub machen. Aber dann sah ich dich mit deinen Kartons auf dem Hof herumräumen.«

»Ach ja, Marias Sachen. Erst als du mich verlassen hattest, wurde mir klar, dass ich endlich mein Leben aufräumen muss. Und dazu gehört, die Erinnerungen an eine schmerzliche Liebe endlich zu entsorgen.«

»Ich glaube, wir haben unsere Leben gründlich aufgeräumt«, erwiderte Simone. Dann erhob sie sich und streckte Christoph ihre Hand entgegen. »Weißt du, wozu ich jetzt Lust hätte?«

Seine Blicke streiften über ihren Körper, und es schien, als würde Christoph sie bereits ausziehen. »Hm, da sag ich nicht Nein.«

Augenverdrehend legte sie ihm einen Finger auf den Mund. »Du Unersättlicher, was, wenn einer der Bauarbeiter kommt. Nein, nein, ich würde jetzt gerne ein wenig ans Meer gehen.«

Zusammen schlenderten sie durch den Garten nach unten. Diesmal musste Simone nicht über die Mauer steigen, sondern konnte die kleine Pforte benutzen, die Christoph wieder hergerichtet hatte.

Dann betraten sie den schmalen Pfad auf den Klippen und liefen bis zu Simones Lieblingsplatz, der inzwischen auch Christophs Lieblingsplatz geworden war.

Heute plätscherten die Wellen sacht an die schwarzen schroffen Steine. Ein Geruch nach Meer, Fischen und Ferne lag in der Luft. Simone sog ihn tief in ihre Lungen. Dann drehte sie sich um und schaute Richtung Garten.

»Was Jane wohl sagen würde?«

»Ich glaube, sie wäre stolz auf ihre Enkelin Marta und

auf dich. Und sie würde es gut finden, dass endlich ganz viele Menschen ihre wundervollen Kamelien sehen und die Einsamkeit endlich vorbei ist. Für dich und mich und Janes Garten.«

– Ende –

Danksagung

Ein Buch ist geschrieben, und wieder möchte ich verschiedenen Menschen meinen Dank aussprechen. Dieser gilt als Erstes meinem Mann für sein geduldiges Zuhören, seine ehrliche Kritik, den bereichernden Austausch und die tiefe Liebe.

Ich danke Gudrun Zsembera, die seit vielen Jahren auf São Miguel lebt und mir mit vielen hilfreichen Tipps zur Seite stand. Unter www.ferienparadies-azoren.de könnt ihr direkt bei ihr eine Ferienwohnung buchen. Ich danke meinem Verlag Zeilenfluss für die tolle Unterstützung und das Vertrauen in mich. Danke an meinen Lektor Dr. Andreas Fischer, der meinen Worten den letzten Feinschliff gegeben hat.

Und ich danke euch, meinen Lesern, für eure Treue, die Vorfreude auf jedes neue Buch, die unzähligen Zuschriften und mutmachenden Rezensionen. Was wäre ich ohne euch?! Bitte schreibt mir auch weiterhin. Ihr bereichert damit meine Arbeit.

Wie immer in meinen Büchern gilt: Es ist das Recht einer Autorin, Orte zu erschaffen, Plätze zu verlegen und Gebäude zu errichten, die es vielleicht gar nicht gibt. Das ist die schriftstellerische Fantasie.

Du möchtest mehr erfahren? Dann folge mir auf

www.evelyn-kuehne.de

und abonniere am besten meinen Newsletter, um keine Neuerscheinung mehr zu verpassen.

Über die Autorin

Evelyn Kühne wurde 1970 geboren und lebt mit ihrem Mann, einem Hund und einer Katze in der Nähe von Dresden.

Zum Schreiben kam sie durch eine Krebserkrankung. Was als eine Art Krankheitsbewältigung gedacht war, entwickelte sich schnell zu ihrer großen Liebe. Sie hat bisher vierzehn Romane und ein Kinderbuch veröffentlicht.

In all ihren Büchern legt sie besonderen Wert auf den mutmachenden Aspekt von Neuanfängen.

›Das Geheimnis des Kameliengartens‹ ist ihre vierte Veröffentlichung im Zeilenfluss-Verlag.

Winter im kleinen Fördehaus

Ausgerechnet zur Winterzeit wagt Mia einen Neuanfang – doch an der Ostsee warten nicht nur verschneite Strände auf sie, sondern auch ein Sturm der Gefühle.

Als die Physiotherapeutin Mia vor den Scherben ihrer Ehe steht, kreuzt ein Jobangebot gerade zur rechten Zeit ihren Weg: An der Ostsee soll sie sich um Frederik Strothbergs widerspenstige Großmutter Elisabeth kümmern. Bereitwillig nimmt Mia die Herausforderung an, schließlich kann sie nicht für immer auf der Couch ihres besten Freundes unterkommen, und wo könnte ein Neuanfang besser sein als in Glücksburg am Meer?

Elisabeth erweist sich als hartnäckige Patientin, doch ihr kleines Fördehaus entschädigt Mia auf ganzer Linie. So nah an der See fühlt sie sich wohl und geborgen. Langsam scheint auch ihr Herz zu heilen, als es zwischen ihr und Frederik knistert. Doch inmitten von Schneeflocken und Meereswellen muss Mia feststellen, dass es noch eine andere Frau in Frederiks Leben gibt: Ausgerechnet mit seiner Schwägerin Beatrice scheint Frederik mehr zu verbinden …

Rügenträume und Meeresrauschen

Inselträume 1

Die Familienpension muss gerettet werden – das ist den ungleichen Schwestern Hanna und Emma klar. Doch das Geld wird knapp und die Lage schwieriger, als plötzlich der rätselhafte Pensionsgast Sascha auftaucht …

Gegensätzlicher könnten Hanna und ihre Zwillingschwester nicht sein: Während Emma durch die Weltgeschichte reist und ihr Leben genießt, führt Hanna gemeinsam mit dem Vater eine kleine Pension auf Rügen. Sie hält die Stellung im Gästehaus, obwohl dieses kurz vor dem Aus steht und ihr Vater zudem noch an Alzheimer erkrankt ist.

Von maritimer Leichtigkeit und Romantik kann Hannah nur träumen, als plötzlich Sascha, der neue Gast aus Hamburg, auftaucht und Hanna ordentlich den Kopf verdreht. Doch bald wird ihr klar, dass er ganz andere Intentionen verfolgt, als sie bisher dachte …

Rügenträume und Strandgeflüster

Inselträume 2

Emmas gewohntes Leben gerät völlig aus den Fugen – doch Rügen wäre nicht Rügen, könnten hier nicht die kühnsten Träume in Erfüllung gehen.

Mit vielen verrückten Ideen und einer Portion Glück hat es Emma geschafft, der Pension Strandkieker den dringend notwendigen Aufwind zu verschaffen – nicht zuletzt dank ihres neuen Standcafés, in dem sie ihre Gäste mit leckeren Cheesecakes verzaubert.

Als sie zu einem Backwettbewerb eingeladen wird, könnte es nicht besser laufen. Tatkräftig greifen Schwester Hanna und Kollegin Fine Emma unter die Arme. Auch der charmante Segler Arne hilft Emma, und zwischen den beiden knistert es gewaltig. Als kurz darauf Emmas Ex David bei ihr auftaucht, stehen Emmas Gefühle endgültig Kopf.

Doch Emmas Erfolg ruft auch Neider auf den Plan, die ihr einen Sieg um jeden Preis streitig machen wollen.

Zwischen Kuchenchaos und Herzenswirrungen bemerkt Emma eines Morgens eine Übelkeit, die nur auf eines hindeuten kann, und sie muss herausfinden, für wen ihr Herz wirklich schlägt.